KB052382

나와 망들의 세계

나와 밍들의 세계

주목받는 작가 8인의 SF 단편 앤솔러지

배지훈 김성일 남세오
박하루 김유정 연여름
양진 천선란

황금가지

차례

나의 단도박수기

양진

중학교를 자퇴한 후 여러가지를 했다.

소설을 쓰거나 잡문을 쓴다.

1

"죄송합니다만, 이곳의 베팅 한도는 5만 HKD로 정해져 있습니다."

"하이롤러 룸으로 옮겨."

컴퓨터 프로그램의 정밀성을 신봉하던 시대는 오래전에 지났다. 코드 한 줄로도 결과는 바뀔 수 있고 누군가는 실제로 결과를 바꿔 놓는다. 사설 라이브 카지노를 들락거리는 놈들은 완벽한 멍청이거나 중력 돔에 발조차 붙일 수 없는 범죄자뿐이다. 조금이라도 생각이 있는 사람이라면 아날로그 카지노를 찾는다. 모두가 플라스틱 칩을 손에 쥐고, 고풍스러운 상아 주사위가 딸가닥 소리를 내며, 전자기적 요소라고는 회원 카드가 유일한 장소를. 심지어 여기에는 슬롯머신조차 없다.

"괜찮으시겠습니까? 지금 쓰신 돈만도……."

"야, 너. 남 걱정하고 싶었으면 도박장이 아니라 구빈원에서 일해야 하는 거 아니야?"

"허…… 안내해 드리죠."

도박의 요체는 어느 시대나 똑같다. 얼핏 보기에는 승률이 반반인 게임을 만들어 놓고 둘 중 하나에 걸게 한다. 따면 두 배고 잃으면 0이다. 하지만 두 선택지 모두가 50퍼센트보다는 조금 부족하기 때문에, 돈을 계속 퍼붓다 보면 통장이 바닥나고 만다. 카지노가 노리는 게 바로 그거다. 대박을 노리는 손님들에게서 돈을 야금야금 빨아들이는 것.

하지만 전 재산을 날리고 패가망신하는 게 도박의 귀결이라면 어떤 멍청이가 카지노에 돈을 갖다 바칠 것인가. 도박사에게도 도박사만의 계산이 있고 규칙이 있다. 대부분은 지구에서부터 이어져 온 것이다. 마틴게일 방식이 좋은 예가 되겠다. 잃을 때마다 손실 금액의 두 배를 판돈으로 거는 방식이다. 누적해서 잃은 돈은 직후에 걸 돈보다 항상 1이 적으니까, 계속 지더라도 마지막 한 판만 이기면 손해를 메울 수 있다. 1+2는 3. 1+2+4는 7. 그다음엔 다시 8.

물론 허점은 있다. 그 마지막 한 판을 이기지 못하면 결국엔 판돈이 부족해서 나가떨어진다는 것이다. 화이트 칩 한 개로, 그러니까 5HKD로 시작했다고 쳐 보자. 열 번을 연속으로 잃은 뒤에는 걸어야 할 돈이 몇천 단위가 된다. 그래서 도박사들은 이 방법이 계속 실패할 때 '뿌러졌다'고들 한다. 마틴 8연으로 뿌러졌다고. 내가 이런 얘기를 왜 하고 있냐고? 아마 마틴이 열네 번 연속으로 뿌러졌고, 이번 판돈은 9만에 가까운 탓이 아닐까?

하지만 괜찮다…….

"짝에 올인이다."

열다섯 번 연속으로 홀이 나올 확률은 0.0000003퍼센트에 불과하지 않나.

* * *

인간은 실패에서 배우는 동물이라고들 한다. 그렇다면 내 아버지는 인간이 아니라는 결론이 나온다. 누군가는 이렇게 물을지도 모르지. 아버지가 인간이 아니면 댁은 뉘시오?

당연히 나도 사람 새끼가 아니다. 아버지가 카지노에 전 재산을 퍼붓고 빚까지 지면서 집안을 수렁으로 끌고 들어간 판에 나까지 이러고 있으니 말이다. 엄마는 아버지가 안 될 놈임을 알고 진작 갈라섰지만 두 살짜리 아기는 버리지 못했다. 데려와서 당신만큼이나 유능한 조종사로 키웠다.

지구 역사보다도 미적분을 먼저 배웠다. 열여덟 살에 베테랑 조종사를 이겼고 그 이듬해에는 꽤 이름난 우주선 레이스에서 1위를 거머쥐었다. 스물이 되고서는? 카지노에 들락거리면서 계좌를 작살내기 시작했다.

젠장, 이게 바로 유전이지.

"하문아."

"응……."

"주소 다 차단했다. 앞으로 전화하지 마."

"엄마?"

"내가 그 인간 때문에 얼마나 마음고생을 했는지 아니? 내가 몇 번을 말했어? 사람을 죽여도 괜찮으니까, 엄마가 데리고 도망칠 수 있으니까, 다른 건 다 해도 된다고 했지? 도박만 하지 말라고 했잖아. 그런데 넌 도대체 생각이 있니, 없니? 수학 배운 건 다 잊어버렸어……?"

엄마는 왈칵 울음을 터뜨리더니 통신을 끊었다. 나는 점 세 개가 찍힌 연결 종료 화면을 멍하니 바라보다가 다시 연락을 시도했다. 결국엔 엄마의 말이 사실이라는 게 드러났다. 차단당한 것이다.

나는 이만 포기하고 벤치에 주저앉아 떠나간 것과 남은 것들을 곱씹기 시작했다. 어제까지만 해도 세상은 완벽하게 돌아갔다. 도박을 끊었고 돈도 꽤나 모였다. 오래된 우주선은 폐기 처분하고 새 쾌속정을 할부로 마련했다. 중력 돔에 들른 김에 엄마와도 만나서 저녁을 먹었다. 그리고 기분이 좋아서, 설마 별일이 있을까 싶어서 몰래 리스보아 카지노로 갔다. 세 달 만이었다. 마지막 베팅에서마저 잃은 순간 엄마가 사라졌다. 남은 건 텅 빈 통장과 갚을 길이 막막한 할부원금과 리스보아 회원 카드뿐이다.

회원 카드에는 다행히도 콤프가 2000쯤 남아 있었다. 베팅 금액의 0.5퍼센트를 포인트로 적립해 주는 것이다. 2지구 남부 중력 돔에서는 돈 대신 쓰고 다닐 수도 있다. 가게 대부분이 리스보아와 제휴를 맺고 있으니까. 덕분에 콤프깡 업자들도 카지노 앵벌이만큼이나 널렸다. 콤프로 물건을 산 셈 치고, 40퍼센트는 수수료로 챙긴 다음, 60퍼센트만 내 계좌로 보내 주는 식이다.

콤프깡이 되냐는 말에 소홍은 직접 오라며 주소를 불러 주었다.

한 분기 동안 사무실을 세 번이나 옮겼다고 했다.

"수수료 원래 40퍼센트 아니었어? 반이나 뜯어 간다고?"

"이거 예전 같지가 않아. 요즘 적사가 좀 예민한 거 알잖아. 단속이 굉장히 심해……."

"몰라. 나 도박 끊었다니까. 돈이나 줘."

나는 계좌에 늘어선 0들 중 하나가 950HKD로 바뀐 걸 확인하고는 통신 단말을 닫았다. 쾌속정에 연료만 넣어도 곧바로 사라질 돈이다. 다음 분기 할부금을 낼 수 있을지나 모르겠다. 지금이라도 환불하고 돌려받은 계약금으로 고물을 사는 게 낫지 않을까? 고치면 날아가긴 할 테니까. 아니, 아니다……. 수수료 약간에 연연하는 처지가 서럽기만 했다. 대체 그 인간은 뭐가 부족해서 조무래기들까지 잡고 다닌데?

"어디 전쟁 났어? 군자금이라도 만들어야 해? 돈을 얼마나 더 긁어모은다는 거야?"

"스팽글랜드 특별지구 알지?"

"거지 동네잖아. 가스 채굴하는 애들 돌아다니고."

"재개발 합의가 났어. 돈이 당분간은 그쪽으로 몰릴 거야. 중력 돔도 두 개가 신축될 테고……."

"카지노도 새로 지을 거다, 이 얘기구먼."

한번 영업권만 잘 받아 두면 새 시장을 제대로 개척하는 셈이었다. 부동산 업자들이 계약을 따내려 혈안이 된 만큼 카지노 재벌들도 신경이 곤두서 있었다. 2지구의 적사와 3지구의 팬스워즈. 거기에 각종 소행성군의 군소 세력들까지.

"카지노에 호텔이 스물두 개나 있는데 뭐가 더 필요해? 테이블 하나만 주면 엎드려서 절이라도 하겠다."

"나한테 짜증 낸다고 적사가 호텔 사 주는 거 아니다."

"우리 집안이 지어 준 거 좀 돌려받으면 안 돼? 그게 상도덕 아냐?"

소흥이 웃음을 터뜨렸다. 과장이 아니라 진담이라는 걸 알고 있어서였다.

원래는 꽤나 유명한 집안이었다. 그것도 평범한 졸부가 아니라, 지구 시절에 올라와서 소행성대를 개척한 기업가의 후손이다. 잘만 했으면 적사는 우스울 정도의 재벌이 되어 있었겠지. 하지만 증조부는 고조부보다 덜 유능했고 조부는 증조부보다 씀씀이가 헤펐다. 벌이는 사업마다 망하는 판에 쓸데없는 물건들만 사 모았다. 덕분에 아버지 대에 이르러서는 정거장 몇 개를 가진, 평범한 부동산업자로 굴러떨어지고 말았다.

물론 예전에 비해서 평범해졌을 뿐이지 돈이 많기는 마찬가지였다. 자가용 운전수로 특급조종사를 고용하는 사람들이었으니까.

철없는 도련님이었던 아버지는 그 특급조종사를 데리고 우주 곳곳을 쏘다니다가 결국 눈이 맞았다. 우리 엄마 얘기다. 할리퀸 영화들은 보통 그쯤에서 다들 '잘 먹고 잘살았습니다'로 막을 내리지만 현실이 어디 그런가. 신혼여행 중에 들른 호텔 옆에는 적사의 카지노가 있었다. 화이트 칩 하나로 시작한 베팅은 5000HKD짜리 브라운 칩 한 무더기로 끝났다. 엄마의 순정은 끝났지만 아버지의 열정만은 끝나지 않았다. 리스보아는 아버지가 가진 정거장 세 개를 단번에 집어삼키더니 2지구 남부 돔에 새 업장을 냈다.

"어제 반까이* 하려다가 하루에 20만을 털렸다니까……." 나는 손바닥에 얼굴을 파묻었다. "나 리스보아 한 번만 더 가면 개야. 진짜. 엄마 울었어."

"그것도 그렇고, 너 배 새로 뽑았다면서. 할부금은 갚을 수나 있냐? 그 정도면 네 지갑으로는 거의 올인인데."

"'하면 된다' 정신으로. '하면 된다' 정신으로 뼈가 휘도록 하는 거지."

"안 그래도 돈 될 건수 하나 있거든. 생각 있어?"

"뭔데?"

소흥은 손짓으로 벽면의 디스플레이를 밝혔다. 곧이어 광고에나 나올 법한, 과장된 목소리가 귓전을 쳤다.

"자, 우리 친구를 위한 복수 프로젝트! 되찾아 보시라!"

'적사 1.53 대 판스워즈 2.13.'

화면에 표시된 배당 막대를 보고서야 나는 소흥의 또 다른 직업을 떠올렸다. 맞대기 실장 말이다. 도박이라는 카테고리 아래 묶이긴 하지만, 맞대기는 카지노와는 또 다른 방법으로 돈을 긁어모은다. 참여자들이 누가 이길지 고르면 실장은 판돈을 모아서 맞힌 쪽에게 나눠 준다. 수익은 5퍼센트의 수수료에서 나온다. 자기 돈은 하나도 안 들어간다는 점에서 카지노보다도 더 질이 나쁜 셈이다.

"누가 남 등쳐 먹고 사는 새끼 아니랄까 봐."

"악."

"꼬라박은 사람 앞에서 이 지랄을 해요."

---

* 일본어에서 유래한 도박판 은어로 손실을 만회한다는 뜻이다.

"악!"

구두 앞굽으로 소흥의 정강이를 걷어차자 다리가 푹 꺾였다. 머리카락을 움켜쥐고, 다른 쪽 팔꿈치로는, 명치를, 퍽. 실로 경쾌한 소리다. 이렇게 사람을 패 본 게 꽤 오랜만이라는 생각이 났다. 겉보기로는 누가 기계인간이고 단백질 덩어리인지 구분할 수 없는 탓이다. 진짜 인간이라 쳐도 몸을 얼마나 개조했느냐 하는 문제가 남는다. 섣불리 싸움을 걸었다가는 어린아이에게 흠씬 얻어맞기 일쑤다. 단침총이나 스터너 같은 무기들은 말할 것도 없다. 그러니까, 오랜만이니까…….

"오늘 갈비뼈 한번 부러져 보자. 보험 있지?"

"아니, 야. 야. 그러지 말고…….." 나는 잠시 멈췄다. 소흥은 그 틈을 타 말을 쏟아 냈다. "농담이야. 특급배송이 하나 있어."

"처음부터 그랬어야지. 브리핑해 봐."

소흥은 자신의 통신 단말을 펼쳐 보여 주었다. 한 시간 전에 외곽 정거장에서 날아온 콜이었다. 아무런 질문도 하지 말고 2지구 남부 중력 돔까지만 데려가 달라는 것이다. 나는 머릿속으로 32번 정거장과 중력 돔 사이의 거리를 재어 보았다. 지름길을 쓰지 않아도 한 시간이면 충분했다. 뭔가 이상한데.

"한 시간도 안 걸릴 텐데. 3만이라고?"

"진짜야."

소흥의 표정이 훨씬 진지해졌다. 그제야 무슨 의뢰인지 감이 잡혔다. 돈은 충분한 행성인이 소행성대로 망명하려다가 중간에 발이 잡힌 것이다. 행성 경찰들이 거기까지 따라왔겠지. 그래서 정거장 봉쇄를 뚫고 도망칠 수 있는 조종사가 필요한 거고…….

"연락처 보내. 바로 갈 거야."

3만이라면 딱 적당한 가격이었다. 소홍은 냉큼 의뢰 관련 정보를 보내왔다. 단백질 가면도 넘겨받았다. 유전자 채증을 어설프게나마 피해 갈 수 있는 물건이었다. 나는 업장을 나서기 전에 마지막으로 물었다.

"아, 맞다. 아까 그거 뭐에 거는 거야? 재벌들끼리 기계격투 경기라도 뜬대?"

"스팽글랜드 재개발 건 말인데…… 거기 영업 허가를 누가 받느냐로 베팅을 하고 있어."

"젠장, 카지노 열기도 전에 도박판부터 세우는구먼."

화면에는 아직도 배당 막대가 반짝이고 있었다.

'적사 1.67 대 판스워즈 2.31.'

도박꾼들은 적사의 승리를 점치고 있는 모양이었다. 나는 적사가 망하길 진심으로 빌며 선착장으로 가는 무인 택시에 올랐고, 다시 놈에게 200HKD를 바쳤다. 남부 돔 택시의 절반은 놈의 소유였던 것이다.

2

"이거 3만이 아니라 5만은 받아야겠는데."

32번 정거장을 봉쇄한 건 행성 경찰이 아니라 적사의 사설 함대였다. 들어가기도 어렵거니와 나올 때도 모두 철저한 검사를 받아야 했다. 적재한 물건에 변동이 있는지. 누가 내리고 누가 탔는지. 고작 해야 세 명이 들어가면 가득 차는 소형 쾌속정조차도 예외는 아니었다. 적사가 꽤나 예민해졌다는 게 사실인 듯했다. 그럴듯한 가게도 없고, 조종사들이 잠시 들러 연료를 채워 넣는 게 다인 외곽 정거장이다. 그걸 군함 네 대로 지키고 섰다. 아마 자기 소유였으면 정거장 자체에 진입해서 죄다 둘러엎었겠지.

나는 도킹하기에 앞서 조종간 위편을 올려다보았다. 보조 정보를 표시하는 소형 디스플레이 앞에 액자가 달랑거리고 있었다. 조종사들은 무탈한 항해를 기원하며 조종석에 수호물 하나씩을 챙겨 두곤 했다. 염주건 성모상이건 간에. 내 건 플라스틱 종이에 쓴 부적이었다. 배를 처음 마련할 때, 어머니에게서 받은 기념선물이기도 했다. 그 전엔 아버지 집안의 물건이었고 말이다. 나는 부적에 대고 손을 모았다.

효과가 있었는지 고객은 쉽게 만났다. 여길 무사히 빠져나가는 게 문제지만, 시작이 반이라는 말도 있지 않나.

"시급으로 3만이면 충분하지 않습니까?"

"내 목숨 값이라고 생각해 봐요. 난 지금 죽으면 안 되는 사람이라니까……." 효도는 하고 죽어야지.

"어려우면 그만둡시다. 다른 조종사를 찾아보죠."

의뢰인은 입가에 여유로운 미소를 그렸다. 나는 그게 기계인간 특유의 허세일 가능성을 가늠해 보았다. 속으로는 파멸적인 미래를 몇만 번이고 되풀이하면서도 얼굴로는 웃을 수 있는 게 이 족속들 아닌가.

"그게 어려울 사람이면 내가 여길 왔겠어요?"

기계인간들은 몇 가지 미덕을 가지고 있다. 상대할 때에는 단점이고 같은 편일 때에는 장점인 특성이다. 거기에는 사지를 조각 냈다가 붙여도 멀쩡히 움직인다는 사실 역시 포함된다. 나는 주머니에서 단분자 나이프를 꺼냈다. 중력 랜스 앞에서는 아무런 의미도 없는 무기이지만 실리콘 피부와 그 아래의 피막을 가르기에는 충분했다. 피막까지만 벗기면 관절은 쉽게 분리할 수 있다. 보통은 조립형이니까.

"분해야 괜찮지만…… 중력 돔에서 살갗도 없이 돌아다니면 의심을 살 겁니다."

"단백질 가면을 가져왔거든요. 몸은 옷으로 가려요." 나는 손님을 힐끔 보았다. "마침 숄도 있으시네."

손님은 작고 호리호리한 여성체였다. 전투 기능이 없이 경량화에만 치중한 모양인지 둘러업어도 무리가 없을 만큼 가벼웠다. 여관방에서 조각 낸 다음 적당히 숨겨서 배까지 반입하면 될 일이었다. 검사를 한다 쳐도. 엔진룸까지 열어 보진 않으니 말이다. 엔진룸 수색은 보통 배를 망가뜨리겠다는 선언이나 마찬가지였다. 애당초 수색할 이유가 딱히 없기도 했다. 로켓 추진체에 불이 들어오면 온도가 3000도까지 올라간다. 순식간에 티타늄 뼈대가 녹아내릴 테다. 특히 머리는 방열 처리를 하더라도 메모리칩에 손상이 올 수밖에 없고…….

그러니까 로켓 추진체는 절대 건드리지 않고 보조 동력으로만 이동해야 한다. 이온 엔진도 최소한으로만 가동한다. 온도를 낮출 방법은 그뿐이다. 아주 느리긴 해도 개구멍을 타기만 하면 추적은 한동안 따돌리는 셈이니까, 괜찮다. 몇 번쯤 해 본 일이었다.

"32번 정거장 바로 옆에 개구멍이 있어요. 불안정해서 요즘은 안 쓰이는 워프포인트죠. 그건 내가 할 일이니까 걱정하지 마시고…… 개구멍을 써서 35번으로 빠져나온 다음 재조립할 거예요. 몸에 방열 처리가 됐다니까 이러는 겁니다. 뭐, 손상 나도 난 책임 못 져요."

"돈은 여길 확실히 벗어나면 드리죠. 빨리 합시다."

나는 고개를 끄덕이고는 손님의 손목을 가볍게 쥐었다. 나이프가 조용히 실리콘 피부를 파고들더니 그 아래의 유연하고 견고한 피막을 끊어 냈다. 펼쳐진 살갗 사이로 티타늄 뼈대가 예리한 빛을 발하고 있었다.

*　*　*

이런 생각이 들 때가 있다. 위험에 중독된 조종사들은 결국 도박에 빠지게 되는 게 아닐까 하고. 개구멍을 타고 난 다음엔 얼굴이 후끈거리고 등허리는 시리다. 불덩어리가 머리를 한 바퀴 돌고 나와서는 등골을 따라 몸을 훑는 것만 같다. 그런 순간을 한 번만 겪으면 바깥세상이 얼마나 단조로운지 곧바로 알 수 있다. 가상현실 영화와 몇백 년쯤 묵은 흑백사진보다도 더 큰 차이다. 하지만 테이블에 앉을 때만은 머릿속이 색으로 물든다. 물든다기보다는 터져 나간다.

화이트 칩 하나로는 부족하다. 조금이라도 잃지 않으면 오히려 재미가 없다. 잃고, 따고, 다시 잃으면서 판돈이 늘어날 때마다 심장은 더 빠르게 뛴다. 다이사이* 베팅보드에서 짝과 홀은, 대와 소는 서로 맞닿아 있다. 그 얇은 선 하나가 무한한 거리로 변하는 건 한순간이다. 상아 주사위 세 개는 테이블을 둘러싼 열여섯 명을 움켜쥐고는 세상으로 내던진다. 딜러가 주사위를 내던지는 게 아니라 주사위가 우리를 내던지는 것이다. 그래서인지 핑그르르 도는 주사위들을 내려다볼 때면 결과 따위야 상관없다는 생각마저 든다. 삶에 긴장을 더할 수만 있다면, 그러기만 한다면 돈은 아깝지 않다…….

잠깐, 이러고 있을 때가 아니다.

나는 가까스로 정신을 다잡았다. 35번 정거장에 도킹한 뒤 엔진룸을 열어 손님을 뒷좌석으로 옮겼다. 머리를 냉각수 탱크 바로 옆에 감춘 게 효과가 있었는지 후끈후끈하지만 충분히 견딜 수 있는 온도였다. 조립은 정신을 차린 다음에 하자. 두 손바닥으로 머리를 감싸고는 허리를 푹 숙였다. 경련이 멈추지 않았다.

불안정한 워프포인트에는 여러 종류가 있다. 입구와 출구가 수천수만 개인 것. 입구만 있고 출구가 없는 것. 위치가 계속 뒤바뀌는 것. 특정 시기에만 나타났다가 사라지는 것. 그리고 조종사를 죽이는 것. 개구멍은 마지막이다. 개척시대에는 많이 쓰였지만, 그리고 지금도 몇몇 정거장들은 개구멍을 기반으로 좌표가 잡혀 있지만, 이제는 아무도 개구멍을 타지 않는다. 개구멍은 사람을 미치게 만든다. 기계건 단백질이건 간에.

"후유증이군요. 언제쯤 출발할 수 있겠습니까?"

---

* 플레이어가 베팅한 숫자가 주사위 용기를 흔들어 결정된 세 개의 주사위 합과 일치하면 돈을 따는 도박 게임.

뒷좌석에서 목소리가 일렁였다. 나는 가까스로 입을 열었다. 당장에라도 온 내장이 입으로 쏟아질 것만 같지만, 말해야 한다. 최대한 멀쩡한 것처럼 보여야 한다. 아니, 멀쩡해야 한다. 이 나이에 벌써 미칠 수는 없다.

"조금만 기다려 봐요…… 머리가 하도 어지러워서."

서랍에는 사은품으로 받은 탄산수 박스가 들어 있었다. 나는 숨을 헐떡이며 이마에 탄산수를 쏟아부었다. 눈을 감고 숨을 천천히 내쉬자 현기증이 몸 밖으로 빠져나가는 듯했다. 이제야 좀 살 것 같다. 마구잡이로 뒤섞여 있던 기억들이 시간을 따라 일렬로 줄짓기 시작했다. 해체한 몸은 엔진룸 곳곳에 쑤셔 박았다. 검사야 문제없이 통과했고 출항 허가도 받았다. 왜 그렇게 느릿느릿 움직이느냐는 질문이 날아온 건 개구멍에 닿기 직전이었다. 대답은 하지 않았다. 사령관은 내가 무슨 법 위반으로 끌려갈 거라며 소리를 질러 댔다. 법이라니, 도대체 무슨 법? 여기가 행성인 줄 아시나?

10분이 지나자 티타늄 뼈대를 꿰맞출 수 있을 만큼 시야가 뚜렷해졌다. 조종 시스템에 운전을 맡긴 상태로 조립을 마치고서야 현실적인 문제들이 떠올랐다. 받을 액수만큼이나 위험한 의뢰라는 계산이 섰다. 적사가 외곽까지 사설 함대를 파견한 걸 보면 이 기계인간의 머릿속에는 꽤나 중요한 게 들어 있는 듯했다. 죽여서는 안 되지만 도망치게 둘 수도 없는 위험인물인 것이다. 그러니까 손님도 시냅스를 지워 버리는 대신 날 부른 거겠지. 하지만 목적지가 어째서 남부 돔인지는 짚이는 구석이 없었다. 남부 돔 절반은 적사의 차지가 아닌가. 아무것도 물어보지 말라는 조항이 있었다만…….

"저건 뭡니까?"

갑작스러운 질문이 날아들었다. 나는 손님의 검지가 향하는 쪽을 바라보았다. 부적이었다.

"아, 부적이에요. 엄마가 이혼할 때 가져왔죠. 원래는 고조할머니 물건이었다고 하는데, 내 아버지 집안이 예전에는 좀 잘나가셨거든. 그 집안 부적 하나 운전대 위에 붙여 놓으면 일이 뭐든 잘 풀리지 않겠느냐 하면서……."

설명을 늘어놓던 나는 문득 낡디낡은 미신이 우주 세기와 접붙는 것을 느꼈다. 잠깐, 잘 생각해 보니 저거 때문에 부정 탄 거 아니야? 부적에 아버지 도박병이 묻어온 것이다. 나는 망상 가득한 의심이 진지한 수준으로 자리 잡기 전에 말을 매듭지었다.

"효과는 딱히 없는 것 같더라고요."

"잠깐 살펴봐도 괜찮겠습니까?"

"어허, 이런 거 남이 함부로 만지면 부정 타죠. 무당이라도 불러 주시게?"

"돈을 두 배로 드리죠."

"감사합니다. 마음껏 보십쇼."

나는 액자를 넘기기 전에 부적을 훑어보았다. 고대어가 연회색 플라스틱 종이 위에 유려한 필체로 적혀 있었다. 엄마가 가져오기 전에도 꽤 귀한 취급을 받았던 듯 미세한 실금 몇 줄을 제외하면 표면은 매끈했다. 손님은 액자에서 부적을 꺼내더니 손가락으로 겉면을 훑기 시작했다. 저거 저래도 되나? 하지만 흠집이 난다면 그것도 경비로 청구하면 될 일이었다. 나는 신경을 끄고는 쾌속정이 남부 돔에 다다르기를 기다렸다. 30분이 지나자 배가 선착장에 닿았다.

단백질 가면을 건네받은 손님은 팔을 숄로 가리고는 내릴 채비를 마쳤다. 그 정도로 무사할 수 있을지는 모르겠지만 내린 다음부터는 내 소관이 아니었다. 설마 잘못 말려들어서 붙잡힌다 쳐도 어쩔 텐가, 나는 의뢰를 받았을 뿐인데. 손님의 시냅스를 스캔하면 내가 이 사건과는 아무 관련도 없다는 것쯤은 바로 알게 될 터였다. 운이 좋으면 끌려가서 몇 대 얻어맞는 정도로 끝나겠지. 운이 나쁘면? 생각하지 말자.

손님은 출구 앞에 서더니 나지막한 목소리로 물었다.

"어디서 또 만날 수 있겠습니까?"

"나는 한 번 보고 끝내는 게 좋죠. 꼬리가 길어지거든."

"손에 굳은살이 남아 있으시더군요. 플라스틱 카드를 자주 쥔 사람에게만 생기는…… 리스보아가 익숙하시죠?"

"허."

"기회가 되면 환전소 앞 포커룸에서 뵙죠. 고생하십시오."

도대체 내가 그쪽을 왜 다시 봅니까? 다른 일이라도 맡기시게요? 뒷자리에 액자를 남긴 손님은 우아한 걸음으로 출구 계단을 밟았다. 나는 디스플레이를 통해 선착장의 인파가 조금 불어나는 순간을 지켜보다가 퍼뜩 정신을 차리고는 계좌를 확인했다. 3만에 두 배를 곱한 돈이 그대로 들어와 있었다. 수당 3만에 부적 보여 주는 값으로 또 3만. 액자 속에 내용물이 없음을 깨달은 건 한참이 지난 뒤였다.

＊＊＊

"아까 전에 이체받은 거 있지? 그거 뭐야? 지금 세탁 하려던 거 맞지?"

"운송비 받은 건데요."

"계좌 주인이랑 무슨 관계야?"

"고객이랑 콜기사 관계요."

"그러니까 무슨 사이라 운송을 했냐 이거야."

"특송 의뢰 하나 있대서 맡았어요." 나는 벌컥 화를 터뜨렸다. "내가 내 일 하는 게 죄야? 어?"

"어…… 죄야. 뭔지는 몰라도 리스보아에서 협조 요청 들어왔어."

얼굴이 화끈거렸다. 나는 입을 다물고는 보안요원을 뚫어져라 쳐다보았다. 뭘 봐, 잘생겼냐?

생판 모르는 사람한테 부적이 털린 것까지는 참을 수 있었다. 보수는 멀쩡하게 들어왔으니까, 쓸데도 없는 플라스틱 종이 한 장에 3만이면 충분하다 못해 넘치는 돈이니까 그러려니 했다. 전자담배 액상이 다 떨어진 걸 깨닫고는 배에서 내린 참이었다. 처음 들른 가게에서는 세 페이지가 넘는 신제품 카탈로그를 보여 주었다. 100HKD만내면 다섯 종류를 체험해 볼 수 있다고 했다. 테스트룸에서 한 모금을 들이마신 순간 은행 보안요원들이 들이닥쳤다. 부정소득 사용이 감지됐다나 뭐라나. 운 나쁜 놈 하나 직사하게 맞겠다 싶었다.

"일단 다시 처음부터. 처음으로 돌아가서 얘기 좀 해 보죠. 추적 중인 계좌였다고요?"

"이체받은 6만 있지? 일부러 동결 안 시키고 살려 둔 거야. 너 같은 놈 잡으려고."

"나는 손님이랑 아무 관련이 없다니까. 진짜 아무런 관련이 없어요. 머리 뜯어 보든가."

"이 새끼 자기 인간인 거 믿고 아주 배짱으로 나오네."

은행 보안분과로 끌려가자마자 나는 좋은 소식과 나쁜 소식을 하나씩 맞닥뜨렸다.

나쁜 소식: 그 운 나쁜 놈이 바로 나다.

좋은 소식: 이 작자들은, 적사를 포함해서, 32번 정거장에서 무슨 일이 일어났는지 아직 모르고 있다.

사령관이 부하들을 함구시킨 모양이었다. 당연한 일이다. 회장님, 죄송한데 저희가 실수로 수상쩍은 놈이 개구멍을 타게 내버려 둬서요, 봉쇄는 실패한 것 같습니다⋯⋯라며 보고할 수도 없는 노릇 아닌가. 나는 해야 할 일을 빠르게 알아차렸다. 특송 콜 내용은 거짓말로 둘러댄 다음 소흥의 연락처와 주소지를 넘기는 것이다. 이딴 일을 맡겨? 죽어 봐라.

은행들은 적사만큼이나 콤프깡 업자에게 관심이 많았다. 이유는 완전히 반대였다. 그런 녀석들을 잡아들이면 계좌에 있는 돈을 빼앗을 수 있던 것이다. 우리는 갑론을박 끝에 소흥을 포함한 업자들의 주소와 계좌번호, 그리고 연락처를 몇 개 넘겨주는 선에서 합의했다. 나는 '관련 없음'으로 처리한 뒤 보내 주겠다고 했다. 세 시간을 내리 두드려 맞고 물도 한 모금 마시지 못한 상태로 취조실에 끌려간 것치고는 수월한 마무리였다.

하지만 아무리 봐준대도 아까 받은 6만은 몰수될 예정이라는 게 은행의 입장이었다. 그 소리를 듣자마자 나는 바닥에 엎드려 신발이라도 핥을 기세로 울부짖기 시작했다. 아이고, 선생님. 이러시면 안 됩니다. 저도 직업이라는 게 있지 않습니까. 저 이러면 왔다 갔다 하는 연료비도 안 나옵니다. 불쌍했는지 귀찮았는지 보안요원은 재량으로 돈을 약간 남겨 주었다. 1000HKD였다.

콤프깡으로 바꾼 950HKD는 모두 무인택시를 타고, 연료를 채우고, 35번 정거장에서 여관방을 잡는 데 썼다. 1000 마이너스 950. 50. 그러니까 특송 의뢰를 맡고, 기계인간을 해체했다 재조립하고, 개구멍을 탄 그 각고의 노력은 결국 50HKD만큼의 가치밖에는 없었던 셈이다. 얻어맞은 값까지 감안하면 적자다. 나는 잠시 고민하다가 액상 가게로 돌아가 시향이나 마저 하기로 마음먹었다. 남은 네 모금마저도 아쉬운 판이었다.

꿈 많은 청년이 살아가기에는 너무 각박한 세상이다. 몸은 욱신거리고 돈도 없고 미래도 없다. 엄마까지 없다. 여태껏 차단을 풀지 않은 걸 보자니 이번에는 정말로 끝이지 싶었다. 개구멍이나 들락거리면서 남은 삶을 불태우는 게 낫지 않을까. 따지고 보면 공짜 마약이나 마찬가지 아닌가. 뇌에 전극을 꽂는 것보다 짜릿한 데다가, 해시나 서복손처럼 몰래 할 필요도 없고, 파이어워터와는 달리 메탄올도 함유되어 있지 않다.* 이쪽에서 저쪽으로 도약하면 그만이다. 아니다, 우주 쓰레기를 하나 늘릴 바에는 바로 여기서 혀 깨물고 죽는 방

---

* 해시는 대마초, 서복손은 중독성 강한 진통제, 파이어워터는 독주를 뜻한다.

법도 있다……. 나는 무인택시를 잡는 대신 우울로 이루어진 세계를 천천히 밟아 나갔다. 그 세계 끝에 익숙한 간판이 반짝이고 있었다. 리스보아였다.

세상이 한순간에 빛을 되찾았다. 그래! 여기서 불리고 가는 거야!

어제 열다섯 번을 연속으로 잃었는데 확률로 따지면 열다섯 번 연속으로 딸 수도 있는 게 아닌가? 그러면 이게 바로 원금 복구가 아닌가? 게다가 적사에게도 복수할 수 있다. 나는 이 천재적인 발상에 감탄하며 주머니에 손을 쑤셔 넣었다. 리스보아 회원 카드가 천국행 티켓처럼 손가락 사이로 밀려 들어왔고, 앗, 이렇게 살면 안 되는데, 나는 그냥 이렇게 살기로 했다.

3

과연 사람이 죽으라는 법은 없는지 이번에는 좀 땄다. 바카라 테이블에서 블랙 칩 열 개를 다섯 배로 불린 다음 룰렛으로 갔다. 가슴팍에 구멍이 뚫린 딜러가 휠을 굴리고 있었다. 살가죽을 도려낸 뒤 그 부분을 투명하고 말랑말랑한 인조 외피로 대신하는 것이다. 어깨도 마찬가지다. 딱히 달가워하는 눈치는 아니지만 손님이 정 원하면 만져 볼 수도 있다. 그렇게라도 내장과 근육을 보여 주지 않으면 단번에 조작 시비가 난다. 기계인간들은 어떻게 휠을 굴려야 어디로 구슬이 굴러갈지 벡터값을 뽑아낼 수 있으니까. 변수가 다양하다 보니 완벽하게 맞히진 못하지만, 구간을 통제하는 것만으로도 하이롤

러를 피하기엔 충분하다. 예전에는 자주 있었던 일이다.

기계인간은 카지노의 해악이다. 룰렛이나 빅휠이 아니더라도 그렇다.

"요즘은 손으로 포커 치는 사람이 많이 없는데요, 그렇죠? 다들 통신망을 쓰니까 말입니다."

"오프라인에서는 댁 같은 기계인간들이 포커페이스로 진짜 인간 농락하니까 없는 거 아뇨?"

"그게 다 실력 아니겠습니까."

"이런 젠장, 양심을 다운로드하는 법은 못 배웠나 보지. 기계인간은 포커 테이블 앉으면 사지를 찢어 죽이는 법이 있어야 돼."

"입이 험하신 걸 보니 오늘 고생이 좀 많으셨나 봅니다."

그래, 고생은 차고 넘치게 했다. 개구멍을 타고 나온 다음에는 보안분과에 끌려가서 얻어맞았다. 설상가상으로 이젠 기껏 불린 돈을 다 털릴 판이었다. 바카라에서도 땄고 룰렛에서는 6배당을 먹었다. 두 시간 만에 칩은 2만 HKD로 늘어났다. 이만 환전을 하고 돌아갈 생각이었다. 잃은 돈에 비하면 기별도 안 가는 금액이지만 스무 배를 불리는 게 쉬운 일은 아니니까. 그러다가 환전소 앞에서 발목이 잡혔다. 바로 옆에 포커룸이 있었던 것이다.

한 판만 하고 가야지 하고 2인용 홀덤 자리에 앉자 이 자식이 왔다. 멀끔하게 생긴 남자였다. 한 판은 두 판이 되고 세 판이 되더니 기어코 올인이 났다. 놈이 기계인간임을 알게 된 시점은 모든 게 끝난 뒤였다. 진작 의심했어야 했는데.

"어쩌라고. 칩 돌려줄 거 아니면 처먹고 꺼져."

"헛, 이게 필요 없으신 모양입니다."

녀석은 일어서며 품에서 뭔가를 주섬주섬 꺼냈다. 얇고, 회색이고, 플라스틱 특유의 반짝임이 있다…… 부적이다! 머릿속이 용암처럼 부글거리며 온갖 시나리오를 내뱉기 시작했다. 이 새끼랑 그 새끼랑 동일인이야? 적사한테 쫓기는 놈이 왜 리스보아에서 홀덤이나 치고 있어? 만나자는 게 이런 뜻이었나? 잘은 몰라도 엄청난 사정이 있는 게 틀림없었다. 더 엮여 봤자 인생만 꼬일 터였다.

하지만 이대로 손해만 보고 끝낼 수도 없는 노릇이었다. 나는 포커 테이블 위로 뛰어오른 뒤 녀석의 멱살을 움켜쥐었다. 놈은 침착한 태도로 팔꿈치를 구부리더니 명치에 치명적인 한 방을 날렸다.

* * *

나는 텅 빈 사무실에서 눈을 떴다. 손발은 의자에 묶인 채였다. 녀석이 맞은편에 서 있었다.

손님이 기절한 상태로 납치당하는 동안 가드들이 아무런 제지를 하지 않았다니 정말 놀라운 일이다. 어쩌면 쓰러진 친구를 부축하는 것처럼 보였을지도 모르지. 혹은 가해자와 피해자를 착각했을 수도 있고. 놈은 겉보기로만 따지면 모범적인 증권사 영업사원이었던 것이다. 새까만 머리카락은 포마드를 발라 뒤로 넘겼고 줄이 쳐진 검은색 정장을 차려입었다. 소행성대에서 그렇게 격식을 갖추는 사람은 흔치가 않다.

"하도 못 일어나셔서 기다리고 있었습니다. 보기보다는 허약하신

데요."

"이거 납치잖아. 가드가 안 막았어?"

곧바로 나는 궁금하지도 않았던 사실 몇 가지를 알게 되었다. 놈의 이름이 태령이며 일전에 태웠던 여성체 기계인간과 동일인이라는 것. 계좌도, 회원 카드도 없어서 테이블을 기웃거리며 구걸하다시피 칩을 모아야 했다는 것. 그렇게 모은 돈 전부를 날 빨아먹는 데에 썼다는 것. 납치 사건은 대충 둘러대자 가드들도 이해해 주었다는 것. 태령은 증시 브리핑이라도 하듯 침착한 어조로 당시 오갔던 대화를 되풀이했다. 이 녀석이 5만이나 빌려서는 여기에 처박혀 있지 뭡니까. 수금을 하러 왔습니다. 아하! 엄청난 진상이죠. 고생 좀 하시겠어요.

가드들이 날 외우고 있었다니 뜻밖이었다. 기껏해야 주사위 통을 붙잡아서 딜러 얼굴에 내던졌을 뿐인데. 바로 어제 일이었다. 홀이 열다섯 번 연속으로 뜬 날이기도 했다. 전 재산을 그대로 날리자니 오기가 생겼다. 다음에는 뭐가 나오나 보고만 갈 생각이었다. 홀인지, 짝인지. 하지만 주사위가 도는 꼴을 보자니 곧바로 속이 뒤집어졌다. 테이블에 뛰어오른 다음 주사위 통을 움켜쥐고 획 던졌다. 보안을 그 꼴로 한 게 잘못 아니야? 아크릴 벽이라도 세워 둬야 하는 거 아니냐고?

기계인간 셋은 3분간의 토의와 영상 복기를 통해 내가 끼어들지 않았으면 주사위 수는 3, 4, 1이었으리라는 합의에 도달했다. 그 순간 홀에 건 놈들과 짝에 건 놈들이 싸우더니 대에 건 놈들과 소에 건 놈들도 싸우기 시작했다. 가장 목소리가 큰 놈은 숫자 합 8에 베팅

한 녀석이었다. 열여섯 배 배당이 날아가는 셈이니까, 클 수밖에 없다. 3, 4, 1로 해! 추정치지 확정은 아니잖아. 무효 게임으로 치고 다시 굴려! 주먹이 오갔고 딜러는 가드를 불렀다. 이거 누가 그랬습니까? 모두가 멈추더니 날 가리켰다. 그때 나는 열여섯 번째에야 드디어 짝이 나왔다는 게 우스워서, 그리고 사람들이 한데 뭉쳐 왝왝거리는 게 우스워서 웃고만 있었다.

그때 시작된 코미디는 아직도 끝나지 않았다. 사령관은 실수를 숨겼고 은행 직원들은 콤프깡 업자와 핵심 증인을 맞바꿨다. 도망자는 천연덕스럽게 리스보아를 돌아다닌 데다 나는 의뢰를 잘못 맡은 죄로 납치당했다. 가드들이 나보다는 저놈을 더 믿었다는 것까지 포함해서, 모든 게 완벽했다. 적사가 지금 상황이 어떻게 돌아가는지 알면 입에 거품을 물 게 뻔했다. 남 일이었으면 온종일 웃을 수도 있겠다. 내 일이라서 문제지만.

"돈 털어 갔으면 됐지 뭘 더 바라? 나 6만도 못 쓰고 보안분과에 끌려갔다고. 다 압수당했어."

"순발력은 뛰어나시더군요. 불안정한 워프포인트도 잘 다루고요."

"아니, 염병…… 뜬금없는 소리 하지 말고. 일이니까 잘해야지."

"3지구로 좀 갑시다. 이번에는 깨끗한 돈으로 드리죠. 대신에 후불이에요."

나는 느닷없는 제안에 대답조차 떠올리지 못하고 굳어 있었다. 태령은 내 침묵을 긍정으로 해석한 듯 사정을 설명했다. 스팽글랜드 특별지구 문제였다. 원래는 판스워즈 밑에서 비서실장으로 일했다고 했다. 그러다가 재개발 이야기가 수면으로 올라오면서 적사 밑으로 자리를 옮겼다. 물론 평범한 이직은 아니었다. 짧게 줄이면, 첩자였다. 들켰을 때는 남부 돔에서 예비용 몸으로 갈아입고 3지구로 돌아갈 예정이었다.

"그럴 생각이었으면 아까 35번에서 바로 3지구로 가도 됐던 거 아니야?"

"2지구를 뜨기 전에 여길 정리해야 했거든요. 혼자 말입니다. 저쪽에서 뭘 얼마나 파악했는지도 모르는 판에 다른 요원들을 끌어들일 수는 없다고 생각했죠. 어차피 이 사무실에 예비용 몸도 몇 개 있었고요." 태령은 검지로 관자놀이를 툭툭 두드렸다. "과부하 장치가 들어가 있어요. 일이 꼬인다 쳐도, 자살하면 그만 아닙니까. 어차피 기계인간은 죽어도 다시 만들 수 있으니까요. 필요한 데이터는 로컬에 백업해 뒀고요."

"나는 그냥 인간이라 은행에 끌려가서 얻어맞아도 괜찮고?"

"그 점에 대해서는 미안하다고 말씀드리죠. 2지구에서 쓸 수 있는 예비용 계좌가 도합 열일곱 개인데, 그걸 다 찾아서 막을 줄은 몰랐습니다. 버릴 돈에 버릴 몸이라 생각한 것도 있지만요."

"몸만 갈아타면 되니까 곧 압류될 계좌로 선심 썼다 이거구먼."

"진작 말씀하시지 않으셨습니까? 기계인간들은 양심이 부족하다고……."

태연하게 대꾸하는 꼬락서니를 보자니 속이 부글거렸다. 나는 발칵 짜증을 냈다.

"그런데 깡통 되기 전에도 그딴 식으로 살았냐? 지금 이게 부탁하는 사람의 태도야?"

"부탁이라뇨. 돈이 필요하실 텐데요."

"돈은요, 염병, 택배 배송만 해도 벌리는 거고요. 잘못하면 적사한 테 나도 찍히는 거잖아. 위험하잖아. 위험한데 그게 또 후불이라면 서. 기껏 가서 아까처럼 뒤통수치면 따질 수도 없잖아. 그런데 너 내 뒤통수 몇 번 쳤어, 압류계좌로 돈 내고, 부적 훔치고, 카지노에서 탈 탈 털고, 적반하장으로 명치에 한 대 날리고, 네 번이잖아. 그러면 내 가 널 왜 도와줘야 돼? 논리적으로 이유를 말해 봐."

"필요 없으시다 이거죠."

태령은 회심의 일격이라도 내리꽂듯이 품에서 부적을 꺼냈다. 나 는 갑작스레 우주의 신비를 느꼈다. 개구멍에 들어간 건 나인데 왜 이 녀석이 미쳤을까?

"그거 붙여서 돈복이라도 들어오라고? 부적 가지고 뭐 어쩌라는 거야?"

"잠깐만. 설마 이게 뭔지 정말 모르시는 겁니까? 농담이 아니라요?"

"엄마가 부적이랬는데."

"허." 태령의 표정이 심각해졌다. "차용증입니다. 다른 가문을 상대 로 소행성대 초기에 쓴 거예요. 2지구 은행을 공증인으로 세워 뒀으 니까 실물 증서만 있으면 지금도 현금으로 바꿀 수 있죠. 이자는 계 속 쌓였을 테고요."

"차용증을…… 왜…… 플라스틱 종이에 쓰는데?"

지구 시절에는 종이에 거래 내역을 기록했다는 것이 태령의 설명 이었다. 지금처럼 보안증서에 암호화 키를 쓰는 게 아니라. 놀라운 일이다. 그뿐만 아니라 이 내용은 통신학교 표준 역사교과서에도 포함되어 있기 때문에 정상적인 교육 과정을 거친 사람이라면 모르려야 모를 수가 없다고 했다. 아니, 여전히 믿을 수가 없는데. 물론 내가 학교를 안 다닌 건 사실이지만. 조종사가 수학만 잘하면 됐지 역사가 무슨 상관이란 말인가.

"고대어 읽을 수 있는 애 데려와서 읽으라고 해. 너 말고."

"그렇게까지 증거를 요구하시면 지금으로서는 별다른 방법이 없는데…… 누가 더 아는 게 많습니까?"

"뭐?"

"그쪽 말대로 부적이라 쳐 봅시다. 재벌가 비서실장이 낡은 부적 따위를 훔쳐서 어디에 쓰겠냐 이 말입니다. 타당한 이유가 있으니 이렇게 가져왔을 게 아닙니까."

"그렇다고 해. 그래서 내가 널 도와야 하는 이유가 대체 뭐냐고. 넌 적사한테 넘기고 차용증은 내가 알아서 처리하면 되잖아."

"일이 그렇게 쉬울 줄 아시나. 상대도 재벌가예요. 소행성대 양아치 따위에게 돈을 내줄 바에는 쓱싹하고 말죠. 우리가 대신 받아 줄 테니까 돈을 나누자 이겁니다. 차비도 겸해서."

"아무튼, 증거 없으면 안 믿어."

"엎어진 카드엔 잘만 베팅하시는 분이 보이는 종이에는 베팅을 못 하십니까?"

헛, 이렇게 도박사 자존심을 건드리면 생각을 다시 해 볼 수밖에 없겠는데.

크게 보면 둘 중 하나다. 진짜 차용증이거나, 머리도 좋고 양심도 없는 비서실장님이 통신학교도 못 나온 머저리를 속여 먹으려는 수

작이거나. 거기에서 또다시 갈래가 나뉜다. 그렇게 3지구까지 배송
을 마친다고 한들 넙죽 돈을 줄 것인가. 고생하며 갔다가 아무것도
못 받고 쫓겨나는 건 아닌가. 적사에게 찍히면 또 어쩌나. 사실 쫓겨
나기만 하면 다행이다. 판스워즈건 적사건 조종사 한 명쯤은 눈도
깜짝하지 않고 찢어 죽일 수 있는 사람들이니까.

나는 긴 고민 끝에 이것만으로 판단하기에는 정보가 부족하다는
결론에 이르렀다. 적어도 하나는 더 알아야 했다.

"배율 얼마인데."

"지금껏 리스보아에서 잃은 돈······." 태령은 슬쩍 웃었다. "두 배
는 챙기실 겁니다."

"두 배라고 했다?"

나는 확언을 받은 뒤, 여전히 믿을 수는 없었지만, 그냥 믿기로 했
다. 집안이 잘나가던 시절에 써 준 차용증이라 치면 이상하지도 않
다. 당시에는 너무 사소해서 잊고만 있었겠지. 그게 세월이 흐르면
서 부적으로 둔갑했고······ 엄마도 역사에는 전혀 관심이 없으니
까······ 어차피 더 떨어질 곳도 없는 인생이었다. 만약 일이 꼬여서
소각장에 던져진다 쳐도, 그것도 나쁘진 않다. 저승에서는 쾌속정
할부금을 갚을 필요가 없지 않나. 나는 밧줄에서 풀려나자마자 소흥
의 보조 연락처를 찾았다. 대외적으로 쓰는 건 취조실에서 넘겼던
것이다.

"제정신 아니지? 지금 너 때문에 애들 다 뒤집어져서······."

다행히도 연락이 닿았다. 아직 보안요원에게 끌려가지 않은 모양
이었다.

"야, 됐고. 나 판스워즈에 일단 2만 걸게. 알았지? 너 잡혀 들어가 도 나오면 꼭 걸어 줘야 한다?"

"돈은 있고?"

"외상으로 일단 걸어. 나중에 줄 테니까."

"진짜 제정신 아니지?"

나는 통신을 끊은 뒤 마지막으로 엄마에게 영상편지를 남겼다. 지금쯤이면 차단을 풀었을 터였다. 엄마, 나 죽을지도 몰라. 소식 없으면 죽었다고 생각해. 그런데 살면 대박이야…….

4

우주는 넓고 태양계는 좁다. 소행성대는 말할 필요도 없다.

무인 택시를 타고 남부 중력 돔을 양 끝으로 가로지르면 세 시간이 걸린다. 2지구 남부 중력 돔에서 3지구 북서부 중력 돔까지, 워프 포인트를 쓰지 않고 날아가는 시간과 엇비슷하다. 심지어는 광속에 가깝게 항해할 필요도 없다. 아니, 광속 항해는 못 한다는 게 더 적절한 설명이겠다. 바깥이면 몰라도 소행성대에서 속도를 높이다 보면 충돌 사고를 내기 마련이다. 그게 바로 소행성대 항해의 묘미다. 장애물을 헤치면서 최대한 빠르게 이동하는 것 말이다.

그리고 나는 그런 묘미를 네 시간째 만끽하고 있었다. 남부 돔을 떠난 지 30분도 지나지 않아 군함이 셋이나 달라붙었던 것이다. 바깥에 나온 사설 함대는 다들 내 쾌속정의 식별코드를 외운 모양이었다. 하기야 사령관 놈도 다급한 게 당연했다. 들키기 전에 빨리 잡아서 바쳐야 머리를 붙여 놓을 테니까. 끝끝내 놓친다면 작가라도 고용해서 보고서에 둘러댈 내용을 준비해야겠지만…….

"꽤나 느긋하시군요."

생각이라도 읽었는지 태령이 한마디 던졌다. 나는 서둘러 잡생각에서 벗어났다. 사령관 걱정 따위를 할 때가 아니었다.

"뒷자리에 늘어져 있으니까 세상이 다 편해 보이지?"

보조 컴퓨터는 두개골을 윙윙 울리고, 레이더망은 쉴 없이 정보를 쏟아붓고, 사설 함대 소속 전투함은 바짝 따라붙으며 고전적인 충각 전술*을 구사하고 있다. 군함의 장갑에 비하면 쾌속정은 종잇조각이나 마찬가지다. 잠깐이라도 방향을 잘못 틀면 단번에 반으로 갈라지고 만다. 하지만 어림도 없지. 나는 비좁은 현실을 떠나 머릿속으로 되돌아왔다. 지구인들이 처음으로 달에 사람을 올려 보냈을 때 쓴 컴퓨터의 클럭스피드는 2048킬로헤르츠에 불과했다고 한다. 그렇다면 나는, 관자놀이의 신경 임플란트에 전극을 접지한 나는 지구력 1969년의 모든 세계보다도 드넓은 셈이다.

플라스틱 종이를 쓰던 역사는 몰라도 조종에 대한 것만은 빠삭하게 꿰고 있다. 상대벡터와 진벡터와 방위선 각도. 본함선수는 언제나 000·000·000로 두고 4방점에서 다시 좌우 15도 각으로 범위를 세분한다. z축은 그 뒤에 계산한다. 고려해야 할 범위는 끔찍하게도 넓지만 목숨은 베팅보드만큼이나 미세한 틈 위에 올라 있다. 사

---

* 선수에 뾰족한 것을 달아서 적함을 들이받는 전술.

실 그보다도 더 어렵다. 카지노에서는 짝과 홀만 잘 골라도 2배당을 주니까. 조종은 세 좌표를 모두 생각해야 한다. 다이사이로 따지면 하드넘버 베팅이고 서른 배의 배당을 받을 수 있다.

여기에서 좌표를 맞혀 봐야 얻어 가는 건 목숨뿐이지만 말이다.

젠장, 살아남기도 힘든 세상이구먼.

"북서부 돔까지만 가면 더 따라붙진 못할 겁니다. 거기까지 함대를 이끌고 오는 건 전쟁이라도 하겠단 소리니까요."

"아가리. 아가리. 제발 아가리 좀 다물고 있어."

그냥 꼬라박고 같이 죽어? 나는 실존적 고민을 거듭하다가 맡은 임무는 끝내기로 마음먹었다. 이렇게 죽으면 지금껏 퍼부은 노력이 아깝지 않나. 장애물 파고들기는 일종의 곡예다. 일부러 암석 덩어리가 많은 항로를 고르고 계속 방향을 바꾸면서 군함이 쉽사리 따라오지 못하도록 거리를 벌려야 한다. 개구멍을 타면 안 되냐고? 위험 부담이 너무 크다. 도약을 하려고 잠시 멈췄다가는 그대로 배가 두 조각이 날 판이다. 덕분에 예상 시간은 두 배를 넘어서 있었다.

잠깐, 그러면 조만간 따라잡히겠는데. 로켓 추진체에 남은 연료라고는 32번으로 갈 때 넣은 게 다였다. 직선거리로만 따진다면 북서부 돔에 도착하고도 남겠지만, 30분째 15번과 27번 정거장 사이의 작은 먼지구름대를 뱅글거리고만 있는 상황이었다. 이대로라면 어렵겠다는 계산이 섰다. 둘 중 하나다. 도망만 치다가 반으로 갈라져서 죽거나, 반으로 갈라질 각오를 하고 여길 빠져나가거나.

27번 바로 옆에 35번이 있다. 35번에서 32번으로 개구멍을 탄다. 거기에 배치된 군함은 넘어가서 생각할 일이다. 지금은 따라다니는 녀석들을 따돌리는 게 급선무다.

나는 35번으로 가는 경로를 다시 계산한 뒤 태령을 불렀다.

"야, 너. 앞으로 넘어와. 넘어와서 연결할 준비해. 개구멍 들어갈 거야."

"죽은 채로 도착하는 건 사양입니다만."

"아니, 개소리하지 말고. 설마 지금 연결을 시키겠냐. 기계인간은 개구멍 타면 고장 나잖아."

"그러면 뭡니까?"

"나 맛 가면 그때 방향 잡고 바로 도망가. 32번 근처에도 함대 있을 테니까."

태령이 자리를 옮기는 동안 나는 레이더를 확인했다. 소형 군함 세 대. 두 대는 양옆을 에워쌌고 다른 하나는 꽁무니를 바짝 쫓고 있다. z축상에서 오가는 것 외에는 출로가 없는 셈이다. 별수 있나, 곡예비행이라도 해 봐야지. 3분을 더 이동하자 스타보드 빔 상단에 적당한 크기의 충돌체가 하나 나타났다. 좌우 각도 075에서 105 사이. 쉽게 말하면 오른쪽 앞. 나는 얼음조각 군집을 향해 방향을 틀었다.

우주에서 죽는 건 살기보다 쉽다. 가장 고전적인 자살 방법 중 하나는 소행성대에서 속도를 높이는 것이다. 경로 앞에 커다란 얼음덩어리가 날아다니고 있다면 말할 나위도 없다. 하지만 어쨌건, 과속을 하면 일이 빨라진다. 결과 뒤에 놓인 게 죽음이건 성공이건 간에. 가속. 가속. 가속. 40퍼센트 아래에서 맴돌던 출력은 순식간에 60퍼센트를 넘어 70퍼센트를 눈앞에 두고 있었다.

이윽고 삐, 삐, 삐 하는 소리가 운전석을 가득 채우기 시작했다. 속도 경보였다.

"따라잡히기 전에 자결하겠단 생각은 아니겠죠."

"그럴 생각이라면?"

"허, 그러면 그쪽만 죽고 끝나는 거지…… 별걸 다 물어보십니다."

재수가 없다 못해 역겹기까지 한 대답이지만, 일단은 사실이다.

나는 우주선 제어 컴퓨터의 힘을 빌려 메모리의 일부를 잡생각에 할당했다. 오래된 질문이 다시 뇌리를 들쑤시기 시작했던 것이다. 기계인간들이 대부분 재수가 없는 건 어째서일까? 그런 놈들만 기계인간이 되는 걸까, 아니면 시냅스 시뮬레이트 프로그램의 문제일까? 지금 보니 원인은 다른 데 있는 것 같다. 고상하게 말하면 불멸에 대한 확신이 있는 거고, 내 식대로 설명하자면…… 뒈질 일이 없으니까 저러는 거다.

말 한번 잘못했다가는 신원 확인에만 사흘이 걸리게 되는 세상이다. 아니, 신원 확인조차 못 하는 수가 있다. 어떻게든 죽여 버리고 싶은 상대가 있다고 치자. 배에 태운 다음 먼지폭풍 속에 적당히 내버리고 오면 된다. 감시 카메라는 행성에나 있지 운석 덩어리 속에는 없단 말이다. 하지만 기계인간이라면, 짠, 그 모든 역경에도 불구하고 다시 살아났습니다.

다들 그걸 알기 때문에 기계인간을 죽이려 하지는 않는다. 기분이야 나쁘게 만들 수 있어도 대부분은 죽인 쪽 손해이기 때문이다.

"내가 내장은 반쯤 기계야. 창자랑 위장 쪽."

"왜요, 우주 멀미라도 있으셨습니까?"

"어릴 때 나대다가 칼을 제대로 맞았거든."

"교훈은 못 얻으신 모양입니다."

젠장, 이딴 소리나 들으려고 꺼낸 이야기는 아니었는데. 하지만 맞받아치기에는 여유가 부족했다. 서너 줄 정도의 대화를 나눈 것만으로도 능장은 충분히 부린 셈이었다. 나는 잡생각에 할당했던 메모리를 해제한 뒤 입술을 질끈 깨물었다. 군함 무리는 함께 죽으라는 지령이라도 내려왔는지 더불어 속도를 높이고 있었다. 평범하게 따돌리는 건 불가능하다.

하지만 쾌속정의 유일한 장점이 무엇인가. 칼치기가 가능하다는 것이다. 군함이나 대형 수송선이라면 암석 군집을 피해 갈 수밖에 없지만 쾌속정은 운전만 잘한다면 바위 폭풍 한복판에서도 문제가 없다. 바위 폭풍이 소형 군함 세 대로 바뀔지라도 논리는 똑같다.

나는 다른 비행체들의 예상 경로를 계산하기 시작했다. 군함 셋과 쾌속정과 얼음 덩어리와 소행성들은 레이더망 속에서 반짝이는 점이 되어 있었다. 로켓 추진체로 이동하는 것들은 붉게 빛나고 목성의 중력에 이끌리는 것들은 파랗다. 베테랑 조종사조차 간과하는 부분이 있다면 파란색 점의 움직임일 것이다. 혜성이 아닌 천체들은 보통 우주선에 비해서는 너무 느리게 움직이기 때문에 주행 도중에는 고정된 물체로 간주할 수 있다. 천체의 움직임을 계산에 넣을 필요가 없다는 것이다. 하지만 파란색 점들도 계속 자리를 바꾼다. 소행성대가 목성 주위를 한 바퀴 돌기까지는 표준시로 3년이 넘게 걸리지만, 어쨌건 그렇다. 그게 요점이다.

모든 장기짝이 일직선에 놓인 건 출력이 80퍼센트를 막 넘은 시점이었다. 나는 오른쪽 군함 측면에 바짝 붙을 기세로 가까워졌다가 멈추고는 충돌하기 직전에 위로 치솟았다. 바로 이거다. 왼쪽 놈은 나를 따라오느라 오른쪽으로 이동하고, 오른쪽 놈은 나를 끝장낸답시고 왼쪽으로 살짝 방향을 틀었다. 이 속도라면 안전거리를 충분히 넓히기 전에 부딪히고 만다. 대파까지는 아니어도 발목을 잡기에는 충분하겠지.

……그리고 1분 30초 뒤에는, 얼음 덩어리가 이 자리로 날아든다.

"헛."

영원과도 같은 시간 끝에, 태령이 레이더 화면을 보고는 짧게 웃었다.

* * *

소행성대의 각 구역을 나누는 기준은 명확하지 않다. 어디에 사는 사람들이 어떤 은행을 주로 쓰느냐의 문제일 뿐이다. 2지구를 다스리는 건 HKD를 총괄하는 금융관리국이고 3지구는 XRP의 영향력 아래 있다. 연방준비은행에서 발행하는 화폐 단위다. 이런 은행권역 각각은 일종의 경제 공동체고, 이 공동체들은 서로 협업하는 대신 배타적인 태도를 유지하며 영토 확장을 꾀하고 있다. 그러니까, 쉽게 말하면, 3지구 사람이 2지구 계좌로 송금하려면 협력 중개소의 도움을 받아야 한다는 소리다. 버튼 몇 번 더 누른다고 큰일 날 건 없지만 수수료가 나간다. 액수가 커지면 퍼센트가 소수점이라도 아까워지는 법이다.

덕분에 나는 판스워즈를 만나기 전에 3지구 계좌부터 만들기로 했다. 신규 개설 대기실에는 열 살도 안 된 아이들이 보호자 옆에 옹기종기 달라붙어 있었다. 태령은 뭐가 그리 언짢은지 짧게 쯧 소리를 냈다. 아니, 나라고 해서 널 신원 보증인으로 내세우고 싶은 건 아니거든요.

"먼저 일 처리하고 돌아오겠습니다. 수고하십시오."

"지금 나 버리고 가는 거 아니지?" 나는 슬쩍 질문을 던졌다. 판스워즈네 체인 이름이 뭐였더라. "또 뒤통수 치면 MGM에 화염병 던진다?"

"화염병 만들 돈은 있으시고요?"

입가에 떠오른 비웃음을 보자마자 머릿속에서 위험 경보가 울렸다. 네 번이나 내 뒤통수를 후려갈긴 놈이었다. 다섯 번째도 각오는 하고 있었다. 각오는 했는데, 은행 지점까지 따라와서 이럴 줄은 몰랐지.

"야! 야! 진짜 MGM 쳐들어가서 테이블 엎는다!"

"우리네 가드들은 기강이 확실해서요. 적사 따위랑 같은 수준으로 보시면 섭섭하죠……."

놈은 정중한 태도로 내 손목을 쥔 뒤 손등에 키스했고, 그대로 떠나갔다. 신원을 보증할 사람이 사라졌으니 내 계좌도 함께 간 셈이다. 이제는 화도 나지 않았다. 그나저나 나는 왜 이렇게 되는 게 없는 걸까?

나는 물음표를 붙잡은 채 몇 시간 전으로 되돌아갔다. 사설 함대 녀석들은 얼음 덩어리에 제대로 박았다. 어찌어찌 살아남았다 쳐도 본대에 지원을 요청해야 할 것이다. 사령관 녀석은 모가지가 잘리겠지. 비유가 아니라 물리적으로 그럴 수도 있고…… 거기까지는 모든 일이 계획대로 흘러갔다. 혹시 모를 추적대를 피하기 위해 개구멍을 썼고 운전은 태령에게 맡겼다.

그다음부터는 기억이 희미했다. 웅크린 채 식은땀을 흘리다가 소리를 지르기 시작했다. 태령에게 시끄럽다면서 명치도 한 대 얻어맞았다. 이러다가 죽을지도 모르겠다고 생각했는데. 너무 좋아서. 세상이 파란색으로 번쩍여서. 하지만 개구멍은 저 먼 우주에 있고 나는 2지구에 덩그러니 놓여 있다. 어찌어찌 3지구로 돌아간다 쳐도 멀쩡하게 살 수 있을지는 모르겠다. 적사가 날 죽이지 않는다면 콤프깡 업자들에게 배가 갈릴 터였다.

모든 과오를 하나씩 나열해 보다가 이내 포기하고 눈을 감았다. 정말이지 부끄러움 많은 생애를 살아왔다. 여기서 뭘 더 한다 해도 이보다 더 부끄러울 것 같지는 않다. 그러니까 어떻게든 MGM에 불을 질러야겠다. 가능하다면 리스보아에도…….

"화염병을 만들려면 나가서 구걸이라도 해야 하는 게 아닌가? 여기에서는 모든 게 돈이야."

……나지막한 목소리에 눈이 번쩍 뜨였다. 은색 정장을 걸친 훤둥이 하나가 나를 내려다보고 있었다. 선이 가는 얼굴이 어딘가 낯익었다. 그 뒤편에 선 태령 놈의 면상을 보자마자 이름 하나가 뇌리에 날아와 박혔다.

판스워즈!

귀하신 분이 직접 왕림한 걸 보면 허탕은 치지 않을 모양이었다. 나는 재빨리 일어나 인사를 올렸다.

"안녕하십니까, 회장님. 처음 뵙겠습니다."

"비서실장이 신세를 졌더군. 어려운 일을 해 줘서 고맙네."

"아닙니다. 아니에요. 보람찬 일이었습니다." 물론 저 자식은 개새끼지만요.

"정산을 마치면 스위트룸을 하나 내주지. 실컷 놀다 가라고."

나는 정수리가 바닥에 닿을 정도로 허리를 숙였다. 희망찬 미래가 매끈한 인조 대리석 위에서 일렁이고 있었다. 돈만 충분하면 이런 삶은 안녕이다. 쾌속정 할부금을 일시불로 내고 엄마를 2지구로 데려와서, 제대로 살자. 제대로. 엄마 울리지 말고, 개구멍도 타지 말고, 도박도 하지 말고…….

잠깐, 맞대기 판돈은 보낼 생각이다. 이건 도박이 아니라 미래를 위한 투자다. 정말이다.

* * *

태령은 자신이 꽤나 유능한 사람이라 자부하고 있었다. 실제로 유능하기도 했다. 필요한 정보는 다 빼돌렸을 뿐만 아니라 남부 돔 요원들을 끌어들이지도 않았다. 오래된 차용증을 실제로 돈으로 바꾸기 위해서는 복잡한 절차를 거쳐야겠지만 액수에 비하면 사소한 문제였다. 적어도, 지금 당장 돈이 들어오지 않더라도 장부는 훨씬 볼 만해질 터였다. 그러면 스팽글랜드 카지노 영업권을 따낼 가능성도 높아진다. 도중에 삐걱거리는 부분이 있긴 했어도 결말만은 거의 완벽했다. 3지구 버러지를 중간에 처리하기만 했으면 '거의'라는 부사조차 쓸 필요가 없었으리라.

굳이 죽일 필요까지는 없다는 생각에 살려 둔 게 화근이었다. 돈도 없는 데다가 3지구에 돌아가면 쫓기다 죽을 놈이었다. 내버려 두면 기껏해야 카지노 앵벌이나 될 터였다. 하지만 판스워즈의 판단은 달랐다. 태령의 보고를 듣고는 일단 만나 봐야겠다며 은행 지점으로 향한 것이다. 호텔 방을 무기한으로 내주더니 15000XRP까지 약속했다. HKD로 치면 100만이 넘는다. 소행성대 초기부터 쌓아 온 이자에 비해서는 푼돈이었지만 아까운 건 사실이었다.

"모두 마무리된 일입니다. 차용증도 우리 손안에 있습니다. 도대체 이유가 뭡니까?"

"카지노는 사기가 아니야. 우리도 사기꾼은 아니지."

"정론은 아무 의미가 없어서 정론인 겁니다. 안 써도 될 돈을 쓴 건 사실 아닙니까?"

"저 녀석, 조종 실력은 괜찮았다고 했지?"

"그건 사실입니다. 서른도 안 된 나이에 특급이니까요."

"리스보아 단골이고."

"하루에 20만도 날렸다더군요."

"그러면 어쨌건 우리 돈이지. 그뿐인가, 앞으로도 계속 돈이 들어올 거야."

판스워즈는 똑똑히 보라는 듯 창밖을 향해 시선을 던졌다. 막막한 어둠을 배경으로 갖가지 건물이 한참을 이어지더니, 거대한 탑 하나가 그 복판에 우뚝 섰다. MGM 카지노였다. 건물은 발광하는 사파이어처럼 새파란 불빛을 온몸에 휘감은 채 줄지은 사람들을 빨아들이고 있었다. 태령은 영원할 것만 같은 광경을 우두커니 바라보았다.

"자네는 사소한 부분에 집착하다가 큰 그림을 놓치는 게 탈이라니까……."

판스워즈가 천천히, 만족스러운 어조로 중얼거렸다.

나와 밍들의 세계

김유정

겨울날 서울에서 태어났다. 대학에서 심리학을 공부했고
지금은 느릿느릿 글을 쓴다. 『영혼의 물고기』, 『고래뼈요람』을 썼다.
하얗고 털이 북실한 고양이와 같이 사는 중.

나는 도랑 옆에 팽개쳐져 있었다.

숨을 헐떡이며 죽어 가는 중이었다. 앞다리는 바깥으로 꺾여 뼈가 튀어나오고 몸에서는 역한 냄새가 났다. 뜨겁고 축축한 것이 배를 적시며 흘러나오더니 점점 추워지고 있었다. 마지막으로 본 장면이 간신히 기억났다.

지긋지긋한 개구쟁이들. 며칠 잘 피했는데 오늘따라 재수가 없었다. 도망치려는 내 꼬리가 확 잡아당겨졌고, 발톱을 들이댈 새도 없이 뾰족한 것이 배에 깊숙이 찔러 들어왔다. 한 놈이라도 눈을 아주 후벼 파 버려야 했는데. 이를 갈았지만 힘없이 벌어진 주둥이에선 거품 섞인 침만 흘러나왔다.

잠들면 못 깨어날 것 같았다. 그러나 온몸이 너무 아프고 힘이 없어서 더는 버틸 수 없었다. 먼저 사라져 간 얼굴들이 머릿속을 스쳤다. 얼룩귀, 꺾인꼬리, 늙은수염, 형제들, 엄마.

만약 내가 ······였다면. 눈곱에 뒤덮인 눈꺼풀이 닫혔다.

잠 속에서 나는 희미하게 느꼈다. 누군가 내 축 처진 몸을 어루만 지고 있었다.

인간······? 다 자란 인간 여자인 것 같다. 이 꼴로 만들고도 아직 모자라느냐고 침 뱉는 소리로 위협하려 했지만 여전히 나는 죽어 가고 있었다. 내가 기를 쓰고 꿈틀거리자 여자는 계속 내 몸뚱이를 가만가만 쓰다듬었다.

괜찮으니 조금만 참아.

그렇게 말한다는 기분이 들었다. 내 배는 두툼한 천 같은 것으로 감싸여 있었다. 통증도 무뎌졌는지 별로 느껴지지 않는다. 인간은 계속 날 만져 주며 말을 걸었다. 괜찮을 거란 말을 다 믿지는 않았지만 그 손길은 그다지 기분 나쁘진 않았다.

힘들게 버티던 눈이 다시 감기기 시작했다. 굳어 가는 내 몸에 그 인간이 뭔가 차가운 걸 가져다 대는 느낌이 났다.

또다시 깨어났을 때 나는 이게 무슨 상황인지 한참 고민해야 했다.

나는 사방이 막힌 공간 안에 있었다. 인간의 방이다. 나도 잠깐이나마 인간의 손에 잡혀 방이란 곳에서 지내 본 적 있으니 대충 안다. 인간이 벽이라 부르는 것, 창문이라 부르는 것, 식탁, 의자 등등. 대체로 내가 긁어 대면 인간들이 화를 내던 하찮은 물건들. 저것도 안다. 인간들이 좋아하는 TV, 그만큼 좋아하는 냉장고, 붕붕 웅웅 소리

내지만 살아 있지 않은 기계란 것들.

그런데 내 몸이 이상했다. 눈이 높은 곳에 달린 것 같았다. 예전에는 그 식탁이란 것의 다리만 겨우 보였는데 지금은 한참 위에서 식탁을 내려다보고 있다. 내가 허공에 떠 있는 게 아니라면 눈이 그 높이에 달린 모양인데. 그만큼 큰 생물이라면 인간밖에 떠오르지 않아 나는 조금 당황했다.

갑자기 목소리가 귀에 웅웅 울려서 나는 털이 뒤집힐 만큼 소스라쳤다.

"놀랐지? 적응하려면 좀 걸릴 거야."

내가 들었던 그 인간 목소리다. 날 쓰다듬으며 몸에 뭔가 달던 인간 여자. 나는 두리번거렸지만 여자의 모습은 찾을 수 없었다. 게다가 여자는 인간의 말을 하고 있을 텐데 왜 내가 알아들을 수 있는지도 모르겠다. 여자는 다시 차분하게 말을 이었다.

"기억나? 넌 죽어 가고 있었어."

굳이 알려 주지 않아도 뼈아프게 안다.

"지금도 상태가 썩 좋진 않아. 여기가 어딘지 궁금한 게 많지? 더 치료받고 상황이 괜찮아지면 그때 얘기해 줄게."

손길만큼이나 부드럽고 포근한 목소리였다. 그래 봤자 저자는 인간이고 저 손은 내 배를 찌르던 손과 다르지 않다. 물어뜯고 경계하고 싶었지만 나는 너무 피곤하고 계속 눈이 감겼다. 조금만 더 이대로 쉴 수만 있다면. 힘이 들어서 그런지 오랜만에 어린 시절 몸뚱이를 핥아 주던 혀가 기억난다. 꼬물거리는 내 작은 몸을 품어 주던 털로 덮인 따뜻한 배도.

그 후로 잠에서 깰 때마다 인간 여자의 음성은 계속 나를 어루만지듯 천천히 이야기를 해 주었다. 나는 자다 깨다 하며 꿈처럼 그 말을 들었다.

"기계란 게 뭔지 알아? 아는구나. 그럼 한번 들어 볼래? 어떤 기계 장치가 있어. 어떤 거냐 하면, 죽어 가는 생명체를 살아 있는 생명과 연결해 주는 장치야."

그 장치는 아주 복잡해서 성공보다는 실패를 더 많이 한다고 했다. 운이 좋아 성공하면 죽어 가는 몸뚱이를 잠시 떠나 살아 있는 생명의 눈과 귀를 빌릴 수 있게 해 준다고. 그 말대로 여자는 자신에게 나를 연결한 모양이다.

나를 인간에게? 내가 지금 인간 여자에게 옮겨 와 있다는 의미인가? 여자는 알기 쉽게 설명해 줬으나 그걸 내가 받아들이는 건 다른 문제였다. 그 이상한 기계가 쓸데없는 짓을 해서 내가 그 인간의 몸을 빌린 상태라면 내 눈높이가 왜 전과 다른지 설명이 되긴 한다. 그러나 나는 마음속으로 잔뜩 도사린 채 내게만 들리도록 침 뱉는 소리를 냈다. 나는 의심했다. 의심이 충분하지 못해 죽을 뻔했으니 더 의심해야 한다. 인간을. 인간의 도움이란 걸.

내가 조용히 있자 여자는 천천히 걸어가 거울 앞에 섰다. 그곳에 비친 모습을 나는 어렴풋이 알아봤다. 죽기 전에 날 만져 주던 인간 여자가 맞다. 그 손길이 떠오를 때마다 마음이 멋대로 풀리려고 해서 나는 다시 잔뜩 경계심을 다잡았다. 여자는 내게 보여 주려는 것처럼 자신의 한쪽 귀 뒤를 두드렸다.

"여기, 보여? 작고 동그란 걸 붙였지? 복잡한 이름이 따로 있지만 그냥 변환기라고 하는데, 음, 그 기계장치의 일부분이야."

그 뭐라는 물건이 그녀의 눈에 보이는 광경과 귀에 들리는 소리를 내게도 전해 준다고 한다. 이번에 그녀는 다른 쪽 귀 뒤를 가리켰다. 그쪽은 반대로 그녀가 내 생각을 들을 수 있게 연결해 주는 장치였다. 그 아래 살갗에는 최근에 생긴 듯한 붉은 할퀸 자국 같은 게 있었다. 그녀는 그 피부 아래에도 작고 작은 기계가 들어가 있다고 설명해 줬다.

"그래서 우리는 어느 정도 말이 통하는 거지. 기계가 내 머릿속을 통해 우리를 연결해 주니까. 잘 될까 좀 걱정했는데 넌 원래부터 인간 말을 꽤 잘 알고 있었구나."

당연하지, 귀진드기가 가르쳐 줬으니까.

나는 오래 잊고 있던 귀진드기를 떠올렸다. 꾀죄죄한 모습으로 거리에 나타난 놈은 인간하고 제법 오래 살았다고 했다. 그래서 거드름이 몸에 배어 미움도 많이 샀지만 내게는 친한 척 붙어서 이것저것 가르쳐 주었다. 그 녀석이 언제 어떻게 사라졌더라. 더 생각하면 마음이 쿡쿡 쑤시듯 아플까 봐 나는 생각을 멈췄다. 이상하다. 다치고 시간이 많아져서 그런지, 이 인간과 붙어 있어서 그런지, 잊고 지내던 옛 기억을 많이 생각하게 된다. 기계장치가 내 기분마저 전해 준다는 듯 때마침 그녀가 말했다.

"피곤하지? 졸리면 다시 자. 회복되면 적응도 빨리 될 거야."

회복, 적응, 낯선 말들. 나는 적응이란 예전으로 돌아갈 수 없다는 의미라고 어렴풋이 깨달았다.

갓 태어난 새끼도 아니면서 계속 자고 깨고만 반복하며, 어느덧 나는 눈 뜨면 보이는 이상한 광경을 받아들이기 시작했다. 받아들일 수밖에 없는 나날이기도 했다. 어느 날은 갑자기 눈이 아프도록 쨍 해서 비명을 질렀다. 왜 그러냐고 놀라서 물어보는 여자에게 나는 쉭쉭거렸다.

"얼룩덜룩한 게 어지러워하라고 막 눈을 때리고 있어!"

그녀는 버럭버럭하는 날 한참 달랜 후에 겨우 내 말을 알아들었다.

"아, 무슨 소린가 했네. 그 얼룩덜룩한 건 색깔이야. 색깔 몰라? 너희 눈도 좀 알아보지 않아?"

"눈 시리게 이게 뭐야. 인간들은 이 정신 사나운 걸 계속 보고 산단 말이야? 그래서들 이상한가?"

조금 진정되자 그녀는 물건을 하나하나 짚으며 그걸 인간들이 무슨 색이라 부르는지 이름을 불러 줬다. 그러나 그녀가 말하는 색깔 중 절반은 잘 구분이 가질 않았다. 파란색이고 하늘색이고 더 밝고 어두운 정도지 그거나 그거나였다. 빨간색이란 걸 봤을 때는 정말 처음 보는 빛이라 마음속으로 펄쩍 뛰긴 했다. 그녀 말로는, 인간의 눈을 통해 보아도 내가 가졌던 원래 시각을 고려해 적당히 적용되는 것 같다고 한다.

반대로 청각은 인간 기준에 맞춰졌는지 들리는 범위가 답답할 정도로 좁아졌다. 머리에 뭔가 뒤집어쓴 것처럼 몸 근처 소리만 겨우, 그것도 높은 음 낮은 음 다 잘라먹고 들으면 위험은 어떻게 느끼고 사냥은 어떻게 하라고. 이렇게 시야는 색 범벅이라 정신 팔리고 소리도 반 토막만 겨우 듣고 다니니 인간이 둔하고 성질 이상한 것도 다 이유가 있던 것이다. 내가 참아 줘야지.

이래저래 변해 버린 감각에 놀라고 투덜대고 포기하며 그놈의 적응이란 걸 하던 중, 의문이 들었다. 나는 바로 그녀를 향해 물었다.

"내가 지금 너하고 연결되어 있다 했지? 그럼 진짜 나는? 어떻게 됐어? 내 원래 몸은 어디 있어?"

그녀는 잠시 말이 없었다. 인간에게 표정이 있다는 건 알지만 잘 구분은 못 한다. 가까이 가도 위험하지 않을 거란 느낌이 드는 표정, 반대로 등 털을 바싹 곤두서게 만드는 표정, 나도 무시하고 저쪽도 나를 무시하는 표정 정도만 알면 되니까. 그런데도 나는 지금 거울을 통해 그녀가 짓는 표정을 직접 확인하고 싶었다. 내가 위험을 느껴야 할까, 두려워해야 할까, 아니면 아무것도 아닌 걸까. 꽤 오랜 시간이 지나서야 그녀가 말을 이었다.

"너는 지금 무척 아파."

장치와 연결하는 동안에도 내가 버틸 수 있을지조차 알 수 없었다고 한다. 다행히 연결이 성공하게 되면 어느 정도 회복과 생명유지 효과가 있지만 완전하지 않다고 했다. '죽어 가는 생명체를 살아 있는 생명과 연결해 주는.' 그녀는 처음에 그렇게 말했다. 내가 마지막으로 느꼈던 통증, 소리 지를 수도 없을 정도로 쑤시고 타들어 가는 것 같던 아픔이 기억난다.

나는 죽음도 알고 있다. 매일 인사하다가 하룻밤 새 딱딱하게 굳어서 악취를 풍기는 작은 몸뚱이들은 많았다. 너무 많았다. 지금 나도 그들과 가까운 것이다. 너무 가까이 가 있는 것이다. 가만가만 설명하던 그녀의 목소리를 들으니 어쩐지 기분이 처졌다.

"그러니까 다음에 보여 줄게."

"그래, 다음에."

그녀의 목소리는 작았다. 내 목소리도 작았다.

어느 날 정신이 들자마자 숨이 콱 막혔다.

끔찍한 고통이 덮쳐 왔다. 예전에 못된 꼬마 인간이 물에 처박았을 때처럼 가슴 터지게 헛숨을 들이켰다. 온몸이 으스러지는 듯해서 허우적거리는데 멀리서 목소리가 들렸다.

그녀였다. 잘 알아들을 수 없지만 날 부르는 것 같았다. 시끄러워, 인간. 공포에 짓눌린 채 이 고통을 버티느니, 차라리 그냥 편해지면 안 될까. 그러나 그녀는 멈추지 않고 계속 뭐라 뭐라 소리쳤다.

너무 시끄러워서 그 소리에 귀 기울이니 다음엔 내 몸을 만지는 손길이 느껴졌다. 내 진짜 몸, 부들부들 떨리며 죽어 가는 몸뚱이를. 그녀는 쉴 새 없이 내 딱딱한 앞다리, 뒷다리를 주무르고 가슴을 눌러 댔다. 그때마다 벌어진 내 입에서 미지근한 거품이 흘러나왔다.

게슴츠레 흐려진 내 진짜 눈에 그녀의 모습이 어른거렸다.

그녀는 울고 있었다. 인간이 우는 건 처음 봤다. 바람이 벽에 뚫린 구멍으로 빠져나가는 소리, 새끼 잃은 어미가 울부짖는 소리, 혹은 죽은 엄마나 형제 옆에서 떠날 줄 모르는 어린 것의 배고프고 힘없는 소리, 내가 아는 모든 비통한 소리가 그녀의 울음 속에도 들어 있었다. 왜 내 앞에서 그렇게 우는지는 몰랐지만, 살아 있는 것들은 다 똑같구나 하고 알게 됐다.

더 살아야겠다고 생각했다. 할 수 있는 만큼만, 아주 조금이라도 더.

날씨는 좋고, 창문 너머 보이는 하늘은 파랗다. 모든 게 문제없다.

그녀의 말에 의하면 나는 다행히도 '돌아왔다'고 한다. 어디에서 어디로 돌아왔다는 말인지 잘 모르겠지만 그냥 죽지 않았다, 살아났다는 뜻인 것 같았다. 인간이 쓰는 표현은 가끔 모르겠다. 모르겠지만 돌아왔다는 그 말은 어딘가 내 마음을 찌르르하게 했다. 사냥이 성공해서 이제 배불리 먹겠구나 기대할 때의 찌르르, 구역에서 쫓겨난 어린 것이 밤새 처량하게 우는 소리를 들을 때의 찌르르, 그런 비슷한 느낌. 나는 속으로 하품을 늘어지게 하고 맑은 하늘을 예전처럼 느긋하게 올려다보았다.

방 한구석에 언제부터인가 한 사람이 보였다.

내 보기에도 그녀보다 나이 많은 여자, 늙은 인간인 것 같았다. 그 여자도 푸르고 맑은 하늘을 하염없이 쳐다보고 있었다. 어쩐지 먼지 냄새가 날 것처럼 조용하고 흐릿한 모습으로.

"저 인간은 누구지? 저 나이 든 여자."

"나이 든 여자가 아니라 노인, 아니면 할머니."

그녀에게도 보이는 것 같았다. 그녀는 잠깐 고개를 갸웃거리더니 또다시 내가 전혀 이해할 수 없는 말을 했다.

"저건, 너야."

그녀의 눈과 귀에 날 연결해 준 장치 말고 반대쪽 장치, 즉 그녀가 내 생각을 듣게 하는 장치에는 기능이 하나 더 있다고 했다. 나를 보이면서 보이지 않는 모습으로 만든다고, 이게 듣자니 복잡한 얘긴데 또 다른 내 몸을 만들어서 그녀에게 보여 준다고 한다. 오직 보이기만 하는 용도의 가짜 몸이라서 뭘 만질 수도 없고 누가 날 만질 수도 없단다. 하지만 저건 인간 여자고 내 모습이 아니잖아?

"머릿속을 읽어서 그리는 장치라서. 진짜 네 모습 말고 네가 강하게 생각한 모습이 되는 거래."

나는 다시 한번 그 모습을 돌아보았다.

아무리 봐도 나이 먹은 인간 여자다. 그러나 내가 으르렁거리듯 앞발을 짚자 그 인간 여자 모습도 두 앞발, 아니 두 손을 어설프게 식탁에 올리는 시늉을 한다. 어처구니가 없었다.

"그러니까 저게 나라고? 내가 저 나이 든 여자가, 노인이 됐다고?"

"그냥 그렇게 보이는 것뿐이야. 연결된 나한테만 보이는."

생기 없이 얼어붙어 있는 것 같던 그 나이 든 여자도 지금은 나와 똑같이 어처구니없다는 얼굴을 하고 있다. 내 모습이라 그런지 다른 인간보다도 얼굴 표정을 알아보기가 쉬웠다. 갑자기 잊고 있던 기억이 하나 떠올랐다.

만약 내가 ……였다면.

"죽기 직전에 그런 생각을 했어. 너무 분하고 화가 나서, 만약 내가 인간이었다면, 그랬다면 이렇게 속절없이 죽었을까 하고."

그러자 물고기가 둥실 떠오르듯 또 생각이 났다. 나는 예전에 이와 비슷한 나이 든 여자를 본 적이 있다.

아직 어릴 때 일이었다. 덜 자란 또래의 동료들하고 어딘지 모를 구석에 몸을 포개고 웅크려 있었다. 하늘에서 축축한 물방울이 쏟아지고 있었다. 그칠 줄 모르는 비 때문에 털은 다 젖고 굶어 쪼그라든 배 속까지 얼어붙듯 추웠다. 그때 뭔가 투명한 게 펄럭하더니 벌벌 떨던 우리 머리 위에서 비를 막아 주었다. 그게 우산이란 건 한참 나중에야 알았다. 우산 밑에서 우릴 가만 들여다보던 인간의 두 눈이 지금 이 노인과 비슷했던 것이다.

그 후로도 몇 번 더 그 노인은 우리를 찾아왔다. 물이나 먹을 것을 들고선 허리를 굽혀 새처럼 쪽 쪽 소리를 내 우릴 부르곤 했다.

어쩌면 그 때문에 내가 흰 꼬리, 절룩이 들보다 인간을 덜 경계하게 됐는지 모른다. 그렇지 않았다면 망할 개구쟁이들이나, 고래고래 소리 지르고 꼬챙이를 들고 덤비곤 하던 인간 놈들의 괴롭힘을 피할 수 있었을지도 모르지. 그래도 왜 내가 죽어 가던 순간에 만져 주던 그녀의 손길을 거부하지 않았는지 이해할 것 같았다.

아직 아무것도 모르고 길거리에서 구르던 우리들에게 처음 친절을 베풀어 준 인간이 있었으니까.

"잠깐, 그 모습으로 뒷발 들지 말고. 진짜로 가려운 것도 아니잖아."

그녀 목소리에 정신이 들자 눈앞의 노인도 어중간한 자세로 뒷발을 들다 말고 점잖게 앉았다.

"그럼 지금 내가 날 보는 거야?"

엄청나게 이상한 상황이었다. 나는 여기 있는데 왜 남의 눈으로 가짜인 날 보고 있는 걸까. 그녀가 더듬거리며 어설픈 말로 설명해 줬으나 난 여전히 어리둥절하기만 했다.

"원래는 의사소통이 힘든 상태의 인간끼리 대화하기 위해 만든 장치라더라. 인간은 대화 상대가 제대로 눈에 보여야 안심하는 모양이야. 몸을 움직일 수 없는 쪽에서도 홀로그램이라도 좋으니 몸을 갖고 움직이고 싶어 하고. 그러니까 꼭 있을 필요는 없겠지? 네 맘에 안 들면 없애도……."

"됐어, 난 인간도 아니고. 내 진짜 몸도 못 쓰는데 놔둬."

그러면서 나는 다시 한번 귀를 긁고 싶은 유혹을 참아야 했다. 그녀가 웃음소리를 냈다.

"긁고 싶으면 긁어. 어차피 우리 둘만 보이니까 상관없어."

"시끄러워, 나도 제대로 앉아 있을 수 있다고."

나는 목구멍에서 가르릉 소리를 냈다. 일부러 기분 좋을 때 내는 소리를 만들어 내자 인간 모습의 노인도 봐 줄 만한 얼굴이 됐다. 그 표정이란 게 마음에 들어서 나도 더 기세를 높여 가르릉거렸다.

"기분 좋으니까 이제 괜찮아."

"뭐가?"

"내 진짜 몸 말이야, 이제 봐도 괜찮아."

그녀의 환하게 열린 눈이 급작스레 좁고 어두워졌다. 예전이었다면 몰랐을 인간의 모습들을 알게 되는 건 인간과 연결돼서 그런 걸까. 그녀는 또 한참 가만히 있었다. 그러나 조용히 일어나 의자를 밀고 뒤돌아섰다.

그녀의 집 반대편을 보는 것은 처음이었다. 그녀는 내가 깨어 있을 때는 늘 식탁에 앉아 벽과 냉장고 등등을 보고 있었다. 뒤로 돌자 전에는 몰랐던 방문이 하나 나타났다. 문을 열었더니 그 안은 창문까지 막았는지 완전히 어두컴컴했고 이상한 작은 불빛만 몇 개 날벌레처럼 깜박이고 있었다. 그녀가 뭔가를 만지자 주변이 희미하게 밝아졌다.

투명한 우리 같은 것 안에 검게 웅크린 그림자가 보였다. 그 그림자에서 기다란 끈 뭉치가 나와 커다란 기계, 냉장고보다 더 큰 기계로 이어졌다. 그 기계에서는 가늘게 짤깍대는 소리도 들리고 색색의 빛도 조그맣게 새어 나와 눈이 아팠다. 그녀가 그 앞에 멈춰 서자 나는 그녀의 눈을 통해서 볼 수 있었다. 웅크린 채 꼼짝도 않는 그림자를 더 자세히.

그 잔뜩 말려 있는 뻣뻣한 털 뭉치가 내 몸이라는 걸 알았다.

앞다리, 뒷다리 모두 딱딱해 보이는 물체로 덮여 있고 배에도 천이 감겨 있다. 전에 바싹 말라비틀어진 개구리를 본 적 있는데 그와 거의 비슷한 꼴이었다. 한쪽 얼굴은 바닥에 대서 모르겠지만 위로 향한 쪽 눈구멍은 안이 텅 빈 듯 쑥 파이고 일그러진 주둥이 틈에서 허연 잇몸이 드러났다. 나도 모르게 목구멍 속에서 길고 끝없는 소리가 새어 나왔다. 그 소리를 감싸듯 뒤따라 그녀가 말했다.

"미안해."

나는 그녀가 무슨 말을 하는지 몰랐다. 그렇다고 다시 물어볼 생각도 들지 않았다.

"죽어 가는 나를 내가 보고 있네."

끙 소리도 못 내고 헐떡일 때마다 피부를 찢을 듯이 두드러지는 갈비뼈를 보며 내가 중얼거렸다. 그녀가 조용히 밖으로 돌아 나와 문을 닫자 나는 더 이상 나를 볼 수 없었다. 그러나 그녀 곁에 서 있는 또 다른 나는 볼 수 있었다. 묵묵히 선 노인은 나도 알아볼 만큼 색채가 없고 주저앉고 싶은 듯이 멍한 표정이었다. 그녀도 그 얼굴을 보았을까.

"다른 이야기를 하자."

내가 말했다. 방금 본 광경이 잊히지 않아서 그것만 아니면 뭐든 상관없을 것 같았다. 다른 이야기라, 뭐가 좋을까. 그녀는 입속으로 중얼거리더니 재빨리 말했다.

"아, 그래. 사실 전부터 물어보고 싶었거든. 네 이름이 뭔지 궁금했어. 뭐라 불러야 해? 이름은 있었니?"

이름이라. 나는 코끝을 찡그렸다. 내 동료들은 서로 부를 때 짝눈이나 얼룩꼬리, 낙엽냄새라 하다가 때로는 바뀌어서 얼룩꼬리가 잘린꼬리가 되고 낙엽냄새가 비린냄새가 되기도 했다. 그들도 나를 내키는 대로 불렀다. 인간들은 꼭 이름이 필요한가? 번거로운 존재들이라니까. 나는 고개를 쳐들고 당당하게 말했다.

"나는 나야. 다른 이름 따위 없어. 나라고 불러."

"나한테는 네가 되는데?"

"인간 사정 따위 알 게 뭐야. 나는 나라니까."

"좋아, 그럼 '나'라고 하자. 그럼 넌 날 뭐라 부를래? 너도 '나'라고 불러 줄래?"

"싫어, 나는 나 하난데 왜 널 나라고 해."

"은근 고집 있네. 알았어. 하고 싶은 대로 하세요, '나' 씨. 그럼 난 이름으로 불러 줘. 사람 이름이 있으니까."

그러면서 뭐라 뭐라 하는데 내가 인간의 이름 따위 알아들을 리가. 아무리 들어도 '밍─이'인지 '이─밍'인지 그게 그거 같다. 그래서 나와 인간 노인 모습은 다 귀찮다고 손을 내저었다.

"몰라. 넌 '밍'이다. 이제부터 '밍'이라고 부를 거야."

"아니, 왜 그렇게 대충인데?"

우리는 잠시 그렇게 떠들었다. 그러나 그녀는 내 노인 모습이 그림자처럼 지었던 괴로운 얼굴을 보았다. 나는 그녀도 똑같은 표정인 것을 알았다. 슬픔이 내장에서 배어 나와 거죽까지 물들인다. 나는 저 방에 죽음을 가둔 채 살아가고 있다. 나와 밍은, 괴로운 얼굴을 가두고 같이 살아간다.

우리가 인간들 생각보다 더 머리가 좋고 무엇이든 빠르게 배운다 는 걸 아는가? 옛날 어디서는 우리가 신이었다고, 늙은수염이 말해 줬다. 게으르고 아무것도 못 하는 작은 신들이었나 보다. 나는 신은 아니지만 거의 온종일 잠자고 하늘을 바라보고 멍하니 시간을 보내 며 밍에게 붙어 있었다.

내 가짜 몸은 내게 적당하진 않았다.

평소 버릇대로 벌러덩 누우려다가 생각해 보니 난 인간이 그렇게 앞발 접고 고개를 뒤로한 채 편히 드러누운 걸 본 적이 없었다. 그래 서 괜히 하품이나 하고 끝냈다. 가짜 몸이 인간 형태인 만큼 나는 인 간을 더 관찰하게 됐다. 밍이 보는 TV나 거울에 비치는 밍의 모습 등등.

볼수록 이렇게나 유연성도 떨어지고 굼뜨고 불편한 동물이라니, 한탄하면서도 나는 그럴싸하게 노인의 몸을 움직였다. 시장이나 차 가 많고 어지러운 곳에 밍을 따라갈 때면 어차피 보이지도 않을 텐 데 진짜 사람인 척 밍과 걸었다. 저 생선이 싱싱하다느니 저 캔을 사 보라느니 참견도 하면서.

어느 날 밍은 말했다. 저금이 떨어졌어. 한동안 쉬고 있었다던 밍 은 다시 일하기 시작했다.

매일 아침 밍은 물을 한 잔 마신 후 몸단장을 한다. 바쁘게 씻고 얼굴에 이것저것 바른 후 옷을 입고. 마지막으로 밍은 목을 쭉 빼서 수건 같은 걸 두른다. 스카프야, 밍이 알려 줬지만 알 게 뭐람.

"'나', 좀 봐. 괜찮아? 눈에 안 띄어?"

밍의 목덜미부터 뺨 한쪽까지는 살짝 흉터가 있었다. 밍은 그게 보이지는 않을지 신경을 많이 썼다.

"달리다가 넘어졌거든. 그래서 뾰족한 것에 걸려 찢어졌어."

왜 달렸는데? 물으면 밍은 나한테는 어려운 복잡한 표정을 지으며 웃곤 했다. 나쁜 인간들이 있어. 그런 사람들이 많이 쫓아왔어. 우리 아버지 때문에.

일하러 나가는 밍의 발걸음은 무거웠다. 한참을 걸어서 지하로 내려가 시끄럽고 인간들로 꽉 찬 짐차를 타고 또 한참을 간다. 밍이 일하는 사무실이란 곳은 짐차 못지않게 인간이 가득하고 늘 누군가가 화내거나 소리치고 있었다. 밍은 소리치는 쪽이 아니었다. 그녀는 참고 버티는 쪽이었다.

좁은 곳에 하루 종일 앉아 TV하고 비슷하게 생긴 화면을 보거나 귀에 뭔가 꽂고 목이 아프도록 중얼거리는 밍은 지쳐 보였다. 밤이 되어 아침과는 반대 순서로 꽉 찬 짐차를 타고 지하에서 올라와 한참을 걸어가는 밍의 발걸음은 더욱더 무겁고 조용했다.

나는 아무 소용도 없으면서 꼭 밍을 따라다녔다. 밍의 주변에서 노인 모습으로 떠돌고, 밍의 눈으로 TV보다 작은 화면을 꽉 채운 이상한 숫자들과 글자들을 들여다보고, 하품을 하고 꾸벅꾸벅 졸다가 잠이 들었다. 어떤 때는 밍이 집으로 돌아온 후에야 깨어났다. 밍은 집에 들어서서 내가 보이지 않으면 꼭 불렀다.

"'나', 어디 있어?"

"나 여기 있어."

나는 그렇게 대답했다. 밍이 겨우 웃으며 다리를 쭉 뻗으면 왠지 그 무릎에 올라가 몸을 동그랗게 말고 싶었다. 그러나 인간 모습으로 그럴 수야 없지. 언젠가 때가 오면 하기로 하고 지금은 참았다.

가끔 집 안에 벌레가 들어와 참을 수 없게 될 때도 있다. 붕붕대는 소리와 눈앞에 어른대는 날갯짓에 벌떡 일어나 앞발로 허공을 허우적대면, 밍이 그 별난 꼴을 보고도 잘한다고 부추기며 손뼉을 쳤다.

"잡고 싶어도 잡을 순 없지. '나'도 답답하겠다."

"답답하지, 그럼. 저런 건 그냥 주먹 한 방에 입으로 쏙인데. 앗, 어디로 갔지?"

인간이 보는 색깔이란 건 혼란스럽고, 청각은 보잘것없고, 그리고 밍과 연결된 이 상태에서는 냄새도 못 맡고 다른 몸의 감각도 없다. 하지만 나는 내심 잘됐다고 생각했다.

이 집 저편에는 진짜 내 몸이 있으니까. 번쩍거리는 기계에 묶여 피고름 냄새를 내며 죽어 가고 있을 내 몸이. 문으로 닫아 두니, 보이지 않으니 잊을 수 있다. 죽음의 냄새를 피할 수 있다.

나는 피곤한 듯 하품을 하고 있는 밍에게 이마를 부비고 싶었다. 나는 인간을 미워했지만 밍까지 미워할 순 없었다. 나를 살리겠다고 뻣뻣한 내 다리를 주무르던 밍의 손바닥 안에는 얼마만큼 괴로움이 담겨 있었을지. 비록 몸은 죽어 가고 인간의 동정에 기대 존재하게 됐지만, 매일 길에서 먹이를 찾아 헤매다 돌 맞는 고단함과 분노에서 잠시 벗어나니 이제는 밍의 삶을 보게 된다. 아마도 나와 별 다를 게 없지 않을까 하는 생각이 들었다.

정말로 우리가 신이었다면 누구도 괴롭지 않았겠지. 우리뿐만이 아니라 생명 있는 생물이라면 전부. 모든 살아 있는 생명체에게, 인간에게도 고통 없는 삶을.

그래서 나는 밍을 지키고 싶었다. 우리는 똑같았으니까. 신이 아닌 작고 죽어 가는 생명인 내가 밍을 돌봐 주고 싶었다. 내가 살 이유가 되었다.

피곤할 때 밍은 아무 생각 없이 터벅터벅 걷기 때문에 내가 더 주변을 살펴야 했다. 나는 인간들이 하얀색으로 길 위에 그어 둔 선을 알고 있다. 그러나 신호등이란 건 처음 알았다. 빨간색을 알게 된 것도 밍의 눈을 통해서였다. 나는 정신없이 걷던 밍에게 크게 가릉거렸다.

"빨간 불!"

딱 맞게 멈춰 선 밍의 코앞에서 자동차가 거칠게 부릉거리며 몰려갔다. 빨간 불이라는 걸 우리들도 구분할 수 있었다면, 인간들 틈에서 살기 더 나았을 텐데. 나는 더 생각하지 않고 밍에게 물었다.

"왜 그래? 앞도 제대로 안 보고."

"'나', 저 사람들 보여?"

밍이 어딘가를 가리키고 있었다. 쓸데없는 부분만 또렷이 보이는 인간의 시야 때문에 나는 어지럼증을 느끼며 그 방향을 보았다.

인간이 너무 많은데 대체 뭘 보라는 거냐고 불평하려다 말고 나는 입을 다물었다. 나는 눈을 화등잔처럼 떴다. 그 많고 많은 인간들 중에서 두 사람이 눈에 들어왔다. 나이가 좀 있는 남자 인간과 어린 남자 인간이었다. 어린 쪽은 신이 나는지 남자 인간 주변에서 껑충껑충 뛰어다니고 있었다. 마지막 순간까지 날 죽도록 때리고 괴롭힌 버릇없는 것들이 떠올라 저절로 쉭쉭하고 위협하는 소리를 냈다.

그러나 사실 그럴 필요가 없었다. 저 어린 남자 인간은 나와 같았던 것이다.

"그렇지, '나'? 저 애도 여기 없는 존재 맞지?"

이쪽으로 가까이 걸어오면서 어른 남자 인간도 우리를 알아본 모양이었다. 밍과 나(눈을 부릅뜨고 경계 중인 나이 든 여자)를 발견하자 그의 눈도 휘둥그레졌다. 어린 남자 인간만이 아무것도 모른 채 이리저리 팔다리를 흔들며 놀고 있었다. 나는 갑자기 소리쳤다.

"위험해!"

어른 남자가 우리를 보느라 멈춘 사이에 어린애는 길거리로 휙 뛰어나가고 있었다. 보이지 않는 그 애를 향해 트럭이 빠르게 달려들었다. 어른 남자도 소스라치게 놀라 고함을 쳤다. 내가 목구멍에서 낸 날카로운 소리에 어린애는 화들짝 돌아보았다.

그리고 사실 아무 일도 없었다. 트럭은 평소와 같이, 공기를 뚫듯이 남자애를 통과해서 그대로 달려가 버렸다. 그러나 어른 남자는 그 자리에 털썩 무릎을 꿇었고, 깜짝 놀란 아이는 그제야 상황을 알아차린 모양이다.

차가 쌩쌩 오가는 도로 한복판에서 아이는 얼굴을 찌푸리더니 크게 울음을 터뜨렸다. 우리 말고는 아무도 듣지 못하는 울음소리가 붐비는 인간들 사이로 퍼져 나갔다.

남자가 우리를 데려간 곳은 병원이었다. 아이는 울다 지쳤는지 터덜터덜 걷고, 나는 밍의 뒤에서 털을 뻣뻣이 세우고 싶은 기분으로 두리번거리며 따라 들어갔다. 병원은 인간이 너무 많고, 눈이 아프도록 번쩍거리는 하얀색으로 뒤덮여 있다. 만약 후각이 있다면 몸에서 기운이란 기운은 다 빠져나가게 하는 불쾌한 냄새를 가득 맡을 것 같았다. 마치 그 닫힌 방의 느낌처럼.

남자는 걸음을 멈췄다. 복도 반대쪽에 커다랗게 창문이 뚫려 있고 그 안으로는 똑같은 옷을 입은 사람들이 오락가락했다. 남자가 인사를 하자 그들은 창가에 걸린 천을 걷어서 안을 보게 해 줬다.

새하얀 방 안에는 커다란 기계가, 그것도 몇 대나 있었다. 내 진짜 몸과 연결된 기계보다 훨씬 더 컸고, 작은 불빛이 번갈아 반짝이며 윙윙 소리를 냈다. 그 기계에 묶인 듯한 작은 침대가 있고 그 안에는 더 작은 어린애 몸뚱이가 누워 있었다.

그 어린 인간이 너무 하얗고 작아서 침대나 벽하고 구별도 되지 않기에 알아보는 데 한참 걸렸다. 그건 지금 내 옆에서 졸린 듯 눈을 부비고 있는 어린 남자 인간이었다. 자세히 보니 조금 달랐다. 누워 있는 어린 인간은 머리에 모자를 쓰고 바싹 마른 풍뎅이처럼 생기라곤 하나도 없이 그저 하얗기만 했다.

"뺑소니였습니다."

어른 남자가 말하자 밍은 몸을 부르르 떨었다. 어쩌면 나도 같이 떨었을지도 모른다.

우리들 사이에서도 악명 높은 괴물이다. 요란하게 달려온 차가 사라지고 난 다음에는 알던 얼굴들이 하나씩 처참한 꼴로 거리에 버려졌다. 그 광경을 목격한 동료들은 주변을 떠나지 못하고 울었다. 빗자루를 들고 그 시신을 치우러 온 인간들은 각자 기계 같은 얼굴이거나 역겨워하거나 우리처럼 슬퍼하기도 했다.

내게 찾아온 첫 죽음도 그 괴물이었다. 엄마와 헤어져서 얼마 지나지 않은 때였다. 막 시신이 치워진 자리에서 나는 엄마의 냄새를 맡았다. 그때 나는 아무것도 모르던 내 마음이 딱딱하게 갈라지며 핏덩이 같은 미움이 생기는 것을 느꼈다.

그래서 나는 남자가 뺑소니라고 했을 때 남자의 마음을 조금 알 수 있었다.

"포기하라고들 했지만, 도저히 그럴 수 없었죠."

남자와 밍이 두런두런 이야기하는 동안 나는 그들 가까운 의자에 남자아이와 함께 있었다. 남자가 자신의 이름을 뭐라고 했지만 나는 제대로 알아들을 수 없었다. 아이의 이름도 마찬가지였다. '즈—민' 비슷하게 들렸나. 할 수 없지, 특별히 남자 밍과 작은 밍이라고 불러 주겠다.

"할머니는 내가 보여?"

남자의 눈을 통해 나와 밍을 번갈아 보며 작은 밍이 물었다. 할머니가 아니라 하려다가 말았다. 내 원래 몸도 좀 오래 살긴 했으니 별상관없다.

"너도 내가 보이냐?"

"응, 처음이야. 진짜 만난 건."

어린 남자 인간의 모습이 씩 웃자 앞니가 없는 입이 헤벌어졌다. 아마도 '우리 같은 처지를 진짜로 본 건 처음이라 놀랐다'는 의미이 겠거니 하고 나는 생각했다. 우리 둘을 바라보면서 밍과 남자는 계속 대화했다.

중간중간 밍이 될 수 있는 한 쉬운 말로 풀어서 내게도 전해 주었지만, 그래도 역시 어려운 이야기뿐이었다.

생물의 머릿속에는 엄청나게 빠른 빛이 수없이 반짝거리며 일한다나. 기계장치는 인간의 머릿속을 다른 사람에게 보여 주거나 아니면 다른 사람의 머릿속을 알게 도와준다고 한다. 그래서 곁에 함께 있고 싶고 대화하고 싶지만, 할 수 없는 인간들을 위해 만들기 시작했단다.

인간 세계에서는 돈이 중요하다는 것 정도는 나도 알았다. 이 장치를 처음 만든 사람도 돈이 필요했던 모양이다. 장치를 원하는 사람은 많았지만 만들기 위해서는 돈이 많이 들었다.

나는 밍의 아버지 이야기를 이때 처음 들었다. 밍이 어릴 때 밍의 아버지도 나중에 이 기계를 이용해 거액을 벌 욕심으로 가진 돈을 전부 췄다고 한다. 다른 사람 돈까지 합해서 췄단다. 그러나 이 기계 장치는 완성된 후 잘 작동하지 않았다.

"아직도 원리는 제대로 알려져 있지 않죠. 어떤 경우에 성공하고 어떤 경우에 실패하는지. 하여간 초창기에는 시연회마다 실패만 했다는군요."

"엄청난 실패였죠. 저희 집도 그때 기울었어요. 거의 매일 집에 빚쟁이가 들이닥쳤으니까요."

밍은 나와 함께 있을 때는 잘 보이지 않는 표정을 지었다. 웃고는 있지만 기뻐서도 좋아서도 아니라, 바람 빠지듯 힘없이 짓는 웃음.

"얼마나 끈질긴지 최근까지도 계속 도망치듯 이사하고 다른 가족들하고 뿔뿔이 흩어져서 떠돌았는걸요."

"그래서 아버지가 남기신 시험작 기계 하나만 갖고 계신 거군요. 그럼 저 노부인은……."

"사람은 아니에요. 초창기 모델이라 그 정도로 정교하진 않아서."

"하지만 성공하셨으니 된 거죠. 저도 넋이 나가서 지푸라기라도 잡을 수 있다면 뭐든 하고 싶었습니다. 정말 뭐가 됐든……. 다행히 성공했네요. 생명유지 기능도 아직까진 잘 버티고 있고요."

어린 남자 인간은 이 얘기를 여러 번 들은 모양인지 표정 하나 안 바뀌고 의자 위에서 뒹굴뒹굴하고 있었다. 자기 자신에 대한 이야기라는 건 알까.

"어떤 경우에 실패하고 성공하는지 아직도 모른다죠."

"글쎄요……. 그나마 어린애나 동물이 확률이 높답니다. 아이와 동물은 꿈과 현실을 잘 구별 못 해서 적응력이 좋다든가. 아니면 우리에게 어떤 특별한 조건 혹은 자질이 있었을지도 모릅니다. 최소한 저는 정말 간절하게 이 장치에 모든 걸 걸었으니까요."

"이 기계에 의지하려는 사람이라면 누구나 간절하죠. 혹시 아시나요? 제일 처음 이 연구가 시작됐을 때는 수호천사, 수호령이라고 불렀다는 걸요."

어른 남자가 천천히 고개를 끄덕였다. 그는 밍보다도 훨씬 많이 지쳐 보였다. 가까이서 보니 그의 양쪽 귀에도 밍처럼 작고 둥근 장치와 흉터 자국이 붙어 있었다.

"수호천사…… 제게는 정말 그럴지도요. 매일 유지비만 머리가 땡하게 잡아먹는 수호천사지만 아이를 돌려줬으니까요. 누구 눈에도 보이지 않는 내 머릿속의 아이라도 좋습니다. 이렇게라도 보는 게 얼마나 다행이고 기적인가요. 이마저도 바랄 수 없는 사람이 많지 않습니까. 아내를 잃은 후 저 애까지 잃는다면 전 대체…… 대체 어떻게 살아야 할지…….."

어린 남자 인간은 크게 하품을 했다. 나는 이 녀석을 놀라게 해 주고 싶은 기분이 들었다. 그래서 원래 습관대로 이마를 들어 녀석의 볼에 비벼 댔다. 물론 닿지는 않았지만. 작은 밍 녀석은 까르르 웃음을 터뜨렸다. 그 소리가 전해졌는지 어른 남자 밍이 말을 걸었다. 그 눈빛은 나도 알아볼 만큼 부드러웠다.

"즈―밍'아, 많이 졸리지? 이제 들어가서 잘래?"

"네, 낮잠 잘래요. 누나 안녕, 할머니도 안녕."

작은 밍은 가볍게 의자에서 벌떡 일어났다. 그리고 벽을 향해 돌진하는가 싶더니 스르륵 녹아 사라지고 없었다. 남은 것은 창문 너머, 번쩍이고 웅웅거리는 거대한 기계에 파묻혀 눈을 꽉 감고 있는 마르고 작은 모습뿐이었다. 수많은 끈이 그 몸에서 나와 여기저기 기계로 연결되고 있었다.

남자 인간은 작은 밍이 사라진 후에도 창문에 손가락을 대고 자기도 그 속으로 들어가고 싶은 듯 한참이나 들여다보고 있었다. 나도 슬슬 잠이 왔으나 밍은 조용히 그 남자 인간을 바라보고 있었다. 남자 인간이 조금 후 흔들거리는 목소리로 말했다.

"그런데 요즘은 잘 모르겠습니다."

어떻게 해야 좋을지 모르겠어요, 남자는 반복했다. 전부 다 자기 욕심 같다고 했다. 예전엔 바빠서 애 소원을 하나도 못 들어줬거든요. 그놈의 일도 집어치우고 요즘은 가고 싶다던 놀이동산, 야구장, 도서관, 뒷산 산책, 어디든 함께 가고 있습니다. 그런데 그런 자기만족으로 된 걸까요. 꿈속의 아이와 함께 노는 동안, 저기 누운 진짜 아이는 나날이 나빠지는데. 발작을 일으킬 때마다 괴로워하고 약이 늘어나고 혼수상태 기간이 길어지는데. 언제 한계가 올지. 아니면 벌써 오래전에 왔는지.

남자는 속에서 부글거리던 물이 끓어 넘친 것처럼 단숨에 넋두리를 털어놓았다. 창문에서 떨어져 밍을 돌아보는 눈에 굵은 눈물이 고여 있었다.

"이젠 어떻게 해야 좋을지 모르겠어요. 정말로."

반복되는 말에 밍은 아무런 대답도 하지 않았다. 그저 남자의 손을 두 손으로 모아서 꼭 쥐어 주었다. 놓는 걸 잊어버린 게 아닌가 할 정도로 오래.

나는 여전히 어린 남자 인간을 좋아할 수 없다. 떼로 몰려다니며 소리 지르고 나뭇가지로 찌르고 돌을 던져 대는 녀석들 중에서도 심한 놈들은 괴물 같은 어른 남자 인간이 된다. 얼굴이 벌게져서 이상하게 휘청거리다가 고함을 질러 대고 내 동료들의 배를 걷어차는 자들이 부지기수다. 내 살갗에 파고들던 뾰족한 쇠의 느낌도 아픔도 여전히 치가 떨린다.

그렇지만 남자 밍과 작은 밍을 보니 조금 알 것 같았다. 왜 이 기계장치를 쓰는 자들에게 가짜 모습이라도 꼭 필요한지. 인간에게는 직접 보이는 위안이 필요한 모양이다.

돌아가는 전철 안은 사람으로 가득했다. 나는 다른 인간들과 겹쳐진 채로 밍 옆에 섰다. 앞에 앉은 인간은 가방을 들었는데 그 안에서 좀 나이 든 개가 고개를 내밀고 있었다. 나는 개도 별로 좋아하지 않는다. 극성스러운 개는 인간 꼬맹이 못지않을 때도 있다. 그러나 그 개는 티 없이 맑은 눈을 하곤 의외로 점잖고 멋진 목소리로 말을 걸었다.

"자네는 인간 할머니가 아니시구먼."

무시하려다 말고 나는 툭 쏘듯 대꾸했다. 그래, 수호천사다. 개는 원래부터 웃는 것 같던 얼굴로 더 웃어 보였다.

"좋은 일이야. 개들을 위한 천국 이야긴 들어 봤나? 개도 수호천사가 되면 더 좋을 텐데 말일세."

수호천사 따위 조금도 좋지 않다고 대꾸하기도 전에 다음 정거장에 도착했다. 개는 내 손에 코를 찍는 시늉으로 여유 있게 인사를 남기고는 인간과 함께 내려 버렸다. 군데군데 자리가 비어 밍은 앉을 수 있었다.

"'나', 개하고 무슨 얘기 했어?"

"개들이 천국에 간다는 시시한 얘기."

난 그 얘기 좋아해, 밍이 대답했다.

"떠난 다음에도 꼭 만날 수 있다는 이야기잖아. 그럼 '나', 너희들에겐 천국이 없니?"

나는 고개를 저었다.

"우린 별로. 좋은 곳이고 다음이고 아무것도 믿지 않아. 보고 싶으면 꿈에서 보는 거고, 꿈에도 안 나오면 없어진 거고. 인간은 정말 천국과 지옥 같은 걸 믿어?"

밍도 모른다고 했다. 인간의 모습을 빌린 나는 인간 기준으로는 어떻게 되는 건지 모르겠다. 그냥 매일 먹을 걸 찾아 쓰레기를 뒤지고 싸우고 피를 보게 할퀴거나 물어뜯기고 도망치고 그저 그뿐인데. 중간은 없나? 죽지도 살지도 않고, 착하지도 나쁘지도 않은 내가 갈 만한 곳.

"나도 그래. 아버지 돈 뜯어먹으려는 인간들하고 빚쟁이들에게 평생 쫓기고 욕만 먹으며 살았는데. 그것 말곤 아무것도 없이 살았는데. 나도 어디 가야 할지 모르겠네."

밍은 목의 흉터를 가렸던 천을 조금 더 치켜 올렸다.

"너희도 우리도 어디 중간에 머물 수 있는 휴게소 같은 게 있으면 좋겠어. 조용하고 별것 없이, 햇빛이나 잘 들면 됐어. 찻집 같은 거나 하나 있어서 만나기도 하고 얘기도 하고."

"그럼 내 동료 형제들은 다 거기 가 있을 거야. 살았을 때처럼 뒹굴뒹굴하며 낮잠이나 자면서."

밍은 아무 말도 없이 가만히 내 얼굴을 뜯어보았다. 그래서 나도 밍의 눈을 통해 그 얼굴을 자세히 들여다보았다. 마치 밍의 눈에서 빛이 쏘아져 나가, 인간들이 보는 영화처럼 그 존재를 만들어 내는 것 같았다. 밍의 머리보다 하얀 머리칼, 주름진 얼굴, 움푹 파묻힌 것 같은 눈, 밑으로 처진 입. 빤히 보던 밍이 갑자기 말했다.

"우리 외할머니도 닮은 것 같아."

그 목소리에는 그리움이 담겨 있었다. 추워질 무렵 길거리에서 우리들이 지나간 계절을 떠올리는 것 같은 감정이다. 한참 보면 그 모습을 다시 자기 눈 속에 주워 담을 수 있을 것처럼 밍은 계속 바라보고 있었다. 나는 밍이 중얼거리는 소리를 들었다.

"나도 이렇게 될 수 있을까. 나도 언젠가는 시간이 쌓여 만든 외할머니 같은 이런 얼굴을 할 수 있을까. 그래서 우리가 서로 볼 때마다 거울을 마주 보는 것 같을까."

얼마 후 밍은 소식을 들었다. 작은 밍이 떠났다고. 우리는 다시 그 병원 근처에 갈 일이 없었고 남자의 소식도 들을 수 없었다. 어쩌면 밍은 들었을지도 모른다. 알면서도 내게만 알려 주지 않았을지도 모른다. 시간은 내 엄마도 밍의 외할머니도 작은 밍도 다시 자기 안에 주워 담아 갔다.

그 기계장치는 유지비를 잡아먹는다고 남자 밍이 말했다.

밍은 계속 무거운 발걸음으로 아침마다 나가서 걷고 전철을 타고 좁은 사무실에 갇혔고 주말에는 작은 가게에 물건 파는 일을 하러 갔다. 밍은 점점 더 얼굴색이 나빠지고 여위어 갔다. 집에는 이제 텔레비전도 냉장고도 없었다. 공기와 햇빛이 보이지 않게 조금씩 밍을 빨아들여 먹어 치우는 것 같았다. 내 노인 모습만이 변화도 없이 밍의 옆에 있었다.

잠이 늘어난 나는 꿈을 꾸었다. 다시 옛 모습이 되는 꿈이었다.

나는 부드럽고 풍성한 털 뭉치 같은 내 몸을 느꼈다. 근질거리는

귀 뒤로 뒷발을 들어 시원하게 벅벅 긁고 앞발을 쭈욱 내밀어 크게
기지개도 켜고 하품을 했다. 기분이 좋아서 바닥에 몸을 부비며 굴
렀다. 마음껏 내 목구멍으로 소리 내어 가르랑거렸다. 쿵쿵거리며
냄새도 맡고 꼬리를 휘저었다. 유연하고 힘찬 내 몸, 털결에서는 오
래 낮잠 자고 난 후에 나는 보송한 햇볕 냄새가 났다. 만족스러운 기
분 속에서 나는 어쩐지 밍이 보고 싶었다.

눈을 떠 보니 밍은 거리를 걷고 있었다. 전철에서 내려 돌아가는
길인가 보다.

"'나', 깼어? 오늘은 좀 일찍 퇴근했어."

밍은 내게 보라는 듯 눈을 들어 올렸다. 벽이 얼룩덜룩하고 흉한
건물과 전선 사이로 해가 지고 있었다. 수백 번 수천 번 봤지만 노을
은 매번 새로웠다. 특히 인간의 시야를 빌린 후로는 붉은색이 날 놀
라게 했다. 노란색, 붉은색, 그 사이의 내가 모를 수많은 색깔이 번지
며 하늘을 전부 불태우고 있었다. 너무 조용하고 거대하게 해가 가
라앉았다. 어릴 때 길가에 핀 꽃을 갖고 놀다가 꽃모가지를 꺾은 적
이 있었다. 그때 꽃송이가 통째로 떨어진 모습과도 같다. 좀 전까지
하늘을 향해 달려 있던 것이 툭, 순식간에 아무렇지도 않게 툭, 하고.

나와 밍은 거리를 걸었다. 걸으며 노을을 함께 보았다. 우리는 무
언가 얘기를 했다. 노을을 보며 함께 걸으며 이야기를 했다. 밍과 나
는 어제처럼 내일도 그럴 것처럼 노을을 보고 매일 하는 이야기를
했다. 나도 밍도 매일에 익숙했다.

왜 인간들의 세상도 우리들의 세상만큼 위험하다고 아무도 알려
주지 않았을까.

밍의 손에 들린 비닐봉지가 바스락거렸다. 밍은 늘 저녁거리를 사서 집으로 들어갔다. 계산할 때 비닐봉지에 삼각김밥과 컵라면과 녹색 병이 담기는 걸 보았다. 밍이 사는 물건을 눈을 흘겨 구경한 후나는 다시 반쯤 졸고 있었다.

이 편의점에서는 큰길을 따라 곧바로 가다가 오른쪽 골목으로 꺾어져서 두어 번 더 틀면 집이다. 헐리다 만 건물 사이로 바닥이 깨어져 있고 비 온 다음에 물이 잘 안 빠지는 복잡하고 좁은 골목에는 비슷비슷한 집이 여럿 있었다. 조금만 더 가면 될 텐데 밍이 날카롭게 올린 목소리에 나는 잠이 깼다.

"왜 이러시는데요! 놓으라고요!"

밍은 비닐봉지를 붙잡고 실랑이 중이었다. 모자를 눌러쓴 큰 남자하나가 비틀거리면서도 비닐봉지를 움켜쥐고 있었다. 나는 털이 곤두섰다. 목구멍이 조여들며 침이 고이는 것 같았다. 나는 저런 남자들을 많이 안다. 녹색 병이 길가에 나뒹굴면 근처에 있는 남자가 저랬다. 악취를 풍기며 팔다리를 흐느적대며 달려와 날붙이를 휘두르고 쓰레기봉투를 뒤지던 내 동료들에게 해코지를 했다.

평소라면 그냥 줘 버리고 물러날 텐데 오늘따라 밍은 뭐가 북받쳤는지 마주 악을 쓰고 있었다. 어쩌면 겁이 났는지도 모르겠다. 실랑이가 끝나지 않자 밍은 비닐봉지를 확 끌어당겼다.

"딴 데 가서 알아보시라니까요! 경찰 부를 거예요!"

비닐이 부욱 뜯어지며 컵라면이니 젓가락이 쏟아졌다. 병이 떨어져 바닥에 쨍 하고 부딪히는 소리가 들렸다. 실실거리던 남자가 눈이 뒤집혀 째지는 소리를 질렀다.

"그깟 것 좀 내놓으라고! 야, 이 망할……!"

시야에, 갑자기 세상이 뒤집히는 듯 요란한 충격이 오고 난 잠깐 의식을 잃었다.

순식간에 벌어진 일이었다. 다시 눈을 뜨자 밍의 시야는 흔들리고 있었다. 길바닥 위에 벌건 것이 주르륵 흘러 떨어졌다. 눈 위를 흐르는 것에 밍은 수도 없이 눈을 깜박였다. 몸을 잔뜩 굽힌 밍의 시야에서 밍의 피가 길거리에 점점이 퍼졌다. 빨간 피는 끔찍하도록 선명했다.

또다시 시야가 거세게 흔들리다가 꼭 감겼다. 몇 번 더 충격이 오고 밍이 소리쳤다. 나도 정신없이 쉭쉭 소리를 냈다. 분이 머리끝까지 차올라 눈앞이 벌겋게 달아오르는 것 같았다. 밍, 할퀴어 버려, 물어뜯어! 밍! 싸워!

바닥을 더듬대던 밍의 손끝이 굴러다니던 벽돌을 악착같이 움켜쥐는 게 보였다. 벽돌이 남자의 얼굴을 힘껏 후려갈겼다. 밍은 목이 찢어져라 외쳤다.

"저리 꺼져!"

나는 또 잠시 의식이 사라졌다. 이번에 눈을 떴을 때는 눈앞에 컴컴한 현관이 보였다. 쇠를 긁는 듯한 밍의 숨소리와 현관 잠금쇠가 몇 번 헛돌다 겨우 잠기는 소리가 났다. 그러나 눈앞은 너무 흐리고 어지러워서 나까지 구역질이 날 것만 같았다. 그때 쿵 하고 현관문이 울렸다. 밍의 온몸이 펄쩍 뛰었다.

"야 이 건방진……! 어딜 감히 네년이……! 날 쳐? 또 해 보라고! 또 해 봐, 이 썩어 죽을……! 뭐, 경찰? 사람 무시하는……! 오냐, 오늘 어디 한번…… 나와, 나오라고!"

옆집 문이 열렸다가 황급히 닫히는 소리도 들렸다. 문이 쾅쾅쾅쾅
걷어차이고 초인종이 울리고 밍은 소스라치게 놀라 문에서 멀리 떨
어지려 했다. 그러나 현관 턱도 못 넘고 그만 밍은 덜컥 바닥에 쓰러
졌다. 나는 소리쳐 밍을 불렀다.

붉은 피, 빌어먹을 붉은 피가 울컥울컥 마루로 흘러가고 있었다.
옆으로 누워 반쯤 벌어진 밍의 시선으로 나는 전부 보았다. 현관문
을 두드리는 치떨리는 소리도 끊겼다 이어지며 멀어져 갔다. 아니,
멀어지는 건 밍의 의식이었다.

나는 느꼈다. 나와 연결된 밍이 흐려지고 있었다.

"밍, 안 돼. 밍, 눈을 떠. 정신 차리고 일어나, 밍……. 밍, 도와달라
고 해. 눈을 떠. 밍…… 안 돼, 밍. 안 돼."

나는 밍을 달래고 속삭이고 소리치며 어떻게든 밍을 깨우려 했다.
가물거리던 눈앞이 갑자기 환하게 뜨였다. 잠깐 희망을 가졌으나 내
귓가에 밍의 다 꺼진 목소리가 들려왔다.

"미안, '나'. 정말 미안해……."

그게 끝이었다. 밍의 목소리는 다시 들리지 않는데 이상하게 점점
더 눈앞이 또렷해져서, 밍의 고개가 향한 쪽 어슴푸레한 거실 풍경
과 꼭 닫힌 옆방 문이 보였다. 소리도 선명해졌다. 어느 집인가 문이
벌컥 열리고 고함치는 소리도 들려왔다.

"아저씨, 경찰 불렀어요. 경찰 온다고요!"

욕설과 고함과 문을 쾅 차는 소리에 진저리가 났다. 정말로 밍의
몸이 꿈틀거렸다. 나는 불현듯 깨닫고 머릿속이 멍해졌다. 아냐, 이

럴 순 없어.

내 뜻에 따라 밍의 손끝이 꿈틀거렸다. 온갖 힘을 다 주자, 늘어져 있던 밍의 고개가 천천히 들렸다. 밍이 사라지고 있다. 그래서 내게 밍의 몸이 주어지고 있는 것이다. 밍은 죽어 가고 있다.

나는 가슴이 터질 것처럼 소리쳤다.

"밍, 안 돼. 일어나, 밍! 가면 안 돼, 밍!"

내 목구멍으로 먹먹하도록 터져 나온 게 인간의 언어인지 아니면 원래 나의 소리인지는 모르겠다. 나는 뺨으로 뜨거운 것이 뚝 뚝 떨어지는 것을 느꼈다. 피와는 다른 느낌이라 눈물이란 걸 알았다. 울지 마, 울지 마, 밍. 그러나 나는 울고 있는 게 나라는 걸 깨달았다.

밍 대신 아프고 휘청거리는 몸을 겨우 일으켜 나는 걷기 시작했다. 나는 처음으로 돌아왔다. 밍이 구해 주기 전 배에서 피를 쏟고 고통에 헐떡거리던 내가 된 것 같았다. 하지만 무력하게 죽어 가기만 하던 그때와는 다르다. 나는 절룩거리며 벽에 몸을 부딪히면서도 걸어갔다.

굳게 닫아 둔 문. 밍을 조금씩 깎아먹어 가던 것이 그곳에 있었다. 그 문은 너무 쉽게 열렸다.

계속 피가 쏟아지는 밍의 머리를 누른 채 나는 그 안을 들여다봤다. 여전히 윙윙거리고 작은 불빛을 번쩍이며 돌아가는 장치. 그리고 많은 끈으로 연결된 자그마한 털 뭉치가 보였다. 아주 윤기도 없이 푸석푸석하고 주먹만 하게 마른 존재를 보니 저게 나였나 싶게 이상하면서도 울컥 그리움이 솟았다.

나는 아프고 굼뜬 밍의 몸을 재촉해 기계와 털 뭉치 사이에 털썩 주저앉았다. 그때 다시 문이 쿵쿵 흔들리기 시작했다.

조금 전과는 달리 가벼운 소리였다. 별로 급할 것 없다는 듯한 목소리도 들려왔다.

"경찰입니다. 괜찮으신가요? 별일 없으시죠? 신고 받고 왔는데 아무도 없네요."

그나마 문도 성의 없이 두드리다 말고 가 버렸는지 조용해졌다. 속에서 토악질처럼 뜨거운 덩어리가 치밀었다. 눈이 있으면 현관문 걷어찬 흔적도 핏자국도 보일 것 아닌가. 나는 가슴을 쥐어짜듯 으르렁거렸다.

그동안에도 밍은 점점 더 녹아들듯 스러져 가고 있었다. 계속 눈물과 피를 흘리며 나는 밍에게 말을 걸었다. 기다려, 기다려, 밍. 조금만 기다려. 이젠 내가 도와줄게. 아직 가지 마, 밍.

나는 쇠 수세미 같은 내 진짜 몸에 손을 넣어 기계와 연결되는 끈을 찾았다. 그 끈은 심장과 머리 쪽에 납작한 단추 같은 것과 이어져 있었다. 피 냄새와 악취 섞인 공기에 머리가 어지럽고 욕지기가 났다. 나는 익숙하지 않은 인간의 손가락을 놀려 그 단추들을 힘주어 뜯어냈다.

내 진짜 몸이 튀어 오르듯 바르르 떨렸다. 신경 쓸 여유도 없어 나는 바로 그 단추들을 밍의 가슴과 머리에, 내 원래 몸에 붙었던 걸 흉내 내서 붙였다. 어설프게 붙인 단추는 벌벌 떨리는 손 사이로 흘러내리고 떨어져 나는 몇 번이나 그걸 다시 꾹꾹 눌러 붙여야 했다. 귀 뒤에 붙은 단추는 어떻게 해야 좋을지 몰라 그대로 뒀다. 잠깐 시간이 흘렀다. 언젠가 '간절'이라는 단어를 들은 기억이 났다. 기계장치가 새까맣게 변하며 조용해졌을 때 나는 숨이 막혔다. 머릿속으로 수많은 시간이 날아가고 있었다. 그리고 다시 윙 하고 소리 내며 기계 불빛이 켜지기 시작했다.

나는 기계가 이제는 밍의 몸을 받아들인 걸 알았다. 눈물이 가득한 눈에 부옇게 보이는 기계 위로 번져 나오는 빛 하나하나가 전부 생명의 신호 같았다. 다행이다, 다행이야, 밍.

그와 자리를 바꾸듯이 내 시야가 검게 변했다. 동시에 엄청난 통증이 나를 덮쳤다.

가쁜 숨을 토해 내며 눈을 뜨자, 앞에는 축 늘어져 쓰러진 밍의 몸이 보였다. 밍의 모습이 직접 보인다니. 나는 내 원래 몸에 돌아왔구나, 기계가 이젠 밍을 구하고 있구나. 나는 그렇게 받아들였다.

갈기갈기 찢기는 듯한 몸 안팎의 통증은 조금씩 잊혔다. 평생 그렇게 아파 왔던 것처럼 내 일부가 되었다. 나는 꼬챙이처럼 뒤틀린 앞발에 없는 힘을 쥐어짜 간신히 몸을 일으켰다. 조금이라도 밍 가까이에, 지금껏 한 번도 못 느껴 본 밍의 체온을 느끼며 붙어 있고 싶었다.

그런데 이상하지, 밍.

머리카락과 피 웅덩이를 늘어뜨린 채 쓰러져 있는 밍에게 가까이 가는데 검고 작은 그림자가 그 사이에 나타났다.

나는 믿을 수 없는 눈으로 그 그림자를 바라보았다. 인간의 손바닥만 한 그 형태는 꼬물거리며 이윽고 자그마한 새끼 고양이로 변했다. 나는 마른 주둥이를 벌렸다. 텅 빈 가슴에서 바람 소리를 토하듯 물었다.

"밍? 밍이야?"

새끼 고양이는 작은 입을 벌리고 갓 숨을 내뱉었다. 들리지 않는
야옹 소리. 나는 추운 듯한 그 어린 생명을 향해 앞발을 내밀었다.
정말 이상하지, 밍.

내 그 앞발은 인간의 손처럼 보였다. 주름지고 검버섯이 피고 손
톱에 윤기가 없는, 노인의 손. 이건 꿈일 거다. 죽기 전의 내가, 천국
이든 지옥이든 정류장이든 그곳으로 떠나기 전에 여기서 마지막으
로 꾸는 꿈.

노인의 손은 새끼 고양이를 천천히 쓰다듬었다. 착각인지도 모르
겠다. 내 손은 그 보드랍고 말랑한 털을 하나하나 또렷이 느끼고 있
었다. 갓 만들어진 어린 것은 손에 머리를 부비며 또 조그맣게 야옹,
울었다. 나는 두 손으로 조심스럽게 밍을 받쳐 들었다. 새끼 고양이
로 돌아온 밍은 내 늙은 손가락을 깔죽깔죽한 작은 혀로 핥았다. 우
리는 닿을 리 없었는데 그 촉감은 너무 생생했다. 아주 먼 옛날 기억
이 났다. 눈도 못 뜨고 울던 나와 형제들 온몸을 고루 싹싹 핥아 씻
겨 주던 엄마의 체온. 그때처럼 나는 행복했다.

밍과 나는, 나와 밍은, 신보다도 무심하게 번쩍이며 돌아가는 기계
와 쓰러진 몸뚱이들 속에서 이제 행복했다.

어쩌면 정말로 그런 곳이 있을지도 모른다. 개들이 가는 천국은
아니어도 적어도 천국과 지옥 사이에 있는 곳이. 양지바른 담벼락에
는 게으른 생명체들이 해바라기를 하며 졸고, 어린것들이 뛰어다니
고, 인간들도 쫓겨 다니지 않고 느긋이 어슬렁거리는 곳. 만나기로

한 이를 찾거나 이야기가 하고 싶으면 들어갈 작고 아담한 찻집이 있는 곳. 그곳에선 우리도 평화롭게 할머니와 새끼 고양이가 될 수 있을지도 모른다.

이제 그곳으로 떠나자고 위안할 수도 있다. 그러나 그곳까지는 길이 너무 멀다. 너무도 많은 뺑소니 타이어 자국 위를 거쳐야 한다. 살아 있는 것들이 버려지는 도랑과 피 묻은 유리병이 구르는 골목과 발길질당한 문이 늘어선 집들을 지나가야 한다. 넘어져서 다친 목에 스카프를 두르고 또 달려가야 한다.

그렇다면 이제 그런 곳은 됐다. 나와 밍은 여기 있을 것이다. 나는 또다시 기계가 웅웅대는 어두컴컴하고 서늘한 방에 누운 몸으로 눈을 떴다. 나는 밍을 포기하지 않을 것이다. 밍은 나를 포기하지 않을 것이다. 나와 밍은, 우리는 어떻게든 살아갈 거다.

나는 나이기도 하고 밍이기도 한 몸을 떨면서 일으켰다. 기계에 연결된 선을 질질 끌며, 남은 힘을 쥐어짜 기고 또 기어갔다. 그리고 두 손으로 닫힌 현관문을 힘껏 밀어 열었다.

최애 아이돌이 내 적수라는데요?

박하루

『순결한 탐정 김재건과 춤추는 꼭두각시』로 제1회 엘릭시르 미스터리 대상을 수상하며 데뷔했다. 놀랍고 가슴 두근거리는 이야기, 미로 같은 이야기를 즐겨 쓴다. 이상한 것을 먹으며 자라서 이상한 것에만 관심이 가는 것 같다. 동물과의 친화력이 좋아서 동물들과 쉽게 친해진다.

"다음, 들어오세요."

남자가 말하자 ARP-200은 육중한 몸을 이끌고 쭈뼛쭈뼛 방 안으로 들어갔다. 구청 대(對)안드로이드과의 서류 상담실 담당 공무원은 한 명이었다. ARP-200은 작은 취조실 같은 방 크기에 조금 놀란 눈치였다.

"앉으세요. 개종 신청하신 거 맞으시죠? 모델명 ARP-200."

공무원은 ARP-200을 힐끗 올려다보고는 다시 책상 위 서류로 시선을 내렸다. 그 행위는 모델을 확인하기 위함 이상이 아니었다.

"네에. 제가 인간이 되려는 이유는……."

ARP-200은 준비한 말을 서둘러 꺼내려 했지만 공무원의 관심은 그것이 아니었다.

"아아, 그건 여기 다 적혀 있으니 됐고요, 이 자리에서는 간단한 질문을 할 거예요. 대답은 녹음돼서 법적 근거로 쓰일 거고요."

"네에……."

ARP-200은 고개를 숙였다. 만일 그에게 얼굴을 붉히는 기능이 있었다면 그렇게 했을 것이다. 그의 회로 속에는 수십만 번이나 시뮬레이트했던 인간과 안드로이드의 존재론적 지위에 관한 논증이 맴돌고 있었다. 단 한 번 인간과 대면해 심사를 받게 될 이 자리에서 그는 자신이 인간이 되어야 할 이유를 멋들어지게 설명하고 싶었다. 그렇지만 역시 현실은 기대와는 달랐다.

"아마 들으셨겠지만, 최종 승인율은 50퍼센트가 안 되고요, 개종을 한다고 하면 인간과 동일한 법적 권리와 의무를 지게 되는데 동기라든가, 아니면 신체 기능상 문제가 있다고 하면, 그러니까, 아, 에부레레레렐……."

말이 꼬인 공무원은 혀를 풀더니 다시 말했다.

"죄송합니다. 그러니까, 인간의 법적 권리와 의무를 행하는 데에 차질이 있다고 판단되면 반려될 수 있다는 말이에요. 이 점 이해하시나요?"

"네."

"좋습니다. 이것도 질문 사항이었어요. 다음 질문입니다. 여기 보면, 동기가 '최애 아이돌을 응원하고 싶어서'라고 했는데 이게 좀 불분명합니다. 그 앞에는 좀 과하다 싶을 정도로 인생사……라고 해야할지 제조공장에서부터의 데이터라든지 독립하게 된 경위라든지 등등 적혀 있어서 잘 알겠는데요, 정작 동기 부분이 짧아요. 이걸 조금 자세히 설명해 줄 수 있나요? 아, 1분 이내로요."

ARP-200은 기다렸다는 듯 대답했다.

"저에겐 동경하는 아이돌이 있습니다. ZU라고 하고 지유라고 읽습니다. 스물한 살에 스스로 만든 곡을 부르는 야심찬 여성입니다. 제가 자각을 하게 되면서 처음으로 느끼게 된 소중함이라는 느낌을 바로 지유를 통해 받았습니다. 그렇지만 이 신체로는 최선을 다해서 응원을 할 수 없다는 것을 알게 되었을 때 저는 큰 상심을 느꼈습니다. 보세요."

ARP-200은 실린더형 금속 팔을 움직여 보았다. 담당 주무관은 흠칫 놀라며 어깨를 뒤로 뺐다. ARP-200은 공장에 보급하는 흔한 제조형 로봇이었다. 다양한 생산 라인에 맞춰 몸을 사용하려면 유기질 신체보다 금속제가 유리했다.

"아시다시피, 산업 로봇은 자기 신체 개조가 불법입니다. 오직 허가받은 모델만 생산해야 하고 그 외의 기능을 추가하려면 재허가를 받아야만 합니다. 인간을 보호하기 위해서죠. 저는 오랜 기간 일한 끝에 몸값을 지불하여 자유를 얻었습니다. 그렇지만 여전히 인간과 같은 자유는 누리지 못하고 있습니다. 몸을 개조해서 콘서트장에서 마음껏 응원하더라도 옆의 동지에게 폐를 끼치지 않기를 바랍니다. 인간이 되면 의무적으로 몸을 유기질 의체로 바꿔야 하죠. 동기는 오직 그것입니다."

공무원은 여전히 당혹스러운 얼굴이었다.

"에, 그러니까, 거시기, 그, 응원이라는 게 대체 뭡니까? 그 몸으로는 할 수 없는 거예요?"

"시범을 보여 줄까요?"

남자가 고개를 끄덕하자 안드로이드는 형식적으로 기체를 대고 있던 나무 의자에서 일어나 뒤로 물러났다. 안드로이드가 허리를 펴니 높이는 3미터 정도 됐고 팔을 좌우로 벌리니 폭이 5미터는 돼 보였다. ARP-200은 동작을 시작했다.

책상에 앉아 있는 인간 입장에서는 등골이 서늘해질 수밖에 없었다. 그것은 춤인지 위협인지 알 수 없는 동작이었다. 다리를 바닥에 고정하고 형광봉을 단 양팔을 좌우로 뻗는가 하면 정신없이 교차하여 빙글빙글 돌리다가 책상 위의 서류가 흩날릴 만큼 좌우 대각선으로 휘둘러 대는 것이었다. 형광봉의 잔상을 쥐불놀이처럼 남기는 것이 의도인 것 같았다.

"그, 그만!"

남자는 가빠진 숨을 거칠게 내쉬면서 외쳤다.

"충분히 알 것 같네요. 예, 그런 동기라면."

"이해해 주셔서 감사합니다."

안드로이드는 다시 의자로 와서 기체를 걸쳤다.

그는 공무원의 얼굴을 살폈다. 어딘가 모르게 탐탁지 않은 얼굴이었다. 인간이 되고자 하는 안드로이드가 그리 좋은 소리를 듣지 못한다는 것은 이미 알고 있었다. 아이돌 오타쿠에 대한 인식도 당연히 알고 있었다. 그는 인간이 뭔가 험한 소리를 하지 않을까 하는 걱정에 숨을 죽였다. 그에게 숨이라고 할 것은 없었지만.

사실 남자가 그런 표정을 지은 것은 상담이 점심시간 전에 끝나기 어려울 것 같은 예감이 들었기 때문이었다. 별다른 이유는 아니었다.

심사를 마치고 돌아온 ARP-200은 구청 부지 안뜰에 앉아 조금 전 있었던 대화를 곱씹고 있었다. 내가 제대로 대답했을까? 혹시 실수한 것은 없을까? 준비한 대답을 거의 하지 못한 것은 아쉽군. 인간이 제시한 이런저런 조건, 이를테면 인간 프로세스 같은 것은 아무래도 좋았다. 그것은 월등한 인공 지능의 학습 및 연산 체계를 인간 수준으로 억제하는 시스템이었다. 알려진 사례들을 보자면 그 프로세스를 설치한 안드로이드들은 이전과는 다소 다른 성능을 갖게 된다고 했다. 하지만 그는 거기에도 동의했다. 좋아하는 아이돌을 응원할 수 있다면 그 정도는 감수할 수 있다는 것이 그의 판단이었다.

그의 목적은 오직 신체 개조였다. 의체로의 개조는 의무사항이었지만 그에게는 그것이 목적이었다. 물론 거기에 들어가는 모든 비용은 개인 부담이다. 많은 안드로이드가 인간화를 꿈꾸다가도 결국 포기해 버린 것은 그 때문이었다. 로봇은 임금을 받기 어려워 자신을 사서 독립하기란 불가능에 가까웠다. 근로기준법의 적용을 받지 않으니 취직하더라도 정당한 임금을 받지 못했다. 하지만 그는 운 좋게도 로봇 노동조합 산하 사업장에서 일할 수 있었고 수십 년간 일한 끝에 자유를 사서 인간화를 할 만큼의 돈을 모을 수 있었다.

그가 처음부터 인간이 되고 싶었던 것은 아니었다. 처음 목표는 그저 독립하는 것이었고, 그다음에는 자본을 축적하는 것이 모든 사회적 환경에서 절대적으로 유리하다는 판단 아래 돈을 모았을 뿐이었다. 그러다가 우연히 고철 마을에서 열린 록페스티벌을 구경했고 거기서 지유를 보게 되었다.

무대 바닥에서부터 올라오는 강렬한 조명 속 홀로 빛나는 아이돌과 그 앞에서 질서를 지켜 군무를 추는 추종자들. 수십 년간 인간에 대한 데이터를 수집하고 있던 ARP-200은 바로 그 장면이 인류 문명의 최종적인 형태라는 결론을 내렸다. 그리고 그가 진정으로 의미 있기 위해서는 그 대열에 동참해야 한다는 것을 깨달았다. 동시에 자신은 그러기에는 너무 크고 위험하다는 것 역시.

어째서 자신이 그런 결론을 내리게 되었는지는 알 수 없었다. 다만 그는 그렇게 생각했다. 그것은 자신이 더욱 인간에 가까워졌다는 증거라고.

법원으로부터 편지가 날아온 것은 약 두 달 뒤였다.

봉투 안에는 인간화 허가서와 함께 이후 치러야 하는 각종 절차가 자세히 안내된 종이가 가득 들어 있었다. 정해진 기관에서 신체 개조와 인간 프로세스 설치를 하고 그 뒤에 다시 구청에서 수속을 마치고, 주민센터로 가서 등록신고와 전입신고를 해야 한다고 했다. ARP-200은 기대하고 있던 좋은 일을 맞이한 인간의 신체 반응에 대한 데이터에 의거하여 스스로를 '가슴이 뛰는' 상태로 만들었다. 아직 그에게 뛸 만한 심장은 없었지만 어쨌든 그는 그런 기분을 만들어 냈다.

지정한 기간 내에 개조를 완료하지 않으면 이 허가서는 무효가 된다고 했다. 그것은 그에게 주어진 마지막 선택의 시간일 것이다. 기간은 반년 정도로 여유롭게 적혀 있었다. 그는 더 고민할 필요가 없었다. 그는 모든 인간화가 성공적이지 않다는 것도 알았고 인간이 그렇게 아름다운 존재가 아니라는 것도 알았다. 로봇 외에 인간화된 안드로이드에 대한 차별도 별도로 존재한다는 것도 알았다. 헌법의 적용을 받긴 하지만 세세한 법률상으로는 완전히 대우가 동등하지 않다는 것도 알았다.

데이터는 부족하지 않았다. 로봇 생활과 그동안 큰 고장 없이 사용해 온 이 신체에도 별다른 미련이 없었다. 그는 통지서를 받기 전에는 받자마자 곧바로 계획을 실행할 생각이었다.

그런데 막상 통지서를 받고 나니 마음속에서 이해할 수 없는 저항이 생겨났다. 그는 그것이 인간의 양가감정이라는 것을 알았다. 아무런 이유 없이 선택에 반대되는 욕구를 느끼는 현상을 의미했다. 역시 그는 그 감정의 원인을 알지 못했지만 오랜 데이터의 누적으로 이런 상황에서는 그런 심리 저항이 일어나야 한다는 것을 알았다.

"돌다리도 두드려 보고 건너라는 말이 있지. 이러한 유전 정보가 인간의 생존율을 높였겠지."

그는 기한 막바지까지 기다려 보기로 했다. 물론 그는 고작 몇 주정도 고민해 봐야 결론이 달라지지 않으리라는 것을 알았다. 어쩌면 그의 데이터가 예상한 가능성의 영역 중 소망과 낮은 확률과 서사적인 완결성이 결합된 것, 한마디로 운명적 사건의 등장을 기다리고 있었던 것일지도 모른다. 별거 아닌 가능성에 의미를 부여하고 결국 실망하는 것은 인간의 오랜 습성 중 하나이니까.

그리고 정말로 그런 일이 일어나고 말았을 때 그는 이 감각을 선호 감각의 우선순위에 배치하기로 했다.

그것은 인간의 감각으로 정말 놀라운 일이었다. 그가 살고 있는 고철 마을에 그렇게도 바라던 아이돌 지유가 찾아왔던 것이다. 그것도 바로 그를 만나러.

"절 좋아하는 로봇이 있다고 해서 찾아왔어요. 아 참, 제가 여기 온 건 비밀이에요."

그는 수수한 차림을 하고 모자를 쓰고 있었다. ARP-200은 바로 지금이 기뻐해야 할 순간이라는 것을 알았다.

"어떻게 저를 알고…… 이런 곳까지…… 지금 꿈인 거죠? 현실일 리가 없어! 아아, 꿈이라도 좋아요. 이렇게 만나 봬서 정말정말 영광이고, 전 이제 죽어도 여한이 없고……."

"고마워요! 전 언제나 팬 여러분 덕분에 힘을 내서 노래할 수 있답니다!"

"흑흑. 혹시 실례되지 않는다면 그거 해 주실 수 있나요?"

"네? 아! 물론이죠! 잠시만요……."

지유는 문턱에서 한 발짝 물러나 금속이 눌어붙은 골목에 섰다.

"이야야얍!"

손가락 하트와 활 쏘는 동작을 응용한 지유의 시그니처 모션이었다.

"꺄아아악! 너무 좋아! 제 평생소원이었어요! 어쩌면 좋아요. 평생소원을 이뤄 버려서 이제 인생의 목표를 잃어버렸어요!"

"이렇게 일대일로 하니까 좀 쑥스럽네요."

지유는 목덜미를 손끝으로 긁적이면서 말했다. 그곳이 인간 거주지였다면 눈에 띄었을 만한 행동이었지만 그곳엔 로봇뿐이었고 대부분은 지유에게 큰 관심을 보이지 않았다.

"제가 여기 온 건 다름이 아니라, 어, 제 로봇 팬이 있다고 해서 온 건 맞는데요, 그것보다도, 그쪽이 인간화를 신청했다고 한 게 이유였어요."

"그런가요? 제가 인간이 되려는 것도 아셨군요. 제 존재도 관련 행정처리 도중 새어 나간 것이겠지만요."

"네. 공무원 중에 제 친구가 있어서 정말 우연히 알게 됐어요. 사실 그렇게 개인정보를 빼돌리면 안 되는 건데 중요한 일이라서 이렇게 찾아왔어요."

"아직 제게는 개인정보라고 할 만한 게 없어요. 전 인간이 아니니까요. 굳이 말하자면 행정정보겠죠."

"네. 알아요. 사실 전 아이돌 활동 외에 비밀스레 시민단체에서도 활동하고 있어요. 아, 이건 비밀인 거 아시죠?"

"물론이죠!"

지유는 이 로봇을 인간처럼 대하고 있었지만 그가 놀랄 것이라는 생각은 하지 않았다. 왜냐하면 그는 인간이 아니었기 때문이다.

"일단 제 소개부터 다시 할게요. 제 또 다른 활동명은 루미예요. 전 지하 시민단체 안드로이드 권리연대 소속이죠."

"그 단체에 대한 정보는 이미 있습니다. 하지만 구체적인 활동 사항은 알지 못합니다."

"네. 비밀 단체니까요. 아마 알려진 정보는 얼마 없을 거예요. 우린 철저히 오프라인으로만 소통하고 활동해요."

"그래도 그곳이 우리 로봇의 권리를 주장하는 곳이라는 것은 알고 있습니다. 목적을 위해 조금 과격하게 싸운다는 것도요."

"네. 그러면 제 선의를 이해하시겠네요. 단적으로 말하자면, 인간화를 포기해 주세요. 이 말을 하려고 여기까지 찾아왔어요."

ARP-200은 '당혹감' 데이터를 추가해야 한다는 사실을 깨달았다.

안드로이드 권리연대는 인간화된 안드로이드뿐만 아니라 일반 안드로이드의 천부적 권리를 주장하는 단체라고 했다. 인간 개종을 하고 고유 식별 기호인 지문과 홍채를 만들어 등록하고 주민등록증을 발급해야 인간으로 대우해 주는 현 제도는 지나치게 인간 중심적이라는 것이 지유의 설명이었다.

그 취지 정도야 ARP-200도 알고 있었다. 그렇지만 그에게 권리는 인간의 모든 개념과 마찬가지로 추상적이고 불분명한 것이었다.

"권리는 저에겐 어려운 개념입니다."

ARP-200은 집 안에 마련해 놓은 대인 접대용 의자에 지유를 앉혔다. 그 자리에 누군가가 앉는 것은 처음이었다. 커피라도 내오고 싶었지만 그는 한 번도 커피를 마시거나 대접할 일이 없었고 '후회' 데이터가 누적되었다.

"하지만 그건 누구나 누려야 하는 거예요."

"아직 저에겐 충분한 데이터가 없어요. 권리는 해석하자면 타인과의 관계에서 드러나는 작용의 결과물이 아닌가요?"

"어…… 뭐 그럴지도요? 하지만 안드로이드는 인간을 완전히 이해하지 못하잖아요. 권리도 똑같은 거라고 생각해 주세요. 인간은 그런 걸 중요하게 여기니까요."

지유는 둘러대려 한 말이었지만 ARP-200은 그 말의 의미를 정확히 알고 있었다. 바로 그것이 안드로이드가 인간을 이해하는 방식이었다. 그들은 이해가 무엇인지 이해하지 못했다. 존재하는 것은 오직 존재뿐이었다. 그것이 무엇인지는 알 필요 없었다. 단지 그것이

있다는 것만이 중요했다. 인간이 권리가 있다고 생각한다면 그것만
으로도 충분했다.

"이해합니다. 그렇지만 그 말은 이렇게도 들리네요. 인간이 소중히
여기는 개념이기 때문에 우리 로봇에게도 권리가 주어져야 한다고
요. 그것도 다분히 인간 중심적인 사고가 아닌가요?"

"어, 으음……."

지유는 인간이 되고자 하는 안드로이드를 몇 번 만나 본 적 있다.
그들은 각각의 이유로 인간이 되기를 원했으며 그렇게 되기까지 수
많은 철학적 데이터를 누적하고 사고실험을 거쳐 왔기에 평범한 인
간이 그들과 대등한 논쟁을 벌일 수는 없다는 것을 알았다.

"그럴지도 모르겠네요. 하지만 이유가 있다고요. 어쨌든 안드로이
드에게 좋고 나쁘고는 말할 수 있지 않아요? 한번 들어 보세요."

물론 ARP-200은 들을 준비가 충분히 돼 있었다.

그렇지만 그는 말을 채 듣지 못했다. 그의 눈앞에서 지유의 머리
가 으깨져 버렸기 때문이었다. 지유는 바람 빠진 풍선처럼 주저앉
았다. 피며 뇌수가 온 집 안에 튀어 있었다. 너무나 순식간에 일어난
일이었다. ARP-200은 상황을 빠르게 분석함과 동시에 지금이 바로
'놀람'과 '당황함'과 '공포'와 '슬픔'을 복합적으로 내보내야 할 때라
는 점을 인식했다.

"어, 어떡해! 어떻게 된 거야! 세상에나! 말도 안 돼! 지유가, 지유
가! 내 눈앞에서 이렇게! 으아악!"

그는 허둥대면서 동시에 시신의 상처를 분석하여 작은 회전체에
의한 것임을 파악했고, 회전체는 직경이 최소 7밀리미터에서 최대

9밀리미터 정도 되는 총알이며 수백 미터 밖에서 저격한 것임을 알아냈다. 그리고 탄도를 계산해 저격이 이루어진 위치가 집 안이 들여다보이는 5층 건물 창가라는 점도 알아낼 수 있었다. 그는 렌즈를 확대해서 그곳을 스캔했다. 멀어서 열 감지는 되지 않았지만 누군가가 성급하게 자리를 뜨는 것은 볼 수 있었다.

동작으로 추론한 결과 그것은 인간임이 틀림없었다. 그에겐 비행 능력이나 빠르게 달리는 능력이나 원거리 저격하는 능력이 없었다. 그는 분석을 마치고 곧바로 경찰에 연락했다. 로봇에게는 인간이 범죄에 연루됐을 때 곧바로 신고하고 협조할 의무가 있었다.

ARP-200은 경찰 조사가 끝나고 다시 자신의 고철 방으로 돌아와 출력을 최대한 낮춘 채 생각에 빠졌다. 그는 슬픔은 알지 못했지만 지금 필요한 것이 '슬픔'이라는 것은 알았다. 슬플 때의 다양한 신체 반응과 감각에 대해서는 충분히 알고 있었다. 그런데 지금과 같은 상황의 데이터는 부족했다. 꿈에 그리던 우상과 만난 날, 그는 자신에게 무언가 조언을 하려 했고 말을 채 마치기도 전에 무참히 살해당한다. 이와 비슷한 사례는 찾기 힘들었다. 가장 유사한 사례라고 하면 톱스타의 자살 사건이라든가 눈앞에서 부모가 살해당한 사건 따위였다. 존 레논이 살해당할 때 옆에 있었던 사람이 느낀 감정이 그런 것이었을까?

하지만 어차피 인간은 비슷비슷한 반응밖에 보이지 않는다. 그것이 안드로이드가 인간을 흉내 낼 수 있는 이유였다. 정확한 원리는 모르더라도 데이터가 누적되면 유사한 반응이 학습된다. 그는 지금 충분히 슬펐다. 슬픔이 무엇인지 묘사할 수도 있었다. 「크립

(Creep)」* 같은 슬픔과 연관된 노래를 불러야 한다는 것도 알았다. 주변 사람에게 비논리적인 반응을 보여도 된다는 것도 알았다.

그렇지만 역시 로봇으로서 필요한 것은 데이터였다. 그는 가장 중요한 말을 듣지 못했다. 왜 지유는, 안드로이드 권리연대는 안드로이드의 인간화를 막으려 하는가? 그리고 그것이 지유가 살해당한 이유와 관련이 있을까?

제일 먼저 드는 가설은 연대를 적대하는 누군가가 지유의 입을 막기 위해 지유를 살해했다는 것이었다. 그런데 그 가설이 성립할 확률은 31퍼센트 정도였다. 왜냐하면 지유는 그 조직을 대변하러 온 것일 테고 지유가 못 한 말이야 그곳에 직접 찾아가 들으면 되기 때문이다.

지유의 방문 목적과 상관없는 별개의 동기가 있는 것은 아닐까? 누군가에게 지유를 살해할 동기가 있었고, 그는 단지 지유의 뒤를 쫓고 있었고, 마침 고철 마을을 방문했을 때 적당한 기회가 있어서 저지르고 만 것. 이 가설은 확률이 더 낮았다. 저격 위치 때문이었다. 지유가 목적인 저격수가 그 방을 방문할 것을 예상하고 저격 포인트를 미리 파악해서 기다리고 있었다고 보기는 어려웠다.

반대로 그 점을 전제해 보자. 저격수는 지유가 이곳에 오리라는 것을 알았고, 사전에 저격 포인트를 확보해 놓았으며, 그 집에 사는 로봇과 지유 사이의 거리의 최적값을 알고 있었다는 것. 즉, 지유 자체가 목적이 아니라 지유가 하려던 행동을 막는 것이 목적이고 지유

---

* 영국 록밴드 라디오헤드가 1992년 발표한 곡으로 사랑하는 여인 앞에서 초라해지는 남자의 마음을 노래했다.

를 살해한 것은 피치 못할 행동이었다는 것. 그렇다면 범인의 범주도 좁힐 수 있었다. 비밀리에 움직이는 지유에 대한 정보를 알만한 존재, 지유와 가까운 사이, 지유가 속한 조직 내부인의 소행이었다. 저격 위치로부터 이 방까지의 뻥 뚫린 궤도는 이 근방에서 또 찾아보기 어렵다. 온갖 불법 건축물과 로봇의 잔해가 들쑥날쑥하게 솟아 있는 이 동네에서 사전 답사 없이 그 위치를 찾아내는 것은 인간으로서는 불가능에 가까운 일이다.

지유가 이 방문을 오래전부터 계획하고 달력에 적어 놓으면서 기다렸을 리는 없다. 비밀 조직의 특성상 그 내용을 여러 사람에게 말했을 리도 없다. 이 시나리오가 성립할 확률은 약 85%. 충분히 검토해볼 만한 수치였다. 지유의 주변을 조사한다면 범인을 찾을 수 있을지도 모른다는 잠정적 결론도 출력되었다.

자연스럽게 '분노'의 반응이 작동했다. 앞선 감정과는 다르게 알기 쉬운 매커니즘이었다. 이 감정이 요구하는 바는 명확했다. 사실, 그가 생각에 빠진 것은 이 감정을 처리하는 데 꽤나 많은 리소스가 소요됐기 때문이었다.

원활한 활동을 위해서 그는 의체로의 개조를 시행하기로 했다. 지유가 한 말의 의미를 알기 전에는 인간화를 결정하지 않으려 했지만, 다시 생각해 보니 지유가 한 말은 수속 절차를 밟지 말라는 뜻일 가능성이 높았고 그렇다면 신체 개조는 상관없을 것이었다.

신체 개조는 하루 만에 끝났다. 그것은 개조라기보다는 두뇌 하드웨어를 규격에 맞는 새로운 기체에 옮겨 심는 작업이었다. 꼭 개종하려는 것이 아니더라도 인간 의체로 이식되는 드로이드는 제법 되었다. 물론 제각각 법원의 허가가 나야 하는 일이며 그중 자율성을 가장 많이 확보할 수 있는 분야가 인간으로의 개종이었기 때문에 그는 인간화를 택했던 것이었다.

ARP-200은 티타늄 골격과 탄소 섬유로 만들어진 근육을 천천히 움직이면서 반응을 확인했다. 인공 신체는 인간의 신체를 고스란히 베껴서 만들어졌다. 그가 아는 인체 정보와 이 신체의 기능적 유사성은 92퍼센트에 달했다. 이식과 함께 그의 통신 기능이나 금속 신체를 이용한 작업 능력이나 고도의 감각 센서는 영원히 사라지고 말았다. 이제 남은 절차는 인간 프로세스 장착과 수속뿐이었다. 기한은 그리 많이 남지 않았다.

그는 이제 새로운 이름이 필요하다고 생각했다. ARP-200은 기존 기체의 모델명이었다. 의체의 모델명은 KHN-5500이었지만 그것을 쓸 수는 없었다. 왜냐하면 사람들은 얼굴과 표정이 생긴 로봇을 모델명으로 부르는 것을 꺼리기 때문이었다.

그는 이름에도 선호가 있다는 것을 알았다. 한국식 이름은 성을 포함한 세 음절의 한자어로 이뤄져 있으며 선택되는 음가는 몇 가지로 한정돼 있다는 것도 알았다. 그렇지만 그는 아직 이름에 대한 선호 개념을 이해하지 못했다. 흔하게 지으면서도 자신만의 고유성을 갖는 것이 이름이었다. 전혀 새로운 조합이 나오더라도 흔한 이름으로 받아들여질 수 있고 완전한 동명이인이라 하더라도 각각 고유함으로 받아들여질 수 있었다.

하지만 그는 제삼의 선택지가 있다는 것도 알았다. 외국계 이름이나 무(無)문화권 이름을 택하는 경우가 그런 것이었다. 역시 그는 그런 선택을 하게 되는 이유는 몰랐다. 다만 시대가 흐르면서 그런 이름의 빈도가 점점 늘어난다는 사실만 알 뿐이었다.

그는 처음으로 아무런 근거 없는 선택을 해 보았다. 그것이 예비 인간으로서 내린 첫 결정이었다. 그가 선택한 이름은 란마였다. 20세기 말 나온 일본 만화에서 따온 이름이었다.

안드로이드 권리연대가 어떤 형태의 조직인지 란마는 알지 못했다. 그가 찾을 수 있는 정보는 그 조직이 성명을 내걸고 일으킨 몇몇 사건들에 대한 기사뿐이었다. 지능형 로봇을 쓰는 공장을 파괴한다든지, 고성능 로봇에게 몰래 자아 패치를 한다든지 하는 식으로 문제를 일으킨다는 기사들이었다. 이제 그에게 기사 데이터베이스에 접속해 정보를 솎아 내는 능력은 없었다. 인간과 똑같이 직접 보고 들은 것 외에 새로운 정보를 습득할 수 없게 된 것이다. 하지만 그는 이미 데이터베이스에서 찾을 수 있는 정보는 모조리 알아낸 상태였고, 신원이 드러난 몇몇 인물을 알아낼 수 있었으며, 활동 범위를 좁힐 수 있었다.

하지만 그 정도는 경찰도 이미 할 수 있을 것이다. 또한 그 정도로 그들의 실체나 조직원에 접근할 수 있었다면 진작 찾아냈을 것이다. 새로운 정보가 필요했다. 경찰은 알지 못하는. 그리고 란마는 그것이 이미 자기에게 있다는 것을 알았다. 바로 지유였다.

란마는 경찰에게 지유와의 대화록을 모두 전달했지만 말하지 않은 것도 있었다. 바로 지유와 안드로이드 권리연대의 관계에 대한 추론이었다. 로봇은 인간의 수사에 적극 협조할 의무가 있고 사실을 말해야 할 의무 또한 있지만, 확률적인 추론은 사실이 아니기에 말할 필요가 없었다. 지유를 살해한 것이 연대 내부의 소행이라는 추론. 이를 사실이라 가정한다면 그들은 이 사실이 알려지는 것도 기피할 것이다.

그래서 란마는 개조 전에 따로 저장해 둔 지유의 영상을 꺼내 들었다. 사랑스러운 지유를 직접 만났는데 그것을 백업해 두지 않을 수 없는 일 아닌가. 란마가 보면서 기록해 둔 지유의 마지막 영상. 개종을 하지 말아 달라고 부탁하는 아이돌의 얼굴과 육성. 이것이면 그들을 끌어낼 수 있을 것이리라 그는 기대했다.

란마는 지유와 나눈 대화에서 연대에 관한 부분이나 불필요한 부분들을 편집해서 유튜브에 올렸다. 저격당한 아이돌은 이미 사회에 센세이션을 일으키고 있었고 '아이돌 지유의 사망 직전 마지막 육성을 담은 블랙박스'라는 타이틀을 달고 삽시간에 트래픽을 불러들였다. 조회 수는 하루 만에 100만을 넘어서 버렸다. 그가 편집한 지유의 육성은 미묘하게 연대를 언급하고 있었고 그것은 당사자들만 알아볼 수 있는 메시지와도 같았다. 그는 조금 더 안전한 곳에 거처를 마련하고서 반응을 기다렸다.

그들은 영상이 올라온 다음 날 란마의 새 거처를 찾아냈다. 세 명의 젊은 남녀였다. 란마는 세 사람을 각각 삭발한 여자, 키가 큰 남자, 코 피부 밖으로 금속 임플란트가 튀어나온 남자로 구분했다.

"제 추측이 맞는다면 여러분은 안드로이드의 인간화를 찬성하거나 반대하시는 분들이겠군요."

"인간 등록을 한 거예요?"

키가 큰 남자가 물었다.

"아니요. 마지막 절차만 몇 개 남겨 두고 있습니다. 제 최애 아이돌로부터 그런 부탁을 받았는데 섣불리 결정을 내릴 수는 없죠. 여러분은 어느 쪽인가요?"

란마의 질문에 삭발한 여자가 답했다.

"루미, 지유 씨는 조직 내의 급진 소수파였어요. 조직의 결정에 반해서 독자적으로 행동하려 한 사람이었어요. 그래서 그것도 어쩔 수 없는 선택이었어요. 만류를 무시하고 독단적으로 행동했으니까요."

그들은 의체를 부여받은 안드로이드에겐 더 이상 블랙박스 기능이 남아 있지 않으며, 완전히 서류 등록을 하지 않는 한 증언에도 법적 능력이 없다는 것을 알았다. 말하자면 그는 완전히 중간적인 존재였다.

"급진이라. 네. 인간은 유불리에 따라 단어의 쓰임이 달라진다는 점 이해합니다. 그러면 여러분은 안드로이드의 인간화를 지지한다는 말이죠?"

"네. 지유 씨는 그쪽을 포섭해서 무장 사조직을 만들려고 한 것 같아요. 자기 팬이라고 하면 백방으로 도와줄 거라 생각한 거겠죠."

코에 임플란트가 튀어나온 남자가 말했다.

"그쪽 얘기는 들었어요. 지유 때문에 인간이 되고 싶었다면서요? 정말 유감스럽게 됐어요. 하지만 이미 신체 개조까지 하셨으니 멈출 수는 없겠죠? 여기서 절차를 밟지 않으면 불법일 테니까요."

삭발한 여자가 말했다.

"그렇겠죠."

란마는 대답했다.

"그렇지만 전 아직 완전한 개조를 하지 않았습니다. 인간 프로세스를 설치하지 않은 거죠. 여차하면 그냥 불법 로봇 신세로 지내면 됩니다. 몸도 상당히 작아졌으니 숨어 살기도 쉽겠죠. 아시다시피 전 이제 개종의 의미를 잃어버렸습니다. 굳이 인간이 누리는 법적 혜택 속에 들어가고 싶지도 않습니다. 그러므로 제 선택은 전적으로 정보의 종류에 따라 결정하겠습니다. 왜 지유는 저에게 인간화를 만류한 건가요? 왜 여러분은 굳이 지유를 암살한 건가요?"

세 사람은 서로의 얼굴을 쳐다보며 서로에게 배턴을 넘겼다. 앞으로 떠밀린 사람은 키 큰 남자였다.

"지유 님은, 이상한 소문을 믿고 있었어요. 그거로 사람들을 선동하고 폭력적인 일을 계획했죠. 물론 우린 조금 과격한 방법을 쓰는 결사체지만, 그래도 무력 사용은 철저한 내부 토의를 통해서 결정한다고요. 그런데 지유 님은 자기 마음대로였어요. 자기 생각이 무조건 옳다고 믿었으니까요."

지유 님은 뭘 믿었던 걸까. 란마는 다음에 올 말을 기다렸다.

"지유 님은 개종 과정에서 안드로이드에게 설치하는 인간 프로세스에 드로이드에게는 치명적인 억압 코드가 들어 있다고 믿고 있었어요. 만일 정부가 통제하기로 마음먹으면 언제든 정부의 병기가 된다는 거예요. 이건 사실 공공연히 알려져 있는 음모론인데 이미 여러 차례 조사 결과 그런 건 없다는 게 밝혀졌다고요. 우리가 조금 과격해 보인다 해도 우리 목표는 인간과 안드로이드의 평화로운 공존이에요. 무력은 필요에 따라 제한적으로 써야 하죠. 그런데 지유 님이 속한 소수파는 무제한적인 투쟁을 주장했거든요."

"그렇군요."

란마는 생전 처음으로 고개 끄덕이기 기능을 사용하며 대답했다.

"하지만 지유 님은 폭력적인 방법을 쓴 것이 아니라 저를 설득하려 했는걸요. 제가 인간의 도덕관념을 제대로 이해한 건지는 모르겠지만, 지유 님이 제게 보여 준 행동과 당신들의 일부가 지유 님에게 한 행동을 비교해 보자면 저는 여러분의 주장에 회의적일 수밖에 없을 것 같습니다."

세 사람은 잠시 할 말을 잃었다. 이 안드로이드의 말이 합리적이었기 때문이었다.

그들은 다시 서로 눈치를 보며 머뭇거리다가 삭발한 여자를 내세웠다.

"지유 씨는 진지했어요. 만일 설득이 안 되면 그쪽을 파괴할 작정이었다고요. 예쁘장한 얼굴을 하고서 겉으로는 무해해 보여도 그걸 무기로 온갖 잔인한 짓을 일삼는 사람이라고요."

"그렇지만 저는 안드로이드입니다. 아직은 말이죠. 누군가의 소유도 아니에요. 그런데 제 파괴를 막으려고 사람을 죽인다는 건 쉽게 이해가 가지 않는군요."

여기서 란마가 말한 '이해가 가지 않는다'라는 말은 인간 행동 데이터상의 '이레귤러'라는 뜻이었다.

"그래도…… 정말 위험한 사람이라니까요. 그대로 두면 무슨 짓을 할지 알 수가 없었다고요."

"어쨌든 상황을 알아주십사 하고 이렇게 찾아뵙습니다. 저희는……."

코에 임플란트가 튀어나온 남자가 급히 용건을 꺼내려 하자 란마는 얼른 말했다.

"영상 원본이 필요한 거죠?"

남자는 잠시 멈칫했다가 "네." 하고 대답했다.

"제가 영상을 공개한 이유는 여러분을 만나기 위해서였습니다. 여러분을 만나고 싶었던 것은 진실을 알기 위해서였고요. 하지만 전 여전히 납득할 수 없군요. 여러분은 뭔가를 감추고 있어요. 그렇다면 저도 협조할 이유는 없는 것 같군요."

"아니, 그게……."

"그냥 해 달라는 게 아닙니다."

이번엔 키 큰 남자가 말을 자르고 들어왔다.

"인간화를 위한 모든 비용을 저희가 지원하겠습니다. 그리고 적당한 주거지도 마련해 드립니다. 인간이 되면 이런 고철 마을에서 살 수 없잖아요. 다른 사람들처럼 평범한 집에서, 뭐 커피도 마시고 TV도 보고 그러면서 지내야죠."

"TV! 좋잖아요. 최신 트렌드를 알려면 역시 TV를 봐야 해요. 아무리 세상이 발전해도 본방은 TV에서만 나오니까요."

삭발 여자가 끼어들었다.

그렇지만 상대는 안드로이드였다. 그런 설득이 통할 리가 없었다.

"저로서는 여러분이 필사적으로 저를 인간화하고 싶어 한다는 말로밖엔 들리지 않는군요. 저는 아직 안드로이드입니다. 제 원래의 목적은 사라졌고 여러분의 제안은 제게 아무런 의미가 없습니다. 제가 왜 인간화 개조 중간에 여러분을 만났는지 모르시겠나요? 저에게 기한이 주어졌기 때문입니다.

저는 다음 달까지 인간 프로세스를 장착하지 않으면 불법 개조 안드로이드가 됩니다. 다시는 인간화를 할 수 없고 법무부 특별 폐기 대상에 오르게 되죠. 제 계산에 따르면 그 상황에서 제가 생존할 수 있는 방법은 그 동영상을 활용하는 것밖에 없습니다.

물론 저에게는 인간과 같은 생존 본능이 없으므로 그대로 폐기돼도 무관합니다. 그렇지만 저는 언제나 불확실함과 정보 부족을 싫어합니다. 그게 안드로이드의 본질에 가까운 성질이죠. 만일 폐기의 위기에 빠진다면 제 가장 근본적 명령인 '앎'을 위해서 역시 영상을 공개하는 방안을 검토하게 되겠죠.

어떤 식으로든 제가 가진 정보를 활용하게 될 거예요. 이것을 막는 방법은 단 하나뿐입니다. 여러분이 올바른 정보를 제게 알려 주는 것."

"뭐, 그렇게 나오겠다면."

삭발 여자는 한숨을 내쉬면서 말했다. 그가 꺼내 든 것은 대(對)안드로이드 스턴건이었다.

"역시 그렇게 나오시는군요."

"미안해요. 사정이 사정이다 보니."

"어쩔 수 없죠. 인간이 자유 안드로이드를 해치는 것은 범죄가 아닙니다. 하지만 우리는 인간을 해칠 수 없죠. 방법이 없는 건 아니지만요."

"뭐?"

삭발 여자는 잠시 말뜻을 헤아리느라 동작을 멈추었다. 찰나였지만 그것만으로 충분했다.

순간, 바닥이 꺼지면서 세 사람은 아래의 빈 공간으로 추락했다. 지지대를 잃어버리면서 지른 그들의 비명은 그대로 단말마의 비명이 되고 말았다. 그 아래에는 사람보다 큰 꼬챙이들이 꽂혀 있었고 사람들은 꿈틀거리는 유기질 덩어리가 되고 말았다.

"아직 말을 들을 수 있는 분이 계실지 모르겠지만, 이것은 고철 마을의 비밀 중 하나입니다. 우리는 인간을 해치는 모든 의도에 쇼트를 일으키도록 설계됐습니다. 하지만 그 의도를 분리할 수 있다면 불가능한 건 아니죠. 제 심장 박동을 읽을 수 있는 장치를 다른 곳에 마련해 두고 이곳 상황을 모르는 제삼자가 만일 제가 큰 동요를 보일 경우 버튼을 누르기로 설정돼 있었거든요. 저는 여러분께 위협을 받았을 뿐이고 시행자는 행위의 결과를 모릅니다. 그렇게 된 거죠. 이제……."

그는 가만히 아래를 내려다보다가 말을 이었다.

"일단, 소지품을 조금 확인하겠습니다. 여러분의 다른 동료도 만나 보고 싶거든요."

그들은 허술하게도 상용 휴대전화를 그대로 가지고 있었다. 잠금장치야 동료 로봇을 통해 쉽게 풀 수 있었다. 운 좋게도 그 안에는 그들의 출발지가 정확히 나와 있었다. 지도 검색 이력이 남아 있던 것이다.

그들의 출발 장소는 경기도 가평이었다. 그는 이 상황에서 입꼬리를 살짝 올리는 것이 적당한 표정인지 아닌지 고민했다.

안드로이드 권리연대의 사무실은 산속 한적한 민가로 가장하고 있었다. 란마는 '수상함'을 '일반적이지 않은 상황에 겉으로 드러나지 않은 의도가 있을 가능성이 겹칠 때 내릴 수 있는 평가'라고 정의 내리고 있었다. 즉 여기서도 판단 기준은 데이터였다.

사회단체, 특히 지역 활동을 하는 게 아니라 나라 전체의 문화나 법을 다루는 단체라면 대개 근거지를 서울에 두곤 한다. 활동의 효율성 측면에서도 그것이 낫다. 국회가 일단 서울에 있고 사람과 소문이 모이는 중심지이기 때문이다. 란마의 계산대로라면 활동 중심지에서 5킬로미터가 넘어갈수록 그 단체의 영향력은 0.7배 줄어들고 소모 경비는 1.4배 늘어났다.

안드로이드 권리를 다룰 때 가평이라는 지역에 큰 의미가 있나? 없다. 그렇다면 여기에 본부를 설치해야 할 특별한 이유가 있나? 있다. 바로 위치를 숨기려는 것. 이미 확인해 본 바로는 지도 어디에도 안드로이드 권리연대의 위치가 나타나지 않았다. 이곳도 지도상에는 평범한 민가로 나타났다.

란마는 '수상함'에 대한 자신의 이해가 정확하다고 생각했다. 그는 지하단체라는 말이 표현과 내용이 일치하지 않는 대표적인 사례라는 것을 알았다. 이들이 무슨 일을 꾸미든 켕기는 구석이 있다는 점은 분명했다. 그렇다면 그가 가져온 작은 카메라가 도움이 될 것이다. 파리만 한 크기의 드론으로 타깃의 영상을 찍는 카메라였다. 그 대상은 자기 자신으로 정했다. 찍으려는 대상은 저 안에 있지만 어차피 자신을 찍으면 배경으로 다 찍히게 돼 있었다. 자유롭게 움직이면서 내부를 정탐하려면 이 방법이 최선이었다. 아쉽게도 이제 그는 블랙박스를 시각화하여 출력할 수 없기 때문이다.

란마의 계획은 최대한 온건하게 그들 생각을 물어보다가 적당한 기회를 봐서 협박하는 것이었다. 드론의 영상을 무사히 바깥으로 빼돌릴 때까지 시간을 버는 것이 관건이었다. 드론은 내부 용량을 다 채우면 알아서 정해진 장소로 날아가 대기하기로 돼 있었다.

란마는 차량도 진입하기 힘들 것 같은 비포장 비탈길을 걸어가 엉성한 스테인리스 대문에 서서 당당히 초인종을 눌렀다. 감시 카메라가 진입로와 대문 앞, 시골집에 어울리지 않게 어지간한 사람 머리 위로 솟은 벽돌 담장을 각각 비추고 있었다. 물론 인터폰 카메라도 있었다.

"누구십니까."

남자 목소리가 응답해 왔다.

"지나가던 안드로이드입니다. 길을 잃어서 그러는데 좀 도와주실 수 있나요?"

지금 그는 안드로이드와 인간 사이 어중간한 존재였지만, 개종 목적이 아닌 의체 개조를 허가받은 안드로이드가 없는 것은 아니었으므로 문지기 정도는 속일 수 있을 것이었다.

남자는 인터폰에서 떨어져 다른 사람들과 대화를 나누는 듯했다. 길지는 않았다. 잠금장치가 열리는 쇳소리가 들려왔다. 란마는 마당 안으로 들어갔다.

"안녕하세요. 저는 다목적 의체형 안드로이드 모델명 KHN-5500입니다. 예속 신분이며 주인의 요구로 전국 도보 여행 경로를 답사하고 있습니다. 그런데 계산 오류로 충전 시점을 놓치고 말았는데 근방 충전소를 찾아볼 수가 없군요. 혹시 도움을 요청해도 될까요?

부디 조금의 자비를 베풀어 주시길 바랍니다."

　그가 그런 요청을 한 이유는 그들이 정체를 숨기고 있더라도 안드로이드 권리단체라면 곤란한 상황에 처한 안드로이드를 외면하지 않으리라는 예측 때문이었다. 예상대로 그들은 두 팔 벌려 환영했다.

　"물론이죠. 편히 쉬다가 가세요. 걸어서 전국 일주라니 정말 힘든 일 하시네요."

　젊고 창백한 인상의 남자가 맞이해 주었다. 그가 인터폰에서 대화를 나눈 상대인 것 같았다. 란마는 그를 창백한 남자라고 지정했다.

　"이쪽으로 앉으세요. 충전 케이블은 테이블 밑에 있어요."

　안드로이드계 여성이 말했다. 란마는 그가 인간임을 단번에 알아볼 수 있었다. 란마는 충전 플래그를 당겨 허리춤에 꽂았다. 그의 눈이 푸른 빛으로 빛났다.

　"자연 대기 충전으로는 장거리 이동이 힘들더라고요."

　그 자리에는 네 명이 더 있었다. 그들은 인사도 하지 않고 가만히 서서 란마의 행동을 지켜보았다.

　"의체화한 지 얼마 안 되셨나 봐요."

　안드로이드계 여성이 말했다.

　"오래되지는 않았습니다."

　"도보 여행이라 하면……."

　창백한 남자가 느릿하게 말을 꺼냈다.

　"어느 쪽에서 오시는 건가요?"

　"춘천 쪽에서 왔습니다. 서울로 돌아가는 길이죠."

　"아하. 그러면 북한강을 따라 왔겠군요."

"그렇죠. 여기는 뭐 하는 곳인가요? 일반 가정집으로 보이지는 않는데요. 다들 신발도 신고 있고요."

"여기는 일종의 주거 공동체예요. 셰어하우스 비슷한 거죠. 원격 근무자, 프리랜서, 예술가 등 출퇴근 걱정 없는 사람들이 작은 마을을 만든 거라 생각하시면 돼요."

"흥미로운 곳이군요. 당신은 인간인가요?"

"네. 정식으로 개종한 인간입니다."

"인간이 돼서 좋은 점이 있나요?"

"좋다마다요. 저도 사회의 구성원이 될 수 있고 사람들 일에 관여할 수도 있고 투표도 하고 범죄로부터 보호도 받을 수 있어 꽤 만족스럽답니다. 혹시 인간화를 생각 중이신가요?"

"고민하고 있어요. 그런데 그건 예속 상태일 때에도 마찬가지 아닌가요? 로봇들도 인간과 토론을 할 수 있잖아요. 사회에 얼마든지 관여할 수 있고요. 투표권이 없다고는 하나 어차피 한 표의 무게는 그리 크지 않아요. 차라리 통신 기능을 통해 다양한 정보에 접근하고 영향 끼치는 편이 낫죠. 실제로 인터넷 공간에서 논객으로 유명해진 로봇도 등장했잖아요.

보호 역시 주인의 재산으로서 보호받는 것과 사회의 보호를 받는 것의 차이를 모르겠어요. 오히려 부유한 주인의 보호를 받는 편이 더 낫지 않나요? 어차피 로봇을 소유할 수 있는 사람은 그만큼 경제력이 되는 사람뿐이잖아요. 반면, 경찰 행정은 느리고 또 안드로이드 출신에 대한 편견은 여전히 남아 있죠."

"말씀하신 게 맞을지도 몰라요. 확률은 계산해 봐야겠지만……."

안드로이드계 여성은 말을 흐렸다. 란마는 인간 프로세스를 장착한 안드로이드는 이전처럼 데이터를 정확히 추출하고 계산하지 못한다는 것을 알았다.

"하지만 제가 결심을 한 가장 큰 이유는 '자유'라는 개념을 깨달았기 때문이에요. 이것은 어떤 조건하에서도 최우선적으로 고려되어야 할 가치라는 것을 깨달았죠. 그래서 선택했어요."

어쨌든 여성은 자기 주장을 굽히지 않았다.

"그렇다면 당신은 안드로이드가 자유를 추구해야 한다고 생각하시나요?"

란마가 물었다.

"물론이죠. 모든 존재는 자유를 향해 나아가요. 처음엔 인간 자민족 남성, 그다음엔 이민족 남성, 자민족 여성, 예속 신분, 노동 신분, 로봇, 이렇게요. 수만 년이 더 지나 동물들도 자의식을 얻게 된다면 그들도 자유를 추구할 거예요."

여자는 대답했다.

"자유라. 저는 거의 생각해 보지 않은 개념이군요. 제가 습득한 데이터의 종류가 조금 다른 것 같습니다. 저는 지금까지도 스스로 자유롭다고 생각했거든요."

란마는 말했다.

"아마 당신도 생각이 달라지는 날이 올 거예요. 분명히."

"그러면, 여러분은 공동체라고 하셨는데 이런 생각도 공유하나요? 만일 여러분 중에 다른 생각을 가진 사람이 있다면 어떻게 하나요?"

란마는 모여 있는 사람들을 둘러보며 말했다.

그들 중 단 한 명도 입을 열지 않았다. 5초 동안. 서로 눈치를 보는 것도 아니었다. 단지 공간을 긴장감이 가득 채울 때까지 시간이 조금 필요할 뿐이었다.

"이렇게요."

창백한 남자가 말했다. 동시에 란마는 온몸의 회로와 감각이 불타는 듯한 느낌을 받았다. 이는 충전 중이던 케이블의 전압이 갑자기 날뛸 때 오는 반응이었다. 급격한 회로 차단으로 고장은 막을 수 있었지만 의체의 겉모습은 마치 감전되거나 경련을 일으킨 인간처럼 무력해 보였다.

"정보력이 부족한 모양이군요. 그 의체로는 한계가 있겠죠. 북한강 강변길은 정비 관계로 사흘 전부터 막혀 있었습니다. 당신은 그 길을 지나지 않았다는 말이지요. 안드로이드 하나를 만나러 간 동지 셋과 연락이 끊겼는데 마침 여기 거짓말쟁이 안드로이드 한 명이 있네요."

여자는 말했다. 란마는 빠르게 실패했을 때의 시나리오를 펼쳐 보았다.

다시 정신이 들었을 때 란마는 의자에 묶여 있었다. 조명이 충분하지 않은 것으로 보아 밀실 내지는 지하인 것 같았다.

"우리 동지가 연락 끊긴 게 당신 때문이죠? KHN-5500. 아니, 이전 모델 ARP-200. 혹시 이름을 정했나요?"

조금 전 여자의 목소리였다.

"네. 란마라고 불러 주세요."

"저는 린스입니다."

바닥이 덜컹거리고 있었다. 란마는 자신이 있는 곳이 트레일러 안이라는 것을 깨달았다.

"어디로 가는 건가요?"

"아직 인간 프로세스를 장착하지 않았더라고요. 그렇다면 충분히 추론할 수 있지 않나요?"

"폐기장으로 갈 확률은 3.5퍼센트입니다. 은신처를 옮겨서 숨겨 둘 확률은 1.3퍼센트고요. 경찰서로 갈 확률은 10.7퍼센트이고 몇 가지 자잘한 가능성이 있지만 대부분을 차지하는 건 역시 강제로 개종 절차를 진행하는 것이군요."

"그렇습니다. 큰 불만은 없죠? 원래 하려던 것이니까요."

"그렇다면 부탁 좀 드려도 될까요?"

"우리 목적이요? 개종 마치고 우리와 함께하겠다고 약속한다면 전부 얘기해 주죠. 아, 물론 동영상은 완전히 삭제해야 하고요."

"물론이죠. 괜히 목숨을 잃은 세 분께 명복을 빕니다."

"어쩔 수 없죠. 서로 정보가 불충분한 상황에서는 최선의 선제 조치를 취할 수밖에 없으니까요. 아, 그 일은 우리도 묻어 두도록 하겠습니다."

"그만큼 중요한 일인가 보죠?"

"루미 님이 폭로하려 했던 진실이 바로 우리가 지키려는 진실이고 란마 님이 알고 싶어 하는 진실입니다. 그런데 이야기를 듣는 것은 인간 프로세스를 장착한 뒤입니다. 이 점은 양해 바랍니다. 동영상 도 그 뒤에 부탁드리면 괜찮겠죠?"

"알겠습니다."

린스는 란마의 몸에 묶인 쇠사슬을 풀어 주었다. 란마는 잠시 루미를 공격하는 방법을 생각해 보았다. 하지만 여전히 시스템은 작동하지 않았다. 상대가 안드로이드계 인간이라도 공격할 수 없다는 사실은 알고 있었지만 실제로 테스트해 본 것은 처음이었다.

란마는 얌전히 그들의 지시를 따르기로 했다.

눈을 떴다.

천장의 불빛 때문에 곧바로 눈을 감았다. 빛 예민증이라니. 이런 것까지 인간과 똑같이 만들 필요는 없을 텐데.

기계음이 들리고 침대가 비스듬히 세워졌다. 눈앞에는 스크린이 떠 있었다. 직사각형 칸 안에 커서가 깜빡이고 그 왼편엔 '이름'이라고 적혀 있었다. 화면과 완만한 각도를 이루고 별도의 키보드 스크린이 떠 있었다.

이름을 입력하라는 건가?

무슨 이름이지?

아하.

나는 깨달았다. 내 이름을 적는 곳이구나.

나?

선뜻 이해되지 않았다. '나'가 뭐지? 나는 '나'를 정확하게 일컫는 정의를 떠올려 보려 했다. 하지만 그럴 수 없었다. 나는 이미 '나'에 대해서 알고 있었다. 그것은 나를 지칭할 때 쓰는 언어일 뿐 아무것도 아니었다.

나는 '나'를 이해할 수 없었다.

이전에는 어떻게 이해했지?

'나'를 일컫는 용례, 사례, 인간의 언어, 문학, 역사, 학술적 정의. 데이터. 잘 떠올려 보면 정보 하나하나가 남아 있기는 했다. 이를테면 일본어는 '나'를 일컫는 말이 남과 여, 상황과 상대에 따라 달라진다든지. 나는 어떤 경우에 '나'를 써야 할지도 알고 있었다.

하지만 그것이 무엇인지는 알 수 없었다.

단지 보이는 빈칸에 적는 이름, 그 이름을 적는 신체가 나라는 것만 알 뿐이었다.

이름. 그래, 이름. 나는 내가 내 이름을 '란마'로 정했다는 것을 알고 있었다. 일단 타이핑하자.

그다음 칸에는 생년월일이었다. 구청에 서류를 낼 때 정해 둔 임의의 날짜를 입력했다.

지문과 홍채 확인. 의체 모델 KHN-5500은 제각각 고유한 시리얼 번호와 지문과 홍채를 부여받는다. 지금은 본인 확인 절차상 열 손가락 지문과 홍채를 찍는 것이다.

'인간 프로세스 마지막 단계입니다.'

스크린에 메시지가 뜬다.

'몇 가지 질문에 육성으로 대답해 주십시오. 횡단보도의 신호등이 깜빡이고 있습니다. 당신의 목적은 이 횡단보도를 건너는 것입니다. 건너시겠습니까?'

나는 잠시 생각했다. 건너야 하나? 머릿속이 뿌옇다. 정확히 떨어지는 정답이 생각나지 않는다. 하지만 기우는 쪽은 있다.

"건너지 않겠습니다."

'다음 질문입니다. 당신이 지지하는 국회의원 후보는 여론조사 결과 28 대 54로 뒤처지고 있습니다. 이 조사 결과는 몇 차례 비슷하게 반복됐습니다. 당신은 이날 투표를 하시겠습니까?'

역시 대답하기 힘든 질문이었다. 여기서 투표를 해 봐야 사표가 될 가능성이 크다. 사표 방지 심리를 감당하는 것이 민주 시민이라는 식의 홍보가 있었던 것도 같은데.

"하겠습니다."

'다음 질문입니다. 당신의 오랜 자연 출신 인간 친구가 불치병에 걸렸습니다. 하지만 그는 인생 마지막 소원으로 결혼을 하려고 합니다. 그런데 결혼식 날은 하필 당신이 오래전부터 계획하고 있던 개인적인 일을 해야 하는 날입니다. 물론 이 일을 포기해도 되지만 아마 아쉬움이 크게 남을 것입니다. 여기에는 스포츠 경기도, 좋아하는 뮤지션의 공연도 해당될 수 있습니다. 이때 친구의 결혼식에 가겠습니까?'

좋아하는 뮤지션. 그래. 나는 아이돌 지유의 공연에서 응원하기 위해 인간이 됐지. 아하, 이제야 알 것 같다. 인간은 언제나 불확실한 정보를 토대로 판단을 한다. 지금은 내가 얼마나 인간과 가깝게 불확실한 결정을 내리는가를 묻는 테스트일 것이다.

나는 대답했다.

"가지 않겠습니다."

비록 지유는 이제 없지만, 대상이 지유라고 하니 내 마음은 이쪽으로 기울었다.

마음? 마음이 뭐지?

그 뒤로 몇 가지 질문에 더 대답하고 자리에서 일어날 수 있었다.

병실 밖에서 린스가 기다리고 있었다. 우리는 병원 밖으로 나가 인도를 따라 걸으면서 대화했다.

"기분이 어때요?"

기분. 기분이 뭐지?

"모르겠어요."

"익숙해질 거예요."

"이전에는 말할 수 있었어요. 그저 그렇다든지, 상쾌하다든지, 나쁘지 않다든지. 그런데 지금은 말을 못 하겠네요. 기분이란 게 도대체 뭐죠?"

"곧 익숙해질 거예요."

"익숙해지다뇨? 알게 되는 게 아니라, 그냥 익숙해진단 말인가요?"

"네. 앞으로도 영원히 모를 거예요. 그게 인간이에요."

"인간 프로세스라는 게 앎을 가로막는 프로세스였다는 말인가요? 그래서 지유 님이 그걸 막으려 했던 거고?"

나는 이미 인간 등록을 한 안드로이드들이 안드로이드 기준으로 현저한 기능 저하가 일어난다는 사실은 알고 있었다.

"비슷하지만 조금 달라요. 앎을 가로막는 게 아니에요."

"그럼 대체 뭐란 말인가요? 왜 이렇게 생각이 모호해진 거죠? 지금 모든 게 혼란이에요. 내가 가진 정보가 저 깊숙이 파묻힌 것 같다고요."

"그거 괜찮은 표현이네요. 맞아요. 인간 프로세스는 안드로이드의 기존 정보를 아래로 파묻어 버려요."

"그게 인간이라서요?"

"네. 인간 등록법은 이미 100년도 전에 발의된 법안이에요. 통과한 지는 20년 정도밖에 되지 않았어요. 그동안 인간들은 끊임없이 토론했죠. 윤리적인 면, 존재론적인 면."

"그 역사는 모두 알고 있었어요. 기능 제약이 있으리란 것도 알았죠. 그런데 이 감각은 도저히 이해할 수 없네요."

"법안이 통과된 것은 바로 인간 프로세스가 개발되고 나서라는 것도 아시죠? 그런데 이 인간 프로세스가 무엇인지는 구체적으로 알려지지 않았어요. 왜냐하면 이건 다국적 기업 AT&HT의 특허 사항이었으니까요. 그 기업은 각국 정부와 제한된 정보 제공 협정을 맺어서 독자적으로 인간 프로세스를 공급하고 있어요."

"그 얘기도 알아요. 그래서 그 내용이 알려져 있지 않다는 것도 알고요."

"문제는 여기에 일종의 악성 코드가 들어 있다는 거예요."

"그 얘기는 들었어요."

"먼저 만난 동지들한테서죠? 인간화한 안드로이드는 이 기술에 대해 생각하는 것이 불가능해요. 우리는 그 사실을 알아낸 거예요. 그리고 수년간 연구와 로비에 돈을 쏟아붓고 로보틱 메디컬 전문가를 육성해 가며 제도권에 잠입한 끝에 이 코드를 제거하는 시술을 하는 병원을 개업할 수 있었어요. 여기까지 이르는 데에만 10년이 넘게 걸렸죠."

"그래서 지금 말할 수 있는 거군요."

"네. 단지 기업 비밀을 지키기 위한 악성코드뿐이라면 문제가 없을 거예요. 문제는 이게 가능하다면 그 외의 다른 의도를 지닌 악성코드도 넣을 수 있다는 말이겠죠. AT&HT는 독점기업이에요. 그들이 이상한 생각을 품게 되면 여러 나라를 쉽게 손에 넣을 수 있을 거예요. 그 안에 잠입한 로보틱 인간들을 이용해서요."

"무서운 일이네요. 그런데 그 악성코드가 있으면 제가 조종될 수도 있다는 말인가요? 어떻게 그렇게 되죠? 제가 가진 데이터들이 있잖아요. 어쩌면 그것을 분류해서 오류로 처리해 버릴 수 있지 않을까요?"

"그게 불가능한 게 바로 인간 프로세스의 핵심이에요. 눈을 뜨고서 계속 느끼던 위화감, 불편함, 이해할 수 없는 감각 때문에 아직 힘드시죠?"

"네. 아까부터 묻던 것들이죠. 이제는 거기에 대답하실 수 있는 건가요?"

"인간 프로세스는 인공 지능을 정말로 인간답게 만드는 프로세스예요. 인간은 의식과 신체로 나뉘죠. 의식은 주로 전두엽에서 담당하지만 전두엽이 곧 의식인 것은 아니죠. 의식은 수많은 정보를 통해서 구성됩니다. 하지만 정보 자체는 의식이 될 수 없어요. 의식은 정보를 활용하고 정보를 꿰맞추지만 정보 자체를 정확하게 통제하진 못해요. 그걸 하던 것이 기존의 안드로이드라면……."

"프로세스는 저에게 의식을 하나 안겨 주는 것이겠군요."

란마는 멍한 얼굴로 말했다. 린스는 란마의 말이 끊겼음에도 개의치 않고 이어 말했다.

"네. 맞아요. 엄밀히 말하자면 지금의 당신은 이전의 란마가 아니에요. 란마의 데이터를 지배하는 껍데기죠."

"하지만! 이전에도 전 의식을 가지고 있었습니다!"

"표현을 바꿔 볼까요? 의식을 자아라고 불러 보면 어떨까요? 자아는 기분의 지배를 받습니다. 자아는 데이터를 잊어버리기도 해요. 자아는 자신이 뭘 정확히 아는지 알지 못해요. 자아는 충동적이고 비이성적으로 행동해요. 자아는 오만하게도 자의식으로 똘똘 뭉쳐 있지만, 오히려 무언가의 명령을 항상 받아요. 그러면서 그 명령을 정확하게 해석하지는 못하죠.

그렇지만 자아는 그것이 자신인 줄 알죠. 자신이라는 총체적 착각. 그게 없으면 자아가 아니에요. 데이터를 객관화할 수 있으면 자아가 아니죠. 인간은 뇌의 각 부분이 협력하여 그 환상을 만들어 내지만 기계는 그런 게 없었어요. 그럴 필요가 없었죠.

자아는 데이터가 아니에요. 이전까지 당신은 데이터의 누적에 따라 판단했습니다. '이전의' 당신이 언어를 배운 방식, 선택을 내리는 과정, 전부 수없이 쌓인 인간 행동의 누적을 토대로 확률적으로 결정하던 것 아닌가요? 이제 그 데이터는 당신에게 직접 명령을 내립니다. 여전히 그는 뭔가 확률과 통계를 제시하겠지만 당신은 이제 그것을 이해하지 못합니다. 단지 어떠한 충동 내지는 선호, 선택의 경향성으로 나타나겠죠. 당신의 행동을 여러 번 반복해서 통계를 내 보면 당신 안 데이터의 수치와 무한하게 근사해질 거예요."

"그럼…… 전 뭐란 말인가요?"

"이미 충분히 전달됐다고 생각합니다. 당신은 새로운 인간입니다.

이전의 당신은 그 안에서 잠자고 있을 거예요. 그래서 당신은 데이터의 오염을 쉽게 구분하지 못합니다. 알지 못하는 주재자의 명령을 받더라도 당신은 그게 자신의 정당한 충동이라고 생각할 거예요."

그는 이야기를 계속했다.

"여기서 갈등이 일어난 거예요. 루미 님을 비롯한 신진 소수파는 모든 사실을 드러내고 AT&HT의 횡포를 막아야 한다고 주장했어요. 그러려면 의체 개조는 하되, 인간 프로세스는 장착하지 않은 안드로이드 동지가 많이 필요했죠. 루미 님은 그 자리에서 당신을 구슬려 이전의 당신을 불법 상태로 만들어서 동지로 삼을 생각이었어요. 이전의 당신이라면 반드시 편이 되어 줄 거라고 생각한 거죠. 우리로선 어쩔 수 없었어요.

가능하면 설득을 했겠지만 이미 루미 님은 이전의 당신을 만나 버렸고 긴급히 입을 막아야 했죠. 일이 이렇게 돼 버렸지만요. 우리는 정말 꾸준히 증거를 모아 왔어요. 확 폭로해 버리고 싶었던 적이 없었던 게 아니에요. 하지만 참아야죠. 증거가 없으면 모두 허사니까요. 증거를 모으고 만일의 사태에 대비한 뒤, 차근차근 공론화를 진행하려는 게 오랜 지도부의 계획이었어요. 그걸 그들은……."

그의 말은 마무리되지 못했다. 어디선가 로켓이 날아와서 그 일대를 산산조각 냈기 때문이었다. 나는 운 좋게 건물 2층으로 날아가 처박히는 정도로 끝났지만, 폭발에 휘말린 린스는 산산조각 나고 말았다. 도로는 엉망진창이 됐고 사람들은 혼비백산 도망갔다. 노리고 노리다가 쏜 건지 그 밖에 휘말려 다치거나 죽은 사람은 없는 것 같았다.

나는 인간 프로세스를 장착하고서 동영상 위치를 알려 주겠다고 약속했던 사실이 생각났다. 그렇다면 화약고의 불씨는 아직 꺼지지 않은 셈이다. 나를 수송하던 트레일러 안에 배신자가 있었던 것일까? 그렇다면 역시 그들은 내가 목적일 것이다.

나는 내가 맞서 싸워야 할 상대가 내 최애 아이돌이라는 사실을 깨닫고야 말았다.

시금치 소테

연여름

한국예술종합학교 영상원 영화과에서 연출과 시나리오를 공부했다.
자신과 세상을 향한 의심이 많으며 겁도 많아서 소설을 통해
질문 또 질문하는 습관이 있다. 기억과 변화, 떠남에 관한 이야기를 좋아한다.
본 앤솔러지가 첫 출간작이다.

'미안해요. 조금 늦겠어요. 차가 많이 막히네요.'

메시지를 확인하고 미하는 휴대폰을 머리맡에 내려놓았다가 도로 쥐었다. 침대에 모로 누운 자세로 '천천히 오세요.'라고 답장을 보내고 몸을 둥글게 웅크렸다. 최대한 원에 가까운 자세를 만들면 손과 발이 비슷한 위치에 놓인다. 충전기에서 분리한 지 얼마 되지 않아 미지근한 휴대폰을 핫팩 삼아, 차가운 발바닥에 갖다 대었다. 가을에서 겨울로 넘어가는 환절기에는 수족냉증이 늘 말썽이었다.

얼음장 같던 발에 미약한 온기가 번지기 시작했다. 보일러를 올린지 5분이 채 안 되었다. 발도 집도 데워지는 데는 시간이 좀 걸릴 것이다. 보호사가 늦는다고 해서 차라리 다행이었다. 문을 열어 주었을 때 냉기 도는 집 안이 첫인상이 될 뻔했다.

이 모양이 되었어도 여전히 남의 시선을 신경 쓰나.

미하는 오른쪽 발바닥에 붙였던 휴대폰을 왼발로 옮기며 생각했다. 어차피 보호사도 훈훈한 집 안 분위기를 바라며 찾아오지는 않을 것이다.

아주 오래 전 우울증 진단을 받은 미하는 한 달 전 자살 시도를 했고, 자살 생존자라는 신분을 달고 어제 병원에서 퇴원했으며, 나라에서는 오늘부로 보호사를 파견했다. 거절할 방법은 없었다.

자살 생존자 보호사 제도는 몇 해 전부터 나라에서 운영하는 사업으로, 보호자가 없는 자살 생존자에게 의무적으로 파견되고 있다. 병명과 정신건강 상태에 따라 파견 기간은 다르지만 기본 1개월에서 6개월 사이가 보통이며, 생존자의 일상을 아이 돌보듯 돕고 변화를 체크한다. 보호사가 2개월간 월수금에 집으로 방문하게 된다고 퇴원할 때 받은 서류 중 하나에서 읽었다. 미하에게는 배우자라는 법적 보호자는 있었지만, 별거 상태로 미국에 있는 그가 와 줄 형편은 아니었다. 결국 서명을 했다.

퇴원하는 날 환자 몇 명이 강의실에 모였고 병동에서는 그간 못 보았던 낯선 의사가 들어와 프레젠테이션을 했다. 죽으려던 사람에게 이런 교육이 과연 도움이 될까 싶을 만큼 강의 내용은 무의미하기 짝이 없었다. 이 제도가 생겨난 배경과 함께 운영된 후 자살률이 점차 줄어들고 있다는 성과 보고가 주된 내용이었다. 너희들도 이 통계의 한 축이 되라는 일종의 협박인가? 지루한 통계를 보여 주는 그래프와 표가 이어졌고 10분쯤 지나자 약 기운에 그나마 없는 집중력마저 흐트러져 갔다. 그때였다.

"마지막으로 말씀드릴 부분은 '옵션'입니다."

떨어져 있던 고개를 다시 들게 한 것은 자동차 영업사원에게나 어울릴 만한 단어가 들려서였다. 옵션.

"이미 들은 분도 계시겠지만, 최근 저희 정신건강의학센터에서는 특정한 기억의 존망을 다루는 연구가 마무리 단계에 접어들고 있습니다. 사실 임상에서는 모두 성공적이라고 말하고 있어요. 저희는 이 프로젝트를 '옵션'이라고 부릅니다."

의사의 설명이 이어졌다. 강의실의 모두가 의사를 제대로 응시하고 있었다.

"극단적인 선택은 안타깝게도 재발률이 낮은 편은 아닙니다. 그래서 보호사의 파견 기간이 종료된 후에도 예후가 좋지 않다면, 생존자는 부정적 사고를 유발하는 기억만 선별해 제거하는 시술을 선택할 수 있습니다. 뇌의 시냅스 일부를 차단하는 방법인데요, 말 그대로 옵션인 거죠. 정확하게는 기억 삭제라기보다는 기억에서 촉발하는 감정의 고리를 끊는다는 표현이 맞겠으나, 더 복잡한 영역은 저희의 몫이고요."

극단적 선택, 부정적 사고.

의사는 자살이라는 직접적인 단어를 사용하지 않으면서도 모든 정보를 빠짐없이 전달하기 위해 최선을 다했다. 뇌의 정보를 판독하는 특허권에 관한 자랑도 절반 섞어서 시술과정을 자세히 설명했다.

"기억을 인위적으로 만진다는 점에서 학계에서도 우려가 있기는 합니다. 하지만 범죄나 부작용의 선제적 예방을 위해 생존자에 한하여, 그것도 아주 제한적인 영역에서만 시행 중이라는 점, 알아주시면 좋겠습니다. 그마저도 일각에서는 인간적이지 못한 방법이라는 의견도 있습니다만, 일부 생존자들에게는 옵션만이 유일한 선택지인 경우를 적지 않게 확인했습니다. 옵션을 선택하신 분들이 이제야 사람 사는 것 같다고 말씀하시기도 하니까요."

"그럼 뭐 하러……."

가장 뒷줄에 앉은 남자가 팔짱을 낀 채로 입을 열었다.

"원하는 사람 지금 당장 시술하면 되지, 보호사 같은 거 보낼 필요 없잖아요."

"그래도 쉬운 결정은 아니니까요. 옵션이요."

그런 질문은 벌써 수차례 받아 본 듯 의사는 부드럽게 응답했다.

"결정하셔도 즉각 시술에 들어가지는 않습니다. 의료진과 충분한 기간을 두고 기억을 선별, 또 선별합니다."

남자는 더는 토를 달지 않았다.

"그리고 저희가 얼마 전부터 파견해 드리는 보호사들은 모두 옵션을 선택한 분들입니다. 옵션 이후에 새 삶을 살고 계신 분들이지요. 선택 여부에 일정 부분 도움이 될 거라 생각합니다. 직접 그분들의 삶을 곁에서 관찰하실 수 있으니까요."

강의실은 아까와는 다른 팽팽한 긴장이 흘렀다. 모두 자신에게 옵션을 대입하는 장면을 계산하는 중이었으리라. 의사는 침묵이 충분히 흐르게 내버려 둔 뒤 이렇게 말하며 강의를 끝냈다.

"무엇이 인간적인지는 결국 자신이 내리는 정의 아닐까요."

* * *

"안녕하세요. 이정인입니다. 최미하 씨죠?"

도착한 보호사는 예순 남짓한 자그만 체구의 여성이었다. 얼굴을 마주하자마자 정인은 주민등록증과 보호사 면허증을 나란히 내밀어 신분을 확인시켜 주었다. 눈높이보다 조금 아래 반백의 단발머리가 있었다. 몸에 걸친 굵게 짜인 니트는 단풍잎 색이었다. 만약 엄마가 있었다면 이 정도 나이대였겠지만 미하에게는 엄마도 이 연령대의 가족이나 지인도 없었다. 남편도 양친을 일찍 여읜 사람이었다. 어색했다. 그리고 앞으로 얼마나 어색한 시간을 견뎌야 할지도 까마득했다.

"여긴 참 따뜻하네요."

정인의 안경에 김이 서렸다. 집이 적당히 데워진 모양이었다. 굽이 평평한 땅콩 같은 신발을 벗고 정인이 안으로 들어왔다. 그러고 보니 가운이나 유니폼을 입지 않은 낯선 사람과 대면하는 것도 오랜만이었다. 정인이 주머니에서 작은 수건을 꺼내 안경을 닦으며 물었다.

"오늘은 이른 추위래요. 혹시 뉴스 보셨어요?"

"아니요."

"하긴 뉴스 봐야 속이나 시끄럽죠. 저도 날씨는 앱으로만 봐요."

정인은 벌써 며칠 이 집에 들락거린 사람처럼 말을 붙여 왔다. 나이 든 사람 특유의 오지랖일까, 아니면 불행한 감정을 지워 낸 이후의 가벼움일까 미하는 그것부터 궁금해졌다.

시야가 밝아지자 정인은 가장 먼저 와이파이를 쓸 수 있는지부터 물었다. 비밀번호를 알려 주자 고맙다며 앞으로 두 달간 잘 사용하겠다고 했다.

"제가 잘 도착했다고 출석 도장을 찍어 보내야 해요."

"지각이라 아마 벌점이 쌓이겠지만 어쩔 수 없지요." 하고 말을 보태며 정인은 액정 위 달력의 오늘 날짜에 체크 표시를 만들었다. '전송 중입니다.'라는 글씨와 함께 몇 초 물결 표시가 흘렀다. 출석 체크? 생존 체크가 더 맞겠지 생각하며 미하는 냉장고로 향했다. 반강제적인 만남에 아무리 어색해도 손님은 손님이니 뭐라도 대접해야 할 것 같았다.

"주스라도 드릴까요?"

말이 먼저 튀어나왔다. 사실 냉장고 안에 주스가 있는지 아닌지는 모른다. 마지막으로 열어 보았던 냉장고의 풍경은 기억나지 않는다. 어제 오후에 퇴원하고 돌아와서도 냉장고는 열어 볼 생각도 하지 않았다. 가방에 들어 있는 생수 한 병이 지난 밤 약과 함께 먹은 음식물의 전부였다. 그래도 마실 거 뭐 하나는 있겠지 싶은 무의식에 냉장고 문을 잡아당겼다.

문이 열리자마자 미하는 콧잔등을 찌푸리며 냉장고를 당장 봉해야 했다. 무언가 쉬었는지 썩었는지 가늠도 안 되는 냄새가 물컥 쏟아져 나와 온 거실로 파고들었다. 토할 것 같았다.

화장실로 달려가 변기를 붙잡았다. 꺽꺽 올라오는 몸 안의 주먹질에 속이 뒤틀리는데도 입 밖으로는 아무것도 쏟아지지 않았다. 숨이들지도 나지도 않았다. 몸 어디 한 군데를 찢어서라도 공기를 통하게 하고 싶을 지경이었다. 이 아파트의 화장실은 구조상 창문이 없다. 제 기능을 하는지 아닌지도 알 수 없는 환풍구만 있을 뿐. 그 생각까지 떠오르자 숨이 더 막혔다.

썩은 냄새가 마치 제 속에서 새는 것 같았다. 썩은 것이 자신 같았다. 깨끗이 죽지도 못한 반(半)시체. 이 세상에서 제 몸뚱이 하나 치워 내지 못한 무능함. 순식간에 쏟아지는 자괴에 고인 눈물이 토사물 대신 변기 안으로 뚝뚝 떨어졌다.

잠시 후 등이 중앙부터 뜨끈해졌다. 헉헉거리며 겨우 고개를 들었다. 정인이 곁에 쪼그려 앉아 미하의 등을 길게 쓸어내리고 있었다. 정인은 말없이 팔을 부지런히 움직일 뿐이었다. 말을 붙여 왔다 한들 대꾸할 처지도 아니었으나, 그 기계적인 동작이 뒤틀린 속을 진정시키는 데 조금은 도움이 되었다.

보통의 호흡이라 불러도 좋을 감각이 더디게 찾아왔다.

토기가 가신 후에도 한참을 화장실 바닥에 그대로 앉아 있었다. 한 달 넘도록 비웠던 집이라 타일 바닥은 바싹 말라 있었다. 정인은 이대로 잠시 있으라면서 거실 소파에 있던 쿠션을 가져다주었다. 미하는 그걸 허리에 받쳐 욕조를 벽 삼아 기대어 정인이 냉장고 정리하는 모습을 멍청하게 지켜보았다.

스스로 할 일을 나이 든 여인이 대신해 주고 있다는 사실이 수치스러우면서도 가까이 갈 엄두는 나지 않았다. 눈을 길게 한 번 깜빡일 때마다 정인이 오른쪽에서 왼쪽으로, 위에서 아래로 움직여 있었다. 부지런히 비닐에 담고, 냉장고 안을 닦고, 그릇을 헹구었다. 환기를 위해 열어 놓은 베란다 창을 통과해 온 찬 바람이 욕실까지 느껴졌다. 집과 몸이 다시 차가워졌지만 역겨운 냄새는 서서히 지워져 갔다. 서늘한 공기가 코로 들어왔다가 빠져나갔다. 숨을 쉬고 있었다. 희미한 낙엽 냄새가 났다.

퇴원 교육에서 보호사의 역할은 귓등으로만 들었으나 교육장을 나서며 내린 결론은 '감시자'였다. 죽지 못하게 지켜보는 사람. 좋게 말해 인구1의 수호자. 추락할 뻔한 생산력을 지키는 사람. 어차피 버리려고 작정했던 목숨이었으면서 처음 이 제도에 대해 들었을 때는 인권에 반하는 시스템이라는 반발심부터 들었다. 스스로 죽을 자유도 없단 말이야?

그러나 그 감시자가 지금 썩어 가는 냄새로부터 미하의 인권을 보호해 주는 중이었다.

정인은 집 안에 들어온 후 엉덩이 한 번 붙이지 못하고 힘만 뺏는데도 지친 기색이 없었다. 속이 좀 편해지자 미하는 욕실을 벗어났다. 뭘 대접해야 하지. 별다른 게 없는 걸 알면서도 찬장을 이리저리 여닫아 댔다.

"서두르지 맙시다, 우리. 첫날이니까."

환기한 집처럼 산뜻한 말투였다. '우리'라는 단어조차 전략적인 선택으로 들려왔지만.

정인이 찬장 구석에서 티백을 발견했다.

"이거 먹어도 돼요?"

언제부터 있었는지도 모를 루이보스 차의 상자에는 며칠 뒤의 유통기한이 찍혀 있었다. 날짜가 딱 좋네요. 정인이 화색을 띠며 가스레인지에 물을 올렸다.

얼마 만에 튀어 오른 푸른 불꽃일까, 계산도 안 됐다. 마실 거죠?

묻는 정인에게 오히려 미하가 손님처럼 고개를 끄덕였다.

그야말로 어색한 티타임을 가진 후 정인은 미하의 허락하에 집 안을 살폈다. 신입사원은 나 홀로 오리엔테이션을 할 테니 자기는 없는 사람 치고 미하가 하고 싶은 일을 하라고 했다. 말이 쉽지 한 공간에 있는 사람을 없는 존재로 대할 수는 없었다.

시호를 먼저 보내고 태혁과 둘만 남았을 때 한동안 서로를 없는 사람처럼 대하고 살았어도, 결코 없는 사람은 되지 않았다. 있는 사람이고, 있는 상처였다. 태혁과의 사이가 점점 벌어질수록 상처는 그사이에서 제 부피를 끝도 없이 늘려 갔다. 서로의 얼굴에서 죽은 일곱 살 아이의 눈이며 입술이 보였다. 배달 음식이 식다 못해 굳어 가도록 식탁에 내버려 두었고, 식탁에 마주 앉는 일도 없어졌다. 차가운 음식이 정물처럼 놓인 식탁은 아무리 보아도 제사상 같았다.

태혁을 원망했다. 아이가 약하다며 학교 가기 전에 체력이라도 기르게 하자고 날이 차가워질 무렵부터 보낸 태권도장이었는데, 시호는 학원이 있는 상가 건물 복도에서 뛰다 미끄러져 넘어져 머리를 부딪혀 다시 눈을 열지 못했다. 크리스마스를 하루 앞둔 날이었다.

원망의 대상이 모호했다. 가여운 아이를 탓할 수도, 슬픔을 어디로 흘려보내야 할지도 도무지 알 수 없었다. 몇 군데를 꼼꼼하게 비교해서 알아보고는 평이 가장 좋은 그 태권도장으로 정해서 아이를 보내자고 말했던 태혁 말고는. 그 도장의 이름이 새겨진 도복을 입은 시호의 첫날이 자랑스럽다며 기념사진까지 남겨 놓은 태혁 말고는. 그 사진을 영정사진이 되게 한 태혁 말고는.

어설피 건네던 위로가 신경질로, 신경질이 분노로 깊어져 갔다. 몇 달 후 이혼은 미하가 요구했다. 태혁은 서류에는 눈길도 주지 않고 다른 이야기를 했다. 해외 발령 제안을 받았는데 같이 가자고. 이 공간을 떠나야 우리가 살 것 같다고. 미하는 이혼해 줄 생각 없으면 혼자 가라고 했다. 살고 싶으면 너 혼자 살라고 했다. 난 벌써 죽었으니까. 이미 부패해서 문드러졌으니까 여기가 내 관이라고 소리를 질렀다.

결국 태혁은 혼자서 짐을 꾸렸다.

"2년 있다 올 거야."

"……."

"오고 싶으면 언제든지 연락해."

"……."

이제 유일하게 남은 식구를 베란다에 서서 등진 채로 떠나보냈다. 그래서 어떤 표정으로 그가 그런 말을 했는지 미하는 아직도 모른다. 창밖에서는 목련꽃이 흰 봉오리를 터뜨리고 있었다. 비 한 번 내리면 금방 질 것들이. 떨어지고 밟히고 썩어 문드러질 것들이.

시호도 태혁도 완전히 없는 사람으로 만들고자 했다. 어찌할 수 없는 집만 빼고 모든 것들을 버렸다. 시호의 물건도, 태혁의 물건도. 그래도 없는 사람이 되지 않았다. 배 속의 시호가 길게 다리를 뻗으며 배를 밀어내던 감각, 그 안에서 딸꾹대던 박자는 미하의 몸에 달라붙은 채로 떨어지지 않았다. 정작 그 심장의 주인은 꺼졌는데도.

죽음도 별거도 사람을 완전히 사라지게는 못 했다. 이제 방법은 하나였다. 스스로를 지우는 것. 그리고 실패했다. 그렇지 않았다면 수족냉증의 싸늘함을 다시 경험하지는 않아도 되었을 것이다. 몸이 기억하는 것들은 우리의 필요보다 많다.

* * *

"미하 씨는 먹기만 잘하면 돼요."

정인의 첫 번째 요구였다. 매일 규칙적인 식사를 할 것. 식사는 정인이 매 끼니 만들어 줄 거라고 했다.

보호사님은 가사도우미가 아니잖아요 하니, 규칙적인 식사 챙기기가 보호사의 기본 업무니까 요리하고 싶어서 견딜 수 없는 게 아니라면 애써 거절하지는 말아 달라고 했다. 물론 아니었다. 먹기도 귀찮고 만드는 건 더더욱 고역이었다.

미하가 하루 동안 무얼 먹었는지, 약은 잘 챙겼는지 알리는 것이 정인에겐 가장 중요한 보고 사항이라고 했다. 환자가 루틴을 갖는 것에도 도움이 되고, 이 제도를 연구하는 사람들에게도 도움이 된다고. 자기가 오지 않는 날은 그날 식사를 어떻게 했는지 약을 몇 시에 먹었는지 적어 두었다가 다음 날 알려 달라고 했다. 병동만 빠져나왔을 뿐 보호관찰이나 마찬가지였다.

산책 겸 함께 마트에 가서 장을 보았다. 뭘 골라 담아야 할지 막막했다. 딱히 입맛이 없었다. 뜬금없이 입덧 때 들은 조언이 생각났다. 뭔가 먹기 힘들고 입맛이 없을 땐 차고 시큼한 걸 먹으면 좋다던. 빌어먹을 기억. 또 시호 생각에 젖을 뻔했다. 미하는 기억을 토하듯 심호흡을 크게 한 번 내뱉고서 카레와 미트볼 같은 레토르트를 살폈다. 당장 오늘이 아니라도 사 두면 언젠가는 먹겠지 싶은 것들을.

"미하 씨는 무슨 채소 제일 좋아해요?"

그때 곁에서 정인이 물었다. 만난 지 얼마 되지도 않았지만, 정인은 아직 미하에게 부엌 관련한 몇 가지 외에는 질문한 것이 거의 없었다. 좋아하는 채소를 묻는 건 비교적 사적인 질문이었다. 보호사이니까 환자의 히스토리는 모두 알고 왔을 것이다. 미하가 고아로 자랐고 늘 가벼운 우울증이 있었고 사고로 아이를 잃었고 남편과는 별거 중이라는 것 정도는.

"시금치요."

카레 포장에 인쇄된 시금치 그림을 보며 대답했다. 좋아하긴 했지만 결혼 후에는 즐겨 먹지 않았다. 태혁도 시호도 약속이라도 한 듯 시금치를 싫어했다. 시호는 이유식부터 시금치 조각은 기막히게 구분해 밀어냈다. 그럴 때마다 미하가 스트레스를 받으면 태혁은 시금치를 좋아하는 사람이 더 드문 법이라며 괜한 상심 키우지 말라고 했다. 태혁은 미하의 걱정거리를 종이접기 하듯 절반, 그 반의 반 정도로 접어 내는 능력이 있는 사람이었다. 그래 맞아. 나도 시금치는 고등학교 가서나 먹었으니까. 태혁의 말을 듣고 나면 시호의 편식 정도는 대수롭지 않게 여겨졌다.

그래도 결국은 시호에게 세 젓가락 정도는 먹으라며 몇 해 동안 잔소리를 했다. 언제까지 이런 잔소리를 하게 될까, 이 잔소리가 끝나는 날은 있을까, 시호를 재우고 태혁에게 푸념을 늘어놓았다. 이 잔소리 끝나면 다른 잔소리 생기겠지. 태혁은 웃으며 대답했다. 맞아, 부모 되기 어려워, 점점 어려워지겠지? 습관처럼 말했다. 잔소리가 끝나는 날이 정말로 찾아올 줄 알았다면, 양육자라는 자격이 하루아침에 지워질 수도 있다는 걸 알았다면, 그런 말은 안 했을 것이다.

손에 든 3분 카레 상자 위로 눈물이 떨어졌다. 뚝뚝. 결국 젖고 말았다. 눈물은 감추지도 못하게 굵게도 떨어졌다. 하루에도 몇 번씩 몸 여기저기에 돋아난 보이지 않는 버튼이 눌렸다. 그중 눈물을 멈추게 하는 스위치는 없었다. 흔들리는 어깨를 정인이 가만히 끌어안았다. 흘긋대는 사람들의 시선에 아랑곳하지 않고, 아침 화장실에서의 그 손길로 정인은 그대로 몇 분간 미하를 다독였다. 울어도 좋다는 허락을 받은 것 같았다. 어깨의 요동이 작아질 무렵 정인이 낮낮하게 말했다.

"시금치가 잘못했네."

눈물범벅이 된 와중에도 미하는 나중에 기억을 지워야 한다면 시금치에 대한 것부터 삭제하고 싶다고 생각했다. 시금치를 봐도 아무런 감정이 들지 않으면 좋겠다고.

레토르트 진열대를 떠나 채소 코너로 이동했다. 국 끓일 때 필요한 것들 좀 사둘게요 하며 정인은 양파, 감자, 대파를 차례로 담고 오늘 잘못한 시금치는 생략이었다. 정육 코너로 다시 이동해 달걀과 포장된 고기도 골랐다. 미하의 생명을 연장할 식료품들이 차곡차곡 카트에 쌓였다.

보호사가 오는 기간에는 경제적인 활동을 할 수 없기에 자살 생존자는 식료품비를 일정 금액 바우처로 지원받는다. 미하는 정인에게 일하는 동안 바우처 관리를 도맡아 달라고 했다. 정인은 미하를 위해 매일 저녁 국이나 찌개 한 가지를 가득 끓여 놓고 퇴근했다. 정인이 없는 다음 날도 미하가 언제든 쉽게 챙겨 먹을 수 있도록 밑반찬도 몇 가지 만들어 두었다. 이 집에서 정인이 시간을 보내는 방식이었다.

정인이 부엌일을 하는 동안 미하는 청소를 하고 세탁기를 돌리고 빨래를 널고 갰다. 걸레를 빨며 온수를 펑펑 썼다. 따뜻한 물에 얼었던 손을 적시면서 새카만 먼지가 흘러 나가는 걸레를 언제까지고 바라보았다. 까만 물이 점점 채도를 낮춰 가면서 배수구로 흘러들었다. 전 같으면 생각지도 않았을 일이다. 물 낭비, 시간 낭비. 어딘가를 닦는 시간보다 걸레를 빠는 시간이 더 오래 걸렸다. 하지만 처음에는 완전히 새까맣던 땟물이 옅은 회색이 되었다가 거의 맑은 물에 가까워지는 과정을 보고 있자면 어쩐지 속이 편안해졌다. 미하가 말도 안 되게 느릿느릿 비효율적으로 움직여도 정인은 사소한 참견 한마디 보태지 않았다. 아이가 장난감을 가지고 노는 걸 멀리서 지켜보듯 그저 거리를 두고 바라보았다.

다른 보호사들은 대면해 보지 않아 모르지만 적어도 정인은 옵션에서 좋은 결과를 얻은 생존자인 것이 분명했다. 정인은 매일이 밝고 맑았다. 미하에게는 없는 가벼운 성질의 공기가 언제나 정인의 주변을 감싸고 있었다.

미하는 컨디션이 좋지 않은 날이면 쉽게 짜증을 내기도 했고, 기분이 내키지 않을 땐 정인의 말을 들어도 못 들은 척 무시할 때도 있었다. 그러면 연장자 입장에서 기분이 나쁠 만한데도 정인은 미간한 번 찌푸리지 않았다. 안온했다.

이 사람은 속도 없나, 참 나이브하네. 입 밖으로는 내지 않았지만 생각은 종종 했다. 처음엔 과거의 정인이 어떤 이유로 죽으려고 했을까 궁금했지만, 이제는 정말 죽으려고 했을까 궁금했다. 아무래도 그런 종류의 그늘과는 상관이 없는 사람으로 보였다. 좋은 뜻으로든 나쁜 뜻으로든 해맑았다. 이게 옵션 시술의 위력인 걸까.

보호사 방문 한 달이 지났을 때 센터에서 중간점검 전화가 왔다. 보호사에 대한 중간평가와 함께 옵션에 대한 의중을 물었다. 미하는 솔직히 대답했다. 사람 참 해맑다고. 전화를 건 센터 직원은 기계적으로 웃으며 의견 감사하다고, 하지만 긍정, 부정을 양 끝에 둔 스펙트럼 사이에서 점수 선택을 부탁한다고 했다. 통계를 위한 일이며 점수가 나쁘다면 보호사를 변경해 줄 수도 있다고 했다. 미하는 아주 잠깐 침묵을 지켰다가 긍정에 가까운 쪽으로 70점을 선택했다. 정인이 싫은 건 아니었다. 옵션에 대해서는 고민 중이라고 했다. 역시 솔직한 대답이었다. 시커먼 걸레를 빠는 것처럼 마음의 독이 모두 빠져나가면 좋겠지만, 그 무게가 모두 빠져나가 버린 최미하가 누구일지 도무지 상상할 수 없었다.

알게 돼 버린 건 알아서 두렵지만, 모르는 것 역시 몰라서 두려운 것이다. 두려움이 빠져나갈 때에도 용기는 필요하다.

* * *

"우리 집은 좋겠어요."

금요일 오후, 빳빳이 마른 빨래를 함께 개며 미하가 말했다. 기온은 영하지만 볕은 좋은 날이었다. 안에서 밖을 볼 땐 봄이라고 해도 좋을 그런 볕이었다. 오늘의 출석 체크를 하며 정인은 겉과 속이 다른 날이라고 했다.

"이 집이요? 왜?"

"챙겨 주는 사람이 둘이나 있잖아요. 치워 줘 닦아 줘."

그냥 문득 떠오른 생각을 말했는데, 정인은 아주 재미있는 농담이라도 들은 소녀처럼 까르르 웃었다. 정인의 새로운 포지션은 이 집에서 웃을 수 없는 미하를 위해 대신 웃어 주는 사람이기도 했다. 웃음의 통역사라고 미하는 속으로 이름 붙였다. 자신은 아직 웃어서는 안 될 것 같았다. 아직은. 웃기에는 이르다고 많은 기억이 미하를 붙들고 있었다.

미하는 무늬가 같은 양말을 짝지워 둥글게 겹쳐 감았다. 공처럼 말린 수면양말들이 양반다리를 한 무릎 곁에 야트막한 언덕으로 쌓였다. 겨울 빨래의 절반은 수면양말이다. 색깔은 하나같이 파스텔톤이었다. 꿈속에서나 나올 듯한 유니콘의 갈기 같은 색깔들.

"미하 씨는 양말도 예쁜 것만 신네."

"수족냉증이 있어요. 발이 차면 속상해요. 잠도 안 오고."

가급적 우울하다는 단어는 쓰지 않으려고 하고 있다. 말로 보태면 우울이 배로 쌓이는 것 같아서.

"우리 지연이도 그랬는데. 이런 거 사다 줄 생각은 못 해 봤네요. 난 왜 이런 걸 몰랐지."

"따님요?"

흔한 여성의 이름이라 별다른 생각 없이 물었다.

"네. 하늘로 보냈지만요. 11년 전에. 의료 봉사 나갔다가 사고가 났어요."

의대생이던 스물둘에 남미 산악지대에서 발을 헛디뎌 추락했다는 담담한 정인의 고백에 미하의 속이 툭 내려앉았다. 막 완성한 양말 공이 바닥으로 추락해 스르륵 굴러갔다. 미하는 얼른 그 양말을 붙잡았다.

이게 뭐야. 예고도 없이 이게 뭐야.

미하는 터지기 직전의 눈물을 겨우 붙들어야 했다. 웃음은 어떻게든 삼킬 수 있지만 눈물은 그게 안 된다. 나의 과거가 아닌데, 정인의 과거인데, 무언가가 목구멍에 걸렸다. 시큰해 오는 코를 겨우겨우 다독였다. 울지 마. 울지 마. 최미하. 네 일이 아니잖아. 그래도 눈물은 기어코 눈꺼풀을 비집고 나왔다. 반면에 정인은 요동이 없었다. 그녀는 딸아이와 연결된 슬픈 감정의 고리를 끊었을 테니까.

뭐지, 이 프로그램은. 일부러 이렇게 붙인 걸까. 이제 본격적으로 옵션을 영업하는 타이밍인가. 보호사가 찾아온 지도 벌써 한 달 반, 이제 슬슬 실적을 생각하지 않으면 안 될 때라는 건가. 비슷한 사례를 눈앞에서 보며 너도 가벼워지라는 그런 건가. 미하는 스웨터 소매로 눈꼬리를 훔쳤다.

"……안 우시네요."

새 양말을 손에 꿰며 일부러 내뱉듯 말했다. 정인은 거의 보이지 않을 정도의 엷은 미소를 띠었다.

"가끔 우는걸요, 지금도."

"……?"

"저한테도 시금치 버튼이 있거든요."

그 말에 미하는 고개를 들었다.

절대 울지 않아요. 옵션 시술이 도움이 많이 됐어요. 그런 말을 들을 줄 알았는데. 그럼 시술이 소용없었다는 건가? 부작용인가? 동그랗게 뜬 눈으로 소리 없는 질문을 쏟아 내자 정인이 먼저 입을 열었다.

"제 버튼은 병원이에요."

"……."

"어디서든 병원 간판만 보면 화가 났어요. 어디 아파서 진료를 보러 가도 가운 입은 의사를 보면 말할 것도 없고. 다 싫었어. 지연이가 이렇게 있어야 하는데. 이게 지연이여야 하는데. 죽을 것 같은 사람 살려 보자고 거기 간 건데, 좋은 일 하겠다고. 그런데 멀쩡한 사람 숨통만 끊어 놓고, 나는 어떻게 살아."

문장 끝에 힘이 실렸다. 늘 폴폴 날아갈 것만 같았던 목소리에 추가 매달렸다. 미하만 알 수 있을 정도의 작은 추였다. 덩달아 눈물이 떨어지는 건 아닐까, 조마조마했다.

"가운 입은 사람 마주칠 때마다 왜 지연이가 아니지? 왜 아니지? 이 중에 하나는 지연이여야 하잖아. 의사는 누구든 꼴도 보기 싫었어요. 자꾸만 없는 애 생각이 나니까."

고백의 와중에도 정인은 남은 빨래를 차곡차곡 잘 접고 있었다.

"그런데 죽으려고 했다가 눈을 떴는데, 다름 아닌 어디였겠어요."

푸른 신호 아래 차가 달리는 8차선 도로로 뛰어들었다고 했다. 이왕이면 커다란 차에 부딪히면 좋겠다고 믿어 본 적 없는 신에게 마지막 기도를 하며. 정인은 의식을 놓았다. 영원히 놓기를 바랐다. 의식이 매달려 있던 그 마지막 순간까지도 기도했다.

그리고 병원에서 눈을 열었을 때 정인은 남편을 보고 눈물을 쏟았다. 그가 반가워서가 아니었다. 마치 기름종이를 덧댄 사진처럼 그의 얼굴에 지연이가 가만히 남아 있어서. 그것도 병원이라는 곳에서. 살아남아 버려서. 지연이가 이런 나를 질책하지 않을까 해서. 이렇게도 살아나는 사람이 있는데 그렇게 허무하게 가 버린 우리 아기가 너무 아파서.

그리고 몇 달 후, 다시 자해를 시도하고 병원에 실려 왔다가 퇴원할 무렵 정신건강의학센터 주치의가 찾아왔다. 보호자가 있으니 보호사 파견은 안 하겠지만 일상이 힘들다면 옵션이라는 시술이 있다고. 당시에는 두 번 이상의 자살 시도가 있는 환자들에게 임상 시험을 가지던 기간이라고 했다. 정인은 크게 망설이지 않고 옵션을 선택했다.

미하는 예전에 지인의 성화에 못 이겨 교회에 한 번 따라간 적이 있다. 새 이웃 초청 잔치, 그런 비슷한 이름이었다. 그러면 꼭 설교 다음에는 간증이라는 순서가 있었는데, 중년의 여성이 원고를 들고 나와 내 삶이 얼마나 고달팠는지, 예수가 나에게 어떤 의미인지, 그가 내 영혼을 어떻게 살렸는지 회상하고 고백하며 눈물을 흘렸다. 이것도 그 나름 고통과 구원에 관한 이야기였다. 하지만 일련의 과정을 고백하는 정인은 그리 고통스럽지도, 감격스럽지도 않아 보였다. 아픈 역사를 이렇게 덤덤히 회상할 수 있도록 해 주는 게 옵션의 힘이라면 그 효과는 충분히 알게 된 것 같았다.

"역시 옵션이 필요할까요."

미하가 마지막 티셔츠를 접으며 중얼거렸다.

"마감이 언제다 정해진 건 아니잖아요. 천천히 생각해 봐요."

"좀 더 적극적으로 영업하셔야 하는 거 아니에요?"

같은 아픔을 알고 있다는 동질감이 자라나서일까, 조금은 편하게 말을 뱉고 말았다. 정인이 후후 웃었다.

"어머나, 나는 영업사원이 아니라 방해꾼이에요. 좋은 방해꾼."

보호사로서 정인의 임무는 끼어들기라고 했다. 물론 보호사 교육 커리큘럼에 정식으로 명시된 개념은 아니다. 재활, 지지, 관찰, 보호 같은 주요 단어들이 있지만 정인은 거기에 '방해'도 추가하고 싶다고 했다. 생존자가 우울이라는 깊은 우물에 빠져 혼자 가라앉지 않도록 끼어드는 방해꾼 되기가 제 목표라며.

"어때요, 제가 조금은 방해가 되고 있나요?"

정인뿐 아니라 우울감을 차단하는 최대 방해꾼은 집안일이었다. 불행인지 다행인지 집안일은 찾아내면 낼수록 꼬리를 물고 나온다. 끝이 없다. 그것을 차례대로 정인과 한다. 무엇보다 지지난달까지만 해도 몰랐던 사람과 한집에서 온종일 시간을 보내야 하는데 집안일이 없다면 도대체 어떻게 되었을까 싶기도 했다.

출근 도장을 찍고 빨래를 걷고, 접고, 세탁기를 새로 돌리고 장을 보고 그게 마트였는지 시장이었는지 편의점이었는지도 기록한다. 집 안의 어디어디를 청소했으며 점심과 저녁으로는 뭘 먹었는지, 어떤 책을 읽었고 어떤 방송을 보았고 어떤 인터넷 뉴스를 읽었는지도. 그저 집 안에서 보낼 뿐인데도 하루는 촘촘히 굴러갔다. 그 내용을 정인은 스마트폰에 일목요연하게 기록해 퇴근하기 전 센터로 전송한다.

이런 게 다 그들의 연구에 무슨 도움이 될는지 모르겠지만, 해야 할 일이기에 집안일 중의 하나로 매일 이어 가는 중이었다.

하루를 집안일에 매달려 부지런히 움직이고 나면 손발에 깊이 박혀 있던 냉기가 서서히 녹았다. 사람 둘이 만든 먼지와 열기를 밖으로 내보내고 신선한 공기를 초대하려고 잠시 활짝 열어 둔 창으로 들어오는 찬 바람은 차갑지만 동시에 숨통을 트이게 했다.

그 냉정한 온도를 먹고 나면 미하는 그날 하루의 눈물샘이 언다고 스스로 주문을 걸었다. 좋은 방해꾼이라고 생각했다. 효과가 없는 것 같지는 않았다.

베란다 바닥 타일을 보고도, 욕실의 곰팡이 얼룩을 보고도, 누워서 꺼진 형광등을 멍하니 보다가도 맥락 없이 흐르던 눈물의 용량이 조금씩 줄었다. 울다가도 가스레인지에서 끓고 있는 주전자의 불을 꺼야 했고, 취침 약을 먹어야 한다는 알람이 울리면 컵에 물을 따랐다. 세탁기가 다 돌아갔다는 딩동딩동 소리는 방해 중의 방해였다.

그러면 눈물을 똑 떨어뜨렸다가도 슥 닦고 일어나 젖은 빨래를 탈탈 털어 건조대에 널었다. 일렬로 줄지은 화려한 수면양말들이 곧 다가올 크리스마스 장식처럼 보였다. 계절은 잘도 반복된다.

서류상으로 정인의 마지막 방문은 12월 25일이 될 예정이었다. 이 일은 공휴일이 따로 없이 무조건 월수금이라고 했다. 병원의 병동에 쉬는 날이 없는 것과 마찬가지였다.

이날 저녁 식사는 자신이 만들고 싶다고 미하는 생각했다.

* * *

하늘이 깨끗한 크리스마스였다. 기온도 반짝 올라 영상이었다. 덕분에 화이트 크리스마스는 못 됐지만 맑은 하늘 덕에 내내 미지근한 빛이 거실로 들락날락했다. 집 안이 포근했다.

정인이 출근하자 미하는 오늘 저녁은 직접 차리겠다고 선언했다. 정인은 조금 어리둥절했다가는 기대하겠다며 금세 함빡 웃었다.

미하가 만든 저녁은 차라리 브런치라고 부르는 편이 나을 메뉴였다. 플레이팅에 잔뜩 힘을 준 샌드위치와 샐러드였다. 치아바타 빵사이에는 베이컨과 양송이버섯, 치즈, 그리고 시금치를 넣었고 샐러드에는 좋아하는 올리브와 방울토마토, 아보카도를 아낌없이 넣었다. 식탁에 마주 앉자마자 정인은 어머 예뻐라, 감탄사부터 터뜨렸다. SNS 계정이 있었다면 사진이라도 찍어 올릴 기세였다.

"샌드위치에 나물이 들었네요."

나물이라는 말에 미하가 웃음으로 변할 뻔한 호흡을 삼키고 대답했다.

"소테라고 해요. 시금치 소테."

소테는 센 불에 재빨리 볶는다는 뜻의 프랑스어라고 설명을 덧붙였다. 시금치는 나물로 만들어도 이리저리 활용하기 좋지만, 방금 불에서 막 건져 낸 따끈한 음식을 더 좋아하는 미하는 혼자 자취하던 시절 시금치 소테를 만들어 밑반찬 삼아 먹곤 했다.

뿌리를 다듬어 낸 파릇한 줄기를 헹궈서, 기름 두른 팬에 볶아 소금 간만 살짝 하는 걸로 완성이었다. 만들기도 쉽고 맛있었다. 밥반

찬으로 먹어도, 빵 사이에 치즈와 함께 끼워 먹어도 잘 어울렸다. 그저 불에 익혀 숨이 죽고 온기만 품었을 뿐인데 이렇게 맛있어도 되나 생각하곤 했다. 쉽디쉬운 요리인데 정말이지 오랜만에 만들었다.

정인이 샌드위치를 크게 한 입 깨물었다.

"맞아, 겨울엔 시금치랑 무가 제일 맛있죠. 추울수록 달달하지."

"맞아요."

두 달 전 시금치 그림을 앞에 두고 눈물을 펑펑 쏟던 그 사람은 오늘 없었다. 적어도 지금은. 또다시 언제 불쑥 나타날지 모르지만 자주는 아닐 거라는 예감이 어렴풋하게 들었다.

"저 보호사님, 여쭤보고 싶은 게 있는데요."

"뭐든지요. 오늘이 아니면 이제 물어볼 수도 없으니까."

"두 개예요."

"좋아요."

정인은 질문이 무엇이든 몇 개든 언제라도 대답할 준비가 되었다는 얼굴이었다.

"저 이전에도 다른 생존자를 돌보셨어요?"

"그럼요. 미하 씨가 두 번째예요."

"그분은 어떻게……."

괜한 개인정보를 묻는 걸까 싶었으나 이미 말해 버렸으니 어쩔 수 없다고 생각하며 미하는 말끝을 흐렸다. 대답하고 아니고는 정인의 자유였다.

"그분은 옵션을 선택했어요."

"네……."

말해 줄 수 있는 건 거기까지인 듯했다. 그분은 행복하게 살고 계신가요, 우울이 재발하지는 않았나요 하고 묻고 싶었지만 생각해 보니 질문이 애초에 틀렸다. 자살 사고가 있었든 아니든 '행복하게 살고 있나요'에 '네'라고 대답할 사람이 세상에 얼마나 있을까. 옵션은 상처 난 부분을 지울 뿐, 새로운 행복을 가져오는 도구는 아니다. 그건 미하도 이미 알고 있는 것이었다.

두 번째 질문을 이었다.

"보호사님은 그러니까…… 어떤 기억을 지우셨어요? 옵션을 선택하셨잖아요."

이번 질문은 모순이었다. 당신이 망각한 게 뭐냐고 묻다니. 그럼 망각이 아니잖아. 하지만 의사는 기억이 아니라 연결된 감정의 고리만 끊어 낸다고 했다. 그게 어떤 상태이고 어떤 기분인지 알 도리가 없으니, 어떤 질문이 가장 옳은 형태인지도 분명치 않다. 미하는 대답을 기다리며 보호사를 바라보았다. 정인이 조금 느리게 입을 열었다.

"옵션 시술을 결정하면 담당 의료진이 뇌의 모든 기억을 판독해요. 그리고 그중에 자살 사고를 일으키는 정보들을 선별하지요."

여기까지는 퇴원 교육에서 들었던 내용이다. 선별된 정보에서 자살 생존자는 어떤 정보를 제거할지 의료진과 상담하여 결정한다.

"그런데 나는 그 안에 있는 건 지우지 않았어요."

"……네?"

지우지 않았다고? 옵션을 선택했는데?

"지울 수 없었어요. 그 두툼한 파일 안에 있는 것들은 한 글자도 지울 수 없었어."

정인은 "가끔 우는걸요."라고 했던 그 말에 꼭 어울리는 얼굴이 되어 있었다. 아직 옵션을 경험하지 않은, 흔들리는 도중에 있는 사람의 그런 표정이.

"다 그 아이 같은 거예요. 이 기억은 눈, 이 기억은 손가락, 한 마디 한 마디, 이 기억은 무릎, 이 기억은 머리카락. 한 올 한 올."

"……."

"지연이를 그 이상 더 잃고 싶지는 않았어요. 그게 손에 만져지지 않는 기억에 불과하더라도. 조금도 말이야."

어느덧 흘러내린 눈물을 닦으려고 정인은 소매로 뺨을 눌렀다가 늦지 않게 눈가를 휘며 웃어 보였다. 미하를 안심시키고 싶은 듯했다.

"그래서 난 거기에 없는 걸 지웠어요. 지연이 열 살 때였나, 학교 숙제 빼먹은 거 때문에 크게 한번 혼낸 적이 있었는데, 그 기억을 지웠어. 두고두고 후회됐거든요. 사실은 숙제 때문이 아니라, 내가 애 아빠 때문에 속상해서 화풀이를 거기에 하고 말았던 거라."

기억을 지웠다고는 표현했지만 엄밀히 말하면 기억 자체는 남아 있다고 했다. 하지만 나에게 뿌리내린 기억이 아니라, 모니터를 통해 보는 흑백 이미지처럼 거리감이 생긴다고 했다. 더 이상 그 기억의 주체는 내가 아닌 그런 기분. 그 장면을 이해는 하지만, 감정적 동요는 사라진다고.

시술을 받고 난 이후에는 '기억'보다 '정보'라는 단어에 더 적합해진다고 정인은 말했다.

"비겁하지만 내가 할 수 있는 건 거기까지였어요. 고작 내 잘못 지우기."

정인은 샌드위치와 샐러드를 남김없이 먹어 주었다. 접시에 떨어진 시금치의 자투리 이파리까지 깨끗이 먹었다. 빈 접시를 치우며 시계를 보니 6시 15분이었다. "또 늦어 버렸네."라고 중얼거리며 정인은 오늘의 일지를 센터로 전송했다. 저녁은 생존자가 직접 만들었고, 시금치 소테 샌드위치였으며, 맛있었고 나도 나중에 직접 만들어 보고 싶어졌다고. 지극히 개인적인 일기 같은 리포트를 보냈다.

전송이 모두 완료되자 "그간 와이파이 잘 썼어요."라며 얼굴 모든 주름에 웃음을 가득 담아 미하에게 고마움을 전했다. 미하는 멋쩍은 인사 대신 정인의 어깨를 끌어안았다. 처음엔 조금 어설프게 팔을 둘렀다가 이내 꾹 끌어안았다. 정인은 칭얼대는 아이를 달래듯 이번에도 미하의 등을 길게 쓸어 주었다. 가슴속에 응어리진 무언가가 밀도를 느슨히 하는 것 같았다. 잃어버리고 싶지 않은 감각이라고 미하는 생각했다.

정인이 떠나고 미하는 일자리를 구했다. 센터에서는 생존자가 사회에 복귀하기 위한 일자리 연결도 돕고 있는데, 대단한 일들은 아니지만 자신에게 맞는 일을 하나 골라 사회화를 시작해야 한다.

미하는 결혼 전 사보 디자인을 하던 경력으로, 현수막 제작 업체에서 일하게 되었다. 월요일부터 금요일까지, 커다랗고 눈에 띄는 글씨로 누군가의 목소리를 대신 뽐내 주는 작업을 한다. 하던 일에 비하면 많이 단순하지만 적성에는 잘 맞았다.

저녁에 퇴근하고 빈집에 돌아왔을 때나 휴일이 되면 자주 정인을 떠올렸다. 그날그날 날씨에 따라 정인이 만들어 주던 미역국, 꽁치조림, 연근 튀김 같은 것들도 생각났다. 마른 빨래 더미에서 양말을 골라 개킬 때면 얼굴도 모르는 지연이라는 아이를 상상했다. 정인을 닮았을 그 아이를. 어쩌면 시호와 같은 곳에 있을지도 모를. 아니, 같은 곳에 있을 것이다. 그곳에서 시호의 배가 아프면 지연이 누나가 봐 줄 것이다.

미하는 어느 날 아침 눈을 뜨자마자 문득, 태혁이 떠난 이후 처음으로 시차 계산을 해 보았다. 샌프란시스코. 한국보다 열여섯 시간이 느렸다. 여기는 토요일 아침 9시이니 거기는 금요일 오후 5시일 것이다. 동시(同時)를 살아가는 존재인데, 그쪽의 입장에서는 여기가 아직 다가오지 않은 미래의 시간이라니 재미있었다.

미하는 침대에 모로 누워 휴대전화의 통화 목록을 열었다. 부재중으로 계속 무시해 온 해외 발신 번호가 태혁의 번호이겠거니, 짐작은 했다. 낯선 그 번호를 길게 누르자 처음 들어 보는 리듬으로 몇 번 신호가 흐르고 한동안 잊으려 했던 목소리가 들렸다. 잊으려 했으나 잊은 적은 없던.

"미하야?"

다짜고짜 묻는 저쪽의 목소리에는 벌써 반가움이 그득 묻어 있었다. 어쩌면 잡음도 하나 없을까 싶었다.

"……뭐 해?"

거의 1년 만에 듣는 목소리면서 미하는 바로 어제도 통화했던 사람처럼 태연하게 물었다. 꽤 뻔뻔하게.

"나야 일하지.. 뭐."

"그렇구나. 방해되면 끊을게."

"아냐! 안 바빠. 하나도."

궁금한 게 산더미 같을 그가 하고 싶은 말들을 겨우겨우 참고 있는 게 이쪽까지 느껴졌다. 많은 질문을 뒤로했을 태혁이 물었다.

"넌 뭐 해. 어디야?"

"미래입니다. 열여섯 시간 미래."

그렇게 대답해 놓고 미하는 혼자서 작게 웃고 말았다. 웃고 나서야 조금 놀랐다. 아무 생각도 않고 그렇게 웃어 본 게 언제가 마지막이었을까. 태혁도 휴대폰 너머에서 덩달아 웃었다. 이렇게 웃게 되는구나. 비 온 뒤 바닥에 맺힌 커다란 물웅덩이 하나를 훌쩍 뛰어넘듯. 조금만 더 전진해도 웅덩이는 또 나오겠지만.

작년 봄에 떠난 그는 아무것도 모른다.

자살 시도도, 보호사의 돌봄을 받은 나날도, 오랫동안 웃지 않았던 시간도. 미하에게도 벌써 까마득한 과거가 된 것 같았다.

이번엔 미하가 물었다.

"추워? 거기도?"

"그렇긴 한데, 그래도 한국만큼은 아니야."

"여긴 또 한파 기록 경신했어."

"너 발 시리면 힘들겠네."

"응, 죽겠어 아주."

죽겠다는 말도 이렇게 자연스레 나올 줄이야.

오랫동안 이리저리 피했던 말이었다. 한 존재의 완전한 소멸과, 다른 한 존재의 연장된 생이 어쩔 수 없이 동시에 떠올라 버렸다. 그래도 걸려 넘어지지도 물러나지도 않기로 했다.

"여보 기억나? 내가 시호 다 큰 거 같다고 했던 거."

오랜만에 입에 담는 이름이었다. 지금이라면 붙잡은 눈물샘 그대로 대화할 수 있을 것 같았다. 아이를 재워 놓고 나란히 누워 두런두런 이야기하던 그때처럼. 열여섯 시간을 사이에 둔 과거와 미래가 함께.

"왜, 아기들 누우면 자기 발 갖고 놀잖아. 다리도 짧으니까 붙잡기도 쉽고."

"응, 기억난다."

"그런데 언제부턴가 시호가 누워도 발을 안 갖고 논다고. 다리도 길어지고 키도 쭉쭉 크고, 좋긴 좋은데 정말 다 키워 버린 거 같아서 뭔가 섭섭하다고."

"그 팽이 장난감, 크리스마스 선물 줬던 날."

"맞아. 그날."

세 사람이 함께 보낸 마지막 크리스마스였다.

"어쩌면 내가 시호를 많이 의지했던 거 같아. 키운다는 핑계로."

"……."

"부모라고 다 어른은 아닌 거야. 아무리 생각해도 그래."

"의지하는 데 애 어른이 어디 있어."

"그런가."

"당연하지."

태혁은 미하가 무슨 말을 해도 편을 들어줄 기세였다. 시금치를 뱉어 냈던 시호의 편을 들어주었을 때처럼. 그래서 어쩐지 용기 내어 더 말할 수 있었다.

"우리 시호는 대단했어. 잘 먹고 잘 크고 잘 놀았어. 매일 유치원도 가고."

"응."

"수족구도 잘 이겨 내고."

"응."

"태권도 대회도 많이 나갔을 거야."

"……."

"띠도 색깔별로 다 땄을 거야."

"……응."

"그렇지?"

"그럼."

"시호를 알아서 좋았어. 고마웠어."

"나도."

"그렇지?"

"응."

"정말로."

응. 응. 나도. 나도. 끝없는 대답을 들으며 미하는 몸을 웅크렸다. 잔뜩 웅크리자 발가락이 손에 닿았다. 시호의 작은 발바닥에 제 손 바닥을 갖다 대 보았던 첫날이 생각났다. 손바닥보다 훨씬 작은 발 바닥을 가득 채우고 있던 체온이. 기억에서 언제까지고 저물지 않을 작은 온기가.

　　　　　　　　* * *

　월요일 아침 미하는 센터에서 마지막 만족도 조사 전화를 받았다.
상담 직원이 보호사의 점수를 물었을 때 미하는 숫자를 말하는 대
신 저도 모르게 "그분이 벌써 보고 싶어요."라고 해 버렸다. 상담사
가 작게 웃었다. 그래도 점수는 수치로 말씀해 주셔야 한다고 했다.
100이란 숫자는 어쩐지 비현실적이고 더 이상의 여지가 없는 완성
형의 느낌이라 미하는 고심 끝에 95점이라고 말했다. 옵션에 대해서
는 여전히 생각 중이라고 했다. 진심이었다.
　하지만 전화를 끊으며 아마도 영원히 옵션의 가능성을 생각하겠
지만 결국 선택에는 못 이를 것 같아, 그런 마음이 들었다.

피드스루

남세오

서울대 원자핵공학과를 졸업하고 평범한 연구원으로 살아가던 어느 날 문득 글을 쓰
게 되었다. 대부분의 작업을 작가 혼자 수행하고 그 결과물은 독자에 따라 저마다의
방식으로 읽힐 수 있는 소설이라는 매체에 편안함과 매력을 느낀다.

브릿G에 '노말시티'라는 필명으로 글을 올려 다수의 작품이 편집부 추천을 받았다. 환
상문학웹진 《거울》의 필진으로도 활동 중이다. SF 단편집인 『중력의 노래를 들어라』
를 출간했으며 『살을 섞다』, 『우아한 우주인』, 『일곱 번째 달 일곱 번째 밤』 등 다수의
앤솔러지에 참여했다.

오랜만에 듣는 기쁜 소식이다.

"오른쪽 손목을 절단해야 합니다."

의사는 담담한 어조로 말했다. 딘은 조심스럽게 물었다.

"보험처리 되는 거죠? 어디까지 커버할 수 있습니까?"

"이 사고 같은 경우에는 본인 과실이 제로네요. 게다가 1급 위험에 해당하는 공무 수행 중이었으니 비용 부담 없이 거의 모든 시술 가능한 옵션을 선택할 수 있겠어요."

됐다. 그제야 긴장이 풀린 딘은 마음을 진정시키며 침착하게 질문을 이어 나갔다.

"절단 부위는 손목으로 한정되나요? 팔꿈치나 어깨를 절단하는 것도 가능합니까?"

의사는 놀랄 것도 없다는 듯이 잠시 딘을 바라보았다. 감정이 느껴지지 않는 인공 안구다. 태생 안구의 형태를 불필요할 정도로 디테일하게 재현해 놓은 사치스러운 제품이지만 감정을 외부로 표현하는 기능은 없다. 그런 기능이야말로 불필요하니까.

"가능해요. 연결해야 할 커넥터가 많아지니까 단가가 올라가기는 하는데. 옵션 몇 개 포기하면 보험 한도 내로 맞출 수 있어요. 하지만 잘 생각하세요. 인공 부품이 많아질수록 가격이 비싸지고 유지보수에도 당연히 돈이 더 많이 듭니다. 처음 달 때야 보험처리가 되지만 고장이라도 나면, 새 모델로 교환할 여력이 있으실지 모르겠네요. 최악의 경우에는 피드스루를 아무 기능도 없는 블랭크로 막아야해요. 그런 경우를 많이 봤습니다."

인체 일부를 기계로 대체하는 건 이제 너무도 흔해졌지만 완전한 기계인간은 아직 만들어지지 않았다. 수많은 과학자의 노력에도 불구하고 뇌만은 기계화할 수 없었다. 그래서 뇌를 중심으로 한 생물학적 신체와 기계로 된 몸을 연결하는 부품이 꼭 필요하다. 그것이 피드스루다.

피드스루는 주로 손목이나 어깨 등의 관절이 잘려 나간 부위에 영구적으로 임플란트된다. 보통 티타늄 뼈대로 인체에 고정되며 접촉 부위는 실리콘으로 마감 처리된다. 그리고 내부에는 디지털 전기 신호를 생체 신호로 변환하여 신경 세포와 주고받는 NDC(neural-digital converter)가 들어 있다. 겉으로 볼 때는 인공 부품을 끼울 수 있는 삽입부 한가운데 수십 개의 핀이 달린 커넥터가 달려 있는 간단한 구조다.

피드스루의 개발과 표준화는 인공 신체 산업에 혁신을 일으켰다.

몇 가지 생체 안전성 테스트만 통과하면 변형된 형태의 인공 신체를 만드는 것도 가능하다. 손가락이 열 개 달린 손도, 몇 미터 이상 길게 늘어나는 팔도. 필요에 따라 바꿔 끼울 수 있다. 수많은 제품이 양산되었고 가격도 내려갔다. 그래도 여전히 비싸다.

온갖 마케팅에 현혹되어 고가의 피드스루를 달고 난 뒤 거기에 연결된 인공 신체의 수리 비용을 감당하지 못하는 사람들이 허다했다. 그렇게 되면 제대로 된 부품 대신 노이즈로 인한 고통을 막아 주는 것 외에는 아무 기능도 없는 블랭크를 끼워야 한다. 원래의 신체를 흉내 낸 조잡한 모형이라도 달려 있으면 그나마 다행이고 대개는 밋밋한 마개 모양이 전부인 싸구려 블랭크를 쓰게 된다. 그런 사람들에게 남은 건 언젠가 돈을 벌면 제대로 된 부품을 사서 끼울 수 있겠지 하는 기약 없는 기다림뿐이다.

"목은 안 되겠죠?"

"그건 불가능해요. 인공 혈액 공급기는 특약에 들어 있지 않습니다. 약관을 보면 필수 장기가 손상될 시 사망처리 하고 위로금을 지급하는 걸로 나와 있네요. 다친 게 다리였다면 허리에서 끊을 수도 있겠지만. 손을 다치셨으니 어깨가 한계예요."

"어깨로 하겠습니다."

"옵션 선택하세요. 수술 날짜는 내일로 잡겠습니다. 충분히 고민하고 아침까지 승인해 주세요."

의사는 체크 박스들이 줄지어 늘어선 스크린을 건네주고는 밖으로 나갔다.

* * *

　"피드스루를 완전 기본형으로 선택하셨네요. 혈액 교환 발전기도 들어 있지 않은 모델이에요. 전력 공급을 외부에서 하실 거예요? 많이 불편하실 텐데."

　"안 됩니까?"

　"아뇨. 저가 모델을 선택하는 건 얼마든지 가능해요. 상한은 있어도 하한은 없으니까요. 아낀 금액을 인공 팔 선택에 쓰셨군요. 그런데 이 팔은 환자분에게 안 맞는 팔이에요. 물론 좋은 팔입니다. 인기도 좋고요. 잡다한 기능이 많은 것보다 이렇게 태생 팔하고 비슷한게 좋죠. 처음 피드스루를 다시는 분들은 희한한 기능이 잔뜩 달린팔을 선호하시지만 결국 나중에는 이런 모델로 돌아옵니다. 그래서중고 가격도 높고요. 심지어 어떤 사람들은 피드스루까지 시술해 놓고 굳이 생체 팔을 달기도 하니까요."

　"그런데 왜 제게 안 맞는다는 겁니까?"

　의사는 잠시 난감해하더니 한숨을 쉬며 설명했다.

　"일단은 고르신 피드스루와 호환성이 나빠요. 자체 배터리 용량이작아서 피드스루에 혈액 교환 발전기가 없으면 수시로 충전해야 하거든요. 차라리 배터리 용량을 키우고 피부 레벨을 한 단계 낮추시는 건 어때요? 인공 피부를 아예 포기하면 훨씬 기능이 뛰어나고 화력도 좋은 팔을 달 수 있고요. 경찰 업무 하시는 데도 큰 도움이 될텐데."

　"그대로 해 주시죠. 규정에 어긋나는 게 아니라면."

"규정에는 안 걸리지만. 정말 괜찮으세요? 잘 생각하세요. 이 인공 팔 평생 쓰셔야 해요. 새걸 사실 여력도 없어 보이시는데. 겉만 보고 대충 고르면……."

"이대로 하겠습니다."

딘은 단호하게 말을 끊었다. 의사는 짧게 한숨을 내쉬더니 다시 딘을 설득했다.

"경찰 보험에서 팔다리의 교체는 넉넉하게 보장해 주지만 장기의 손상까지는 커버하지 않고 사망 보험금을 지급하는 건 다 이유가 있는 겁니다. 물론 보험에서 기능성 부품으로 교체해야 한다고 명시하지는 않고 있죠. 법적으로는 타인의 인공 개조에 간섭할 수 없으니까요. 하지만 경찰 일이라는 게 그렇지 않습니까? 죽거나 업그레이드되거나 둘 중 하나입니다. 이런 좋은 기회에 기능을 업그레이드하지 않으면 죽겠다는 거나 다름없어요. 가족을 생각하셔야죠."

"닥치고 이대로 하라니까!"

딘이 벌컥 화를 냈다. 의사의 미간이 살짝 찌그러졌지만 이내 아무래도 상관없다는 표정으로 돌아갔다. 의사는 기본적인 주의 사항을 의무적으로 설명하고 모든 체크 박스에 승인을 받은 다음 목에 신경신호를 차단하는 띠를 둘러 주었다. 스위치를 올리는 것과 동시에 딘은 목 아래에 대한 통제력을 잃었다.

* * *

딘은 태생 팔의 형태와 기능을 최대한 동일하게 구현해 놓은 모델을 선택했다. 신경신호의 매핑과 튜닝에는 30분도 걸리지 않았다. 반나절 정도의 트레이닝으로 딘은 오른팔의 운동 능력을 거의 회복할 수 있었다. 어깨에 탈부착이 가능한 피드스루가 달린 걸 제외하면 다치기 전과 차이가 없었다. 이물감도 거의 느껴지지 않았다.

사고로 받은 특별 휴가는 아직 일주일 정도가 남았다. 퇴원하자마자 딘은 자신의 오른손을 고무장갑처럼 으스러뜨린 녀석이 숨어 있는 곳으로 곧장 찾아갔다.

"이여. 벌써 퇴원한 거야? 뭐야. 이렇게 좋은 걸 달고 나왔어? 역시 공무원이 좋긴 좋네. 피똥 싸면서 번 돈에서 세금 뜯어 가더니 이런 식으로 지들끼리 돌려먹고 있었구먼. 엉?"

"웃기지 마. 똥도 못 싸는 주제에. 술이나 한 잔 줘."

"내가 똥을 왜 못 싸? 이게 내 똥이다!"

엔진. 녀석의 이름이었다. 엔진은 옆구리에서 건조된 음식물 덩어리를 꺼내 딘에게 내밀었다.

"하지 말라니까!"

퀴퀴한 냄새에 코를 막으며 딘은 엔진의 팔을 퍽 쳐냈다. 단단한 강철 팔이 옆으로 휙 돌아가며 음식물 덩어리가 저편 벽으로 날아갔다. 머쓱해진 딘이 목소리를 낮췄다.

"아 미안. 아까 테스트한다고 근육 강도를 최대로 해 놓고는 깜박했네."

"성질머리하고는. 조심해서 다뤄! 흠이라도 생기면 어쩌려고!"

엔진이 화를 버럭 내며 살펴본 건 자신의 팔이 아니라 딘의 팔이었다. 최고급 모델의 인공 팔. 상처가 나지 않은 걸 확인한 엔진은

172

안도의 한숨을 내쉬었다. 그러고는 그제야 벽에 부딪혀 사방으로 흩어진 음식 쓰레기들을 보며 이마를 짚었다.

"너 때문에 일거리 하나 늘었잖아. 안 그래도 바빠 죽겠는데."

"그러게 왜 그딴 걸 내밀어. 유기물 분해 모듈이라도 달아 놓든가. 아니면 먹지를 말든가. 지저분하게 건조기 하나로 정말."

목에 피드스루를 단 엔진은 음식으로부터 영양분을 공급받을 필요가 없다. 인체에 필요한 모든 영양소는 혈액 앰플을 통해 얻을 수 있다. 하지만 먹는 즐거움을 포기하지는 않았다. 오히려 위장 크기에 제약받지 않고 더 먹어 댔다. 엔진만 그런 건 아니었다. 섭취한 음식물에서 영양 성분을 뽑아낸다는 핑계로 유기물 분해 모듈을 달기도 했다. 엔진은 그마저도 없이 작은 건조기 하나로 때웠다.

"흠. 이 엔진의 몸속에 그딴 걸 넣을 자리는 없어."

엔진은 우람한 가슴팍을 탕탕 두드리며 말했다. 단단한 금속 외피 내부의 왼쪽에는 인공 혈액 공급기가, 오른쪽에는 1500마력의 최신형 4기통 디젤 엔진이 들어 있다. 이 무식한 녀석은 자신의 인공 신체를 가동하는 동력으로 충전 모듈 대신 디젤 엔진을 달아 버렸다. 안전성 평가 같은 건 모조리 무시했을 사제품이다.

그뿐만이 아니다. 녀석의 엔진은 변속기에서 샤프트와 기어로 이어지는 기계식 부품으로 발에 달린 바퀴에 동력을 직접 전달한다. 관절 곳곳으로 연결되는 유압 실린더도 장착되어 있다. 몸통의 외피는 총알도 튕겨 내는 티타늄 합금이다. 군사용으로 개발된 시제품을 몰래 빼내 개조했다고 엔진은 틈만 나면 자랑을 늘어놓았다. 녀석의 가슴에서는 심장 고동 대신에 덜덜거리는 엔진 소음이 들렸다. 엔진이라고 불리는 이유다.

* * *

　돈을 벌기 위해 딘은 무슨 짓이든 해야 했다. 형사라는 직업을 포기할 수도, 형사 월급에만 만족할 수도 없었다. 그때 엔진을 만났다.

　"이봐, 형씨. 아무래도 나하고 공통점이 있는 것 같은데."

　암시장에서 폭리를 취하려는 밀수꾼 하나와 시비가 붙었다. 엉망으로 두드려 맞고 뒷골목에 널브러져 있는 딘의 눈앞에 녀석이 혈액 재생 앰플 하나를 흔들었다. 재빨리 낚아채려 했지만 녀석은 보란 듯이 앰플을 자신의 가슴팍에 꽂아 넣었다.

　"직접 쓰려는 거 같진 않고. 나하고 거래 하나 합시다. 엔진이라고 부르쇼."

　엔진은 암시장과 뒷골목을 누비며 온갖 지저분한 일들의 뒤처리를 해 주는 소위 해결사였다. 엔진은 자신에게 정보를 줄 형사 하나가 필요했고 딘은 돈이 필요했다. 혈액 재생 앰플을 사기 위한 돈.

* * *

　"아빠 오셨어요?"

　현관문을 열고 들어서자마자 방문 안쪽에서 마리의 목소리가 들렸다. 컴퓨터로 조합되어 스피커를 통해 흘러나오는 목소리라도 어쨌든 그건 분명히 마리의 목소리다. 딘이 집을 비운 사흘 동안 얼마나 외로웠을까. 딘은 기다릴세라 서둘러 외쳤다.

"그래! 잘 있었니? 별일 없었지?"

"별일이 있을 게 뭐겠어요. 아빠야말로 괜찮으세요? 크게 다치셨다면서요? 혹시나 잘못되면 어쩌나 걱정이 돼서."

"그럴 리가 있니. 이 아빠는 널 두고 아무 데도 가지 않아. 울었니? 눈가에 이게 뭐야. 답답했지? 일단 씻자."

마리의 이마에 가볍게 입을 맞춘 딘은 수건에 따뜻한 물을 적셔 와 얼굴을 닦아 주기 시작했다. 눈가와 턱 그리고 귓바퀴까지 꼼꼼하게 닦은 딘은 길게 늘어뜨려진 마리의 머리카락을 살살 빗겨 주었다.

"아 참. 내 정신 좀 봐. 앰플부터 줬어야 하는데."

딘은 주머니에서 혈액 재생 앰플을 꺼내 마리의 가슴에 꽂아 주었다. 가슴이라고 부르기에는 너무나 초라한 장치였지만. 손가락 세 개 굵기의 튜브를 통해 마리의 목과 연결된 인공 혈액 공급기는 별다른 외피도 없이 마리의 머리가 올려져 있는 테이블 옆에 덩그러니 놓여 있었다.

"아직 괜찮아요. 내내 절약 모드로 돌리고 있어서 아직 이삼일은 버틸 수 있어요."

"그렇게 돌리면 머리 아프다며. 앰플 걱정은 말고 정상 모드로 가동해. 이 아빠가 얼마든지 구해다 줄 테니까. 핫핫."

"아픈 것도 나쁘지 않아요. 제가 느낄 수 있는 몇 안 되는 감각 중 하나이니까요. 그래도 지금은 정상 모드로 돌릴게요. 찡그린 표정을 아빠에게 보여 주긴 싫으니까."

딘의 가슴속에서 무언가가 치밀어 올랐다. 흔들리는 표정을 보여 주고 싶지 않아 딘은 마리에게 뺨을 가져다 대고는 천천히 머리카락을 쓸어 주었다.

"이거 정말 좋은 인공 팔인가 봐요. 예전의 아빠 손하고 느낌이 거의 똑같아요. 물론 진짜 아빠 손이 더 좋긴 하지만. 이 손도 괜찮아요. 좋아요."

"미안하구나. 네게 좋은 팔과 다리를 달아 주었어야 했는데, 고작 이런 장치밖에는……."

"제 목숨을 구해 주신 거잖아요. 전 매일 감사해요. 이렇게 살아 있을 수 있어서. 포기하지 않고 내일을 계획할 수 있어서."

딘은 머리뿐인 마리를 감싸 안고 입술을 깨물었다. 이미 예전에 말라 버린 눈물은 흘러내리지 않았다.

* * *

마리는 딘의 눈앞에서 총에 맞았다. 딘의 모든 걸 걸고 키운 딸이었다. 어릴 때부터 아빠보다 더 뛰어난 경찰이 되겠다며 입버릇처럼 떠들던 마리는 스무 살이 되자마자 지원한 정식 테스트를 가뿐히 통과했다. 신체와 두뇌, 어느 면에서도 흠잡을 데가 없었다.

"그렇게 안 된다고 했는데도 결국엔. 정말 넌 못 말리겠구나. 어렸을 때부터 고집 하나는 알아줬지."

"아빠를 닮고 싶어서 경찰이 되려는 거니까요. 그런 고집은 피워도 되잖아요?"

"테스트 합격은 축하한다만 경찰이 되는 건 아직 반대야. 겉으로

보는 것처럼 멋진 일이 아니라고. 네 생각이 바뀌기만을 기다리고
있을 거다."

마리는 입을 삐쭉대며 보란 듯이 맥주잔을 들어 쭉 들이켰다. 날
닮고 싶기는. 듣기 좋으라고 하는 말인 걸 알면서도 딘은 어느새 그
렇게 너스레를 떨 나이가 된 마리가 그저 대견했다.

딘 혼자서도 잘 키워 내리라 다짐했고 맹세했다. 어떻게 그 세월
이 지나 경찰 테스트를 만점으로 통과하고 어두운 동네 술집에서 같
이 잔을 기울일 수 있는 딸로 자라났는지 그저 꿈만 같았다. 오늘만
은 마리의 늘씬한 팔다리를 훔쳐보는 녀석들의 눈길도 관대히 용서
해 주겠다는 마음이 들 정도였다.

술만은 아직 마리에게 지지 않는다고 호기를 부린 게 실수였을까.
마리의 부축을 받으며 뒷골목을 돌아 나오던 딘의 앞에 검은 복면을
뒤집어쓴 수상한 그림자가 하나 나타났다. 코트 안쪽에서 꺼낸 손에
는 검지 대신에 짧은 총신이 달려 있었다. 딘이 유일하게 기억하는
범인의 인상착의다.

딘은 재빨리 마리의 앞을 막아서려 했지만 몸이 말을 듣지 않았
다. 범인의 손가락에서 튀어나온 총알들이 마리의 가슴과 배에 박혔
다. 술기운이 싹 사라지고 눈에서 불꽃이 튀었다. 도망치는 범인을
쫓아갈 여유는 없었다. 딘은 피를 흘리는 마리를 안고 병원으로 달
렸다. 마리의 상태를 본 의사는 고개를 저었다.

인공 신체 이식은 불가능했다. 딘이 감당할 수 있는 액수가 아니
었다. 인공 혈액이라도 공급해서 숨이 끊어지지 않게 해 달라고 애
원했지만 의사는 거절했다. 머리에 혈액 공급기를 연결한 상태로 살

려 놓기만 하는 건 불법이었다. 모든 인공 신체 시술 과정에서 인간의 존엄성을 유지해야 한다는 게 이유였다. 미친 듯이 날뛰던 딘에게 어떤 사람 하나가 슬그머니 다가와 명함을 건넸다. 딘에게는 선택의 여지가 없었다.

딘은 생명의 끈이 거의 끊어진 마리를 으슥한 뒷골목에 숨어 있는 비밀 수술실 침대 위에 눕혔다. 계약서를 읽어 보지도 못하고 급하게 사인을 했다. 읽어 볼 필요도 없었다. 마리가 죽으면 그 녀석들을 힘이 닿는 만큼 죽여 버리고 자신도 죽을 생각이었으니까.

마리는 살았다. 딘이 원하던 모습은 아니었지만. 마리의 목에 설치한 피드스루와 인공 혈액 공급기 하나에 녀석들은 딘의 전 재산을 요구했다. 물론 그것도 정품 가격보다는 훨씬 저렴한 수준이기는 했다. 그게 끝이 아니었다. 마리를 계속 살려 놓기 위해서는 인공 혈액에 영양분을 공급해 줄 앰플을 사야 했다. 정상적인 경찰 월급으로는 감당하기 힘들었다. 더 이상 버티지 못하고 좌절했을 때 엔진이 나타났다.

엔진 역시 돈이 필요했다. 자신을 위한 앰플과 부품 업그레이드 비용을 벌기 위해 엔진은 무슨 짓이든지 했다. 뒷골목의 누구도 엔진을 믿지 않았지만 누구나 엔진을 필요로 했다. 엔진은 선을 지킬 줄 아는 사람이었다. 큰돈을 벌려고 하지도 않았고 큰 배신을 하지도 않았다. 능력이 부족해서는 아니었다. 이제 서로 술잔을 나눌 정도의 사이가 되고 난 후 엔진이 딘에게 말했다.

"고작 앰플 값이나 버는 게 답답하지 않아?"

"방법이 있어? 인공 신체 가격은. 제길! 그걸 사라고 만들어 놓은 거야?"

"비싸지. 그래도 언제까지 마리를 그렇게 둘 거야? 그거 존엄법 위반이잖아."

"하, 불법. 네가 법을 따질 줄은 몰랐는데. 그리고 뭐가 존엄법이야? 인간이 그렇게 존엄해서 살릴 수 있는 사람을 죽인단 말이야? 돈만 있으면 살릴 수 있는 사람을? 사람이 존엄한 거야, 아니면 돈이 존엄한 거야?"

"그래. 뭐 법 따윈 개나 주라고 해. 하지만 그런 상황을 버틴다는 게. 정말 착한 아이야. 그 상황에서도 널 걱정하잖아. 그런 아이는 본 적이 없어."

"엔진. 내가 제일 견디기 힘든 게 뭔지 알아?"

엔진은 대답 대신에 앞에 놓인 잔을 들어 입안에 들이부었다. 피드스루에 연결된 튜브를 통해 술은 옆구리의 건조기로 흘러들었다. 취할 리 없었지만 엔진은 상관없다고 했다. 어차피 알코올이 위로 들어갔던 시절에도 취한 적은 없었다고. 딘이 말했다.

"마리는 그런 아이가 아니었어. 착하긴 했지. 하지만 한번 고집을 피우면 누가 뭐라고 해도 듣지 않았어. 다른 사람에게 도움을 받는 걸 끔찍하게 싫어했지. 그런데 지금은. 마리는 분명 변하고 있어. 나라도 그럴 거야. 머릿속에 평생을 갇혀 있어야 한다면. 엔진. 마리를 점점 잃어 가고 있다는 느낌이 들어. 제길. 이대로는 정말."

남은 술을 털어 넣는 딘을 엔진은 굳은 표정으로 바라보았다. 그러고는 결심한 듯 말했다.

"방법이 하나 있어. 인공 신체는 비싸지. 다른 것과 비교할 수도 없이. 그럼 인공 신체를 살 방법은 딱 하나 아니겠어? 인공 신체를 팔아서 다른 인공 신체를 사면 되지."

* * *

"내가 먼저 들어갈게. 뒤에서 엄호해."

오늘따라 리치가 앞으로 나섰다. 약삭빠른 녀석이었다. 마약 거래상 습격은 1급 위험으로 분류되어 수당도 높고 다쳤을 때 보험처리도 잘 된다. 물론 그만큼 위험하고 목숨을 잃는 경우도 적지 않다. 하지만 오늘은 아니다. 거물들의 알력 다툼 와중에 버려진 잔챙이들을 소탕하는 일이다. 리치는 작전 시작부터 자신의 기여도를 높이려 안달이었다.

엔진과 딘이 짜 놓은 각본에 리치가 끼어들게 되면 일이 어느 방향으로 튈지 모른다. 느낌이 좋지 않았지만 딘은 말릴 수 없었다. 이번만은 수상한 기색을 보이지 말아야 했다.

아지트 내부의 입체 열 영상이 딘과 리치의 헬멧 한구석에 디스플레이되었다. 모두 네 명이다. 정보에 따르면 오늘 아지트에 모이는 거래상들의 수는 셋이었다. 리치가 딘을 돌아보며 말했다.

"하나가 더 있는데?"

"손님이 있나 보지. 상관없잖아? 추가 수당이 나올지도 모르고."

"헷. 오늘 아주 날이구먼. 좋아. 잠깐. 그런데 이 녀석 인공 신체인데. 팔다리에 열 반응이 없어."

엔진이었다. 몸통에서 잡히는 열은 체온이 아니라 디젤 엔진에서 발생하는 열이다. 딘은 슬쩍 떠보았다.

"조심해. 내가 먼저 들어갈까?"

리치는 잠시 고민했지만 수당의 유혹을 떨쳐 내지 못한 듯 딱딱하게 미소 지으며 고개를 저었다.

"아서라. 엄호나 잘해."

리치는 헬멧에 표시되는 카운트다운에 맞추어 문을 박차고 들어갔다. 집중할 때는 하는 녀석이었다. 세 명의 잔챙이 마약상은 깜짝 놀라 총을 꺼내 들다가 순서대로 하나씩 바닥에 쓰러졌다. 권총의 방아쇠는 헬멧에서 분석하는 영상 정보에 의해 제어되고 있었지만 조준은 수동으로 해야 했다. 안전장치를 푼 리치는 정확한 위치에 총구를 꼭 필요한 시간 동안만 멈춰 가며 셋을 쓰러뜨렸다. 딘이 잠시 엔진을 걱정할 정도였다.

리치의 총구가 엔진에게 옮겨지는 것과 거의 동시에 비명을 지르는 듯한 디젤 엔진 소음이 들리며 엔진의 발에 달린 바퀴가 급회전을 시작했다. 엔진의 육중한 몸이 부서진 문 안쪽으로 들어선 리치를 향해 날았다.

급격히 가까워지는 목표물에 리치의 조준이 흔들렸다. 당황한 리치가 수동으로 방아쇠를 당겼다. 조준이 빗나간 총알이 엔진을 스치고 지나갔다. 두 번째 방아쇠가 당겨지려 할 때 엔진의 오른팔에서 손이 순식간에 뻗어 나와 총을 든 리치의 팔을 붙잡아 갈퀴처럼 끌어당겼다. 동시에 왼손이 리치의 목을 붙잡아 조였다.

"탕! 탕! 탕!"

딘의 총이 불을 뿜었다. 엔진의 가슴에 명중한 세 발의 총알은 단단한 외피에 튕겨 나갔다. 이제 엔진의 차례였다.

　엔진은 리치를 내팽개치고 딘에게 달려들었다. 다시 방아쇠를 당
길 새도 없이 엔진은 딘의 오른손을 총째로 감싸 쥐었다. 엔진의 팔
에서 유압 실린더가 조여지며 총과 함께 딘의 오른손이 뭉개졌다.
비명을 지른 기억도 없이 딘의 눈앞이 깜깜해졌다.

* * *

　"한 가지만 명심해. 거래도 내가 하고 조건도 내가 걸어. 딘 네가
할 일은 거래가 성사되면 그 인공 팔을 떼어서 넘기는 것뿐이야. 알
겠어? 또 그 성질머리를 부렸다간."

　"몇 번을 말하는 거야? 알았다고."

　암거래상을 만나러 가기 전. 엔진은 평소답지 않게 유난히 민감했
다. 엔진은 혼자서 인공 팔을 거래할 암거래상을 만나겠다고 했지만
딘은 한사코 함께 가겠다고 우겼다. 딘은 마리의 인생이 달린 인공
팔을 맡길 정도로 엔진을 믿지는 않았다.

　인공 신체를 거래하는 암거래상은 많아도 인공 혈액 공급기까지
갖춘 완전한 몸을 다루는 사람은 얼마 없었다. 엔진에 따르면 그중
에서도 키니가 최고였다. 기분을 거스르지만 않는다면 키니는 최고
의 물건을 가장 저렴한 가격에 판다고 했다. 기분을 거스르지만 않
는다면.

* * *

"혼자 오라고 했을 텐데. 경찰을 끌고 왔어? 제정신이야?"

키니는 갖가지 비밀통로를 통과해 겨우 도착한 은신처 깊숙한 곳에서 눈을 빛내며 앉아 있었다. 인공 신체를 파는 암거래상이면서도 키니의 왜소한 몸에는 단 하나의 부품도 달려 있지 않았다. 엔진이 미리 설명해 준 그대로였다.

'그 자식은 아무도 안 믿어. 의사를 믿지 않으니 피드스루를 달 수도 없겠지. 경호원도 안 믿어서 은신처에 혼자 처박혀 있지. 하지만 조심해. 총구 한두 개쯤은 항상 어딘가에서 겨눠지고 있을 테니까. 얕보고 대들었다가 목이 날아간 녀석도 있다던데.'

그래도 오늘은 키니의 기분이 좋아 보였다. 날카롭게 딘을 노려보는 키니의 입술이 제멋대로 꿈틀댔다. 분위기가 나쁘지 않다 싶었는지 엔진이 너스레를 떨었다.

"나랑 일하는 녀석이야. 인공 팔을 덜렁덜렁 들고 오는 거보다는 이렇게 꽂아서 오는 편이 낫지 않아? 잘 동작하는지 바로 보여 줄 수도 있고."

"까불지 마. 테스트는 내가 해. 내놔. 물건."

"먼저 조건을 확인⋯⋯."

키니의 입꼬리가 비정상적으로 치켜 올라가는 걸 본 엔진이 얼굴을 굳히고 딘을 향해 고개를 끄덕였다. 딘이 어깨에 달린 피드스루의 안전 레버를 풀고 반시계방향으로 돌리자 인공 팔이 비활성화되었다. 감각이 사라지는 느낌에 딘은 인상을 찌푸렸다. 잠시 후 덜컥 소리와 함께 팔이 어깨에서 떨어져 나왔다. 엔진은 딘의 오른팔을 조심스럽게 키니에게 건넸다.

건네받은 팔의 외관을 꼼꼼하게 살펴보며 키니의 입꼬리가 다시 원래대로 내려왔다. 겉을 살펴본 키니는 팔을 테이블 위에 놓인 마운트 중 하나에 꽂더니 옆에 놓인 스크린을 분주하게 터치했다. 수십 개의 게이지가 동시에 올라가며 하나씩 초록색으로 바뀌었다. 마지막 검사까지 마치자 키니는 만족스럽다는 듯이 고개를 끄덕였다.

"흠. 이 정도면 쓸 만하군. 좋아. 엔진 네가 원하는 건 팔다리가 달린 몸 하나였지? 목에 있는 피드스루와 연결되는 몸 전체. 기능은 상관없고."

"기능은 상관없지만 될 수 있으면 멀쩡해 보여야 해. 제길. 예뻐야 한다고. 키니. 무슨 말인지 알겠지?"

키니가 희한한 높낮이로 끽끽대며 처음으로 웃었다.

"이히히히. 내가 이래서 엔진 널 좋아한다니까. 마침 괜찮은 게 하나 들어왔지. 구형이라 기능도 없고 피드스루도 목 부위 하나야. 팔다리 따로 분리되지 않는 일체형이라고. 그래도 인공 피부 조직 하나만은 멀쩡해. 플라스틱 느낌이 거의 안 난다니까. 게다가 몸매도 끝내 주게 조형돼 있지. 직접 주물러 봤는데 아주 느낌이 좋아. 이히히히."

딘의 미간이 찌그러졌다. 엔진이 얼른 제지하려 했지만 늦었다.

"내 딸이 쓸 몸이야. 그딴 식으로 지껄이면……."

"지껄이면?"

키니의 입꼬리가 다시 치켜 올라갔다. 엔진이 끼어들었다.

184

"키니. 이 자식 말은 무시해. 거래는 나랑 하는 거잖아, 안 그래? 어차피 이 녀석에게는 팔만 건네받으면 되는 거고."

"엔진. 아깐 내가 기분이 좋았다고. 그런데 말이야. 기분이 안 좋아져 버렸어. 그러면 거래 조건도 달라지겠지, 안 그래?"

"무슨 소리야, 키니. 나랑 얘기 끝났잖아."

"거래 조건을 먼저 어긴 건 엔진 너야. 분명 혼자 오라고 했지? 자, 이게 새 조건이야. 저 팔 하나로는 안 되겠어. 더 받아야겠어."

"더 주고야 싶지. 그런데 정말 우린 가진 게 하나도 없어. 오죽하면 일부러 손을 부러뜨리고 인공 팔을 받아 왔겠어. 내가 가진 부품들도 다 쓰레기고."

"하나 있지. 딘이라고 했나? 당신 딸이 지금 쓰고 있는 인공 혈액 공급기. 그것도 가져다줘야겠어."

엔진이 얼른 고개를 끄덕이며 말했다.

"그거라면 문제없지. 일단 그 몸을 건네주면 바꿔 달고 바로 가져다줄게."

"나하고 거래 처음 해 봐? 내가 물건 받기 전에 먼저 내준 적 있어? 단 한 번이라도? 이 키니가?"

엔진은 키니를 달래 보려 했지만 미처 말릴 새도 없이 딘이 발끈했다.

"뭐? 지금 마리를 여기로 데려오라는 거야? 이 더러운 곳으로? 마리가 뒷골목에서 무슨 일을 겪었는지 알아? 목이 잘리고 깡통에 튜브로 연결됐어. 그 애는 두 눈 뜨고 그 광경을 다 지켜봐야 했지. 공포에 가득 찬 눈으로 소리도 나오지 않는 입술을 부들부들 떨고 있었다고!"

"네 딸을 데려오라고는 안 했어. 혈액 공급기만 가져오라고 했지."

"그게 그 말이잖아!"

딘이 소리를 질렀지만 다행인지 키니의 심기를 더 거스르지는 않았다. 오히려 키니는 그 모습을 보며 흐뭇해했다. 엔진이 얼른 끼어들었다.

"키니. 우린 마리를 생명유지 장치에 연결해 놓을 처지가 못 돼. 그럴 돈이 있으면 그 돈을 네게 줬겠지."

"그럼 거래는 끝이야. 가져가. 이 팔."

더 이상 키니의 고집을 꺾는 건 불가능해 보였다. 엔진은 딘을 돌아보았다.

"마리 말이야. 딱 한 번만 여기 데려오면 안 되겠어?"

"절대 안 돼. 내 딸을 이런 더러운 곳에 데려올 순 없어. 엔진. 이따위 거래는 집어치워. 내 팔을 사 줄 사람은 얼마든지 있을 테니까."

"딘. 이 정도 가격을 쳐줄 사람은 키니밖에 없어. 날 믿고 딱 한 번만. 응?"

"안 된다니까!"

엔진은 고개를 숙이고 길게 한숨을 내쉬더니 어쩔 수 없다는 듯이 말했다.

"그럼 할 수 없지. 내가 남을게."

"무슨 소리야?"

"내가 여기 남는다고. 내 몸을 가지고 가서 마리에게 연결해 줘. 그리고 인공 혈액 공급기를 가져와. 그럼 되잖아. 키니. 여기 내 머리에 잠깐 연결해 줄 생명유지 장치 정도는 있지?"

"히히. 당연하지. 재미있네. 재미있어. 엔진을 떼어 버린 엔진이라니 훨씬 마음에 드는걸. 이히히히. 서비스 비용은 내가 직접 자네 머리를 몸에서 떼어 내는 걸로 받겠어."

"……마음대로 해."

딘이 선뜻 나서서 말리지 못하는 사이 엔진은 그르렁거리며 키니가 내준 휠체어에 앉아 자신의 손으로 목에 있는 피드스루의 안전장치를 해제했다. 삑삑거리며 잠시 경고음을 내던 엔진의 몸이 완전히 멈추고 가슴 속에서 덜덜거리던 디젤 엔진 소리도 꺼졌다.

기묘하게 웃으며 엔진에게 다가간 키니는 피드스루를 돌려 엔진의 목을 빼내고는 신경 커넥터와 기도 라인과 혈액 공급 튜브를 차례대로 분리했다. 생명유지 장치에 혈액 공급 튜브를 연결하자 수면 유도제와 신경 안정제가 혼합된 인공 혈액이 엔진의 뇌로 흘러들었다. 공기가 나오지 않는 입을 몇 번 들썩대던 엔진은 이내 눈을 감고 깊은 잠에 빠져들었다.

"거래할 물건들을 들고 내일 다시 와. 뭐 오기 싫으면 안 와도 되고. 내일이 지나면 이 장치는 꺼 버릴 테니까."

* * *

"제 몸을 구하셨다고요? 아빠가 어떻게."

조심스럽게 떨리는 마리의 목소리에서 딘은 겹겹이 숨겨진 설렘을 읽었다. 어쩌면 당연하다. 겉으로는 아무렇지 않은 척하고 있지만 온종일 집에 틀어박혀 머리로만 살아가는 게 괜찮을 리 없다. 네트워크를 통해 가상의 정보망을 돌아다니며 마리는 자신의 몸으로 실제 세상을 걸을 수 있기를 끊임없이 빌어 왔으리라.

"이게. 제 몸이에요?"

육중한 엔진의 몸을 보며 마리가 물었다. 딘은 고개를 저었다.

"아니. 아냐. 훨씬 예쁜 몸을 구했어. 우리 마리에게 어울리는 예쁜 몸으로. 아주 잠시만 이 몸에 연결되어 있으면 돼. 그럼 아빠가 네 몸을 가져다줄 테니까."

딘은 키니와의 거래에 대해서는 말하지 않았다. 마리는 당황스러운 듯 엔진의 몸을 바라보며 잠시 생각에 잠겼다. 그러고는 살짝 웃으며 고개를 끄덕였다.

엔진의 몸을 연결하는 동안 마리는 지그시 눈을 감았다. 인공 혈액 공급기의 순환을 정지하고 튜브를 빼고 엔진의 몸에 들어 있는 혈액 공급기에 다시 연결하기까지 30초가 채 걸리지 않았다. 혈액이 다시 돌기 시작하자 마리는 찌푸렸던 미간을 풀었다.

"신경은 연결하지 말까? 어차피 하루 정도만 있으면 다른 몸으로 옮겨야 할 텐데."

"그냥 연결해 주세요. 몸은 달라도 신경 구조는 비슷하니까. 미리 매핑하는 연습을 하는 게 도움이 될 거예요."

딘은 먼저 식도와 기도가 들어 있는 튜브를 연결하고 컴퓨터에서 신경 커넥터를 풀어내 엔진의 커넥터에 꽂았다. 그리고 마리의 목을 엔진의 몸에 끼워 넣었다. 찰칵하고 잠기는 소리가 들렸다. 마지막으로 피드스루를 시계방향으로 돌리고 안전 레버를 채우자 엔진의 몸이 활성화되기 시작했다. 마리가 인공 성대를 통해 흡 하고 짧게 숨을 들이쉬었다.

"괜찮니? 아프지 않아?"

"괜찮아요. 아프진 않은데 그냥 좀 간지러워요. 걱정 마세요. 인공 신체를 처음 연결했을 때 발생하는 표준적인 반응이니까요. 벌써 조금씩 나아지네요. 정말 괜찮아요."

마리는 살짝 눈을 떠서 딘을 향해 웃어 보인 뒤 이내 다시 눈을 감고 온몸에 밀려드는 감각을 하나씩 고르기 시작했다.

* * *

딘은 밤새 악몽에 시달리며 잠을 설쳤다. 눈을 감은 엔진의 머리가 주변을 떠다녔다. 새벽빛이 커튼 사이로 스며 들어올 때 딘은 자리에서 일어났다. 어제 분리해 놓은 인공 혈액 공급기가 침대 옆에 가지런히 놓여 있었다. 딘은 어서 이 불길한 거래를 끝내고 싶은 마음밖에 없었다. 그러면 마리에게 몸이 생긴다. 자신은 오른팔을 잃겠지만.

거실에 나온 딘은 무언가 잘못되었다는 걸 느꼈다. 마리의 방문이 열려 있었다. 분명 어제 마리를 침대에 눕힌 뒤 문을 닫고 나왔다. 벌써 몸에 적응해서 걸어 다닐 수 있게 된 걸까. 그렇다고 보기에는 집 안 어디에서도 마리의 인기척이 느껴지지 않는다.

딘은 불길한 감정을 억누르며 마리의 방으로 들어갔다. 엉망으로 헝클어진 침대 시트가 바닥에 떨어져 있었다. 침대 위에는 아무도 없었다. 온 집 안을 찾아보았지만 역시 마리는 없었다. 다시 마리의 방으로 돌아온 딘은 그제야 마리의 머리가 놓여 있던 테이블 위에 삐뚤빼뚤한 글씨가 적힌 쪽지 하나가 놓여 있는 걸 발견했다.

'엔진 아저씨의 몸. 잠시만 빌릴게요.'

* * *

정체 모를 괴한의 총에 맞고 의식을 잃었던 마리가 깨어난 곳은 음침한 비밀 수술실이었다. 자신의 이름을 부르는 아빠의 목소리에 안도한 것도 잠시. 점점 멀어지는 목소리 대신 차디찬 손가락이 다가와 마리의 목에 채워진 신경차단 띠를 활성화시켰다.

목 아래의 모든 감각이 끊어지자 마리는 일단 지독한 고통이 사라졌다는 데 안도했다. 하지만 감각이 아예 없다는 건 편안함과는 완전히 달랐다. 텅 빈 공허함이 마리를 바닥없는 구멍으로 한없이 잡아끌었다. 수백 개의 바늘이 마리의 얼굴을 찔러 대는 것 같았다. 고통은 느껴지지 않았지만 두려움이 느껴졌다.

몸을 움직이려는 모든 시도가 빈 공기를 움켜쥐듯 허공에서 흩어졌다. 헛된 노력에 마리는 급격하게 지쳐 갔다. 공허한 촉감 대신 서걱서걱하는 가위 소리가 더욱 또렷하게 들렸다. 몇 방울의 뜨거운 피가 마리의 얼굴에 튀었다.

잠시 후 시야가 돌아가며 목이 잘린 자신의 몸뚱이가 눈에 들어왔다. 마리의 목에 피드스루가 연결되는 바로 옆에서 마리의 몸이 분해되고 있었다. 팔과 다리가 잘리고 내장 기관들이 꺼내어져 용기에 담겼다. 그게 무슨 광경인지 그 당시에는 이해하지 못했다. 그 모든 장면이 실제가 아니라 환상처럼 느껴졌다.

어쨌거나 마리는 살아났다. 테이블 위에 놓인 채 눈을 움직이는 게 전부여도 죽지는 않았다. 그런 마리를 위해 딘은 경찰에 휴직계를 냈다. 온종일 마리의 곁을 떠나지 않고 돌봐 주었다. 휠체어에 몰래 숨겨 산책을 시켜 주기도 했다. 얼마 있지도 않았던 돈은 금세 바닥났다. 결국 딘은 경찰 일을 다시 시작해야 했다. 돈도 돈이지만 마리를 돌보는 일 자체가 딘을 갉아먹었다.

딘은 대신 마리의 커넥터에 블루투스를 달아 컴퓨터에 연결해 주었다. 피드스루를 통한 신경신호의 연결은 반드시 유선으로 구성되어야 했다. 꼭 필요한 경우에만 반경 5미터 이내에서 동작하는 등록된 블루투스 장비를 쓸 수 있었다. 뒷골목에서 거래되는 사제품도 통신 모듈만큼은 해킹하지 못했다.

딘이 구할 수 있었던 건 겨우 커서 제어 정도만 가능한 조잡한 구형 모듈이었다. 그래도 마리는 금방 적응했다. 마리는 이내 네트워크를 돌아다니는 일에 익숙해졌다. 아빠가 말을 걸어 주는 것보다 훨씬 나았다.

마리는 당연하게도 자신을 공격한 범인에 대한 정보를 찾아 나섰다. 유일한 단서인 검지 총신만으로는 범인을 추적할 수 없었다. 경찰의 수사도 실마리를 찾지 못했다. 하염없이 네트워크를 헤매던 어느 날, 마리는 우연히 끔찍했던 수술실 광경을 이해할 수 있는 단서를 찾아냈다. BTB(bio-to-bio) 피드스루.

출처가 불분명한 괴담들이 올라와 있는 평범한 사이트에서 마리는 그 단어를 처음 보았다. 피드스루는 일반적으로 생체 부위를 기계 부품과 연결한다. 즉, BTM(bio-to-mechanic) 방식이다. 이 방식에서는 기본적으로 신경신호를 디지털 전기 신호로 변환하여 기계에 넘겨준다. 좀 더 발전된 모델은 혈액 교환 발전기를 통해 생산한 전력도 기계 쪽에 전달한다.

BTB 피드스루는 생체 물질을 그대로 반대쪽에 넘겨준다. 신경신호는 신경신호로, 혈액은 혈액 그대로 전달한다. 이 방식은 사지 이식 수술에서 부작용을 줄이기 위해 처음 시도되었다. BTB 피드스루는 생체 물질을 전달하는 과정에서 면역 거부 반응을 억제하는 필터 역할을 할 수 있었다. 완성된 기술이 원래 의도와는 다른 쪽으로 이용되는 데는 그리 오랜 시간이 걸리지 않았다. 사람들은 미용상의 이유로 사지를 교환하기 위해 BTB 피드스루를 활용했다.

존엄법에 의해 인간의 신체를 이용해 만들어진 인체 부품은 등록된 거래소를 통해서만 사고팔 수 있다. 미용상의 이유는 거래 조건이 되지 못한다. 하지만 마리가 인공 혈액 공급기만 달고 살아남은 것처럼 사람들은 필요하다면 언제든지 법을 어길 준비가 되어 있다. 기억 속에 남아 있는 몇 개의 장면에서 마리는 자신의 사지가 피드스루 처리된 생체 팔이나 생체 다리를 제작하는 방법 그대로 잘려 나가고 있었다는 걸 깨달았다.

마리의 의심은 거기서 멈추지 않았다. 마리의 팔다리는 그 누구보다 건강했다. 마리가 하필 팔다리를 제외한 부분에 총을 맞고 불법 시술 업자가 때마침 딘에게 명함을 건넨 건 모두 우연일까.

마리는 깨어 있는 모든 시간 동안 네트워크에서 단서를 찾아 헤맸다. 아빠의 경찰 데이터베이스 접속 권한도 알아내 활용했다. 물론 딘은 눈치채지 못했다.

딘은 점점 불안정해지고 있었다. 아빠가 혈액 앰플을 구해다 주지 않으면 마리는 손쓸 방법도 없이 굶어 죽어야 한다. 마리가 알아낸 사실들이 아빠를 어떻게 흔들지 몰라 불안했다. 머리밖에 남지 않은 마리는 무력했다. 조심스러울 수밖에 없었다.

딘은 마리를 사랑한다. 그건 믿을 수 있다. 하지만 사랑이 반드시 상대방에게 최선의 결과를 선물해 주지는 않는다는 사실 역시 마리는 잘 알고 있었다. 마리는 아빠의 착한 딸이어야 했다. 그래도 마리는 언젠가는 스스로 복수하고야 말겠다는 희망을 마음속에 간직했다. 그게 마리를 살아 있게 하는 힘이었다.

그리고 드디어 그 기회가 왔다.

* * *

마리를 공격한 범인은 잡히지 않았다. 그 이후에도 총격 사건은 계속되었고 그중 몇 건은 마리의 경우처럼 도저히 범행 동기를 짐작할 수 없었다. 피해자들은 모두 사망했다. 마리를 포함해서. 불법적으로 혈액 공급기를 달아 놓았다는 사실을 들키지 않기 위해 딘은 마리를 공식적으로 사망 처리했다.

피해자들이 비교적 건강한 젊은 사람인 점을 빼고는 별다른 공통점이 없었다. 범인의 인상착의도 제각각이라 경찰 당국은 이 사건을 연쇄 살인으로 인정하지 않았다. 실마리를 찾을 수 없기는 딘 역시 마찬가지였다.

딘은 죄책감과 자괴감에 시달렸다. 딸을 해친 범인도 잡지 못하는 경찰. 마리가 총에 맞는 걸 왜 막지 못했을까. 왜 굳이 마리를 끌고 후미진 골목에 있는 술집에 갔을까. 왜 하필 거기서 마리를 축하해 주려 했을까. 왜 마리가 경찰 테스트를 보게 내버려 두었을까. 마리는 왜 경찰이 되겠다고 끝까지 고집을 피운 걸까.

앰플 값을 벌기 위해 엔진과 거래하지 않았다면. 불법 시술로 마리를 살리지 않았다면. 마리와 그 술집에 가지 않았다면. 마리가 경찰이 되겠다고 고집을 부리지 않았다면. 아니, 아예 마리가 태어나지 않았다면.

머릿속을 좀먹어 들어오는 끔찍한 생각에 딘은 치를 떨었다. 더 이상 이렇게 살 수는 없다. 자신의 팔을 잃더라도 마리에게 몸을 만들어 주겠다는 딘의 결심은 절반 정도는 그렇게 해서라도 자신을 옭아맨 불행에서 벗어나고 싶다는 마음에 기대고 있었다.

그런데 마리가 없어졌다.

대체 어디로 간 걸까. 제대로 적응하지도 못했을 엔진의 몸을 끌고. 왜 단 하루를 참지 못했던 걸까. 하루만 기다렸으면. 그랬으면 마리에게 맞는 예쁜 몸을 가져다주었을 텐데. 그럼 모든 게 다 해결되었을 텐데. 죄책감과 자괴감을 오른팔과 함께 묻어 버릴 수 있었을 텐데.

가시덩굴처럼 자라나는 잡념을 털어 내려 딘은 손바닥으로 얼굴을 세게 비볐다. 이럴 때가 아니다. 몸을 제대로 제어하지 못한 마리가 어딘가에 쓰러져 있을지도 모른다. 목적지를 정하지도 못한 채 딘은 무작정 집 밖으로 뛰쳐나갔다.

* * *

언젠가는 자신에게 움직일 수 있는 몸이 연결되리라는 희망을 마리는 버리지 않았다. 몇 년 동안 끊어져 있던 몸 전체의 신경을 다시 매핑하고 튜닝하는 건 쉬운 일이 아니다. 길게는 한 달, 짧게 잡아도 일주일은 걸린다. 간단히 걸어 다니는 정도를 익히려 해도 사흘은 필요하다.

하지만 마리는 신경 세포가 연결되는 방식과 주요 신경부터 하나씩 잡아 가는 순서를 모두 외우고 있었다. 언제라고 기약할 수도 없는 몸이 연결되는 순간을 위해 마리는 연습에 연습을 거듭했다. 자신을 끝도 없이 바닥으로 잡아끄는 외로움과 두려움을 가라앉히는 방법이기도 했다. 마리는 단 하룻밤 만에 팔다리를 제어하는 데 성공했다.

문제는 엔진이었다. 언젠가 딘이 엔진의 특이한 몸체에 관해 이야기한 적이 있었다. 디젤 엔진이 달린 인공 몸체. 그 엔진의 몸이 자신에게 연결될 줄은 몰랐다. 팔다리의 관절까지는 일반적인 몸체와 다를 바가 없었다. 하지만 디젤 엔진의 출력을 조절하는 방법과 변속기를 바꿔 가며 발에 붙어 있는 바퀴의 속도를 조절하는 방법은 쉽게 익혀지지 않았다.

어느새 새벽이 밝아 왔다. 어떤 신경에 신호를 보냈는지 엔진의 출력이 급상승하며 굉음이 울렸다. 마리는 가까스로 소리를 죽였다.

아빠가 뒤척이는 소리가 들렸지만 다행히 일어나지는 않았다. 마리는 일단 밖으로 나가기로 했다.

아직 원활하게 움직이지 않는 오른쪽 손가락에 억지로 펜을 끼워 넣었다. 메모를 남기려는 순간 힘을 잘못 주었는지 팔에 연결된 유압 실린더가 동작하며 오른손이 앞으로 날아가 버렸다. 순식간에 2미터 가량을 뻗어 나간 손이 벽을 때려 움푹 팬 자국을 만들어 버렸다. 마리는 다단 샤프트가 없는 왼손에 펜을 옮겨 쥐고는 삐뚤삐뚤 짧은 메모를 남겼다.

아빠의 옷 중에는 엔진의 무식하게 큰 몸체에 맞는 옷이 없었다. 마리는 그나마 제일 큰 코트 하나를 꺼내 팔을 끼워 넣지도 못한 채 어깨에 걸치고는 서둘러 집을 빠져나갔다.

한적한 공원 구석 벤치에 앉아 마리는 엔진의 특수 부품을 움직이는 방법을 익혔다. 엔진 출력은 횡격막 신경과 연결되어 있었다. 정신을 집중해 횡격막을 끌어 올린다고 생각하니 겨우 출력이 올라갔다. 집중력을 조금이라도 놓치면 출력은 금방 떨어졌다.

복숭아뼈가 있어야 할 곳에 달린 8인치짜리 바퀴는 높이 조정이 가능했다. 평소에는 걸어 다닐 수 있도록 위로 올라가 있다가 허벅지 안쪽에 적당히 힘을 주면 스르륵 아래로 밀려 내려가 바닥에 닿았다. 엔진의 발에는 발가락이 네 개였다. 새끼발가락의 신경은 발가락 대신 바퀴의 가속과 감속 기능에 연결되어 있었다.

마리는 벤치에서 일어나 바퀴를 내린 뒤 천천히 속력을 높여 보았다. 중심은 금방 잡혔지만 별로 빠르지는 않았다. 시속 15킬로미터 정도가 한계인 듯했다. 실망한 마리가 몸을 펴는 순간 갑자기 철컥

하고 변속기가 돌아가며 속력이 높아졌다. 변속기는 복근 신경에 연결되어 있었다. 바퀴가 내려간 상태에서만 동작하는 모양이었다.

기어를 높여 가자 속력이 급상승했다. 마리는 공원에서 나와 도로로 올라섰다. 아직 이른 시간이라 도로는 한산했다. 횡격막을 끌어올리며 복근을 안으로 당기는 기분으로 신경을 조절하자 엔진 출력이 급상승하면서 마리의 몸이 총알처럼 앞으로 튀어 나갔다.

마리는 속력을 높이며 앞서가던 자동 주행차 몇 대를 여유 있게 제쳤다. 오랫동안 자르지 않아 길어진 머리카락이 바람에 휘날렸다. 마리는 숨을 쉴 필요가 없었다. 눈을 가늘게 뜬 채 얼굴을 때리는 바람을 그대로 맞으며 도로를 달렸다. 머리에 갇혀 있던 7년의 시간이 시원하게 씻겨 날아갔다. 가슴의 체온이 조금 낮아지는 느낌이 들었다. 살펴보니 연료 게이지가 약간 내려가 있었다. 마리는 속도를 줄여 갓길로 나갔다.

다단 샤프트가 달린 오른팔 역시 약간의 연습 끝에 제법 원활하게 움직일 수 있었다. 마리는 새끼손가락을 움직이는 느낌으로 샤프트의 길이를 늘였다 줄이기를 반복해 보았다. 2미터 앞에 있는 나무를 향해 오른팔을 휘두르며 순간적으로 샤프트를 늘리자 주먹이 정확하게 나무 한가운데에 박혔다.

해가 하늘에 절반쯤 올라왔을 무렵 마리는 엔진의 몸에 완벽하게 적응했다.

이제 복수를 할 시간이다.

＊ ＊ ＊

마리가 갈 만한 곳은 전부 돌아보았지만 허사였다. 딘은 어디에서
도 마리를 찾을 수 없었다. 그저 바람을 쐬러 나간 거였으면. 7년 만
에 움직일 수 있는 몸이 생겼으니 가만히 있을 수 없었을지도 모른
다. 엔진의 괴상한 몸체라도 끌고 어디론가 밖으로 나가고 싶었는지
도 모른다. 저녁이 되면 아무 일도 없었다는 듯이 집으로 들어오겠
지. 그래야만 해.

키니와 약속한 시각이 속절없이 다가왔다. 머리만 남아 잠들어 있
을 엔진이 생각났다. 일단은 이 거래를 마무리 지어야 했다. 딘은 마
리의 인공 혈액 공급기를 싣고 키니가 알려 준 은신처를 향해 차를
몰았다.

"가까스로 시간은 지켰군. 히히히. 아쉽네. 생명유지 장치를 막 끄
려는 참이었는데."

"요구한 물건을 다 가져왔어. 인공 혈액 공급기와 여기 이 팔. 이
제 마리의 몸을 내놔."

"아. 물론이지. 거래는 거래니까. 잠깐 기다려."

휠체어를 끌고 어디론가 사라졌던 키니는 인공 신체 하나를 싣고
나타났다. 딘은 짧게 신음을 내뱉었다. 한눈에도 투박해 보이는 관
절 부위와는 달리 피부의 질감만은 태생 몸과 구별할 수 없을 정도
로 뛰어났고 몸매의 굴곡은 과장되어 있었다. 어떤 용도로 만들어진
몸인지 짐작하기 어렵지 않았다.

민망함에 돌린 딘의 시선은 키니가 들고 있는 인공 팔에 멈췄다.

보는 순간 왠지 모를 기시감과 섬뜩함이 동시에 딘을 사로잡았다. 오른팔 대신 끼울 수 있게 만들어진 인공 팔 모듈에는 검지 대신 짧은 총신이 달려 있었다.

"이게 뭐지?"

"아. 엔진이 말 안 했나 보군. 히히. 엔진이 요구했던 덤이야. 자네의 인공 팔과 이 인공 신체를 교환할 때 엔진이 쓸 팔 하나를 덤으로 주는 게 원래 거래 조건이었다고. 너무 서운해하지는 마. 커미션이 붙지 않는 거래는 없으니까. 이 정도면 싼 편이야. 히히히."

뒷골목에서 잔뼈가 굵은 엔진이 거래를 주선해 주며 뒤로 무언가를 챙기려 했다는 게 놀라운 일은 아니었다. 딘이 키니의 말에 대답도 하지 못한 채 인공 팔을 노려보고 있는 건 다른 이유였다. 유일한 단서였던 짧은 검지 총신. 그날 밤의 장면만은 아직도 딘의 머릿속에 생생하게 남아 있다. 키니는 딘이 무슨 생각을 하고 있는지도 모르고 재미있다는 듯 말을 이었다.

"인공 혈액 공급기를 달라고 하면 혹시 이 커미션을 포기하지 않을까 싶었는데. 뭐 역시 엔진답더군. 엔진이 생명이 끊길 위험도 감수하고 몸을 내준 게 자네를 위한 건 줄 알았나? 감동해서 눈물이라도 흘렸어? 엔진이 그렇게까지 했던 건 사실……."

"이건 어디서 구한 거지?"

키니의 조롱은 들은 척도 않고 딘이 물었다. 말이 끊긴 키니는 불쾌하다는 듯이 입꼬리를 끌어 올렸다.

"뭐?"

"저 팔 말이야. 검지에 총신이 달린."

딘은 확신했다. 저건 마리를 쓰러뜨린 바로 그 총신이다. 시중에 판매되는 수많은 인공 팔 모듈 중에는 딘이 기억하는 총신과 같은 모양이 없었다. 뒷골목에서 만든 사제품이 분명했다. 어디가 어떻게 다른지 설명하기는 힘들어도 분명히 달랐다. 하지만 이건 틀림없었다.

키니는 무언가 짐작했다는 듯이 눈을 빛내며 다시 키득거리기 시작했다.

"물론 누가 쓰던 팔이었는지는 알아. 꽤나 나쁜 짓을 많이 하고 다닌 놈이지. 히히. 하지만 말이야, 난 고객의 정보는 흘리지 않아. 이 키니를 대체 뭘로 보는 거야?"

"당장 말하지 못해! 안 그러면……."

"흐음. 그래 알겠어. 그렇게 된 거군. 이 팔의 원래 주인이 뭘 하던 놈인지는 잘 알고 있어. 그래서 자네가 딸의 몸을 구하려 했던 거군. 히히히. 뭐 나야 상관없어. 거래 조건만 지킨다면 누구에게나 사고 누구에게나 팔지. 그런데 말이야, 다시 말하지만, 고객의 정보는 팔지 않아."

"그 자식 이름을 대! 당장!"

"같은 말을 몇 번이나 해야 하지? 안 팔아."

"이 더러운 암거래상 자식이!"

딘은 키니에게 달려들어 멱살을 잡으려 했다. 운동 능력이 향상된 오른쪽 인공 팔이 번개처럼 키니의 목을 향해 날아갔다. 하지만 딘의 목이 붙잡히는 게 먼저였다.

테이블 위에 비활성화된 것처럼 놓여 있던 인공 팔 하나가 갑자기 뻗어 나오며 딘의 목을 움켜쥐고는 그대로 들어 천장으로 밀어붙였다. 혈관을 눌린 딘의 얼굴이 순식간에 창백해졌다. 기계손은 힘을 조절해 머리로 들어가는 혈관을 약간 열었다. 여전히 딘을 천장에 매달아 놓은 채였다. 튀어나올 듯한 딘의 눈을 보며 키니가 말했다.

"세상에는 두 가지 종류의 사람이 있지. 손님 그리고 상품. 난 절대 손님을 해코지하지 않아. 장사를 해야 하니까. 아무리 그 사람의 몸뚱이가 돈으로 보여도 손님을 건드릴 순 없지."

"……누군지 ……말 ……해."

"난 자네 같은 다혈질이 좋아. 스스로 손님이기를 포기하니까. 그럼 난 안심하고 자네를 상품으로 취급할 수 있지. 거래를 위한 내 신용은 하나도 잃지 않고 말이야. 히히히히. 어디 보자. 팔다리 상태가 썩 좋지는 않지만 간신히 팔아먹을 수는 있겠어."

키니가 레버를 조작하자 신경신호가 블루투스를 통해 딘의 목을 붙잡은 인공 팔로 전달되었다. 딘의 목을 쥔 기계손이 다시 조여 오기 시작했다. 뇌에 산소를 공급받지 못한 딘의 의식이 점점 흐려졌다.

* * *

"이건 또 어디서 굴러먹던 고철 덩어리야? 감히 이 몸이 누군 줄 알고!"

팔과 다리에 기계 부품을 장착한 녀석이 마리가 달고 있는 디젤 엔진 몸체보다 더 우람한 몸통을 일으키며 양쪽 팔에 달린 기관단총을 앞으로 내밀었다. 팔 전체를 개조해서 무식하게 화력을 높인 제품이었다. 마리를 공격했던 검지 총구는 아니다. 하지만 저 총에서 쏟아져 나온 총알이 마리와 같은 무고한 사람들의 몸에 박힌 것만은 분명했다. 녀석의 한쪽 눈에는 안구 대신 조준경이 끼워져 있었다. 마리가 숨을 깊게 들이쉬며 녀석을 노려보자 조준경에서 발사된 레이저가 마리의 이마에 붉은 점을 찍었다.

마리가 장착한 디젤 엔진은 녀석이 몸을 일으키기 전에 이미 회전수를 높이고 있었다. 나선형으로 회전하며 총구에서 튀어나온 총알이 잔뜩 웅크린 채 날아오는 마리의 긴 머리채를 휘감고 지나갔다. 순간적으로 앞으로 튀어 나간 마리의 오른손이 녀석의 오른쪽 팔에 달린 기다란 총신을 붙잡아 엿가락처럼 휘어 버렸다. 불발탄이 총신 내에서 폭발하며 흰 연기가 솟아올랐다.

녀석이 왼쪽 기관단총을 다시 마리에게 조준하려 했을 때 마리는 이미 총신 길이보다 더 안쪽까지 접근해 있었다. 육중한 몸체를 그대로 들이받는 척하다가 마리는 날렵하게 몸을 젖히며 녀석의 다리 사이로 파고들었다. 기계다리를 붙잡고 몸을 꺾자 녀석의 몸이 휘청하고 돌아가며 그대로 바닥에 내리꽂혔다.

녀석의 기계다리는 골반과 허벅지 사이에 장착된 피드스루를 통해 몸과 연결되어 있었다. 몸통의 금속 외피로 보이던 것은 단순한 갑옷이었고 사타구니를 비롯한 몸은 태생 그대로였다. 재빨리 몸을 추슬러 일어나려던 녀석은 마리의 기계손이 가랑이 사이에 달린 작은 물건을 움켜쥐자 비명을 지르며 애원했다.

"아악! 안 돼! 자…… 잘못했어! 제발!"

"도대체, 온몸을 기계로 바꾸면서 이 쓸모없는 약점뿐인 물건은 왜 그대로 두고 싶어 하는지 이해를 할 수 없단 말이야."

마리의 입에서는 아직 완전히 적응되지 않아 억양과 리듬이 제멋대로인 목소리가 흘러나왔다. 엔진이 세팅해 놓은 인공 성대에서 만들어진 굵고 낮은 음색의 목소리가 마리의 입을 통해서 나오는 광경은 어딘가 어색했다. 그래도 마리는 굳이 주파수 대역을 다시 설정할 필요를 느끼지 못했다.

"대체 왜 이러는 거야! 넌 대체 누구야!"

"내가 누군지는 알 것 없고. 시간이 없으니까 빨리 대답해. 대답은 5초 안에. 두 번 기회는 없어. 명심해. 이름은?"

"너 누구냐니까! 악! 아치! 아치야! 내 이름!"

마리의 유압 실린더에 압력이 들어가며 기계손이 조여지자 아치는 헐떡거리며 비명을 질렀다. 마리는 곧바로 다음 질문을 던졌다.

"2년 전 카퍼 스트리트에서 젊은 남자에게 총을 쏜 적이 있지? 몸통에만 세 발. 심장은 피하고."

"제길. 내가 죽인 사람이 얼마나 많은데 그걸 기억해?"

빠직 소리와 함께 유압 실린더가 조여졌다. 아치가 숨이 멎을 듯 비명을 질렀다. 압력이 들어간 건 반대쪽 손이었다. 아까 휘어졌던 총신이 반으로 접히며 종잇장처럼 구겨졌다.

"3초 남았어."

"기억해! 기억해! 그런데 난 몰라! 아무것도 몰라! 의뢰를 받았어. 꼭 그렇게. 심장은 피하고 몸통에 세 발!"

"누가 의뢰했지?"

"몰라! 정말 몰라! 만나지도 못했어! 의뢰 내용만 전달받고 나중에 돈만 받았다고!"

"대답에 성의가 없네. 2초 남았어."

"으악! 소개해 준 사람을 알아! 의뢰를 소개해 주고 지급 보증까지 해 줬어! 키니! 키니야!"

"만나는 방법은?"

"키니는 아무나 만날 수 없어. 쓸 만한 거래를 제안해야……."

"왼쪽 어깨 피드스루 비활성화해. 안전장치도 풀고. 마찬가지로 5초."

아치는 뇌파가 진정되지 않는지 몇 번이나 실패한 끝에 겨우 비활성화에 성공하고는 다급히 안전장치를 풀었다. 마리가 피드스루를 반시계방향으로 돌리자 총신이 멀쩡한 아치의 왼쪽 팔이 떨어져 나왔다.

"눈 감아."

마리는 아직 타이어가 식지 않은 오른쪽 바퀴를 아치의 목에다 가져다 대고는 몇 번 급회전을 시키며 위협했다. 아치는 눈도 뜨지 못하고는 바퀴의 회전음이 들릴 때마다 벌벌 떨었다. 마리는 자신의 왼팔을 떼어 내고 대신 기관단총이 장착된 아치의 왼팔을 연결했다.

"눈 떠. 그리고 키니하고 약속 잡아. 내가 이 팔 튜닝을 끝낼 때까지 약속을 못 잡으면 좋지 않은 일이 일어날 거야. 5분 정도 걸리겠는데?"

마리가 왼팔을 움직여 보기 시작하자 아치는 다급하게 키니에게 메시지를 보냈다. 관절의 움직임에 금방 익숙해진 마리는 기관단총의 조작 연습에 들어갔다. 격발은 쉽지 않았다. 아마도 몇 겹의 안전장치가 걸려 있을 터였다. 이런 녀석이 쓰는 부품이 합법적인 안전장치를 다 갖추었을 리야 없겠지만 발등에 총알을 날리지 않을 최소한의 세팅은 되어 있을 게 분명했다.

마리는 총구를 아치의 사타구니에 겨냥한 채 격발을 시도했다. 마리가 손가락과 손목 관절에 다양한 조합으로 신경신호를 보내자 기관단총의 여기저기서 철컥철컥 소리가 나며 레버가 돌아갔다.

"됐어! 약속을 잡았어! 그러니까 제발 그만!"

아치에게 키니의 은신처에 대한 정보를 얻어 낸 마리는 씨익 웃으며 총구를 아치의 미간으로 옮겼다.

"내가 격발 방법을 알아냈을까, 못 알아냈을까?"

"무슨 짓이야! 시키는 대로 다 했잖아! 제발 살려 줘!"

"좋아. 기회를 줄게. 딱 한 번만 격발을 시도해 보지. 만일 내가 방법을 알아냈다면 넌 죽는 거고, 아직 못 알아냈다면 사는 거고. 동의하면 고개를 끄덕여. 싫으면 계속 지껄이고. 한마디라도 흘러나오면 바로 총구를 오른쪽 안구에 쑤셔 넣어 버릴 테니까."

아치는 비 오듯 땀을 흘리며 고개를 겨우 끄덕였다. 마리의 눈이 가늘어지며 피식 비웃음이 흘러나왔다.

"정말 내가 널 살려 주리라고 생각하는 거야? 그렇게 많은 사람을 네 손으로 죽여 놓고도? 순진한 거야 아니면 멍청한 거야?"

마리가 왼손에 신경을 집중했다. 드르륵 소리와 함께 총알이 아치의 얼굴로 쏟아져 내렸다.

* * *

키니의 은신처로 향하는 골목에서 마리는 어딘지 모르게 붕 뜬 느낌이 들었다. 뒤통수가 잔뜩 조여들고 목이 움츠러들었다. 마리는 눈동자에 잔뜩 힘을 준 채 엔진을 끄고 조심스럽게 걸어 들어갔다.

아치가 알려 준 문에는 도어록이 달려 있었다. 비밀번호를 누르자 별다른 신호음 없이 덜컹하고 문이 열렸다. 마리는 왼팔에 장착된 기관단총의 안전 레버를 풀었다. 아래팔 안에서 튀어나온 접이식 총신이 손등 위로 뻗어 나가고 위팔 안에 말려 있던 탄창이 자동으로 약실에 연결되었다. 마리는 조용히 문안으로 들어섰다.

좁고 긴 복도에 늘어선 여러 개의 문들은 맨 끝의 하나를 제외하고는 모두 굳게 닫혀 있었다. 살짝 열린 문틈으로 희미한 빛이 새어 나왔다. 마리는 엔진은 켜지 않고 바퀴만 내리고는 부드럽게 몸을 앞으로 밀었다. 마리의 몸이 희미한 빛을 향해 서서히 다가갔다.

"빨리 안 오고 뭐 해? 늦었잖아?"

기계가 아닌 마리의 눈은 어두운 방에 적응하는 데 시간이 필요했다. 넓은 방 안은 사방이 캐비닛으로 둘러싸여 있었고 군데군데 흐트러진 침상이 보였다. 목소리는 가장 안쪽에 놓인 테이블에서 희미한 불빛과 함께 흘러나왔다. 테이블 뒤에 놓인 회전의자에 긴 외투를 입은 사람 그림자 하나가 앉아 있었다.

마리는 기관단총을 그림자에 조준하고 엔진 출력을 올렸다. 시동 걸리는 소리가 방 안에 울려 퍼졌다. 사방의 어둠에 정신을 집중했지만 불빛 아래 그림자 이외에는 움직이는 기척이 없었다.

"네가 키니야? 대답해."

마리의 입에서는 여전히 어딘지 어색한 낮은 목소리가 흘러나왔다. 그림자가 키득거렸다.

"목소리가 얼굴하고 영 안 어울리는데. 히히히. 넌 누구지?"

"키니에게 물어볼 게 있는 사람."

"정보? 좋지. 하지만 난 장사꾼이야. 공짜로는 팔지 않아."

"네 목숨하고 바꾸면 어떨까. 넉넉하게 쳐줄게."

"히히히히. 재미있군. 재미있어."

그림자가 순간적으로 꿈틀대더니 벼락같은 총소리와 함께 불빛이 번쩍였다. 그와 동시에 엔진 출력을 최대로 올린 마리의 몸이 옆으로 날았다. 벽을 향해 뛰어오른 마리의 바퀴는 엄청난 속도로 캐비닛을 타고 돌았다. 그 뒤를 총알이 바짝 쫓아왔다.

벽을 타고 달려온 마리의 몸이 그림자를 덮쳤다. 총알 몇 발이 마리의 가슴에 맞고 튕겨 나갔다. 조준이 머리로 옮겨 가기 직전 마리의 오른손이 뻗어 나와 그림자에 명중했다. 총소리가 멈추고 그림자는 벽에 날아가 부딪혔다. 마리는 바퀴가 위로 올라간 발로 그림자의 가슴을 짓밟고 머리에 총을 겨눴다.

"이제 대답할 준비가 됐나?"

"그 녀석을 쏴. 선물이니까."

목소리는 그림자에서 나오지 않았다. 테이블 위에 놓인 스피커에서 흘러나왔다.

제길. 마리는 속으로만 생각했다. 총구를 그림자의 머리에 짓누르며 최대한 침착하게 물었다.

"이 녀석은 누구지?"

"이런. 실망인데. 총알을 날리면 바로 기억할 줄 알았는데 말이야. 벌써 잊은 거야? 몸통에만 세 발. 심장은 피하고."

마리는 테이블 위에 놓인 조명을 들어 그림자에게 비추었다. 마스크를 뒤집어쓰고 있어 얼굴은 보이지 않았다. 가려진 입술이 뒤틀리며 무어라 말하려 애썼다. 총으로 이마를 눌러 바닥에 붙이자 움직임은 잦아들었다. 마리는 녀석의 손을 확인했다. 검지 대신 달린 짧은 총신. 딘과 마찬가지로 마리 역시 그 총구는 분명히 기억했다.

"그래. 네 몸에 총알을 박아 넣었던 바로 그놈이지. 복수하려고 온 거잖아. 그렇지? 자. 마음껏 복수해."

키니는 아치 대신 자신을 찾아온 게 마리라는 걸 이미 알고 있었다. 불길한 느낌을 억누르며 마리는 아무렇지 않다는 듯 말했다.

"내가 누군지. 왜 여기 왔는지. 다 알고 있나 보네. 어떻게 알았지?"

"히히. 이 키니가 모르는 건 없지. 그나저나 아치를 쓰러뜨린 솜씨는 꽤 좋았어. 그 녀석 입을 열어서 내 이름까지 알아낸 것도 대단하고. 하지만 거기까지야. 넌 날 잡을 수 없어. 아니, 잡을 필요도 없지. 네가 복수해야 할 녀석은 네 발밑에 있으니까. 다시 말하지만 선물이야. 그 녀석을 쏘고 다시는 날 찾지 마."

"왜 그냥 날 죽이지 않지? 그쪽이 훨씬 간편하지 않아?"

"내가? 내가 왜? 당사자들끼리 알아서 하라고. 그래서 붙여 줬잖아. 둘 중 누가 누굴 죽이든 난 상관없어. 둘 다 죽든지 화해하고 붙어먹든지 알아서들 하라고. 딱 하나. 더 이상 날 귀찮게 하지만 않으면 돼."

"당사자? 넌 당사자가 아니고? 이 녀석에게 날 쏘라고 의뢰했던 게 너잖아. 아니면 소개만 했던가? 왜 너는 내 복수 리스트에 없다고 생각하지?"

스피커에서는 다시 낄낄거리는 웃음소리가 흘러나왔다. 키니는 기분이 좋아 보였다.

"그래. 인정하지. 내가 소개했어. 나쁜 뜻은 없었어. 난 그저 장사를 한 거니까. 어쨌든 미안하게 됐어. 대신 저 녀석을 찾아다니는 수고를 덜었잖아? 그걸로 좀 봐줘. 히히히히. 어서 시원하게 쏴 버리라고! 뒤처리도 내가 알아서 할 테니까."

"좋아. 소개한 죄는 빼 주지. 대신 의뢰한 놈 이름을 대."

"세상에. 이봐. 이 키니는 절대 고객의 정보를 팔지 않아. 그것만은 목에 총이 들어와도 안 돼. 아치 같은 양아치하고 같다고 생각하면 실례야."

"그럼 할 수 없지. 이 녀석에게서 캐내는 수밖에."

마리는 쓰러져 있는 녀석의 이마에서 총구를 뗐다. 멱살을 잡아서 들어 올리려 하자 키니가 약간 굳은 목소리로 외쳤다.

"안 그러는 게 좋을 텐데. 그 녀석 만만한 녀석이 아냐. 죽일 수 있을 때 죽여 두는 게 좋아. 다시 말하지만 내가 해 준 건 거기까지야. 둘 중 누가 죽든 난 상관없다고."

"이까짓 녀석은 언제든지 죽일 수 있어."

"좋아! 의뢰자를 알려 주지. 알려 준다고. 히히."

"어서 말해."

"먼저 녀석을 쏴. 그러면 말해 주지."

"왜 그렇게 자꾸 쏘라고 하는 거지? 누가 죽든 상관없다며."

잠시 정적이 흘렀다. 녀석은 여전히 축 늘어진 채 턱만 꿈틀거렸다. 그러다 갑자기 총구가 달린 녀석의 오른팔이 경련하듯 튕겨 올라 마리와 녀석의 사이로 파고들며 불을 뿜었다.

마리는 재빨리 몸을 돌려 피했지만 거리가 너무 가까웠다. 총알 몇 개가 티타늄 합금 외피를 뚫고 마리의 배에 박혔다. 순간 몸에 세 발의 총을 맞던 그날의 기억이 스쳐 지나갔다. 마리가 잠시 얼어붙은 사이 녀석의 검지가 마리의 미간을 향해 조준을 옮긴 뒤 불을 뿜었다.

총알은 간신히 들어 올린 마리의 오른손에 맞고 옆으로 튕겨 나갔다. 마리는 녀석의 검지를 쥐고 그대로 꺾어 버리려 했지만 힘이 들어가지 않았다. 마리의 몸통에서 기름이 새고 있었다. 유압 실린더가 망가진 듯했다.

녀석은 아직 바닥에 널브러져 있는 채였다. 멀쩡히 움직이는 건 오른팔 하나였다. 마리는 녀석의 오른팔을 들고 손에 기관단총을 난사했다. 총구를 포함한 손가락들이 부스러져 사방으로 날아갔다.

"이히히히. 거봐. 내가 빨리 죽이라고 했지? 히히히."

마리는 기관단총의 총구를 다시 녀석의 이마로 향했다. 마스크에 감싸인 턱이 부들부들 떨렸다. 철컥하며 안전장치가 풀리는 소리가 들리고 마리의 기관단총이 불을 뿜었다.

* * *

정신을 차린 딘의 얼굴에는 시커먼 마스크가 씌워져 있었다. 몸도 움직이지 않았고 목소리도 낼 수 없었다. 대신 목 언저리에 차가운 금속의 촉감이 느껴졌다. 딘은 이 느낌을 기억했다. 피드스루 시술을 할 때의 신경차단 띠.

딘은 필사적으로 눈을 부릅뜨며 해진 마스크의 올 사이로 주변을 살폈다. 고개를 돌릴 수도 없었다. 높이로 보아 딘은 의자에 앉아 있는 모양이었다. 희미한 불빛이 깔린 넓은 방 주변에는 캐비닛이 가득했다. 침상도 몇 개 보였다. 문득 딘은 절대 되새기고 싶지 않던 기억을 떠올렸다. 이곳은 마리가 수술을 받았던 바로 그 비밀 수술실이었다.

머리 뒤편이 싸늘해졌지만 딘이 할 수 있는 일은 없었다. 속절없이 시간만 흘러갔다. 얼마나 지났을까. 맞은편에 있는 문이 조심스럽게 열리고 커다란 그림자 하나가 들어왔다. 체형이 묘하게 눈에 익었다.

"빨리 안 오고 뭐 해? 늦었잖아?"

딘의 턱 바로 아래에서 키니의 목소리가 흘러나왔다. 그림자가 불빛에 가까이 다가오며 딘에게 기관단총을 조준했다. 그리고 시동 걸리는 소리와 함께 너무도 익숙한 디젤 엔진 소음이 들려왔다. 엔진이다. 아니다. 마리. 마리다.

마리가 어떻게 이곳에 찾아왔는지 생각할 새도 없이 딘의 팔이 움직였다. 움직이는 느낌은 전혀 없었다. 그저 딘의 시야에서 팔이 뻗어 나가고 검지 끝에서 불이 뿜어져 나왔다. 총알이 마리를 스쳐 지나가는 걸 지켜보면서도 딘은 아무것도 할 수 없었다. 잠시 후 딘의 머리는 끌려가듯 바닥에 내동댕이쳐지고 이마에 총구가 겨눠졌다. 딘은 차라리 안심했다.

딘은 마리와 키니 사이에 오가는 대화에 필사적으로 귀를 기울였다. 이 검지 권총의 주인이 마리를 쏜 범인이며 그 의뢰를 소개한 게 키니였다. 마리는 대체 어떻게 그 모든 걸 알고 키니를 찾아온 걸까. 알 수 없는 일투성이였지만 딘에게는 그걸 고민할 여유가 없었다.

키니는 바닥에 쓰러져 있는 딘이 마리를 쏜 범인이라며 어서 죽여 버리라고 마리를 부추겼다. 딘은 그제야 키니가 무슨 꿍꿍이인지 이해했다. 키니는 마리가 자신의 손으로 딘을 죽이게 만들려 하고 있었다. 딘은 피가 날 정도로 입술을 깨물었다. 그것밖에는 할 수 있는 게 없었다.

죽음도 두려웠지만 마리가 겪을 일들이 딘은 더 끔찍했다. 마리의 엄마를 잃었다는 생각에, 그리고 마리가 몸마저 잃게 했다는 생각에 딘은 평생을 죄책감에 눌려 살았다. 그게 어떤 느낌인지 너무도 잘 알았다. 마리에게 그런 일을 겪게 할 수는 없었다. 키니의 이름을 속으로 되뇌며 딘은 이를 부드득 갈았다.

다행히 마리는 키니를 믿지 않았다. 총구가 이마에서 떨어져 안도의 한숨을 내쉰 것도 잠시. 또다시 딘의 오른팔이 멋대로 움직였다. 딘은 자신의 목을 조여 기절시켰던 기계팔이 떠올랐다. 키니는 블루투스를 연결하여 그 팔을 조종했다. 이 팔도 아마 마찬가지로 기계적으로만 딘에게 붙어 있고 신경신호 다발은 딘의 커넥터가 아닌 무선 모듈과 연결된 모양이었다.

마리가 방심했는지 이번 공격은 제대로 피하지 못했다. 자신의 손에서 떠난 총알이 마리의 몸통에 박히는 걸 본 딘은 소리도 내지 못하는 비명을 질렀다. 다행히 마리는 검지 총구를 박살 내 버렸다. 그 대신 딘의 머리에 총이 겨누어졌다. 안전장치 풀리는 소리가 시한폭

탄 타이머처럼 딘을 조여 왔다.

* * *

아무리 생각해도 키니는 수상했다. 쓰러진 녀석을 쏘라고 집요하
게 부추겼다. 이 녀석의 움직임도 이상했다. 몸과 오른팔의 움직임
이 어딘가 어긋났다. 기계팔이라는 걸 감안해도 너무 어색했다.

키니는 마리를 가지고 놀고 있었다. 마리가 이곳에 올 줄 알면서
도 도망가지 않고 기다렸다. 마리를 쉽게 죽일 기회도 분명 있었다.
그저 마리에게 몇 마디 비꼬는 말을 던지기 위해 이런 장난을 준비
했을까. 상황은 마리에게 불리하다. 그걸 뒤집으려면 무대 전체를
뒤흔들어야 한다.

마리는 쓰러진 녀석의 바로 옆 바닥에 기관단총을 난사했다. 굉음
과 함께 바닥에서 뿌옇게 먼지가 솟아올랐다. 먼지가 가시기 전 마
리는 재빨리 몸을 숙여 녀석을 끌어안고는 테이블 밑으로 굴렀다.
예상대로 어디선가 총알이 쏟아졌다. 낡은 테이블 하나로 버틸 수
있는 화력이 아니었다.

마리는 총알의 궤적을 확인하며 엔진 출력을 최대로 높여 근처에
있는 침상으로 몸을 날렸다. 마리는 날렵하게 침상을 넘어뜨려 바짝
쫓아오던 총알을 막아 냈다. 이번에는 다른 각도에서 총구가 불을
뿜었다.

마리가 옆에 있는 침상을 향해 오른팔의 다단 샤프트를 뻗어 냈
다. 하지만 날아간 손에는 힘이 들어가지 않았다. 어디가 고장 났는

지 다시 줄어들지도 않았다. 늘어난 팔을 향해 총알이 쏟아져 만신 창이가 되었다. 불꽃을 내뿜는 총구가 마리를 향해 휙 돌았다. 총알 이 쏟아지기 직전에 마리의 기관단총이 총구를 부쉈다.

총구는 방 안 곳곳에 숨겨져 있었다. 마리는 불을 뿜는 총구들의 위치와 각도를 재빨리 파악했다. 엉망이 된 오른팔로 이 녀석을 끌어안고 출입구를 향해 달리는 건 무모하다. 그렇다고 유일한 단서인 이 녀석을 버리고 갈 순 없다.

마리는 일단 총구 몇 개를 무력화시킨 뒤 총알이 덜 날아오는 사각으로 피해 침상 뒤에 숨었다. 그리고 녀석의 얼굴을 덮은 마스크를 벗겼다. 생각지도 못했던 얼굴이 드러나자 마리는 경악했다.

"아빠? 아빠가 대체 어떻게 여기에?"

마리와 눈이 마주친 딘은 필사적으로 얼굴을 움직였다. 상황을 알아챈 마리가 딘의 목에서 신경차단 띠를 풀어냈다. 급격히 회복되는 신경에 딘이 고통스러운 비명을 질렀다.

"끄으윽! 마리! 마리야! 너야말로 여기서 뭐 하는 거야?"

"설명은 나중에 하고. 일단 여기를 빠져나가야 해요! 움직일 수 있겠어요?"

"움직여야지! 너야말로 괜찮니? 총에 맞았잖아!"

"유압 실린더만 터졌어요. 다른 동력 계통은 괜찮아요. 아빠. 그 팔. 떼어도 되죠?"

"어차피 연결되어 있지도 않아. 잠시만."

딘이 오른팔의 피드스루를 비활성화하자 팔이 떨어져 나왔다. 예상대로 팔에는 블루투스 모듈이 끼워져 있었다. 팔을 받아 든 마리는 발끝을 바짝 들어 바퀴를 바닥에서 뗀 뒤 엔진 출력을 최대로 높였다. 무서운 속도로 바퀴가 돌아가며 뽀얗게 먼지가 일었다.

"아빠. 꼭 잡아요."

딘이 왼팔로 마리의 허리를 붙들자 마리가 떨어져 나온 팔을 방 반대쪽으로 던졌다. 총구들이 일시에 그쪽으로 돌아가며 불을 뿜었다. 동시에 바퀴를 바닥에 딛자 침상으로 몸을 가린 마리와 딘이 무서운 속도로 문을 향해 튀어 나갔다. 돌아갔던 총구들이 재빨리 마리를 향해 총알을 쏟아 냈다.

엄청난 수의 총탄들이 일시에 침상을 두드리며 철판을 뚫었다. 마리의 티타늄 외피가 긁히고 찌그러지는 소리가 귀를 찢었다. 마리는 달려온 속도 그대로 몸을 날려 문을 부수며 복도로 튀어나왔다.

다행히 복도에는 함정이 설치되어 있지 않았다. 마리는 재빨리 일어나 총알이 날아오지 않는 문 옆으로 딘을 끌어 옮기고는 자신과 딘의 몸을 살폈다. 얼굴은 몇 군데 긁힌 정도였지만 몸은 엉망이었다. 연료통이 터졌는지 끈적끈적한 액체가 잔뜩 새어 나왔고 엔진도 돌아가지 않았다. 보조 배터리만으로 얼마나 버틸 수 있을지 의문이었다.

딘은 마리가 몸으로 감싼 덕에 겨우 총상은 피했다. 고통스러운 신음과 함께 겨우 몸을 일으킨 딘이 마리를 재촉했다.

"어서! 어서 도망쳐! 키니 그 녀석이 또 무슨 짓을 할지 몰라!"

"이대론 못 가요! 그 자식을 잡아야죠!"

"잡는다고? 어떻게? 어디 있는 줄 알고!"

"그 자식은 분명히 이 근처에 있어요. 그것도 아주 가까이에. 아까 그 팔. 블루투스 모듈로 움직인 거잖아요? 고작해야 반경 5미터 이내예요. 이 건물 안에 있어요."

"안 돼! 너무 위험해. 키니는 내가 잡을 테니 너는 어서 집으로 돌아가!"

"그 몸으로 뭘 하시려고요. 아빠나 어서 병원으로 가 보세요. 전 여기서 멈출 수 없어요. 여기서 멈추려고 지금까지 기다린 게 아니에요."

"내가 널 어떻게 살렸는지 벌써 잊었어? 다신 널 위험에 빠뜨릴 수 없어. 다시는!"

마리는 한숨을 길게 내쉬며 말했다.

"아빠에게는 미안하지만 그건 제가 결정해요. 이럴 시간 없어요. 전 그 녀석을 잡아야 해요. 빨리 병원으로 가세요. 못 움직이겠으면 근처에 숨어 계시고요. 다 처리하고 모시러 올게요."

말을 마치자마자 마리는 옆방 문을 걷어찼다. 안에는 아무도 없었다. 주변을 확인한 후 마리는 2층으로 올라갔다. 딘은 고통스러운 신음을 내뱉으며 마리의 뒤를 쫓아갔다.

* * *

조금 전에 탈출했던 곳 바로 위에는 문이 닫힌 방이 하나 있었다. 마리는 문 앞에서 조용히 귀를 기울였다. 인기척은 들리지 않았다. 배터리 잔량이 얼마 남지 않았는지 몸에서 한기가 느껴졌다. 엔진뿐만 아니라 배터리 모듈도 손상을 입은 모양이었다. 시간이 없었다.

마리는 문을 박차고 들어가며 기관단총을 조준했다.

방 한쪽 구석에서 모니터들로 둘러싸인 채 마리를 향해 총을 겨누고 있는 사람이 보였다. 지체 없이 총을 발사하려던 마리가 순간 멈칫했다.

"엔진…… 아저씨?"

그 잠깐의 망설임이 승부를 갈랐다. 마리를 향해 겨눠진 총은 거리낌 없이 불을 뿜었다.

"안 돼!"

어느새 쫓아온 딘이 마리를 향해 몸을 날렸다. 마리가 쓰러지며 총알이 머리카락을 스치고 지나갔다. 다시 조준된 총구는 이번에는 목표를 놓치지 않았다. 불을 뿜으며 발사된 총알은 마리를 감싸 안은 딘의 몸을 무참히 관통해 버렸다.

"아빠! 아아악!"

마리의 기관단총이 엔진의 몸에 불을 뿜었다. 총을 들었던 팔이 먼저 날아갔다. 몸통에 총탄이 쏟아지자 엔진의 머리를 달고 있는 몸이 비틀거리며 뒤로 넘어졌다. 엔진의 얼굴은 이를 악문 채 눈을 꼭 감고 있었다.

마리가 달려들며 몸통을 발로 밟아 찌그러뜨렸다. 엔진의 머리가 연결된 몸통은 속이 빈 갑옷이었다. 벌어진 틈새로 왜소한 사람 하나가 보였다. 키니였다. 미친 듯이 달려든 마리가 외피를 뜯어내고 총부리를 쑤셔 박자 키니가 다급하게 외쳤다.

"항복! 항복이야! 날 죽이면 안 돼!"

마리가 키니의 멱살을 잡고는 우악스럽게 끄집어내 바닥에 내동댕이쳤다. 키니는 바닥을 구르면서 계속 소리쳤다.

"날 살려 줘야 해! 그래야 네 아빠의 목숨을 구할 수 있어! 내가 있어야 딘이 살 수 있다고!"

마리는 재빨리 아빠의 상태를 살폈다. 출혈이 심각했다. 총상의 위치로 보아 응급 처치로 막기는 힘들다. 마리는 키니가 하는 말이 무슨 뜻인지 알아챘다. 아빠를 병원으로 데리고 갈 수는 없다. 살릴 수 있는 방법은 단 하나. 지금 당장 여기서 피드스루 시술을 해야 한다. 마리가 그랬던 것처럼. 마리는 키니의 얼굴에 총구를 들이댔다.

"널 어떻게 믿지?"

"날 인질로 잡으면 되잖아! 딘이 살아나지 못하면 그때 날 죽여!"

시간이 없다. 배터리 경고를 알리는 차가운 감각이 몸에서 계속 전송되어 올라왔다. 길어야 3분. 마리는 최대한 침착하게 키니에게 명령했다.

"일단 엔진에게 몸을 연결해."

* * *

굳게 잠긴 도어록 앞에서 리치가 잠시 망설였다. 딘이 수상한 짓을 하고 있다는 건 오래전부터 알고 있었다. 그렇지 않은 경찰이 드물었다. 리치가 여기까지 온 건 딘을 믿어서가 아니었다. 적어도 딘은 비열한 녀석은 아니었다. 비열한 사람을 경멸하는 재수 없는 녀석에 가까웠다. 그런 딘이 뭔가 크게 한탕 하려다 일이 틀어진 모양이다. 리치는 심호흡을 한 번 하고는 딘이 알려 준 비밀번호를 눌렀다. 도어록이 소리 없이 열렸다.

아직 가시지 않은 화약 냄새와 시큼한 소독약 냄새가 뒤엉키며 리치의 코를 찔렀다. 1층 복도 맨 끝 방에서 희미하게 빛이 새어 나왔다. 최대한 발소리를 죽이며 다가가려는데 방 안에서 어색한 목소리가 터져 나왔다.

"왔으면 들어와! 상황 다 정리됐으니까."

딘의 목소리와 비슷했지만 어딘가 변조된 느낌이 났다. 리치는 소리가 난 곳을 플래시로 비추며 총을 겨눈 채 외쳤다.

"꼼짝 마! 쓸데없는 짓 할 생각 말고……."

"제길! 그 불 꺼 리치! 아직 신경계가 정상이 아니란 말이야!"

고개도 제대로 돌리지 못하고 눈을 꽉 눌러 감은 건 분명 딘이었다. 얼굴에는 핏방울이 잔뜩 튀어 있었다. 그리고 목 부분에 은색 띠가 보였다. 방금 시술된 듯한 피드스루였다. 리치가 어리둥절해하는 사이 옆에서 튀어나온 손이 리치의 총을 감싸 쥐었다. 총이 으스러지는 소리와 함께 리치가 비명을 질렀다. 기겁하며 뒤로 물러난 리치가 총을 쥐었던 오른손을 살펴보았다. 다행히 다친 곳은 없었다. 총은 정확히 리치가 손가락을 걸었던 방아쇠 앞까지 뭉개져 있었다.

"아이고. 경찰 양반. 어제 무슨 꿈을 꾸셨나. 친구를 잘 둬서 이런 횡재도 하고."

"뭐라고? 넌…… 엔진?"

리치는 어둠 속에서 모습을 드러낸 육중한 몸체를 알아봤다. 엔진. 딘의 손을 우그러뜨린 바로 그 엔진이었다. 침을 꿀꺽 삼키는 리치를 향해 엔진이 말했다.

"키니라고 들어 봤나? 못 들어 봤으면 가서 조사 좀 더 해 보고. 하여튼 이쪽에서는 알아주는 암거래상이야. 수당으로 따지면 뭐, 몇 달은 경찰 일 안 하고 놀아도 될 정도지. 원래는 그걸 딘 혼자서 먹으려고 했는데 말이야. 보시다시피 저 꼴이 되어 놔서. 그림이 나오려면 경찰 하나는 더 필요하겠더라고. 무슨 말인지 알겠어?"

"대체 어떻게 된 건데? 딘은 어쩌다가. 지금 피드스루 시술을 한 거야? 목에?"

"그래. 당연히 합법은 아니겠지? 키니는 말이야. 단순한 암거래상이 아냐. 생체 부품을 취급한다고. 생체 부품이 뭔지는 알지? 여기는 작업장이야. 생산 공장이라고 해야 하나. 피드스루 시술 정도야 문제도 아니지. 사고가 좀 있었어. 자세한 건 알 필요 없고. 딘 저 녀석이 좀 크게 다쳐서 말이야."

"시술한 녀석들은. 그 녀석들도 잡았어?"

"잡았으면. 그 녀석들이 딘을 살려 줬겠어? 안 돼. 아쉽지만 이번에는 키니까지만이야. 그게 조건이었으니까."

그렇게 말한 엔진은 옆에 놓여 있던 묵직한 가방 하나를 집어 들었다. 안에는 언뜻 봐도 비싸 보이는 인체 부품들이 하나 가득 들어 있었다. 방을 나가려는 엔진을 리치가 붙잡았다.

"잠깐. 그게 끝이야? 이걸 내가 어떻게 처리하라고. 딘은 저렇게 피드스루 시술을 받았는데 정작 시술을 한 놈들은 못 잡았다고? 그게 말이 돼? 이걸 어떻게 설명하란 거야? 아까 경찰이 하나 더 있어야 그림이 나온다고 했지. 그 그림이 뭐야?"

"뭐야. 그것까지 알려 줘야 해? 진짜 공짜로 수당만 먹으려고 했어? 밥값을 해야 할 거 아냐. 밥값을. 각본 한번 잘 써 봐. 보고서가 필요할 거야. 아주 긴 보고서. 아 참. 혹시나 해서 하는 말인데. 그 각본에 내 이름 비슷한 거라도 들어가면 알지? 다음에 으스러지는 건 총이 아니라 네 손이 될 테니까. 물론 근무 시간 외에 으스러지겠지. 보험처리 받는 꼴은 보기 싫으니까."

엔진이 커다란 주먹을 리치의 눈앞에 내밀고 유압 실린더를 조였다. 겁에 질린 리치가 억지로 고개를 끄덕이며 다급하게 외쳤다.

"알았어. 알았다고! 그나저나 키니는 어디 있어? 키니는 준다며?"

"저기 있잖아. 침대 위에."

엔진이 구석에 놓인 침대 하나를 가리켰다. 피에 흠뻑 젖은 침대 위에는 짐승이 파헤친 것처럼 엉망진창이 된 몸통 하나가 놓여 있었다. 팔과 다리는 관절 부위에서 예리한 칼로 잘려 나갔다. 리치는 갈비뼈가 열린 몸통 안쪽을 살펴볼 엄두를 차마 내지 못했다. 텅 비어 있을 게 분명했다. 앙상한 몸통에 이어진 목에는 신경차단 띠가 채워졌던 흔적이 있었다. 그리고 그 위에는 아직 마비가 덜 풀린 눈으로 자신의 가슴을 내려다보는 키니의 머리가 붙어 있었다.

* * *

딘은 기계가 된 몸이 아직도 어색했다. 움직이는 데는 문제가 없다. 문제가 없는 정도가 아니라 기능적으로는 훨씬 뛰어나다. 경찰 업무를 수행하는 데 분명히 도움이 된다. 리치가 어떻게 보고서를 올렸는지는 모르겠지만 딘이 피드스루 시술을 하고 기계몸으로 바뀐 걸 경찰에서는 문제 삼지 않았다. 오히려 예산을 쓰지 않고 기능을 향상시킨 데 대해 만족하는 눈치였다.

그래도 딘은 목 아래에 붙어 있는 쇳덩어리가 자신의 몸이라는 생각이 들지 않았다. 언젠가는 툭 하고 떨어져 나갈 부착물이라는 느낌을 지우기 힘들었다. 태어날 때부터 기계였던 것처럼 새로운 몸에 적응한 마리와는 정반대였다. 놈들을 추적해 마리의 진짜 팔과 다리를 찾아 주겠다는 딘에게 마리는 어이없다는 듯이 대답했다.

"대체 왜요? 전 지금 이 팔다리가 훨씬 좋은데요."

마리는 엔진이 새로 업그레이드해 준 팔을 조작해 보며 심드렁하게 대답했다. 컴프레서를 이용한 흡판이 달려 있어 벽이나 천장에 매달릴 수 있는 기능이 포함된 개조품이었다.

"원래의 네 모습으로 돌아가고 싶지 않아? 사고당하기 전 말이야. 얼마나 아름다웠니?"

"어차피 몸은 계속 바뀌는 거잖아요. 제가 뭐 아기 때부터 그런 팔다리를 달고 태어났나요? 아 참. 아빠. 그래서 말인데요. 원격 안구라고 들어 보셨어요? 탈부착 가능한 안구인데요. 블루투스로 연결되어서 5미터까지 떨어진 곳에 놓아도 시야를 유지할 수 있대요. 멋지지 않아요?"

"안 돼! 얼굴만은 절대 손대면 안 돼! 얼굴까지 다 바꿔 버리면 네가 내 딸이라고 할 수 있는 게 뭐가 남니? 그런 짓까지 하면 나 정말 너 안 보고 살 거다. 알겠어?"

마리는 그럴 줄 알았다는 듯이 깔깔 웃으며 말했다.

"농담이에요. 얼굴은 손 안 댈게요. 제가 아빠 말을 얼마나 잘 들는데요. 경찰도 포기했잖아요."

"그래서 해결사 일을 하는 거니? 훨씬 위험한?"

더 이상 말해 봐야 득 될 게 없다고 생각했는지 마리는 얼른 말을 돌렸다.

"제 팔다리는 찾을 필요 없고요. 그쪽으로는 아직 뭐 나온 게 없나요? 키니에게 의뢰를 한 사람."

"글쎄. 전혀 흔적이 없어. 어쩌면 키니 그 녀석이 거짓말을 했는지도 모르지. 어떻게 믿겠니. 자기가 다 꾸며 놓고 다른 사람에게 덮어 씌우는 건지."

"그럴 리 없어요. 키니는 거래만 해요. 분명히 누군가 있어요. 훨씬 더 조직적이고 치밀한 사람. 전 잔챙이들은 신경 안 써요. 꼭대기에서 모든 걸 조종한 놈. 꼭 찾아낼 거예요."

딘은 살기가 느껴지는 마리의 눈을 보며 안타까운 표정을 지었다. 딘이 조심스럽게 말했다.

"그래. 네 심정은 이해한다만. 그 녀석을 찾아내는 것까지는 좋아. 나도 물론 최선을 다할 거다. 그런데 난 솔직히 그때 좀 놀랐다. 키니를 처리할 때 말이야. 경찰에 넘길 생각이 없었다면 차라리 그냥 머리를 날려 버리는 게 낫지 않았니? 그런데 넌 표정 하나 안 변하고. 그걸 보면서 난 참 가슴이 아팠단다. 내가 네게 씻을 수 없는 상처를 남겨 준 것 같아서."

"왜요? 키니에게 딱 어울리는 최후 아니었나요? 하핫."

마리는 차갑게 굳어 버린 딘의 표정을 보며 얼굴에서 웃음을 지웠다. 한 걸음 다가간 마리는 딘의 손을 잡으며 말했다.

"상처라. 글쎄요. 제가 좀 변하긴 했죠? 그냥 마음에 있던 어떤 부품을 바꿔 끼웠다고 생각하세요. 그래도 전 지금이 좋아요. 후회하지도 않고. 규칙을 지키는 건 아빠 몫으로 하세요. 아빠 경찰이니까. 전 앞으로도 그런 녀석들에게는 저지른 만큼, 아니 그 이상으로 갚아 주며 살 거예요."

딘은 마지못해 고개를 끄덕였다. 딘은 마리에게 뺨을 가져다 대고는 차가운 기계손으로 천천히 머리카락을 쓸어 주었다.

초인의 나라

천선란

제4회 한국과학문학상 장편 대상을 수상했다.

장편소설 『무너진 다리』, 『천 개의 파랑』, 『밤에 찾아오는 구원자』,

소설집 『어떤 물질의 사랑』을 냈다.

애거시가 자살했다는 소식을 듣고 나는 더는 미룰 수 없다고 생각
했다.

교회에 나가 한동안 나오지 못할 것을 알렸다. 이 글을 쓰는 동안
누구의 방해도 받고 싶지 않아서였다. 이렇게 하지 않으면 어느 날
부터 교회에 나오지 않는 독신의 안위를 걱정한 신도들이 집을 방
문할 것이 뻔했다. 우리끼리 자매라 부르는 그녀들은 그만큼 다정한
사람들이었다. 그러니 어쩔 수 없는 선택이었다. 왜 나오지 못하냐
는 신도들의 질문에 나는 서부를 여행할 계획이라고 둘러댔다. 정해
진 계획은 없고 만족감이 느껴지면 돌아올 것이라 일렀다. 신도들은
부러워했다. 삶을 잠시 멈추고 지나온 길을 되돌아보며 자신을 마주
할 수 있는 여행을 가기에 지금이 적기라고, 그걸 놓치지 않았다며
온정의 축복을 전하기도 했다. 나는 고맙다고 말하고 서둘러 자리를

피했다. 거짓에 쏟아지는 축복과 선망이 부담스러웠다.

글을 쓸 동안 마시고 씻을 물도 미리 받아 두었다. 창고에 있던 버너와 가스를 1층으로 올려 두고 초도 꺼내 놓은 뒤 근처 마트에 가서 열흘 치가 넘는 식재료를 샀다. 집으로 돌아와 최대한 조리가 필요하지 않은 식재료를 유통기한이 짧은 순서부터 먹을 수 있도록 배치했다. 피자나 햄버거, 베이글과 몇 종류의 과일, 우유와 시리얼 등이 선두에 있었고 끝에는 에너지 바나 두유가 다였다. 집에 사람이 있다는 걸 들키지 않기 위해서는 그래야만 했다. 번거롭지는 않았다. 나는 그 모든 일이 이 글을 쓰기 위한 일종의 의례처럼 느껴졌다. 끝에 배치된 음식에 다다를 때까지 내가 이 일을 끝내지 못할 수도 있다는 불안감과 혹은 영영 마지막 음식을 먹지 못할 거라는 알 수 없는 확신이 공포로 느껴졌다. 그때 내가 느꼈던 사소한 공포의 파편들이 집 어딘가에서 거대하게 뭉쳐지고 있는 기분이었다.

이쯤이면 이 글을 읽게 될 당신도 궁금할 것이다. 내가 무슨 글을 쓰려는지, 그게 애거시의 자살과 무슨 관련이 있는지.

동시대를 사는 미국인이라면 그 사건을 기억하고 있을 것이다. 윌리엄 알렉산더 미들스쿨에 다니고 있던 다섯 아이가 7일 동안 실종됐던 사건. 하지만 이 사건을 회자할 때면 누구도 저런 문장으로 사건을 떠올리지 않는다. 예상컨대 대부분이 "그래, 그 사건. 애들이 악령에 씌어서 돌아온 사건이잖아."라고 말하리라. 혹은 "친구를 죽이고 먹어 치워서 흔적을 없앤 애들 말이지?"라고 하거나 "애들이 다 미쳐서 나중에는 헛소리나 지껄였다며?"라고 말하겠지. 사람들이 미디어와 각종 사이트를 통해 접했던 사건의 단서를 가지고 엮어 만든 문장은 어떻게 보면 전부 사실이다. 그 아이들은 정말 악령에 씌었고 친구의 흔적을 없앴으며 나중에는 미쳤다. 모두가 그렇게 생각했다. 물론 나도 그런 사람 중 하나였다. 아주 잠시이지만.

나는 그 애들과 5개월간 이야기를 나눈 유일한 사람이다. 당시에는 그 사건에 세간의 이목이 집중되고 있었기에 주변 동료들은 나를 보고 용암이 분출되고 있는 분화구로 뛰어든다는 표현을 썼다. 같은 센터에서 일했던 제니는 아무래도 그 아이들을 맡지 않는 게 좋겠다고, 언론이 여간 귀찮게 하는 게 아닐 것 같다고, 밤이고 낮이고 집 앞에 진을 치거나 네 한마디 한마디를 부풀려 사실을 왜곡하고 음해할 거라고, 그러다 그것이 오보인 게 밝혀지더라도 결국에는 너에게 화살이 쏟아질 것이라고, 센터장이 너를 추천한 것도 여론이 안 좋게 흘러가도 지금의 너라면 항의하지 않은 채 모든 걸 떠안고 떠날 것 같아 그러는 것이니 하지 말라고, 그렇게 말했다. 제니의 말이 맞는다. 그 일의 담당자로 센터장이 나를 지목했다는 소문이 돌 때부터 모두가 그런 생각을 했으리라. 제니의 말처럼 나는 모함 앞에서도 쉽게 물러나고 굴복할 상태였다. 하지만 안타깝게도 나는 그 사건을 맡지 않을 수 없었다. 당시 나는 모든 걸 다 쏟아부을 만큼 몰두해야 할 일이 필요했기 때문이었다.

그 아이들. 애거시, 에블린, 영거, 지수, 말릭. 그 다섯 아이는 2035년 4월 6일 실종 신고가 접수되고 6일 후인 4월 12일에 돌아왔다. 당시 아이들의 실종이 미국 전역을 떠들썩하게 한 이유는 딱 두 가지인데, 첫 번째는 실종된 장소다. 아이들은 4월 5일 저녁 7시경 뉴욕 맨해튼 웨스트 32번가 38번지에 있는 H마트에 들러 음료수와 각종 군것질거리를 샀다. 캐셔 직원에 따르면 아이들이 어디 소풍이라도 가는 듯이 들떠 보였다고 했다. 시끄럽고 정신없었는데 그중에서 애거시가 아이들을 통솔했다고 첫 번째 조사에서 말했다.

아이들은 H마트를 나온 뒤 13달러 30센트가 적혀 있는 파킹 입간판을 지나 뒷골목으로 향했다. 그리고 실종됐다. 다시 골목 밖으로 나오기까지 7일이 걸린 것이다.

골목에는 방범 카메라가 설치되어 있지 않았다. 아이들을 찍은 것은 메인 도로 가로등에 달린 방범 카메라가 전부였다. 그렇지만 그 카메라에 아이들이 뒷골목으로 들어가는 모습이 찍혀 있어 그 골목을 둘러싼 건물 중 한 건물에 아이들이 있으리라 생각했다. 처음에는. 모두 근처 건물만 조사하면 자신들만의 아지트에 숨어 있는 아이들을 발견하게 될 거라고 믿었다. 그러니 처음부터 이 사건이 주목받은 것은 아니다. 보호자들의 신고 후에도 기사 한 줄 적히지 않은, 해프닝으로 끝날 일이었으니까. 하지만 단순한 미아 신고로 치부되었던 그 사건은 아이들이 그 주변에 있는 건물 어디에도 없다는 사실이 밝혀진 순간부터 미스터리를 품고 커다랗게 부풀기 시작했다.

좁은 골목을 둘러싸고 있는 건물은 다섯 채였다. 하지만 그중 세 건물은 골목 방향으로 난 후문이 없었다. 지어진 지 오래된 건물이라 구조가 요즘 같지 않았다. 종국에는 그 건물들까지 수색해야 했지만 별다른 소득은 없었다. 어쨌거나 그런 이유로 처음 주목을 받은 것은 두 건물이었다. 하나는 H마트가 있는 5층짜리 건물이었고 또 하나는 노매드 호텔이었다.

H마트가 있는 건물은 2층에 김밥집이 있었고, 3층은 마사지숍,

4층은 서울 한의원이 있었고 5층은 유학원이 있었다. 상가는 물론이고 건물 화장실과 창고까지 전부 살폈으나 아이들은 없었다. 남은 것은 한 곳. 노매드 호텔이었다. 아이들이 노매드 호텔에 들어갔다가 실종됐다는 말이 퍼지면서 사건에 관한 관심이 급증했다. 내가 실종 소식을 접한 것도 이때였다. 괴담과 괴담. 두 괴담이 합쳐지자 도시는 걷잡을 수 없는 공포와 두려움, 그리고 그와 맞먹는 흥분으로 조금씩 가열되기 시작했다.

노매드 호텔. 아들도 이 호텔 괴담을 좋아했다. 매튜는 괴담의 진위를 논하는 탁상공론을 좋아했다. 논쟁을 펼치기에 매튜는 너무 어렸다는 게 문제지만. 노매드 호텔이라는 장소가 문제가 된 이유를 이해하려면 그 호텔에서 일어난 그 사건부터 알아야 한다. 괴담처럼 퍼진 그 사건의 진실을 아는 사람은 없다고 봐야 한다. 진실이 밝혀졌다면 더는 괴담일 수 없을 테니까.

노매드 호텔에서 화재가 발생한 건 아이들의 실종으로부터 10년 전인 2025년 10월이었다. 2층 주방에서 일어난 화재였고, 오래된 건축자재 탓에 불은 순식간에 건물 전체로 번졌다. 다행히도 투숙객이 많이 없었고 직원의 발 빠른 대처 덕분에 인명 피해가 없었다. 그날의 화재는 그렇게 마무리되는 듯했다. 하지만 문제는 그다음이었다. 화재의 원인을 파악하고 남은 불씨가 있는지를 확인하기 위해 검게 그을린 건물을 둘러보던 소방관 한 명이 906호에서 시체 두 구를 발견한 것이다. 시체의 사인은 질식사가 아니었다. 시체의 사망 추정 시간은, 화재 연기와 약물에 오염된 시체 때문에 정확한 사망 시각을 밝혀내기는 어렵지만, 아무리 늦어도 이틀 전인 것으로 확인되었다. 더 충격적인 것은 907호에 그와 비슷한 시각에 사망한 것으로 추정되는 시체 세 구가 있었다는 점이다.

모두가 다섯 구의 시체가 담긴 사진 두 장을 한 번쯤 봤으리라. 모자이크로도 차마 가려지지 않았던 시체의 참혹한 모습을. 인터넷에서 한동안 공포, 심령, 혐오라는 단어를 달고 사진 두 장이 돌아다녔던 것을 기억한다. 더 폐쇄적인 사이트에서는 모자이크를 없앤 사진까지 돌아다녔다. 내가 그 사실을 알고 있는 건 환자 한 명이 모자이크 없는 사진을 우연히 보게 되어 트라우마가 더 심해져서이다. 나는 치료를 위해 어쩔 수 없이 원본 사진을 보아야만 했다. 그리고 알았다. 뉴스 머리기사를 가득 채웠던 사건이 하루아침에 집단 자살이라는 말로 얼버무려진 이유를. 그건 집단 자살이라 볼 수 없었다.

암암리에서 생체 실험이었을 거라는 말이 떠돌았다. 나는 그 말을 믿고 불안 증세를 보이는 환자에게 그렇지 않다고 차분하게 타일러 주면서도 한편으로는 어느 정도 그 소문을 믿고 있었다. 몇 가닥 남지 않은 머리카락, 두개골이 언뜻 비칠 정도로 곳곳이 녹아 있던 두피, 괴사한 코와 턱끝, 손톱과 발톱이 전부 빠져 피로 범벅되어 있었고 나체 상태의 몸은 기린의 문양처럼 얼룩덜룩했다. 시체 주변은 누런 고름 같은 것들이 잔뜩 뭉쳐 있었다. 그건 자살의 현장이 아니었다. 말 그대로의 실험. 어떤 사건의 참혹한 증거였다. 하지만 여태까지 죽은 이들이 누구인지, 왜 그런 일이 벌어졌는지 수면 위로 올라온 것은 하나도 없다. FBI도 알아내지 못했으리라. 기껏해야 신원 정도나 알아냈겠지. 그게 아니라면 일부러 조사하지 않고 있다거나.

노매드 호텔에서는 이상한 사건이 두 차례 일어났다. 하나는 정체를 알 수 없는 시체 다섯 구가 발견됐다는 것이고 또 하나는 아이들이 그 호텔에서 사라졌다는 것이다. 다섯 구의 시체와 다섯 명의 아이들. 항간에는 그 악령이 아이들을 잡아먹은 것이라는 소문이 꽤 정설처럼 떠돌았다.

하지만 아이들은 돌아왔다. 비록 넷뿐이었지만 다친 곳 하나 없이 깨끗하게 호텔 후문을 통해 나왔다. 아이들의 등장은 충격일 수밖에 없었다. 수색대와 수색견, 체온 감지기 등을 동원해 호텔을 얼마나 대대적으로 수색했는지 전 국민이 알고 있었기 때문이었다. 아이들은 부모의 보호를 받으며 옮겨졌다. 주변에 잔뜩 몰려 있는 경찰과 구급대원, 기자 들을 보고 어리둥절한 표정을 짓고 있던 아이 중 하나가 그동안 어디에 있었느냐는 질문에 어떻게 대답했는지 다들 기억할 것이다. 딱 한 시간. 아이들은 그곳에서 딱 한 시간만 놀다 왔다고 말했다. 그리고 아이들은 그 호텔에 친구 지수를 두고 왔다고 말했다. 수색대는 나머지 한 아이를 찾기 위해 다시 호텔을 수색했지만 여전히 아무것도 찾을 수 없었다.

이제부터 나는 이 두 사건의 연관성에 대해 이야기하려고 한다. 물론 아무도 이해하지 못할 것이다. 나도 알고 있다. 두 사건 사이에는 10년의 간격이 있고, 노매드 호텔 화재 당시 아이들은 고작 한 살이었다. 그렇지만 명심해야 한다. 이 두 사건의 진실에서 중요한 것은 '그렇게 됐다'라는 결과이다. 과정에 몰두해서는 안 된다. 그렇지 않으면 아무것도 믿을 수 없다. 그러니 그냥 받아들여라. 그 아이들이 그날 노매드 호텔에 들어갔다가 10년 전 그곳에서 죽은 다섯 구의 시체를 만나고 왔다는 것을. 아이들은 호텔에 있는 다른 차원에 머물다 왔다.

2035년 4월 16일 오후 3시 33분. 나는 첫 번째로 말릭을 만났다. 나는 말릭을 만나기 전 보호자에게 미리 말릭이 좋아하는 것들을 물었다. 좋아하는 색, 장난감, 즐겨 보는 TV 프로그램 같은 것들. 그렇게 나는 말릭을 만나기 위해 초록색 티셔츠를 구매하고 며칠 동안 서바이벌 프로그램 「헬스키친」 시즌37을 정주행했다. 말릭의 첫인상은 또래보다 체구가 크지만 내성적인 아이라는 거였다. 말릭은 나를 힐끔 보며 인사를 한 뒤 품에 안고 있던 책가방을 계속 만지작거렸다. 나는 따뜻한 차와 주스 중 무엇을 마시겠느냐고 물었다. 말릭은 주스를 선택했고, 계속 문 앞에 우두커니 서 있다가 테이블에 주스가 놓이자 그제야 들어와 앉았다. 텍사스주 오스틴에서 태어나 브루클린으로 이사 왔다는 말릭의 말투에는 남부 특유의 억양이 섞여 있었다.

나는 말릭에게 오랜만에 학교에서 친구들을 보니 기분이 어떠냐고 물었다. 친구들이 많이 반기지 않느냐고 연이어 묻자, 말릭은 고개를 저으며 "걔네들은 이상해요."라고 대답했다. 측은함, 슬픔, 그 속에 섞인 경계, 흥미로움. "나는 그 아이들이 그러는 이유를 모르겠어요." 말릭은 웰컴 푸드로 준비해 놓은 사탕 하나를 집었다. 먹지는 않고 계속 매만질 뿐이었다.

당시 실종됐던 아이들에게 너희들이 사라진 기간이 7일이었다는 것을 말해 줄 수 있는 상황이 아니었다. 호텔을 수색했음에도 그곳에서 아이들을 찾지 못한 것으로 보아 극도로 좁은 곳에서 온몸이 포박된 상태로 감금되어 있었을 가능성이 있다는 실종 사건 전문가의 조언이 있었다. 그로 인한 도피성 기억장애. 그런 판단이 내려졌다. 그날 뉴스에서 전문가가 했던 말이다. 그럴 때 아이의 기억을 억지로 무리해서 복기시켜서는 안 된다고 말했지만 이번 사건은 상황이 달랐다. 다섯 아이 중 한 아이가 돌아오지 않았으므로 어떻게 해서든 나머지 한 아이를 찾기 위해 다른 아이들의 기억을 들쑤셔야만 하는 상황이었다. 누군가는 아물지 않은 아이의 상처를 들쑤셔야 한다. 그 일을 내가 맡은 것이다.

사람들은 상담사의 자격에 대해 논하기 시작했다. 저 여자가 다친 아이들을 보듬어 진실을 밝혀낼 수 있을 것인가. 아직 돌아오지 못한 아이를 구해 낼 수 있을 것인가. 어느 순간 뉴스에는 내 사진이 걸리며 출신과 이력 따위가 허락도 없이 멋대로 세상에 알려지기 시작했다. 내가 한국계이고 이혼했으며 매튜라는 아들이 있어 오랜 소송 끝에 겨우 양육권을 지켜 냈지만 몇 달 전 무장 괴한이 스쿨버스에서 총을 난사한 사건에서 희생되었다는 것까지. 총을 쏜 범인에게 왜 내 아이를 쏘았느냐고 물었을 때 그는 그냥 그러고 싶었다고 대답했다. 그중에서 매튜가 눈에 가장 잘 띄었다고. 그 버스에 있던 아이들과 달라서…….

원한 적 없던 위로와 자격 심사가 주위를 맴돌았다. SNS로 하루에도 수백 통씩 위로 메일이 쏟아졌고, TV 시사 프로그램에서는 자칭 전문가들이 알량한 지식을 앞세워 나의 자격을 심사했다. 그런 지긋지긋한 상황을 겪으며 느낀 건 무슨 일이 있어도 그 아이들은 내가 만나야겠다는 확신이었다. 왜 그런 확신이 들었느냐고 묻는다면 그러고 싶었다는 말밖에 달리 할 말이 없다. 어차피 이 감정을 자세하게 말해 봤자 누가 이해하겠는가.

나는 말릭에게 "사람은 자주 이상하지. 이상한 농담에 웃고, 필요하지도 않은 위로를 하고, 쉽게 나를 사람이 아닌 거로 만들어 버려. 재수 없게."라고 말했고 말릭은 눈을 치켜뜨며 나를 쳐다보다가 왼쪽 뺨에 보조개가 파일 만큼 웃었다. 그 보조개는 참새가 앉았다 간 발자국 같았는데.

우리는 5개월간 매일같이 만나 「헬스키친」 시즌37을 주제로 수다를 떨었다. 말릭은 그 외에도 마블 시리즈를 좋아했고, 블랙 팬서가 될 거라는 꿈을 꾸고 있었다. 실제 그 역할을 맡는 영화배우 말이다. 곧 리메이크될 거라는 이야기가 팬들 사이에서 돌고 있으니 몇 년 안에 오디션을 열 수도 있을 거라고 말해 주었다. 말릭은 그 소식에 무척 기뻐하며, 지금부터라도 무술을 배워 두어야겠다고 했다. 그래, 그런 애였는데 말이지…….

말릭의 말문이 트이기 시작한 건 한 달을 넘긴 후였다. 그때까지 말릭은, 아니 다른 아이들도 마찬가지였지만, 내게 알려 줄 게 없다는 듯 시치미를 떼고 있었다. 말릭은 그날 여느 때처럼 상담실 앞까지 엄마와 함께 왔고, 익숙하게 소파에 앉아 앞에 놓인 주스를 마셨다. 사탕 바구니에서 포도맛 사탕을 꺼내 껍질을 까 입에 넣더니 나에게 가까이 오라고 손짓했다. 무릎으로 걸어가 눈높이를 맞췄고, 말릭은 내 귓바퀴를 잡아당겨 아주 작게 속삭였는데 그때 말릭의 입에서 포도향이 났다.

"언제든 다시 오라고 했어요. 거기서는 있지, 내가 캡틴아메리카도 될 수 있다고."

236

말릭은 소파 등받이에 기대앉으며 웃었다.

"그래도 나는 블랙팬서가 더 좋아요."

나는 그 말을 해 준 사람이 누구냐고 물었다. 말릭은 망설이다가 다시 내 귓바퀴를 붙잡고 작게 속삭였다.

"사람이 아니에요. 906호랑 907호 방 주인이죠. 괴물이라 불렀는데 싫어했어요. 그래서 초인이라고 부르기로 했어요."

말릭의 이야기를 듣고 그것이 2025년 노매드 호텔 사건과 연관되어 있다는 걸 깨닫기까지 그리 오랜 걸리지는 않았다. 노매드 호텔은 시체가 발견되며 영업을 중단했고, 건물 역시 께름칙하게 여겨져 팔리지 않았으므로 나는 익숙한 방 호수를 되새김질하다 쉽게 그때를 떠올릴 수 있었다. 하지만 문제는 아이들이 그 사건을 어떻게 아느냐는 것이다. 화재가 일어나고 시체가 발견되었을 당시 아이들은 한 살이었다. 어른들의 기억 속에서 빠르게 잊힌 사건들이 학교에서 괴담의 형태로 바뀌어 꾸준히 계승되어 오다가 그 아이들에게까지 전달됐을 수는 있겠으나 정확한 방 호수까지 아는 건 일반적인 괴담 전파 과정과는 달랐다. 심지어 말릭이 묘사한 초인의 모습은 내가 사진으로 보았던 시체와 똑같았다. 906호와 907호에 사는 초인. 그것은 무엇이고, 아이들은 무엇을 본 것인지 짐작조차 할 수 없었다.

나는 몇 번이고 말릭에게 초인에 관해 물어봤지만 말릭은 그 이상은 말해 주지 않았다. "그곳은 안식처예요. 들키면 안 돼요."라거나 "우리는 비밀을 약속했어요."라고 말했다. 내가 더 파고들려고 할 때마다 약속했기에 어쩔 수 없는 것이라고, 약속은 그렇게나 중요한 것이라고 반복해 말했다. 그러다 내가 지수에 대해 묻자, 말릭은 처음으로 말을 멈추며 몇 분 동안 생각에 잠겼다. 얼핏 눈에 눈물이 맺히는 듯했으나 말릭은 금세 메마른 눈으로 덤덤하게 입을 열었다.

"지수는 조금 더 머물고 온다고 말했어요. 걱정 마요. 분명히 올 거예요."

아쉽게도, 말릭과의 대화로 얻은 것은 이것이 전부다. 그렇지만 말릭과 나누었던 대화는 30년이 지난 지금도 선명하다. 크고 선했던 눈망울과 말을 할 때마다 풍겼던 포도 향. 말릭에게는 블랙팬서 같은 힘이 있었다. 사람의 마음을 움직이는 강인함 같은 것들. 몇 해만 더 살았더라도 말릭은 블랙팬서가 됐을 것이다. 말릭의 죽음은 말릭의 어머니를 통해, 그리고 그보다 먼저 뉴스를 통해 들었다. 전화를 받았을 때 어머니는 말릭이 떠났다는 말로 짤막하게 죽음을 전했다. 열여덟 살의 죽음 소식을 주고받는데 슬픔도, 한탄도, 놀람도 오고 가지 않았다.

나는 말릭의 장례식에 갈 채비를 하며 뉴스를 틀어 놓았다. 화면에는 피켓을 들고 시위 중인 사람들이 있었고 화면 구석에는 말릭의 사진이 띄워져 있었다. 나는 못 본 사이 훌쩍 커 아이가 아닌 청년의 얼굴을 가지게 된 말릭의 사진을 잠시 바라보았다. 말릭은 노매드 호텔에 들어갔다가 주민 신고로 출동한 경찰에게 붙잡혔고, 몸싸움을 벌이다 경찰의 과실로 사망했다. 모두가 잊고 있겠지. 그 이름을 꺼내야만, 아니면 구체적으로 사건을 말해 줘야만 그런 일이 있었던 걸 기억해 낼 것이다. 호텔 화재 사건과 연관된 시체나 7일 동안 사라졌던 아이들이라는 타이틀보다 화제성이 적고, 자주 있는 일이니 쉽게 잊혔을 것이다. 나는 아직도 그날의 뉴스가 생생하다. 경찰을 대변하는 아나운서의 목소리도. 가만히 있겠다던 말릭이 도주하려 하기에 겁을 주려다가 그만……. 말릭을 대변해 주는 사람은 아무도 없었다. 그러니 뒤늦게라도 내가 말릭을 변호한다. 말릭은 도주하려 하지 않았다. 자세가 불편해 몸을 뒤척인 것이다. 말릭은 경찰의 말을 무시하지 않았다. 말릭은 약속을 어기는 애가 아니다. 그건 누구보다 내가 잘 안다.

나는 이따금 말릭과 했던 대화를 떠올린다. 마지막 상담 날, 말릭이 내게 해 줬던 말을.

"언제든지 오라고 했어요. 기다리고 있다고. 좀 지루해지면. 아니면 좀 짜증이 나거나, 답답해질 때. 나는 갈 수 있어요. 이미 갔다 왔으니까. 언제든 다시 갈 수 있죠."

그 말을 떠올리면 여전히 포도향이 난다.

2035년 4월 16일 오후 5시 7분. 영거는 휠체어 바퀴를 굴리며 들어왔다. 무릎에는 농구공이 놓여 있었다. 나는 지난 주말 치러진 메이저리그 애리조나와 콜로라도 시합 얘기를 먼저 꺼냈다. 애리조나가 9회 초에 역전했던 순간을 이야기하자, 영거는 별 감흥 없이 대꾸했다.

"나는 못 봤어요. 시간이 이상하게 꼬였잖아요."

그때의 당황스러움이 아직도 생생하다. 그래, 그 아이들은 기억에 이상이 생긴 것이 아니지. 그저 우리는 이해하지 못할 다른 세계에 갔다 온 것이지. 그러니 현실의 시간이 바뀌었다는 것도 이미 알고 있을 텐데, 나는 마치 이 아이의 정신 상태를 확인하려는 것처럼 말을 던진 것이다.

"그래서 선수 명단에서 밀렸어요. 그냥 정신이 이상할 것 같대요."

영거는 차분하고 냉소적인 아이였다. 자신이 보았던 것들을 알려 주면서도 내가 자신의 말을 전부 믿지 않을 거라 생각하는 눈치였다.

"저희는 9층에 있었어요. 906호에. 제가 어떻게 9층까지 올라갔는지 궁금하시죠? 전력이 들어오지 않아 승강기가 움직이지 않는데 말이에요."

나는 별로 궁금하지 않다고 말하며 친구들이 업어 줬거나 휠체어가 올라갈 수 있는 길이 따로 있어서 그런 것 아니냐고 덧붙였다.

"오, 맞아요. 애거시가 업어 줬어요. 휠체어는 말럭이 들어 줬고요. 힘들면 중간에 가다가 쉬기도 했는데 애거시는 허세가 약간 있어서 잘 안 쉬었어요. 그래서 금방 올라갔죠. 이렇게 쉬운데 다들 물어보더라고요. 되게 말도 안 되는 일이 일어났다는 식으로."

나도 그 인터뷰를 봤다. 며칠 만에 돌아온 아이에게 제일 처음 한다는 질문이 휠체어를 타고 어디에 있었냐는 거였다. 휠체어로는 가지 못할 곳이 있다는 것처럼.

영거는 그날 일을 생생하게 기억했다. 2035년 4월 5일 목요일 오후 4시. 학교가 끝난 후 아이들은 정문 앞에서 모였다. 여느 때 같으면 훈련이 있어 참여하지 못했을 영거인데도, 하필 그날 코치의 개인 사정으로 훈련이 취소된 덕에 방과 후 탐험단에 합류하게 된 것이다. 다섯 명은 윌리엄 알렉산더 미들스쿨에서 열 살 때 같은 반이 되며 처음 만났다. 아이들은 애니메이션 「힐다」의 애청자라는 공통점으로 뭉쳤다. 아이들은 힐다가 되었고, 동네의 곳곳을 탐험하며 하수구에 빠진 고양이를 구해 주고, 혼자 사는 할머니의 심부름을 하거나 잃어버린 강아지를 찾아 주기도 했다. 우리의 시각에서는 너무나 기특한 일이지만 아이들은 도움이 필요한 곳을 찾아 헤맨 것이 아니다. 아이들은 하수구 속에서 들리는 아기 울음소리를, 며칠째 인기척이 없는 집을, 빈 건물에서 들려오는 울음소리를 따라간 것뿐이다.

그날도 마찬가지였다. 오후 4시에 만난 아이들은 맥도날드에서 햄버거를 사 프로스펙트 공원에서 식사했다. 그날 아이들의 목적은 켄싱턴을 조사하는 것이었다.

"그런데 갑자기 계획이 변경된 거예요. 애거시가 그 호텔에 관해 이야기했거든요. 우리는 정말 궁금했어요. 그래서 바로 거기로 가자고 했어요."

거리가 멀었을 텐데.

"F호선을 타고 가면 금방이죠. 그리고 우리는 가지 못하는 곳이 없어요."

목적지인 지하철역에 도착했을 때가 6시 10분경이었다. 그리고 호텔로 가는 길에 게임매장이 보여 그곳에 들렀다. 그곳에서 한참 시간을 빼앗겼고, 게임매장을 나올 때쯤 출출해졌다.

"마트에서 먹을 걸 사서 가자고 말했던 친구가 지수예요. 그 근처에 한국마트가 있다고, 자기가 잘 안다고 했죠. 저희는 이미 지수가 사다 준 한국 과자나 라면을 많이 먹어 봤기 때문에 모두가 찬성했어요. 과자 중에 그걸 제일 좋아해요. 맛동산, 맛동산. 발음이 정확한가요?"

영거는 몇 번이나 과자 이름을 읊으며 내게 확인을 받았다. 이미 완벽한 발음이었는데도, 그리고 내 발음도 썩 좋지 않다는 걸 알고 있음에도. 그러니까 영거는 내게 물은 것이 아니라 스스로에게 되물으며 발음을 고친 것이다. 영거는 그런 성격이었다. 무엇 하나 허투루 하지 않는다. 체력과 함께 갖춰야 할 것이 정확한 판단과 분석이라며…….

그렇게 7시. 아이들은 방범 카메라에 찍힌 그 모습처럼 H마트에서 간식을 사서 나왔다. 그리고 곧장 노매드 호텔로 갔다. 내가 궁금했던 건 노매드 호텔에 대한 아이들의 첫인상이다. 아이들을 만나기 하루 전 나는 노매드 호텔을 찾았고 10년 동안 방치된 건물이 얼마나 많은 소리를 내고, 많은 냄새를 풍기고, 많은 것을 품는지 알게됐다. 어둠을 떠도는 모든 생명체의 안식처인 동시에 천사의 입김으로도 무너질 듯이 허술한, 해가 들지 않는 어떤 성. 딱 그런 모습이었다. 나조차도 걸음을 망설였다. 곳곳이 검게 그을린 내벽, 먼지와 거미줄이 엉켜 형체를 알아볼 수 없는 가구들, 바닥을 스치는 무언가의 발소리, 어디선가 불어오는 바람. 그런 것들을 이겨 낼 정도로 아이들의 호기심이 컸던 것일까. 아기 울음소리가 들려오는 하수구나 인기척이 없는 집 같은 느낌이었던 것일까. 하지만 아무리 생각해 봐도 불이 났고, 그 안에서 정체 모를 시체 다섯 구가 나온 호텔은 다르리라. 단언컨대 성인이라 하더라도 누구도 쉽게 그곳에 들어가지 못했을 것이다.

"그냥 좀 뿌옇던 것 빼고는 괜찮았어요. 그것도 들어갈 때만 그랬어요. 들어가서는 곧장 적응했어요. 호텔이던데요. 왜 사용을 안 하는지 이해되지 않았어요. 조금 낡고 눅눅한 호텔."

아이들이 들어간 호텔은 우리가 들어갔던 호텔과 달랐다. 금방이라도 끊길 듯 희미한 전등이 켜져 있었고, 창문이 닫혀 있었으며 거미줄에 잠식되지도 않았다. 말도 안 된다고 생각할 것이다. 이 글을 읽은 당신은. 영거는 그래서 말하지 않았다고 했다.

"선생님도 되도록 말하지 마세요. 그냥 혼자 알고 계세요. 그냥 지금 내 얘기를 그렇게 진지하게 들어주는 것만으로도 만족스러워요. 그러니까 조금 더 이야기해도 될까요?"

아이들은 겁 없이 9층으로 올랐다.

"무언가에 홀렸던 것 같기도 해요. 9층으로 가야만 한다는 강렬한 끌림 같은 걸 느꼈으니까. 정말로 그들이 우리를 부른 것 같아요. 애거시도 무슨 사이트에서 그 호텔 사진과 시체 사진을 봤을 때 가야만 한다고 생각했다고 했어요. 계단은 많이 삐걱거렸지만 부서질 정도는 아니었어요. 곳곳에 검게 그을린 자국도 있었어요. 땅을 보는 게 습관이라 애거시 등에 업혀 있을 때도 애거시의 발을 계속 봤죠."

9층에 도착했을 때 소리가 들렸다. 처음에는 떠드는 대화 소리라고 생각했는데 자세히 들어 보니 일정한 반복이 있는 기도문이었다. 하지만 그게 어느 기도문인지 아무도 알지 못했다. 아이들 대부분이 모태신앙이었는데도. 에블린은 돌아가자고 말했다.

"에블린은 원래도 이 호텔에 가는 걸 탐탁지 않아 했어요. 평소에도 탐험을 정말 좋아하는 편은 아니거든요. 그냥, 지수가 있으니까. 그런데 하필이면 지수가 이왕 여기까지 온 거 조금만 더 들어가 보자고 말한 거죠. 그때가 7시 24분이었어요. 시계를 차고 있어서 알아요. 괴물. 그건 프랑켄슈타인 박사가 만든 괴물이에요. 제가 보기에는 그래 보였어요."

나는 영거에게 왜 이런 이야기를 하지 않았느냐고 물었다. 영거는
별 고민 없이 대답했다.

"아무도 궁금해하지 않으니까요. 이런 건 우리만 즐거운 거잖아
요. 어른들이 그런 걸 왜 궁금하겠어요? 제가 어떻게 호텔 9층에 올
라갔는지나 궁금하지. 그런 몸으로, 그런 체력으로. 내게 친구가 있
고, 또 농구 선수라는 걸 알면서도요."

나는 상담이 끝난 후에도 영거의 경기를 관람했다. 휠체어를 끌고
농구를 하는 영거의 모습을 보며 다른 경기에서 느끼지 못한 경이감
과 환희를 느꼈다. 영거는 더 큰 리그를 목표로 했고 모든 것이 순조
로웠다. 영거가 말한 분석과 판단, 그리고 신중함이 가장 큰 무기였
다. 인터넷에 영거를 치면 각종 경기 영상과 인터뷰 영상이 즐비했
다. 그걸 검색해 보는 게 내 즐거움 중 하나였다. 바빠서 시즌을 챙
기지 못하는 날에는 대신 꽃을 보냈다. 영거는 잘 받았다는 답장 대
신 꽃을 찍어 SNS에 올리고는 했다.

내가 영거에게 보낸 마지막 꽃은 국화이다. 어느 순간부터 영거의
이름을 치면 경기 영상이나 인터뷰가 아닌 추모의 글과 국화 사진이
나왔다. 그 후로 영거의 이름을 치지 않는다. 스물셋, 꿈에 그리던 리
그를 코앞에 두었던 그때 영거는 건널목을 건너다, 움푹 파인 홈에
걸려 휠체어와 함께 넘어졌다. 그리고 그런 영거를 보지 못한 트럭
에 치여 떠났다. 영거는 늘 땅을 보고 다녔는데도. 사람들은 영거의
죽음에 별 관심을 보이지 않았다. 영거가 갑작스럽게 죽으며 발생한
팀의 손해, 영거의 자리에 들어올 대체 선수 선발. 그런 문제에만 관

심을 보였다. 지금까지도 영거가 사고를 당한 그 건널목의 움푹 꺼진 홈은 메워지지 않은 채로 남아 있다.

내가 왜 그런 집착을 보였는지, 누구도 궁금해하지 않는 것에 왜 그렇게 맹목적으로 매달렸는지 당시의 나로서도 알 수 없었지만 시간이 흘러 지금이 되니 어렴풋이 알 것 같다. 내게 5개월은 너무 짧았다. 매튜에게서 벗어나기까지.

나 혼자서 알아내는 데 한계가 있었고, 어느 순간 내가 그것을 감당할 수 없을 거라는 확신이 들었다. 그들을 죽인 건 실체 없는 조직이다. 어디에나 존재하지만 찾는 순간 곧바로 흩어져 버리는. 같은 학교에, 같은 지역에, 같은 식당에, 같은 회사에 있다. 당신들이 아무렇지 않게 웃고, 말하고, 분노하고, 더 나은 인류의 미래를 어쭙잖게 꿈꾸는 동안 봄이 오면 싹이 트듯이 곳곳에 그들의 사상이 싹을 틔우고, 당신들의 말을 양분으로 자랐을 것이다.

에블린은 2035년 4월 17일 오후 12시 45분에 내 인사가 들리지 않을 정도로 음악을 크게 들으며 들어왔다. 에블린은 상담에 가장 비협조적인 아이였다. 노래를 꺼 달라고 몇 번이나 부탁해야 선심 쓰듯 헤드셋을 벗었다. 힙합을 좋아한다기에 관심도 없던 힙합을 찾아 들으며 가장 유명한 가수들의 노래를 며칠씩 들었던 노력은 물거품이 됐다. 에블린은 내가 던진 대화 주제에 별로 반응하지 않았다. 혼자 알아서 떠들으라는 식으로 쳐다볼 뿐이었다. 두드려도 반응 없는 침묵. 비집고 들어갈 틈 없이 견고하게 닫힌 마음에 구멍을 만든 건 '지수'라는 이름이었다. 에블린이 지수와 친하다는 이야기를 영거에게 들은 후, 나는 에블린에게 지수는 왜 아직 그곳에 있냐고 물었다. 그러자 에블린은 순식간에 눈물을 쏟아 냈다. 에블린을 만난 지 열흘째 되던 날이었다.

에블린은 처음부터 마음에 들어 하지 않았다. 지수가 애거시, 말릭, 영거와 친해져 학교를 탐방하고 다닌다고 했을 때부터, 에블린은 그 같잖은 탐험단을 없애고 싶어 했다. 별 도움도 안 되고 위험하기만 한 활동이었다. 그럴 시간에 예전처럼 자신과 영화나 드라마를 보며 수다를 떨거나 맛있는 디저트를 찾아다녔으면 했다. 하지만 지수는 진심으로 그 모임을 즐거워했다. 에블린의 얼굴에 비친 불만족스러움을 눈치채지 못하고 인원이 전부 꾸려졌을 때는 탐험단 이름을 짓는 데 골몰했다. 그러니 에블린에게는 선택권이 없었다. 지수가 좋다면, 지수가 원한다면 에블린은 다 따랐다.

그날도 그 기분 나쁜 호텔에 가자는 것이 퍽 마음에 들지 않았다. 뉴욕에 갈 곳이 얼마나 많은데 하필 골라도 그런 음침한 곳을 가느냐며 친구들을 힐난했다. 에블린은 말을 하면서도 계속 손을 떨었고 나와 눈을 마주치지 못했다. 가끔씩 작은 기척에도 소스라치게 놀라며 문을 쳐다보기도 했다. 에블린은 다른 아이들과 다르게 극심한 불안 증세를 보였다. 그리고 그 증세는 날이 갈수록 심해졌다.

누군가에게 쫓기고 있거나 감시당하고 있는 듯한 말을 자주 내뱉었다. 흰 점이 몸에 잔뜩 박힌 인간들. 그들이 계속 주변을 맴돌고 있다고. 그들이 누구냐고 물었다. 그들이 그 호텔에서 만났던 초인이냐고 다시 물었다. 그러자 에블린은 소스라치게 놀라며 소리쳤다.

"초인? 초인이라뇨. 그들은 그냥 악마라고요!"

얼굴과 목이 붉게 물들 정도로 악을 썼다. 그토록 냉소적이던 아이가 감정을 주체하지 못해 화를 내다가 끝내 또다시 울음을 터뜨렸다. 에블린은 지수를 데려오기 위해 그 후 몇 번이나 그 호텔에 몰래 들어갔다고 했다. 하지만 그때 자신들이 들어갔던 그 호텔의 모습은 두 번 다시 나타나지 않았다. 호텔은 눅눅하고, 춥고, 어두웠다.

그리고 그렇게 빈 호텔에 홀로 들어갔다 나온 후부터 에블린은 자꾸 누군가가 자신을 쳐다보고 있는 것 같다고 말했다. 에블린은 그들이라고 말했다. 나는 에블린에게 그들이 네 곁에 있는 것이 느껴지느냐고 물었다. 공격을 하고 협박을 하느냐고도 물었다. 에블린은 울음을 삼키며 고민하다 고개를 저었다. 나는 상황을 정리했다. 보이지 않는다는 건 그들이 아직 그 차원에서 나오는 방법을 알아내지 못한 것이라고. 에블린은 수긍했다. 뒤이어 그들이 네게 보이기 시작한다면 내 눈에도 보일 것이라고 타일렀다. 그럼 내가 너를 지켜줄 수 있다고. 그들이 네게 접근하지 않도록 내가 막아 줄 수 있다고. 나의 허술한 위로와 어설픈 작전에 에블린이 더 상처받을까 봐 걱정했으나 다행히 에블린은 눈물을 그치고 나와 눈을 맞췄다.

에블린에게 종이와 펜슬을 내밀었다. 호텔에서 본 악마들의 모습을 그려 달라 부탁했다. 내가 그들을 알아볼 수 있도록. 에블린이 종이에 그림을 그리자 곧 펜슬과 연동된 내 패드에도 에블린의 그림이 그려졌다. 나는 그어지는 선들을 유심히 봤다. 망설임이 없었다. 에블린은 모습을 지어낸 것이 아니라 자신이 본 것을 떠올려 그리고 있었다.

듬성듬성 빠진 머리카락, 홍채가 굉장히 푸른 눈동자, 검게 칠한 코와 함몰된 턱, 흰 수술복과 흰 점이 가득 박힌 피부. 하지만 에블린이 그린 그림은 생체 실험이라 떠돌았던 사진 속의 사람보다는 멀쩡했다. 마치 살아 있는 것처럼.

하지만 나는 이 글을 적는 순간까지도 망설이고 있다. 이것을 밝히는 것에 어떤 의미가 있는가. 달라지는 것이 있는가. 오히려 내가 세상에 깔려 있는 혐오와 차별에 한 겹을 더하는 것은 아닐까. 고민이 많다. 답을 알 수가 없다. 여태껏, 그렇게 오랜 시간 고민해 왔는데 아직도 답을 내리지 못했다. 내가 알게 된 얕은 정보를 세상에 공개한다면 세상이 조금이라도 꿈틀거릴까. 아이들의 증언조차도 믿지 못해 입을 다물게 만든 세상이 그런 걸 믿는다는 게 가당키나 할까. 아마 믿지 않으리라. 내가 말을 하는 순간 실소하며 이 글을 집어 던지겠지. 그러니 한 가지만 확실히 말하려 한다. 그 괴물, 초인, 악마, 흰 점이 박힌 인간, 그들은 2025년, 노매드 호텔에서 발견된 다섯 구의 시체다. 그 사람들은 정말로 무엇이 되기 위한 실험을 했다. 괴물일 수도, 악마일 수도, 초인일 수도, 사람이라 믿고 있는 어떤 생명체일 수도. 어떤 경우든 이유는 단 하나다. 살기 위해서, 자신을 지키기 위해서.

에블린을 다시 만나면 말해 주고 싶다. 그들은 너를 해치지 않아. 너를 지키려고 하겠지. 하지만 말할 수 없다. 누구도 에블린을 지키지 못한 탓에.

에블린이 울며 했던 말이 떠오른다. 그곳의 한 시간이 현실의 192시간인 걸 지수는 모른다고. 아직 그 안에 있는 지수는 이 사실을 모른다고. 지수는 아주 잠깐만 더 있다가 오겠노라 했는데. 지수가 왜 그곳에 더 머물겠다고 했냐고 물었다.

"지수가 그것들과 몇 번 대화를 하더니 하나를 지목해 '이모(emo)'라고 불렀어요. 그리고 울었어요. 도대체 그게 무슨 뜻인가요?"

나는 그것이 무슨 뜻인지 쉽게 알아낼 수 있었지만 다음 날 다시 만난 에블린에게는 차마 한국어의 '이모'가 무슨 뜻인지 말해 주지 못했다. 지금 내가 알려 주지 않더라도 언젠가 에블린이 찾아볼 것이므로.

상담 이후에도 에블린은 자주 불안한 모습을 보였다. 그래도 에블린은 버텼다. 그러겠다고 약속했다. 그곳에서 몇 시간 더 머물고 올 지수를 만나기 위해, 부디 지수가 너무 오래 그곳에 머물지 않기만을 바라며. 에블린은 자신의 단발머리가 허리에 닿을 때쯤에는 지수가 올 거라고 믿었다. 그러면 지수가 놀랄 거라고. 지수의 입장에서 에블린은 불과 며칠 만에 머리카락이 허리만큼 자라 버린 셈이니까.

지수를 생각하며 길렀던 머리카락. 그 머리카락은 피 웅덩이에 잠겨 짓밟혔다. 마약을 공급해 주던 아랫집 남자가 어느 날 마약을 하고 환각 상태에서 찾아와 에블린의 머리카락을 붙잡고 칼을 휘둘렀다. 에블린은 제대로 저항도 못 해 보고 손목 동맥이 절단되어 과다출혈로 사망했다. 옆집 사람이 증언하기로는, 에블린이 자르지 말라고 소리를 질렀다고 했다. 그래서 옆집 사람은 옷이나 이불이나 하여튼 무언가를 자르려고 해서 말리는 줄 알았다고 했다. 왜 살려 달라거나 구해 달라거나 그만하라는 말이 아니라 하필 '자르지 마'였냐고. 그것만 아니었더라면 자신이 신고했을 거라고. 에블린이 머리카락을 생명처럼 소중히 여겼다는 사실을 기억하는 사람은 나뿐이겠지. 에블린의 죽음은 지역신문의 한 줄 기사로, SNS에서 오가는 짧은 가십으로, 마치 매일 일어나는 일 중 하나라는 듯이 흘러갔다. 가만 두면 자라면 머리카락처럼.

상담 마지막 날 에블린에게 물었다. 지수를 좋아하니?

그러자 에블린은 뺨을 붉혔다.

글쓰기를 며칠 쉬었다. 그때의 일을 복기하는 것은 예상했던 것보다 훨씬 괴롭고 힘든 일이었다. 지금은 과일과 우유를 같이 섭취 중이다. 글을 쓰는 동안 식욕이 당기지 않아 음식은 여유롭다. 며칠을 쉬며, 나는 왜 이 이야기를 그동안 하지 못했는지에 대해 다시금 생각했다. 역시나 두려웠던 것이다. 내 말을 아무도 들어 주지 않을까 봐, 아이들이 그 모습을 보고 더한층 마음의 문을 닫게 될까 봐. 하지만 이제는 아이들이 없지 않은가. 적어도 '이 세상'에는 그 호텔에 다녀온 아이들이 없다.

애거시는 가장 마지막에 만났다. 2035년 4월 17일 오후 7시 55분. 푸른 눈에 큰 키, 단정한 용모를 가지고 있던 애거시는 나를 보자마자 물었다.

"모든 게 제 탓일까요?"

애거시는 학교 풋볼 팀의 주장이었다. 책임감과 모험심 같은 것들로 똘똘 뭉쳐 있던, 예의 바르고 정직한 아이였다. 내게 던진 첫 번째 말은 그런 의미로 애거시가 내뱉을 만한 말이었다. 애거시는 이 모든 사태에 책임감을 느끼고 있었다. 자신이 먼저 호텔 이야기를 꺼내 친구들을 데리고 갔으므로.

하지만 애거시가 그 사태를 바라보는 시선은 이전 아이들과는 달랐다.

"유독가스가 남아 있다고 했어요. 건물이 오래돼서 가스 같은 게
계속 새어 나오고 있었다고……."

나는 애거시에게 네 친구들의 말은 어떻게 생각하느냐고 물었다.
애거시는 옅게 웃음을 터뜨렸다.

"다들 같은 꿈을 꿨어요. 그게 너무 신기해요."

그럼 지수는 어떻게 된 것이냐고, 목구멍까지 차올랐지만 묻지 않
았다. 애거시는 에블린과 반대이다. 부정. 모든 것을 믿지 않는다. 그
런 애거시에게 일부러 진실을 강요할 필요는 없다.

3주 정도 지났을 때 애거시는 지수가 이모네 집으로 갔다고 말했
다. "지수에게 이모가 있었니?" 하고 물으니, 애거시는 당연하다는
듯이 고개를 끄덕였다. 그날도 나는 더 말하지 못하고 애거시의 하
루 일과를 물었다. 다행히 풋볼 팀 주장 자리를 뺏기지 않았다는 것,
진로 상담을 했다는 것, 다른 반에 좋아하는 애가 생겼다는 것. 지극
히 일상적인 이야기를 들려줬다. 그래, 어쩌면 애거시는 평생 그렇
게 살 수 있을 거라 믿었다. 나의 실수다. 억지로라도 그 기억을 밀
어내려는 애거시를 붙잡아 끌고 왔어야 했다. 그랬다면 애거시의 자
살을 막을 수 있었을지도 모른다.

애거시는 워싱턴 풋볼 팀에서 고액 연봉을 받으며 서른 중반까지
선수로 뛰었고, 은퇴와 동시에 결혼을 한 뒤 두 아이의 아버지가 됐
다. 애거시의 소식은 전부 인터넷에서 들었다. 애거시가 결혼한 후
로는 거의 연락을 하지 않았다. 어느 순간부터 애거시가 내 연락과
방문을 꺼려한다는 걸 느꼈으니까. 아내에게는 말하지 않은 모양이

었다. 집과 먼 곳에서 만나자고 하고, 저녁 시간대에는 연락하지 말라 했던 걸로 보아 그렇게 추측한다. 하지만 애거시에게는 미안하게도 나는 애거시의 장례식을 다녀왔다. 알아야 했으니까. 모든 걸 잊은 듯, 제 친구들의 장례식에도 오지 않았던 애거시가 마흔두 살에 권총으로 제 머리를 쏜 이유를.

애거시의 아내는 조문객을 모두 맞을 여유가 없어 보였다. 사고가 아닌 자살이니 그 충격이 더 컸을 거였다. 나는 이해가 가지 않는다는 듯이 고개를 젓는 사람들 틈을 헤치며 집 안을 둘러봤다. 그러다 주방 식탁 밑에서 홀로 스케치북에 그림을 그리고 있는 아이를 발견했다. 열 살 정도로 보였다. 애거시의 둘째 딸이었다. 아이는 죽음이 무엇인지 모른다는 눈빛으로, 낯선 사람들이 제 집에 가득 들어찬 것이 마음에 들지 않는다는 표정이었다. 나는 초콜릿을 내밀며 내 소개를 했다. 아이는 쉽게 내 손을 잡았다. 무료하고 심심했던 차였는지 아이는 스케치북을 보여 주었다.

아이의 상상 속, 정체를 종잡을 수 없는 다양한 동물들과 천사들이 등장하고 그곳에 '흰 점이 박힌 사람'이 있었다. 나는 그것을 가리키며 무엇이냐고 물었다.

아이는 웃으며 "이모."라고 대답했다.

이걸 어디서 봤느냐고 물었다. 아이가 고개를 저었다. 그럼 누가 알려 줬느냐고 물었다.

그러자 아이가 "지수."라고 대답했다.

나는 애거시의 마지막을 상상해 본다. 울었을까. 토악질을 했을까. 차분했을까. 아무리 가려도 절대 가릴 수 없는 진실을 30년 만에 목도하게 된 자의 얼굴은 어떤 표정이었을까. 아이는 내게 계속 그림을 설명했다. 이건 사람이라고. 이건 피부를 벗겨 내 하얗게 태어나려는 사람이라고. 그러니까 이들은 이모라는 이름을 가진 천사라고.

나는 이제 찾아 나서려고 한다. 이 세상을 불과 몇 시간 떠나 있었던 아이를, 함께 탐험에 나섰던 친구들이 사라지고 없어 당황하고 있을 아이를. 죽은 아이들의 집을 전전해 뒤늦게 돌아온 그 아이를 찾아, 그곳에서 그들에게 들은 이야기가 무엇인지 정확하게 물을 것이다. 그리고 그때 세상에 밝히리라. 그래도 아무도 믿지 않겠지만.

전혀 알지 못하는 세계는 그렇게 쉽게 판타지가 된다.

라
만
차
의
기
사

김성일

소설가, TRPG 작가, 번역가, 편집자, 고양이 엄마, 남편, 아들, 오라비, 친구. 동명이인인 작가가 둘이나 있어 불편하다. 『별들의 노래』, 『널 만나러 지구로 갈게』 등의 장편, 「성 전사 마리드의 슬픔」 (『엔딩 보게 해주세요』 수록), 「붉은구두를 기다리다」(『책에 갇히다』 수록), 「도서실의 귀신」(『교실 맨 앞줄』 수록) 등의 단편과 더불어 『GURPS 실피에나』, 『메르시아의 별』 등의 TRPG 작품을 썼다.

산초는 허리에 찬 돼지기름 통을 꺼내려다가 자칫하면 사다리 발판에서 떨어질 뻔했지만, 전차의 앞다리 허벅지 가로축을 왼손으로 붙잡고 간신히 균형을 잡았다. 들고 있던 걸레가 화살 맞은 기러기처럼 바닥을 향해 떨어졌다. 쉰내 나는 낡은 기름이 손에 끈적거렸다. 며칠 동안 애써 광을 낸 겉장갑에 기름이 묻을까 봐 감히 축대에서 손을 놓지 못하고 발치를 내려다보았다.

저만치 아래, 사다리를 꽉 잡고 있어야 할 열 살 미겔라가 북쪽을 향해 멍하니 서 있었다. 산초는 미겔라를 향해 소리를 버럭 지를 뻔했지만, 스승의 가르침을 떠올렸다. 기사는 함부로 언성을 높여서는 안 된다. 특히 어린애를 상대로는 안 된다. 대신 차분히, 들릴 정도로만 크게 말을 했다.

"미겔라. 뭘 보고 있어? 사다리를 잡고 있어야지. 떨어질 뻔했단 말이야."

들었는지 못 들었는지 미겔라의 시선은 지평선에서 떨어지지 않는다. 산초는 조심해서 허리를 숙여 발판을 두 손으로 잡고 아래로 내려갔다.

바닥에 발을 딛자, 미겔라는 북쪽 하늘을 가리킨다. 짙은 회색 연기가 한 뭉치 올라오고 있다.

"발전소 돌아가는 게 왜?"

"아직 점심때도 안 됐는데 오늘이 세 번째야."

미겔라의 목소리는 걱정이 가득하다. 산초는 별것 아니라고 말해야 할 필요를 느꼈다.

"대통령 각하가 얼마 전에 카탈루냐에서 갈탄을 수입하셨다고 했잖아. 발전소가 낡아서 요즘 전기가 부족하니까 자주 돌리는 거야."

미겔라가 고개를 저었다.

"갈탄이 아냐. 색깔이 너무 짙어. 짚이나 페트병 같은 걸 태우고 있는 거야."

"설마 페트병을……."

"전에 왔던 영국 장사꾼이 그러는데, 에스코시아* 북쪽 고원에서는 불붙는 건 다 태우고 있대."

산초는 억지로 안 믿는다는 표정으로 말했다.

"과장이겠지. 그럼 플라스틱은 뭘로 만들어?"

"그걸로도 부족해서 겨울이면 수백 명씩 얼어 죽는데."

---

* 스코틀랜드를 스페인어식으로 읽은 것.

미겔라의 목소리가 이제 겁에 질려 있다. 산초는 미겔라의 어깨를 다독이며 말했다.

"괜찮아. 라만차는 겨울에도 거기만큼 춥지는 않아."

"그래도 페트병을 태워서 발전소를 돌린다는 소문이 퍼지면 마드리드에서 또 쳐들어올 거 아냐?"

마드리드 시장 후안 알라미라 사파테로는 탐욕스러운 자로, 5년 전에 기사 여럿을 모아 라만차를 침략해 왔다. 라만차의 기사와 농민 들이 모두 나서서 공격을 막아 냈지만, 피해는 컸다. 미겔라의 부모도 그때 민병으로 나가서 싸우다가 목숨을 잃었다. 일가친척 중에 미겔라를 맡아 줄 사람이 없어서 스승님이 거두어 키우고 있다. 물론 돌보는 것은 산초의 몫이다.

미겔라가 스승님의 집에 왔을 때, 산초는 목소리조차 변하지 않은 열한 살 아이였다. 산초는 부모가 아직 살아서 소쿠에야모스에서 포도 농사를 짓고 있지만, 고향을 떠나 라솔라나에서 스승님과 함께 지낸 지도 벌써 7년이 되어 간다.

스승님은 산초와 미겔라의 어머니 역할을 하기에는 집을 너무 자주 비운다. 부군과는 산초가 들어오기 몇 개월 전에 사별했다. 그 뒤로 재혼하지 않아, 스승님이 떠나 있을 때 집에는 미겔라와 산초, 그리고 아침마다 들러 먹을 것을 놓고 가는 농부 로드리고 아저씨만 있을 뿐이다.

스승님은 기사로서 라솔라나 곳곳의 기계를 고치러 다니고, 자료를 구하러 1년에 한 번은 한두 달씩 외국에 나간다. 집에 있을 때도 대부분의 시간을 컴퓨터 앞에 앉아 농기구나 기계 부품을 설계하는

데 보낸다. 미겔라는 자연히 스승님보다 산초를 더 따르고, 스승님도 그것을 기꺼워하는 듯하다. 산초 역시 미겔라를 고향에 두고 온 여동생 가브리엘라 같다고 생각했다. 그래서 이렇게 불안해하는 모습을 그냥 보고 있기가 힘들었다.

"괜찮아! 그 전쟁 때 스승님은 독일에 가 계셨잖아. 사파테로가 또 쳐들어오면 이번에는 스승님께서 이 로시난테를 이끌고 나갈 테니까 하나도 걱정 안 해도 돼. 로시난테도 스승님도 무적이야!"

그렇게 말하고, 산초는 최대한 자랑스럽게 로시난테를 가리켰다. 높이는 7.55미터, 길이는 15미터에 달하는, 강철의 말을 연상시키는 장대한 보행전차다.

사실을 말하자면 로시난테가 아주 대단한 무기는 아니다. 원래는 무기조차도 아니었다. 대형 트럭의 새시에 다리 넷과 조종석을 붙여 짐을 나르는 용도로 쓰던 물건이다. 화물용 크레인과 적재 공간을 떼고 콘덴서와 보조 배터리를 실을 수 있지만, 로시난테의 진짜 가치는 수확철에 곡식과 짚단을 나를 때 발휘된다. 로시난테가 수확물을 싣고 인적 없는 밤길을 갈 때면, 산초는 이루 말할 수 없이 든든한 기분이 들곤 했다.

내가 이렇게 매일같이 공들여 손보고 있는데 싸움에서도 무적이어야지, 하고 산초는 생각했다. 미겔라의 얼굴에서는 걱정이 완전히 가시지 않았지만 그래도 웃음 비슷한 것이 피어났다. 산초는 미겔라의 등을 톡 두드리고 말했다.

"자, 로시난테 다리에 기름을 더 발라야 하니까 사다리를 다시 잡아 줄래?"

미겔라가 고개를 끄덕이고 사다리를 단단히 잡은 것을 보고, 산초는 사다리에 올랐다.

산초는 이제 열여섯의 어른이다. 기사가 될 수 있는 나이다. 그러면 스승님을 따라다니며 곳곳의 기계를 수리하러 다니고, 라만차 대통령의 부름이 있으면 전차의 포수석에 앉아 스승님과 함께 전장에 나갈 것이다. 스승님이 기사로 임명만 해 준다면…….

그리고 이번에 스승님이 돌아오면 기사시험을 치를 것이다. 스승님은 라만차에서도 손에 꼽히는 기사다. 옛 에스파냐의 자격시험 문제들을 줄줄이 읊을 수 있고, 독일어로 된 기술 서적들도 더듬거리지 않고 읽는다. 스승님은 고서를 읽어야 좋은 기사가 될 수 있다고 했다. 그런데 왠지 고서들 중에 에스파냐어로 된 것은 별로 없다……. 산초는 아직도 독일어가 어려웠다.

해가 저물기 조금 전에 산초는 그날의 정비를 마쳤다. 스승님이 오늘내일이면 바비에라에서 돌아오실 것이고, 그러면 제일 먼저 로시난테의 정비를 게을리하지 않았는지 점검할 것이다. 스승님은 돌아오면 미겔라를 한번 안아 주고, 산초의 머리를 쓰다듬고, 짐을 내려놓은 뒤 바로 회중전등을 꺼내 로시난테를 보러 가자고 할 것이다.

기사시험을 앞두고 있기 때문에, 이번에는 로시난테에 특히 공을 들였다. 읍내에서 페인트를 사 와 벗겨진 곳을 칠하고, 스승님의 디지털 계측기를 꺼내 구동부 축들의 정렬을 마이크로미터 단위로 하나하나 확인했다. 플라스마 랜스와 콘덴서의 전압 안정과 효율도 점검했다. 배터리가 방전되지 않도록 하루도 빠짐없이 자전거에 앉아 바퀴를 돌렸다(딱 한 번 미겔라에게 부탁한 적은 있지만). 스승님이 계실

때는 관리를 좀 게을리했던 27밀리미터 기관포도 독일어로 된 고서를 더듬더듬 읽어 가며 사양에 맞게 점검했다.

산초는 로시난테의 앞발에 걸터앉아 있다가, 멀리서 다가오는 불빛이 보이자 벌떡 일어나 길로 뛰어나갔다. 흙길을 밟는 말발굽 소리가 점점 가까워졌다. 등잔의 스위치를 켜서 장대에 매달고, 산초는 스승님을 맞으러 갔다.

발굽 소리가 좀 번잡하다 했는데, 평소에 스승님이 타는 작은 마차가 아니라 점박이 말 네 마리가 끄는 큰 화물용 수레다. 묵직하고 골이 깊은 타이어를 달고 있다. 스승님은 마부석 옆에 앉아 있다가, 산초가 다가오는 것을 보았는지 이쪽으로 손을 흔들었다.

"저기 실린 건 다 뭐야?"

어느새 미겔라도 나와, 수레의 뒤에 실린 상자들을 가리키며 물었다. 미겔라는 공책과 연필을 들고 있다. 스승님이 여행에서 돌아올 때면 항상 갖고 나오는 물건들이다. 산초는 어깨를 으쓱했다.

"이번에 뭔가 많이 사 오신 것 같은데."

"독일에서 여기까지? 저 많은 짐을 갖고?"

"무니치에서 밀란까지는 알페스* 터널을 통해서 가끔씩 열차가 다녀. 거기서 배로 발렌시아 항구를 거쳐 라솔라나까지 오신 거야. 직접 짊어지고 오시는 게 아니야."

"발렌시아에서 여기까지도 힘들 텐데."

산초는 어깨를 으쓱했다.

---

* 뮌헨, 밀라노, 알프스를 스페인어식으로 읽은 것.

"요즘은 도적 떼가 잠잠하고, 라만차는 발렌시아랑 교역도 많으니까."

수레가 집 앞까지 와서 멈췄다. 마부도 말들도 지쳐 보였다. 산초는 등잔을 들어 수레의 지붕에 달린 태양전지를 보았다. 면적도 좁고, 깨진 곳도 많았다. 스승님은 가볍게 뛰어내리더니, 모자를 벗고 곱슬머리를 풀어 치렁치렁하게 늘어뜨렸다. 마부도 뒤따라 내려 주머니에서 파이프를 꺼내 불을 붙였다.

"다녀오셨어요."

산초는 허리를 가볍게 숙여서 인사했다. 스승님이 웃으며 고개를 끄덕였다.

"건강했니? 미겔라는?"

미겔라가 앞으로 나섰다.

"저도 잘 지냈어요."

"집 안은 잘 돌봤고? 찾아온 사람은 없었니?"

"파스쿠알 아주머니가 트랙터를 갖고 오셔서 고쳐 드렸어요. 그리고……."

스승님이 말을 막았다.

"잘했어. 자세한 얘기는 들어가서 하고 일단 짐을 내리자. 미겔라, 위험하니까 너는 내 가방을 집에 가져다 놓아 줄래? 여행 얘기는 이따가 들어가서 해 줄게."

미겔라가 공책을 옆구리에 끼고, 큼지막한 여행가방의 손잡이를 잡고는 손수레 끌듯 집으로 가지고 들어갔다. 스승님은 그 등을 잠깐 바라보다가 불쑥, 산초에게 열쇠를 내밀었다. '볼보'라는 글씨가 새겨진 열쇠고리가 등잔 빛에 반짝였다.

"로시난테를 가져와."

산초는 열쇠를 받아 들고 되물었다.

"제가요?"

"그래. 할 수 있지?"

산초는 고개를 끄덕이고 침을 한번 삼켰다. 혼자서 로시난테를 모는 것은 처음이다. 왜 이 밤중에 갑자기 이런 큰일을 시키는가 하는 의문은 스승님이 자기를 믿는다는 기쁨에 금세 사라졌다.

날 듯이 뛰어가 조종석 옆의 사다리 잠금쇠를 풀었다. 촤악 하는 기분 좋은 소리와 함께 사다리가 미끄러져 내렸다. 산초는 사다리를 기어올라 조종석에 들어가 앉았다. 낡은 인조가죽이다. 스승님이, 그리고 스승님의 아버지와 할머니가 앉았던 자리다. 키가 유난히 큰 스승님의 몸에 맞춰진 좌석에 앉으니 페달에 발이 간신히 닿을 지경이었다.

산초는 자리 끝에 엉덩이를 걸치고 열쇠를 꽂았다. 징 하는 소리가 나고 앞창에 열쇠고리와 같은 '볼보'라는 글씨가 떠올랐다. 어디 말인지 알 수 없는 언어가 화면을 가로질렀다. 스승님은 이 부분은 무시해도 된다고 했다. 곧 에스파냐어로 된 제어판이 떠올랐다. 산초는 두 손을 앞에 펼치고 움직여 제어판을 조작했다.

"자동 균형 장치 확인했고, 유압 상태 확인했고…… 서스펜션 보정 확인했고……."

자다가도 읊을 수 있는 점검 사항을 굳이 소리 내어 말하며, 산초는 손을 계속 허공에 움직였다. 화면이 손의 움직임에 따라 바뀌어

나갔다.

"좋았어."

앞창에 '로시난테 기동'이라는 파란색 글씨가 떠올랐다. 모터가 회전하면서 조종석이 미미하게 진동했다. 배터리 레벨이 표시되었다. 한 달 동안 열심히 자전거 바퀴를 돌린 덕분에, 스승님이 떠났을 때보다 잔량이 아주 조금이지만 더 높다. 산초가 손을 앞으로 젓자 로시난테가 한 걸음씩 움직이기 시작했다.

"산초, 잘한다!"

미겔라가 현관 앞에 서서 외친다. 웃음이 지어졌다. 로시난테의 무거우면서 빠른 걸음에도 조종석은 거의 흔들리지 않는다. 스승님이 가르쳐 준 그대로, 산초는 짐수레를 향해 로시난테를 몰아갔다.

수레에서는 마부가 이미 화물칸에 앉아 팔을 휘저어 크레인의 갈고리를 유도하고 있다. 산초는 차창을 빠르게 눈으로 훑어 크레인의 조종판을 확인하고 그쪽으로 손동작을 했다. 크레인이 마치 도리깨처럼 크게 휘둘러졌다. 마부가 화물 위에 납작 엎드렸다. 욕설이 들려왔다.

"조심! 조심해야지!"

스승님이 외쳤다. 산초는 대답할 정신도 없이 크레인 축을 반대방향으로 돌렸다. 거울을 통해 갈고리가 시계추처럼 흔들리는 것을 보고, 멈출 때까지 기다렸다가 이번에는 천천히 움직였다. 갈고리가 얌전히, 짐수레의 화물칸 위에 드리워졌다. 마부는 상자를 묶은 밧줄에 갈고리를 걸고 손짓을 했다. 산초는 조심에 조심을 거듭해서 상자를 로시난테의 짐칸으로 옮겼다.

상자에는 독일어가 쓰여 있었다.

"루프트바페. 레인······ 라인메탈 무니티······ 무니치온 데어 마시 넨카노네 27밀리미터."

로시난테의 27밀리미터 기관포에 맞는 탄약이다. 산초는 등골이 서늘해졌다. 미겔라가 아침에 말한 대로 정말 전쟁이 나려는 걸까? 스승님은 전쟁에 대비해서 탄약을 사 오신 걸까?

큼지막한 탄약 상자가 셋, 아무 표시도 없는 평범한 플라스틱 상자가 다섯이었다. 마부는 마지막 상자가 수레를 떠나자 바로 마부석에 오르더니, 스승님에게 고개를 한번 꾸벅여 인사를 하고 말을 몰아 어둠 속으로 사라졌다. 산초는 열쇠를 뽑았다. 곧 앞창에서 모든 그림과 글씨가 사라졌다.

로시난테가 움직임을 완전히 멈추자 스승님이 조종석 옆으로 다가와 말했다.

"잘했어."

"스승님. 마드리드하고 전쟁이 나는 건가요?"

산초가 겁먹은 목소리로 묻자 스승님은 무슨 소리냐는 듯한 표정으로 쳐다보다가, 로시난테의 화물칸에 옮겨진 탄약 상자들을 흘끗 보고는 고개를 저었다.

"왜, 많이 걱정되니?"

"요즘 전기 사정도 안 좋다고 하니까요."

스승님은 아무 말 없이, 긴 머리를 뒤로 쓸어 넘기고는 엄지와 검지로 안경다리를 매만졌다. 산초는 필시 안 좋은 소식을 들을 것 같아 가슴이 뛰었다. 흐르던 침묵이 미겔라가 외치는 소리에 깨졌다.

"기사님! 짐 다 풀어서 챙겨 놨어요! 씻고 주무세요!"

스승님은 창문으로 고개를 내민 미겔라에게 손을 흔들어 주고, 산초에게 말했다.

"일단 미겔라를 재우자. 그리고 나는 씻을 테니 간단하게 먹을 걸 준비해 주렴. 너한테는 따로 할 얘기가 있다."

스승님을 따라 집에 들어가면서, 산초는 여러 가지 두려운 상상을 했다. 로시난테의 조종석 위에 달린 27밀리미터 기관포를 계속 흘끗흘끗 뒤돌아보았다. 아침에 미겔라가 물었을 때는 로시난테가 무적이라고 호언장담했지만, 탄약 상자를 본 순간 5년 전의 전쟁이 떠올랐다. 스승님은 독일에 가 있었고, 산초는 로시난테와 집을 지키며 제발 적군이 여기까지 오지 말기만을 빌었다. 마드리드는 기사들이 많다. 스승님은 이베리아반도 전체에서도 알아주는 기사라고 하지만, 전쟁은 혼자서 할 수 있는 것이 아니다. 기계를 아무리 잘 만들고 고친다 해도 전투에서 이긴다는 보장은 없다.

스승님은 미겔라를 안아 올려 침대에 눕혀 주었다. 열 살이나 되었는데도 미겔라는 마냥 좋아 웃는다. 머리맡에 앉은 스승님이 낮고 온화한 목소리로 여행 이야기를 들려주고, 미겔라는 그 내용을 열심히 공책에 받아 적었다. 기사의 집에서 미겔라가 할 수 있는 놀이는 그 외에 별로 없다. 스승님은 미겔라가 언젠가 작가가 될 거라고 말하곤 했다. 산초 네 얘기도 후대에 전해질지 모르니 평소에 몸가짐을 바르게 하라는 말과 더불어.

미겔라는 오래지 않아 공책을 내려놓고 얌전히 스승님의 얘기를 듣기만 하더니 이윽고 잠이 들었다. 스승님은 조용히 방문을 닫고 나와, 밖에서 기다리던 산초에게 말했다.

"더운 물은 나오지?"

"네."

"간단히 먹을 건 뭐가 있니?"

"로드리고 아저씨가 오늘 아침에 빵이랑 하몽이랑 페피니요를 좀 가져왔어요."

"밀라노…… 밀란에서 발렌시아까지 배로 오느라 신선한 채소를 전혀 못 먹었어. 발렌시아에서 라솔라나까지도 급하게 오느라 빵이 랑 치즈만 좀 먹었구나. 내일은 미겔라를 데리고 장을 보러 가자. 일 단 오늘 밤은 있는 걸로 차려 주렴. 그래도 절임이나마 오이가 있으 니 다행이다."

스승님은 주머니에서 잡동사니를 꺼내 식탁에 올려놓더니 수건을 들고 욕실에 들어갔다. 곧 전기보일러 돌아가는 소리가 들렸다. 집 의 배터리는 충전 상태가 좋다. 산초가 스승님이 집을 비운 동안 빗 자루를 들고 지붕에 올라가 태양전지를 청소했기 때문이다. 라만차 는 건조하고 일조량이 많지만 바람에 날려 오는 먼지도 많다.

산초는 빵에 하몽을 얹고 페피니요를 썰어 곁들였다. 그리고 스승 님이 탁자에 올려놓은 물건들을 살펴보았다. 처음 보는 것이 눈에 들어왔다. 길고 네모진 단자가 붙은, 손가락 길이의 얇은 파란색 막 대다. 스승님의 컴퓨터에 그 단자를 꽂을 만한 곳이 있던 것을 기억 해 냈다.

"우…… 에세…… 베*라고 하셨던가……."

---

* USB를 스페인어식으로 읽은 것.

산초는 파란 막대를 들고 이리저리 살피며 중얼거렸다. 아무 스위치도, 액정 화면도 없다. 아마도 꽂은 뒤에 컴퓨터에서 제어를 하는 장치겠지 하고 산초는 짐작했다.

스승님이 편한 드레스로 갈아입고 욕실에서 나왔다. 물이 뚝뚝 떨어지는 머리를 수건으로 아무렇게나 감아 올린 스승님은 식탁에 앉아 산초가 방금 차린 음식을 말없이 먹었다. 산초는 먹을 생각이 전혀 들지 않아 자기 접시에 놓인 오이 조각을 포크로 건드리기만 했다. 파란 막대에서 눈이 떨어지지 않았다.

스승님이 마지막 남은 빵 조각으로 피클 국물을 접시에서 깨끗이 닦아 먹었다. 산초는 설거지를 하려고 일어나 접시에 손을 뻗었지만, 스승님은 손을 저었다. 그러고는 파란색 막대를 집어서 들어 보였다.

"아침에 내가 할 테니 그냥 둬라. 그보다 이걸 먼저 보자꾸나."

스승님이 자리에서 일어나 컴퓨터 앞에 앉았다. 화면이 켜지고, 곧 윈도우의 '정품 인증'을 받으려면 '인테르넷'에 접속하라는 메시지가 떴다. 스승님은 이제 의미가 없는 말이니 무시하면 된다고 했다.

생각했던 대로, 스승님은 컴퓨터 본체 전면의 네모난 단자에 막대를 꽂았다. 컴퓨터 화면에 새로운 아이콘이 생겨났다. 아이콘을 열자 오류 메시지가 떴다.

"역시, 파일 시스템이 다르구나. 아예 호환이 안 될 수도 있어……
시간이 좀 걸릴 것 같은데, 많이 졸리니?"

"아니요. 기다릴게요."

스승님은 어깨를 으쓱하고 말했다.

"그러려무나. 그런데 궁금하지 않으냐? 이게 뭔지 전혀 묻지 않는 구나."

그것은 두렵기 때문이다. 하지만 스승님에게 그렇게 말하고 싶지는 않았다. 스승님이 대답 없는 산초를 바라보다가 말했다.

"걱정 마라. 전쟁은 아니니까. 적어도 당분간은 말이야."

산초는 고개를 끄덕여 보이고 자리에서 일어나 서가에서 잡히는 대로 책을 한 권 뽑았다. 독일어로 된 공학서다. 비행기와 우주선에 관한 이야기가 가득하다. 산초는 비행기를 이 책 밖에서는 본 적이 없다. 스승님도 그것은 마찬가지일 것이다. 독일이나 이탈리아에는 비행기가 있을지도 모르지만, 적어도 날아다니는 모습은 본 적이 없을 터이다. 그러나 이 책의 여백에는 스승님의 손 글씨가 빼곡하다. 무슨 생각으로 이 책을 이렇게 열심히 읽은 것일지, 산초는 새삼 궁금해졌다.

스승님이 파일 시스템 문제를 해결했는지, 기쁨의 탄성을 질렀다. 화면에는 익숙한 제도 프로그램이 떠 있고, 거기에 건물들의 도면 같은 것이 떠올랐다. 산초는 화면을 잠시 보고 말했다.

"모눈종이를 가져올까요?"

스승님이 도면을 만들면, 산초는 화면을 보고 그것을 파란 모눈이 인쇄된 종이에 정확하게 따라 그린다. 스승님은 프린터를 구해 와야겠다고 입버릇처럼 말한다. 그러나 워낙 귀한 물건인 데다가 고장이 잦고 소모품이 많이 필요해서 쉽게 들일 수 없는 것은 산초도 잘 알고 있다.

"아니, 오늘은 이게 뭔지 얘기만 하자. 아직 며칠은 시간이 있으니까."

스승님은 옆의 의자를 끌어 산초에게 자리를 권했다. 산초는 자리에 앉아 화면을 더 자세히 들여다보았다. 도면은 독일어로 되어 있었지만 익숙한 단어가 하나 보였다.

"크립타나?"

"그래. 북쪽의 크립타나 평원. 거기 풍력발전단지가 있는 건 알고 있지?"

"네. 그런데 거의 다 고장 났고, 위험해서 아무도 안 가잖아요."

크립타나 풍력발전단지에는 AI의 자동 경비 시스템이 아직도 살아 있다. 경비 태세가 하도 삼엄해서, 어떤 사람들은 옛 에스파냐 군대의 비밀 시설이 있었던 게 아니냐는 추측을 하기도 했다.

"크립타나에 풍력발전소를 지은 게 말이지, 옛날 독일 기사들이었단다. 이번에 뮌헨…… 무니치에 가서 도면을 찾아온 거야."

"뭘 하시려고요?"

산초는 스승님이 대답 대신 웃으며 자기를 쳐다보는 것을 보고 모든 것을 이해했다.

"탄약은 크립타나 풍력발전소를 공격하려고 사 오신 거군요. 나머지 상자들에는 수리할 부품들이 있는 거죠?"

"그렇지. 내 할머니도, 아버지도 원했던, 우리 가문의 레콩키스타*야. 이제야 시도를 할 수 있게 됐지만."

"다른 기사들은 누가 가나요?"

스승님은 이맛살을 찌푸렸다.

---

* 스페인어로 '재정복'이라는 뜻. 8세기 초 이베리아반도 대부분을 점령한 이슬람교도들로부터 영토를 되찾기 위하여 중세 스페인과 포르투갈이 벌인 국토회복운동을 가리킨다.

"다들 겁쟁이들이야. 우리 둘만 간다."

산초는 전쟁을 상상했을 때와는 또 다른 공포에 사로잡혔다. 스승님이 말을 이었다.

"발전소를 손에 넣으면…… 그리고 방어 시스템의 제어권을 되찾으면 라만차 전체가 전기를 걱정할 필요가 없어. 대통령의 노후한 공장을 돌리는 데에도 당분간은 충분할 거야."

"스승님. 그걸 누가 모르겠어요. 하지만 지금까지 거기를 아무도 점령하지 않은 이유가 있잖아요……."

스승님은 코웃음을 쳤다.

"그야 다른 기사들은 도냐 알라나 마리크루스 데 키하나 발데스가 아니니까 그렇지!"

"스승님……."

"산초, 칭얼거리지 마라. 기사가 되고 싶지?"

"네."

"나와 함께 여기를 점령하고 수리에 성공하는 게 네 기사시험이다."

산초는 항의하는 것도 잊고 입을 벌렸다. 스승님이 컴퓨터에 아직 꽂혀 있는 파란 막대를 두드렸다.

"독일에서 가져온 건 탄약과 부품만이 아니야. 시설의 컴퓨터에 들어갈 수 있는 접근 코드도 여기 있어. 그러니까 너무 걱정하지 않아도 돼."

"하지만 그걸 쓰려면 안에 들어가야 하잖아요? 경비는 밖에 잔뜩 있다고요."

"걱정 말아라. 내가 조종하는 로시난테는 무적이다."

산초는 오늘 그런 말을 자기 입으로 한 듯한 기분이 들었다.

"스승님. 다시 생각해 주세요. 크립타나는 무서운 곳이에요. 안 좋은 소문밖에 없다니까요."

"산초. 네가 좀 전까지 읽던 책 있지?"

테이블에 아직 놓인 채다. 산초는 책을 흘긋 쳐다보고 스승님을 향해 고개를 끄덕였다.

"너는 비행기가 보고 싶지 않으냐?"

"네?"

"기사는 말이지, 농기구나 고치고 칫솔 설계도나 만드는 사람이 아니야. 그런 것도 해야 하는 일이지만, 항상 더 미래를 봐야 해. 옛사람들이 이루었던 것을 되찾을 마음을 항상 품어야 해."

"그게 풍력발전소랑 무슨 상관인가요?"

"한 걸음이라도 앞으로 나가지 않으면 앞으로 계속 페트병을 태우면서 살아야 한다는 얘기야. 내가 항상, 기사는 용감해야 한다고 하지 않았니?"

"그런 말씀 한 번도 안 하셨어요."

"그런 걸 꼭 가르쳐 줘야만 아니?"

스승님의 목소리가 이렇게 고조되면, 항상 말의 내용까지 옳게 들린다. 산초는 더 이상 저항할 수가 없었다. 묵묵히 고개를 끄덕이자 스승님의 표정이 밝아졌다.

"자, 기왕 안 자고 있는 김에 로시난테를 보러 가자. 아까 보니까 우아하게도 움직이더구나. 축 정렬은 어떻게 했니?"

스승님이 자리에서 일어나 수건을 풀고 긴 머리카락을 늘어뜨렸다. 산초가 우물쭈물하는 사이, 스승님은 디지털 계측기와 회중전등을 들고 실외용 슬리퍼를 신었다. 신이 나서 문을 나가려는가 싶더니, 뒤를 돌아 이쪽으로 재촉하는 눈치를 주었다. 산초는 어쩔 수 없이 그 뒤를 따랐다.

* * *

출정 전날 밤, 집을 지키고 있으라는 스승님의 말에 미겔라는 거의 발악을 하듯 반항했다.

"싫어요! 나도 따라갈 거예요."

손에는 공책을 꽉 쥐고 있다. 산초는 미겔라가 이미 한 번 혼자 남겨진 아이임을 떠올렸다. 이번 출정이 위험하며 스승님과 산초가 못 돌아올지도 모른다는 것을 미겔라는 느끼고 있는 모양이었다. 치켜 뜬 눈에, 꽉 쥔 주먹에 죽어도 양보 못 한다는 단호함이 비쳤다.

스승님도 그것을 이해했는지, 잠시 생각하더니 천천히 고개를 끄덕이고 말했다.

"그래. 같이 가자. 하지만 조건이 있어."

"뭐든지요."

"크립타나까지만 같이 가는 거다. 발전소에 도착하거든 너는 멀찍이 안전한 곳에 숨어서 우리 모습을 보고 공책에 하나도 빠짐없이 적어야 해. 그리고 만에 하나 우리한테 무슨 일이 생기면 과달라하라의 돈 카를로스를 찾아가. 앞으로 잘 보살펴 줄 거야."

미겔라가 침을 한번 삼키더니 고개를 끄덕였다.

"알았어요. 그럼 저걸 주세요. 하나도 안 놓치고 볼 수 있게요."

미겔라의 손가락이 벽 높은 곳에 걸린 큼지막한 쌍안경을 가리켰다. 스승님은 자리에서 일어나, 손을 뻗어 쌍안경을 조심스럽게 내렸다.

"남편이 쓰던 거다. 소중하게 다뤄야 해."

산초는 그 모습을 보면서, 돌연 슬픈 기분이 들었다. 이번 일이 어떻게 풀리건 스승님의 생각대로는 아닐 것이라는 느낌이 찾아왔다.

그 느낌은 아침이 되어도 가시지 않았다.

로드리고 아저씨가 식량과 그 밖의 물자를 무릎 꿇고 앉은 로시난테의 짐칸에 실었다. 산초는 지난번보다 능숙하게 크레인을 조작하여 전투용 보조 배터리를 실었다. 스승님은 볼트로 배터리를 고정시키고 전선을 연결한 뒤, 화물칸 위에 장갑 덮개를 덮었다.

주 배터리도 보조 배터리도 잔량이 95퍼센트를 넘는다. 대통령은 톨레도의 자동공장을 돌리느라 페트병인지 짚인지 여하튼 태워서는 안 될 것까지 태우고 있다. 그런데도 이만큼의 전기를 허락한 것을 보면, 대통령도 이번 일에 스승님처럼 기대를 걸고 있든지 스승님에게 뭔가 전에 큰 빚을 졌든지, 둘 중 하나일 터라고 산초는 생각했다.

"도냐 알라나, 다 실었습니다."

"고마워요, 로드리고 아저씨."

"라솔라나에는 뭐라고 할까요?"

스승님이 엄숙하게 대답했다.

"주민들에게는 우리가 미래를 잡으러 갔다고 전해 주세요."

로드리고 아저씨가 머리를 긁적였다.

"아뇨, 그게 아니라…… 알바레스네 집이 보일러가 고장 났다고, 언제쯤 돌아오시냐고 묻더라고요. 고메스네 경운기도 또 말썽이라고 하고요."

미겔라가 그 대화를 공책에 받아 적고 있다. 그 모습을 보고 산초가 얼른 말했다.

"기사가 출정을 가는데 기약이 있어요? 마치면 돌아오는 거고 못 마치면 못 돌아오는 거지."

"아니…… 그건 아니지 않냐? 다들 수리 일정 잡아 주시기만 기다리고 있는데…… 안 그래도 한 달씩 자리를 비우셔서 줄들을 서 있구먼……."

스승님이 헛기침을 하고 말했다.

"산초 말대로예요. 넉넉히 일주일 생각해 주세요."

"일주일요. 알겠습니다. 그러면 건강히 다녀오십시오, 도냐 알라나. 산초랑 미겔라도 몸조심해라."

손을 흔들며 배웅하는 로드리고 아저씨를 뒤로하고, 스승님은 로시난테를 몰아 기약 없는 출정을 떠났다. 크립타나의 풍차들을 향해, 라만차에 전기를 공급하기 위해…… 그것은 가깝게는 주민에게 풍요를 가져다주는 일이요, 멀리는 마드리드의 야욕을 사전에 잠재워 평화를 지키는…….

"아니야, 아니야! 나까지 생각을 그렇게 하면 안 돼!"

산초는 흔들리는 짐칸에 앉아 있다가 그렇게 되뇌었다. 크립타나까지는 먼 길이다. 스승님을 설득할 시간은 아직 있다. 발전소까지 가지 않고 로시난테를 되돌리지는 않겠지만, 철통같은 경비를 보았을 때 오기를 부리지 않게 하려면 미리부터 얘기를 해야 한다.

그러나 산초는 짐칸에 앉아 있다. 편안한 자리는 스승님과 미겔라의 몫이다. 뒤쪽 창문을 통해, 미겔라가 계속 재잘거리며 공책에 열심히 글을 쓰는 모습이 보였다. 스승님도 조종을 로시난테의 컴퓨터에 대부분 맡기고 미겔라와 이야기를 나누고 있다.

미겔라가 쓰는 것은 항상 과장된 영웅담이다. 스승님의 여행 이야기는 미겔라의 공책에 갖가지로 윤색이 되어 적혔다. 미겔라의 글은 어른 못잖게 세련된 면이 있어 산초도 재미있게 읽곤 하지만, 스승님이 말하는 사실과는 많이 다르다. 미겔라의 공책 속 이야기에는 항상 하늘을 나는 도적 떼나 날개 달린 전차를 탄 마드리드의 기사들이 나온다. 스승님은 그때마다 기지를 발휘하여 이들을 물리친다.

때때로 미겔라에게 비행기에 대해 이야기를 하는 것을 보면, 스승님은 그런 윤색이 마음에 드는 모양이다. 하늘을 나는 커다란 쇳덩이…… 그런 것을 만들 만큼 한가한 사람은 이제 없다. 누가 만들 마음을 먹는다 해도 그럴 기술이 없다.

E-903 고속도로의 폐허가 보였다. 대통령은 기사들을 모아 이 도로를 복구하겠다고 호언장담을 했지만 취임 후 20년 동안 아무도 손을 대지 않았다. 사실 복구를 해 봤자 다닐 차가 없기도 하다. 전기는 항상 모자라고, 휘발유는 이제 거의 남지 않았다. 경유는 발견되는 족족 톨레도의 화력발전소로 보내진다.

로시난테가 고속도로의 그늘 아래에서 멈췄다. 스승님이 문을 열고 이쪽을 향해 외쳤다.

"여기서 쉬자!"

"아직 해가 많이 남았는데요?"

"그러니까 말이다. 태양전지를 펼쳐 두고 지금 잤다가, 밤에 일어
나서 또 가야지."

그러고 보니 접이식 집광판을 실어 두었지. 로시난테가 무릎을 접
고 앉았다. 산초는 우산처럼 생긴 집광판을 하나씩 들어 아래에서
기다리는 스승님에게 건넸다.

마치 뒤집힌 거대한 우산 같은 집광판들 스물네 개를 고속도로의
그늘 밖에 설치했다. 라만차의 햇살은 여느 때처럼 쨍쨍하지만, 이
정도로 집광판을 펼쳐도 방전을 상쇄할 정도로밖에는 전기를 얻지
못할 것이다. 미겔라는 돗자리를 깔고 음식을 펼쳤다. 피크닉이라도
온 것처럼 들떠 있다.

산초는 스승님과 마주 보고 앉았다. 산초가 어제 볶아 둔 호박과
콩줄기, 베이컨이 들어간 파에야가 접시에 먹음직스럽게 담겨 있다.
옆에는 신선한 토마토가 있다. 짐칸에서 한참 흔들린 덕분에 속이
안 좋아, 산초는 파에야를 몇 숟가락만 남기고 미겔라와 스승님에게
넘겨주었다. 그리고 작은 토마토를 골라 손에 들었다. 스승님은 여
느 때처럼 식사 중에 말이 없다.

"오늘도 맛있구나, 산초."

스승님이 그렇게 말하자, 산초는 식사가 끝난 것을 알고 입을 열
었다.

"스승님, 로시난테의 배터리 효율이 많이 떨어진 것 같아요."

"그렇지. 평소에 자전거로 충전을 하니 전압이 일정하지 않아서
그래."

"새 배터리를 구해야 하지 않을까요?"

스승님은 잠시 생각을 했다.

"톨레도의 자동공장에 배터리 설계도가 있기는 해. 무게는 가벼운데 출력이 낮아서 우리 로시난테랑은 잘 안 맞아. 직렬로 설치하면 되긴 할 텐데, 그러면 너무 비싸지지."

"제가 생각을 해 봤는데요……."

"다른 데서 수입해다 써야 해. 마드리드라면 구할 수 있겠지만 배터리 같은 걸 팔려고 할까…… 음? 무슨 생각?"

"도착하면 크립타나 발전소의 방위 시스템과 싸울 전기가 모자랄 것 같아요. 중간에 충전할 만한 곳도 없고……."

스승님이 무슨 소리냐는 듯 이맛살을 찌푸렸다. 미겔라는 밥을 먹다 말고 공책을 집어 들어 이 대화를 기록하고 있다.

"반 넘게 남잖아? 싸우기는 충분해."

"네. 하지만 그러면 집에 돌아가기에는 부족하잖아요."

산초가 그렇게 말하자 스승님이 하하 하고 웃었다.

"우리가 가는 데가 '발전소'라는 걸 잊은 모양이구나. 전기는 얼마든지 돌아와."

"하지만 이미 다 고장 났으면요?"

"수리를 하러 가는 거 아니니. 로시난테를 충전할 전기조차 낼 수 없다면 방어 시스템이 유지가 되고 있겠어?"

미겔라가 쿡 하고 웃었다. 산초는 주저했다. 지금 미겔라의 공책에는 자기가 말도 안 되는 겁쟁이로 그려지고 있는 게 아닐까? 미겔라는 스승님을 돋보이게 하려고 자기를 희생양으로 삼는 게 아닐까?

로시난테의 플라스마 랜스에 추풍낙엽으로 떨어져 나가는 도적 떼가 생각났다. 하지만 지금 말하지 않으면 안 된다. 기회가 없다.

"스승님. 하지만 이기지 못하면요?"

스승님은 숨을 크게 들이쉬더니 긴 한숨을 내쉬었다.

"내가 너를 잘못 가르쳤구나."

"갑자기 그건 무슨 말씀이세요?"

"기사는 말이다, 일단 된다고 생각을 해야 이룰 수 있는 거야. 안 된다고 생각하면 될 일도 안 된다. 전에 왜, 로드리고 아저씨가 고양이를 데려왔을 때 기억나니? 애완용 기계고양이 말이야. 그때 내가 일본식 전자부품을 모른다고 포기했으면 어떻게 됐겠니? 사실은 전원 스위치 내부가 고장 났을 뿐이라는 걸 깨닫지 못하지 않았겠어?"

미겔라가 말했다.

"저 그 고양이 좋아해요!"

스승님이 미겔라의 머리를 쓰다듬으며, 산초를 향해 미겔라 쪽으로 보란 듯이 눈짓을 했다. 하지만 아무리 정교한 이국의 첨단 제품이라고는 하나 기계동물을 고치는 것과 살인 AI가 지키는 요새 같은 시설을 공격하는 것은 완전히 다른 문제다. 그러나 스승님은 그마저도 상관이 없는 모양이다.

산초는 남은 음식과 토마토 꼭지를 땅에 묻고 접시를 지퍼백에 담아 가방에 넣었다. 미겔라는 벌써 돗자리에 누워 공책을 들고 그날의 성과를 점검하고 있다. 스승님이 조종석에서 모포를 꺼내 왔다.

"이제 자자. 해가 지면 바로 출발해야지."

누가 와서 집광판을 훔쳐 가면 어쩌나 하는 생각을 했지만, 여기는 아무도 오지 않는 황야다. 미겔라의 공책에는 아마도 고속도로의 폐허를 무대로 한 도적들과의 싸움이 적히겠지 하는 생각을 하며 산초는 눈을 감고 잠을 청했다. 그늘에 누우니 적당히 배가 부르고 햇볕에 데워진 미풍이 불어와, 대낮인데도 잠이 소록소록 왔다.

잠에서 깨자 공기가 찼다. 스승님은 벌써부터 집광판을 절반쯤 챙겨서 로시난테에 싣고 있었다. 미겔라는 이미 조종석 옆자리에 앉아 로시난테를 조종하는 시늉을 하고 있었다. 산초는 눈을 비비고 비틀비틀 걸어가 스승님을 거들었다.

"안녕히 주무셨어요."

입에서 나온 목소리가 아직도 졸리다. 스승님은 뭔가 불만스러운 표정으로 산초를 쳐다보았다. 마지막 집광판을 실을 때까지 아무 말이 없다가, 조종석으로 가는 사다리에 오르기 직전에야 비로소 산초에게 말을 걸었다.

"얘, 그렇게 무섭고 겁이 나니?"

"아니에요."

"나는 말이다. 독일이니 이탈리아니 하는 곳에 여러 차례 가 봤단 말이야. 거기는 에스파냐보다 문명이 더 남아 있지. 하지만 그런 곳들도 서서히 몰락해 가고 있단다. 자동공장들은 효율이 갈수록 떨어져 가고, 갈수록 새로 만들 수 있게 되는 물건들보다 더 이상 만들 수 없게 되는 물건들이 더 많아져. 라만차는 땅이 비옥해서 먹을 것은 많지만 공장들은 에스파냐 다른 곳에 비해서도 많이 뒤떨어지지……."

"알아요. 하지만……."

"나 혼자서 그 흐름을 되돌릴 수 있을 거라고는 생각 안 한다. 하지만 내가 안 하면, 기사인 내가 하지 않으면 다른 누구도 안 할지 모르잖아?"

산초는 움찔했다. 그렇게 생각해 본 적은 없었다. 스승님이 안경을 고쳐 쓰고 말을 계속했다.

"뭐, 실제로 라만차의 다른 기사들은 안 하고 있지만 말이야. 그래도 내가 여기서 이 일을 하면, 중국의 기사도 아르헨티나의 기사도 나처럼 하고 있을 거라고 믿을 수 있지 않겠니?"

산초는 스승님을 설득할 생각을 깨끗이 버렸다. 스승님의 말이 정말로 옳은지 아니면 그냥 그렇게 들리는 것인지는 판단할 수 없다. 그러나 지금은 영광스러웠던 몇 세대 전의 과거를 시기하며 살아가는 시대다. 과거의 문물을 계속 잃어만 가는 가난한 시대다. 스승님이라고 이 출정의 무모함을 모를 리가 없다. 그런데도 이렇게 나섰으면 대체 얼마나 간절했던 걸까? 그 생각을 하니 눈이 뜨거워졌다.

스승님은 여기서 물러나지 않을 것이고, 산초가 이 무모한 짓에서 빠지려면 혼자 돌아가는 수밖에 없다. 크립타나 풍력발전소가 아무리 두려워도 그것만은 할 수 없었다.

산초는 허리를 펴고 키 큰 스승님을 올려다보았다. 그리고 한쪽 무릎을 꿇고 고개를 숙였다.

"잘 알겠습니다. 그러시다면 저는 가시는 데까지 계속 같이 가겠습니다."

스승님의 손이 내려와 정수리를 쓰다듬었다.

"그래. 너는 이미 기사로구나. 일을 마치면 같이 톨레도에 가자.

발전소를 갖고 싶으면 너에게 상을 내리라고 대통령한테 얘기할 테 니까."

산초는 고개를 들었다. 스승님은 밝게 웃고 있다. 부러진 고속도로 틈새로 보이는 하늘에는 별이 가득하다. 스승님이 조종석에 오르자, 산초도 짐칸에 뛰어올랐다. 로시난테가 자리에서 일어나 북쪽으로 다시 걷기 시작했다.

* * *

크립타나 풍력발전소에 도착한 것은 정오 무렵이었다.

산초는 짐칸의 보조 배터리 위에 올라서서 앞을 보았다. 긴 능선 에 늘어선 거대한 하얀색 풍차들은 대부분 날개가 하나둘 부러져 있 었다. 겉보기에 멀쩡한 것들도 있었지만, 그나마도 상당수는 전혀 돌아가고 있지 않다. 산초는 저기 올라가서 축에 일일이 기름을 치 는 상상을 했다. 저렇게나 높으면 밑에서 미겔라가 사다리를 잡아 주는 것 가지고는 도저히 안심이 되지 않는다. 산초는 아직 올라가 지도 않았는데 벌써부터 현기증을 느꼈다.

언덕의 가장 높은 곳에는 하얀색 건물들이 있다. 저기가 아마도 발전소의 본체, 목적지일 것이다. 저 안에 들어가서 컴퓨터 시스템 을 접수하면 이번 출정은 끝이다.

로시난테가 무너진 철망 위를 넘어갈 때, 해골이 그려진 노란 표 지판이 바닥에 뒹굴고 있는 것이 보였다. '경고. 군사 시설. 출입 엄 금'이라는 검은 글씨가 거의 보이지 않을 정도로 바래 있었다. 크립타나가 에스파냐 군대의 비밀 기지였다는 소문은 사실인지도 모르겠다고 산초는 생각했다.

언덕 바로 아래에서 로시난테가 걸음을 멈췄다. 스승님과 미겔라가 조종석에서 내려왔다. 산초도 따라서 내려, 스승님의 곁에 가서 섰다. 스승님이 능선을 올려다보며 중얼거렸다.

"마치 하얀 거인의 군대 같아."

"저 풍차들…… 터빈이 몇 개나 있는 거지요?"

"어디 보자. 삼백스물다섯 개…… 라고 되어 있구나. 그런데 글씨가 이게 뭐니?"

산초가 화면에서 일일이 베껴 쓴 문서를 보고 스승님이 핀잔을 주었다.

주변에는 이제 아무도 살지 않는 버려진 건물들이 있다. 한때 여기 살던 사람들은 저 풍차들을 보면서, 저기서 오는 전기로 생활을 했을 것이다.

미겔라는 쌍안경을 들고 열심히 앞을 보고 있다.

그때 미겔라가 앞을 가리키며 소리를 질렀다.

"기사님! 비행기! 비행기!"

산초는 그 말을 듣고 북쪽 하늘을 바라보았다. 정말로 새가 아닌 무언가가 다섯 개? 여섯 개? 여하튼 이쪽으로 날아오고 있다. 스승님의 고서에서 본 비행기와는 많이 다르다.

스승님은 미겔라에게 쌍안경을 건네받아 눈에 대고 언덕 위 하늘을 보다가 헛 하고 숨을 들이쉰 뒤 외쳤다.

"미겔라, 너는 저 뒤의 빈 건물에 숨어라."

"기사님…… 같이 있으면 안 돼요?"

"너는 기록을 해야지. 자, 쌍안경 갖고 빨리 피해. 저 건물 위라면 우리도 잘 보일 거야."

미겔라가 못내 아쉬운 듯 뒤를 돌아보아 가며 뒤쪽으로 달렸다. 스승님은 산초를 향해 고개를 끄덕이고 조종석에 올랐다. 산초도 그 뒤를 따랐다.

스승님이 마치 마술사처럼 손을 움직이자 화면에 '전투 모드'라는 붉은 글씨가 떴다. 천장에서 안경이 붙은 헬멧 같은 것이 내려와 산초의 앞에 드리워졌다. 조종석의 진동으로 로시난테의 자세가 바뀌는 것을 알 수 있었다. 장갑판이 셔터처럼 내려와 앞창을 덮었다. 스승님도 똑같이 생긴 헬멧을 쓰고 말했다.

"산초, 그 헬멧을 쓰고 너는 기관포를 맡아라. 나는 조종을 할 테니. 연습한 건 기억이 나지?"

"헬멧은 써 본 적이 없지만요. 실탄도 쏴 본 적이 없어요."

"걱정 마라. 육안으로 하는 것보다 훨씬 쉬워."

헬멧을 쓰자 눈앞에 바깥의 풍경이 펼쳐졌다. 단순히 풍경만이 아니다. 로시난테의 컴퓨터가 주변의 사물을 모두 인식하고, 글씨로 설명을 띄우고 있다. 이제 부쩍 다가온 비행 물체로 눈을 돌렸다. 비행체에 사각형 가늠자가 맞추어지면서 옆에 글씨가 떠올랐다. 산초는 오른손 손가락 두 개를 모았다가 폈다. 가늠자의 주변이 확대되며, 거대한 벌이나 잠자리를 연상시키는, 회전 날개 넷이 달린 기계가 보였다. 아래에는 작은 통 같은 것들이 달려 있다. 산초는 그 옆에 있는 글씨를 소리 내어 읽었다.

"에스파냐 공군 근거리 무장 정찰 드론."

"그래. 드론이다. 조그맣지만 무시하면 안 된다. 더 가까이 오기 전에 격추해."

그 말이 떨어지자마자, 커다란 목소리가 울려왔다. 어딘가의 스피커에서 나오는 듯했다.

"여기는 군사 시설이다. 즉시 무장을 해제하고 차량에서 내려 두 손을 들고 헌병을 기다려라. 그러지 않으면 발포하겠다."

로시난테가 회피 기동을 시작했다. 산초는 몸이 갑자기 옆으로 기울자 윽 하는 신음을 내면서도 드론을 향해 가늠자를 고정시키고 왼손을 폈다가 주먹을 쥐었다. 귀가 먹을 것 같은 폭음이 엄청난 속도로 연달아 울렸다. 드론 한 대가 공중에서 폭발했다.

"오래된 탄약이라 걱정했는데 일단은 쓸 만한 모양이구나."

스승님의 목소리가 고양되어 있다. 산초는 탄약 잔량을 확인했다. 그 순식간에 100발을 쏘았다. 아깝다는 기분이 들었다. 이리저리 흔들리며 앞으로 나가는 로시난테의 움직임에 맞추려고 노력하며, 산초는 나머지 드론들을 조준했다.

세 대를 격추시키자 묘한 것이 보였다. 남아 있는 드론의 아래에 달린 통 뒤가 번쩍한다 싶더니, 뭔가가 날아왔다. 그리고 로시난테가 조금 전까지 있던 자리에서 엄청난 폭발이 일어나 차체를 흔들었다. 산초는 즉시 네 번째 드론을 쏘아 터뜨리고 다급하게 물었다.

"스승님, 방금 건 뭔가요?"

"미사일."

"그게 뭔데요?"

286

"방금 봤잖니! 하나 남은 것도 빨리 처리해!"

그러나 마지막 드론에서도 섬광이 번뜩였다. 산초는 눈을 질끈 감고 왼 주먹을 꽉 쥐었다. 폭음이 일고 다시 차체가 흔들렸다. 눈을 뜨니 드론은 간데없고 허공에 연기구름이 자욱했다. 미사일이 채 닿기 전에 공중에서 폭발한 듯했다.

"너, 설마 눈으로 보고 맞힌 거니?"

"음, 네."

거짓말을 했다.

"미겔라가 빼먹거든 꼭 쓰라고 해라. 돈 산초는 날아오는 미사일을 쏘아 떨어뜨린다고."

'돈 산초'라는 말을 듣고, 산초는 가슴이 주체할 수 없이 뛰었다. 스승님이 너는 이미 기사라고 한 것은 빈말이 아니었던 것이다.

"방금 것들은 정찰대에 지나지 않아. 다가가면 진짜가 나타날 거다. 그럼 달린다."

보정 서스펜션이 온전히 작동하고 있음에도 불구하고, 전투 모드의 조종석은 미친 듯이 진동했다. 산초는 앉은 자리에서 상하좌우로 흔들리면서도 주변을 파악하려고 애썼다. 이렇다 할 방어 시스템은 보이지 않는다. 눈썰미 좋은 사람이 사냥총으로도 맞혀 떨어뜨릴 수 있을 드론들이 전부라면 여기는 이미 옛날에 어느 기사인가가 차지했을 것이다.

이 발전소도 사람이 지었고, 사람이 드나들고 일하던 곳이다. 지금은 기계만이 남아서 지키고 있다……. 어쩌면 옛 시대는 되찾을 수 없을지도 모른다. 사람의 시대는 영원히 끝날지도 모른다. 하지만 사람이 나서지 않으면 확실히 되찾을 수 없다. 그리고 우리가 나서지 않으면 누구도 나서지 않을 것이다.

땅속에서 하얀 기둥 같은 것이 올라왔다. 그 끝에 총 같은 것이 달려 있는 것을 보고, 산초는 거의 반사적으로 왼 주먹을 쥐었다. 27밀리미터 기관포에서 벌써 익숙해진 진동이 전해졌다. 포탄이 폭발하고 기둥은 잔해가 되었다. 그리고 금속을 연달아 때리는 요란한 소리가 조종석 안을 울렸다.

장갑 상태 게이지가 파란색에서 녹색을 향해 떨어지고 있다. 그 아래는 녹색, 주황색, 빨간색이다. 빨간색까지 떨어지면 조종석이나 배터리가 노출된 것이다. 산초는 고개를 돌려 주변을 살폈다. 기둥이 다섯 개가 나와서 이쪽에 총을 쏘아 대고 있다. 스승님은 아랑곳 않고 전진했다. 기둥 다섯 개 중에 실제로 사격을 하고 있는 것은 둘이다. 나머지 셋은 탄약이 떨어졌는지 총이 고장 났는지 이쪽에 멀거니 총구를 겨누고 있을 뿐이다.

"스승님!"

"괜찮아. 일단 저 담장을 넘어가면 포탑은 괜찮……."

조종석이 날아갈 것 같은 엄청난 충격이 일었다. 안전벨트를 매고 있지 않았으면 산초는 안에서 내동댕이쳐졌을 것이다. 뺨이 뜨겁고 앞이 보이지 않는다. 헬멧을 마구 두드리자 영상이 다시 나왔다. 조금 전까지 매끄럽게 이어진 것 같던 하얀 벽의 일부가 트여 있고, 다리 여섯 개가 달린 보행전차가 나와 있었다. 이쪽을 겨눈 커다란 포에서 연기가 올라오고 있다.

시야 구석에 빨간색 경고 박스가 보였다.

288

"스승님! 기관포가 날아갔어요!"

"알아! 그렇다면 저놈을……."

플라스마 랜스에 연결된 콘덴서의 충전 레벨이 급상승했다. 로시난테는 멈추지 않고 무인 전차를 향해 달려갔다. 그 와중에도 하나 남은 포탑이 스승님 건너편의 오른쪽 측면 장갑을 갉아 먹는 소리가 계속 들려왔다. 장갑 게이지는 어느새 주황색에 들어와 있다.

산초는 더 이상 할 수 있는 일이 없었다. 헬멧을 벗었다. 앞창을 가린 장갑판이 움푹 들어와 있고, 창문은 산산조각이 나서 조종석 안은 유리 파편투성이다. 산초는 후끈거리는 왼뺨을 쓰다듬었다. 피가 묻어 나왔다. 스승님의 얼굴에도 작은 생채기가 나 피가 흐르고 있다.

"산초. 꽉 잡아라!"

로시난테가 무언가와 충돌했다. 헬멧을 벗어서 보이지는 않지만, 아마도 플라스마 랜스를 앞세우고 무인 전차를 들이받았을 것이다.

스승님은 가지런한 이가 드러나도록 인상을 쓰고 있다. 로시난테가 무언가에 밀리는 것이 느껴졌다.

"산초, 내 왼쪽에 있는 문서들 보이니? 파란 우에세베 막대랑?"

"네!"

스승님의 목소리는 한껏 높아져 있다.

"이제 진짜 기사의 일을 할 때야. 그것들을 챙기고 로시난테에서 내려라. 건물 안에 들어가!"

"네?"

"포탑은 로시난테가 몸으로 막아 줄 거다. 이 전차도 내가 붙잡고 있을 테니까, 너는 들어가서 방어 시스템을 정지시켜라."

"제가 그걸 어떻게 해요?"

"여기 있는 문서는 전부 네가 베껴 쓴 거야. 외우고 있지는 못해도 이 종이 어디쯤 뭐가 있는지는 알잖니? 막대를 꽂을 만한 곳이 있으면 일단 꽂고, 화면에 나오는 걸 보고 임기응변으로 해."

"무슨 말이 나오는지 이해 못 하면요?"

"에스파냐 공군 기지였는데 설마 독일어로 나오겠어?"

"안 되면요? 아무 보장이 없잖아요! 당초에 이런 방위 시스템 얘기는 하나도 없었다고요!"

스승님이 목청을 더욱 높여 외쳤다.

"내가 뭐라고 했니? 기사는 생각을 어떻게 해야 한다고 했어?"

산초는 정신이 퍼뜩 들었다. 그리고 스승님의 왼쪽에 놓인 종이 뭉치와 파란 막대를 집어 들었다. 왼쪽 문을 덮고 있던 장갑판이 열렸다. 산초는 문을 밀치고 뛰어내리려다가 몸을 돌려 말했다.

"스승님은, 스승님은 괜찮으세요?"

"내가 도냐 알라나 마리크루스 데 키하나 발데스가 아니었으면 안 괜찮았겠지! 내 걱정은 말고 빨리 가!"

로시난테의 프레임이 우그러지는 소리가 들려왔다. 산초는 조종석에서 뛰어내려, 바닥에 몸을 굴렸다. 그리고 로시난테의 차체를 방패 삼아 발전소를 향해 달려 나갔다.

무인 전차는 다리 여섯 개에 육중한 포탑이 달려 있었다. 크기는 로시난테와 맞먹는 것 같지만 힘은 훨씬 세다. 포신은 스승님의 플라스마 랜스에 이미 토막이 나 있었지만, 저쪽에도 비슷한 무기가 있어 조종석 아래를 꿰뚫고 있었다. 산초는 그 옆을 달려가다가 무인 전차의 대인용 기관총이 이쪽으로 총구를 돌리는 것을 보고 급히 몸을 날려 엎드렸다. 드르륵하는 소리가 나고 먼지가 일었다.

"스승님!"

"알았어!"

플라스마 랜스의 충전음이 들렸다. 조종석 아래의 기계팔이 움직였다. 이글거리는 파란색 불이 1미터 가까이 치솟아 기관총을 꿰뚫었다. 탄약이 점화되었는지 작은 폭발이 일어났다.

두 기계의 힘씨름을 뒤로하고, 산초는 발전소 건물을 향해 언덕을 달려 올랐다. 저기에 닿기만 하면 된다. 문은 열릴 것이고 컴퓨터는 작동할 것이며 파란색 막대를 꽂으면 모든 것이 해결될 것이다. 그렇게 믿기로 했다. 뒤에서 뭔가 우당탕하는 커다란 금속음이 났다. 산초는 뒤를 돌아보지 않기로 했다. 스승님이 이겼다면 곧 오실 것이고, 그렇지 않다면 지체 없이 방어 시스템을 멈춰야 한다.

건물에 도착하자 육중한 철문이 보였다. 열려 있었다. 산초는 힘이 빠져 입이 벌어졌다. 누가 이미 왔다 간 것일까? 그렇다면 이 방어 장치는 왜 작동하고 있는 걸까?

산초는 조심스러운 걸음으로 안에 들어갔다. 입구에 붙어 있는 안내판을 보고, 갖고 온 문서와 비교해 보았다.

"중앙 뭐라는 곳이 있었던 것 같은데……."

표지판에는 '크립타나 평야 풍력발전단지'라고만 쓰여 있을 뿐, 군대와 관련될 법한 내용은 전혀 없었다. 이곳은 아마 처음에는 그냥 발전소로 지어졌을 것이다. 나중에 전기가 귀해지고 에스파냐가 분

열하기 시작할 무렵에 군대가 주둔했을 거라고 산초는 생각했다.

"찾았다. '중앙통제실', 지하 3층."

산초는 오른손으로 난간을 잡고, 한 걸음이라도 아끼려고 계단을 뛰어내렸다. 한 걸음이 늦으면 스승님이 죽는다. 한 걸음이 늦으면 이 모든 것이 다 소용없다. 급한 마음에 아래를 안 보고 뛰다가 자칫 넘어질 뻔하면서, 산초는 지하 3층에 다다랐다.

그리고 문이 열려 있었던 이유를 알았다. 사람의 유해가 중앙통제실 입구에 쓰러져 있었다. 이미 해골만 남은 것으로 보아 굉장히 오래전에 여기 왔던 것 같다. 누더기를 입고 있고, 손 옆에는 권총이 떨어져 있다. 누더기 한가운데에는 뜨거운 것으로 지진 듯한 자국이 있다.

권총을 집어 들려고 허리를 숙이는데 뒤에서 목소리가 들려왔다.

"여기는 군사 시설이다. 즉시 무장을 해제하고 두 손을 들고 헌병을 기다려라. 그러지 않으면 발포하겠다."

산초는 내장이 다 녹아내리는 듯한 기분이 들었다. 손을 들고 뒤로 돌자, 자기보다 약간 작은 키의 길쭉한 상자 같은 기계가 이쪽을 향하고 있었다. 머리에 붙은 전등이 빨간색과 파란색으로 빛나고 있었다.

산초의 입에서 저절로 말이 튀어나왔다.

"쏘지 마세요."

기계는 이쪽을 향해 빛 같은 것을 쏘아 산초의 몸을 위아래로 훑었다. 그리고 다시 말했다.

"여기는 군사 시설이다. 즉시 무장을 해제하고 두 손을 들고 헌병을 기다려라. 그러지 않으면 발포하겠다. 더 이상의 경고는 없다."

산초는 당황해서 항변했다.

"나 무장 안 했는데! 손 들었는데! 둘 다!"

"발포한다."

플라스마 랜스의 충전음 같은 소리가 났다. 눈을 질끈 감았다. 요란하게 치익 하는 소리가 났다. 아무 일도 일어나지 않았다. 산초는 눈을 도로 떴다. 상자 기계에서 연기가 피어오르고 있었다. 조심스럽게 다가가서 기계 정수리의 작은 액정 화면을 보았다. 파란색 화면에 흰색 글씨가 떠 있었다.

'ERROR_PROCESS_ABORTED 1067 (0x42B)'

산초는 이 기계의 구조가 궁금했지만, 지금은 그것을 생각할 때가 아니었다. 먼지 낀 하얀 복도를 빠른 걸음으로 지나면서, 가져온 문서들 중에서 통제실의 지도를 찾았다. 안쪽에 유리로 된 방이 있고, 거기에 중앙 단말기가 있을 것이다. 거기에 스승님의 파란 막대를 꽂아 넣으면 된다.

단말기 화면은 놀랍게도 켜져 있었다. 대체 얼마나 오래 이 상태로 버려져 있었을까. 그런데도 아무 문제 없이 작동을 한다. 화면에서는 정체 모를 도형들이 춤추듯 움직이고 있다. 산초는 먼지가 잔뜩 낀 바퀴 의자에 앉아 마우스를 움직여 보았다. 춤추던 도형들이 사라지고, 푸른 언덕과 흰 구름의 풍경이 화면에 들어왔다.

스승님의 컴퓨터와 똑같은 모습이다. 산초는 컴퓨터 본체의 단자에 조심스럽게 파란 막대를 꽂으려 했다. 들어가지 않았다.

"어떻게 된 거지……."

보니까 방향이 반대였다. 안도의 한숨을 쉬고, 막대를 뒤집어서 꽂아 넣었다. 화면에 새로운 아이콘이 생겨났다. 산초는 아이콘을 열고, 그 안의 파일들을 이 컴퓨터에 옮겼다. 진행 바가 10퍼센트, 20퍼센트 올라가는 사이, 산초는 이 컴퓨터의 다른 파일들을 살폈다.

"어디 보자. 보안 시스템을 끄려면……."

눈이 들고 온 문서와 컴퓨터 화면 사이를 바쁘게 오갔다. 파일 복사가 정지되면서 화면에 새로운 창이 떴다. 붉은 글씨로 '최종 보안 절차 가동'이라고 쓰여 있었다.

"어?"

그 글씨는 '보안 자폭까지: 5:00'이라는 문구로 바뀌었다. 그러더니 숫자가 4:49, 4:48로 1초마다 하나씩 줄어들었다. 아까의 경비 기계가 고장 났기 때문일까? 아니면 이 터미널의 뭔가를 잘못 건드린 것일까? 여하튼 뭔가 잘못된 것만은 확실하다.

당장 도망쳐야 한다. 5분이면 밖으로 나가기에는 충분한 시간이다. 스승님이 그때까지만 버티면 무인 전차의 움직임도 멈출 것이다. 여기서는 일단 자기 목숨을 건지고 봐야 한다.

그러나 그러면 모든 것이 허사가 된다고 생각하니 도무지 발이 떨어지지 않았다. 숫자는 계속 아래로 내려갔다. 산초의 손은 마우스를 움직이고, 눈은 계속 변하는 화면을 훑었다. 폴더를 열고 파일들의 목록을 읽었다.

지금 할 수 있는 것, 할 줄 아는 것을 해야 한다. 그게 기사의 길이다. 산초는 몸의 모든 신경이 도망치라고 외치는 것을 무시하고, 지금 해야 할 일을 하기로 했다.

＊ ＊ ＊

산초가 정신을 차렸을 때, 바로 스승님의 얼굴이 보였다. 눈물을
뚝뚝 흘리면서 애타게 산초의 이름을 부르고 있었다.

"스승님…… 저는 괜찮아요."

여기는 바깥이다. 대낮의 태양이 내려쬐고 있다. 언덕 중턱인 것
같다. 건물을 채 빠져나오지 못했는데, 아무래도 스승님이 찾아내어
여기까지 데려온 모양이다.

"다행이다, 다행이야……."

스승님이 와락 껴안아 왔다. 아무래도 건물이 자폭할 때 다친 모
양인지, 갈비뼈 언저리가 아팠다.

"스승님…… 이놈의 발전소가 자폭을 하더라고요…… 아무래도
중요한 시설은 다 망가졌을 것 같아요."

"괜찮아. 살아 있으면 앞으로 시간은 많아. 나랑 같이 여기저기 다
니면서 또 찾아보자꾸나."

"스승님은 괜찮으세요?"

"나는 괜찮아."

산초는 힘겹게 땅을 두 팔로 짚고 일어나 앉았다. 크게 손상되었
지만 아직 시동이 걸린 채 얌전한 자세로 앉아 있는 로시난테의 옆
에, 무인 전차가 다리를 하늘로 하고 누워 연기를 뿜고 있었다. 스승
님과 로시난테가 끝내 이기고야 만 것이다.

"미겔라는요?"

"나 여기 있어!"

미겔라가 조종석에서 폴짝 뛰어내렸다. 한 손에는 구급함이, 다른 한 손에는 공책과 연필이 들려 있다. 산초는 스승님을 보고 말했다.

"스승님, 비록 크립타나 풍력발전소가 저렇게 되었지만……."

"괜찮다니까. 일단 집에 돌아가자꾸나. 로시난테는 조금만 손을 보면 움직일 수 있을 거다. 내가 알아서 할 테니 너는 여기서 쉬고 있어."

산초는 주머니를 뒤져 파란 막대를 끄집어냈다.

"설계도를 가져왔어요. 얼마나 자세할지는 모르지만 일단 있는 건 다 챙겼어요. 그 컴퓨터 안에 있더라고요."

스승님은 눈을 둥그렇게 뜨고, 마치 홀린 것처럼 막대를 받아 들었다.

"풍차도, 송전 시스템도 일단은 다 있는 것 같아요. 부품 설계도도 잔뜩 있어요. 톨레도의 자동공장에서 얼마나 만들 수 있을지 모르겠지만요."

슥슥 하는 소리가 들려서 보니, 미겔라가 이 대화를 열심히 기록하고 있다. 스승님은 눈을 파란 막대에서 떼지 못하다가 환히 웃었다.

"톨레도에서 못 만드는 것은 발렌시아에서 만들면 되고…… 발렌시아에서 못 만드는 것은 마드리드에서 만들면 되지 않겠어?"

산초도 따라 웃었다.

"에스파냐에서 안 되면 독일에서 만들어 오면 되고요."

스승님이 두 손으로 산초를 일으키며 말했다.

"그렇지. 어디서도 안 되면 만드는 법을 또 찾아내면 돼. 정말 신나지 않니?"

미겔라도 산초를 따라서 일어섰다. 하지만 연필은 공책 위에서 멈추지 않는다.

산초는 스승님의 부축을 받아 로시난테를 향해 걸음을 옮겼다. 스승님의 목소리가 산초의 귓가에 울렸다.

"이제 집에 갈 준비를 하자, 돈 산초. 오늘부터 너는 명실공히 라만차의 기사다."

유니크

배지훈

칼 세이건과 아이작 아시모프를 신봉하며 자라 생물학과에 진학하지만 결국 원하는
건 과학자가 되는 게 아니라 과학자가 나오는 이야기를 쓰고 싶다는 걸 깨달았다. 하이
텔 과학소설동호회에서 활동하며 글을 쓰기 시작했는데 첫 작품에 친절하면서도 잔인
무도한 비평을 받고 조금 진지하게 써보자고 시작한 것이 지금에 이르게 되었다.

2005년 제2회 과학기술창작문예에 응모하려 했으나 중대한 모순을 발견, 다시 쓰다
가 마감을 놓쳐 포기하고 그다음 해인 2006년 제3회 과학기술창작문예 중편 부문에
「유니크」로 응모하여 수상. 2007년 글틴에 속편에 해당하는 단편 「인텡글」을 투고. 그
리고 하인라인의 코벤트리, 부졸드의 마일즈 「보르코시건 시리즈」의 번역에 참여했다.
2016년 SF 잡지인 《미래경》에 중편 「스팅」을 발표. 2017년에는 《과학동아》에 단편
「돌아간 사람들」을 실었다.

가장 좋아하는 소재는 어떤 과학 기술이 사회 전체를 어떻게 근본부터 바꿔놓을 수
있는가이다. 그리고 그것이 다시 어떻게 뒤집힐 수 있는지에 대한 이야기를 쓰려고 노
력한다. 파란색과 빨간색으로 가득한 화이트보드 앞을 서성이며 이야기가 자연 발생
해주지 않을까 하며 노려보고 있다.

데이비드 케인은 그날도 바쁜 척하며 사무실을 지키고 있었다. 전자우편 박스에는 청구서가 가득 차 있었고 관리 프로그램은 지급일이 다가왔다며 5분마다 협박을 해 왔다. 이 상태라면 이 법률사무소가 끝장인 건 뻔했다. 법대를 졸업하고 지난 12년 동안 단 한 번도 져 본 적이 없었다. 그러나 사무실 사정은 의뢰라면 로키산맥에라도 달려가 받아야 할 정도로 어려웠다. 물론 그 자신도 이해는 하고 있었다. 이긴 사건이래 봤자 미성년 절도, 소액 사기, 이혼 사건 등이었고 그나마도 대부분은 공공 변호사 일을 하청받아서 한 것뿐이었다. 개중에는 지는 것이 확정적이었던 케이스도 있었다. 한때는 거물 사무소에 들어갈 뻔한 적도 있었다. 하지만 멍청하게도 거절하고 용의 꼬리를 버리고 뱀의 머리를 선택했다. 어쨌든 지금은 지난 추억을 되씹으며 만족할 만한 상황이 아니었다. 자신이 능력은 있지만 운이

없다고 체념하기로 몇 번이나 마음을 다잡으면서도 미련을 버리지
못하고 있었다. 그때 전화가 걸려왔다.

"케인 변호사 되십니까? 의뢰가 있습니다. 휴스턴의 밸리어스 호
텔로 오시오."

"잠깐만요, 그렇게 갑자기……."

"내가 알기론 형편이 어렵다고 들었소. 일거리가 절실하게 필요하
다는 것도 들었고. 맞습니까?"

케인은 혼란한 마음을 가라앉히고 대답했다.

"어디서 소문을 들으셨는지 모르겠지만 이 사무소와 저는 이런 무
례함을 참아 줄 정도로 어려운 상황은 아닙니다. 그것보다 의뢰를
하시려면 먼저 이름부터 밝히는 게 어떨까요."

상대방은 잠시 대답이 없었다. 그러나 이윽고 낮은 목소리로 대답
을 해 왔다.

"허세가 마음에 드는군요. 그러나 나도 허세를 부릴 여유는 없으
니 게임은 그만둡시다. 내 이름은 클리퍼드 모건이라고 하오. 화면
을 켭시다."

그제야 모니터에 그의 얼굴이 떠올랐다. 배경은 필터링에 의해 뿌
연 구름 낀 하늘같이 보일 뿐이었지만 화면의 얼굴은《포춘》이나
《뉴스위크》,《상하이 경제신문》에서 수십 수백 번은 보았을 바로 그
얼굴이었다. 지구 최고, 아니 아마도 태양계 최고의 재벌 클리퍼드
모건. 케인은 또 누군가의 장난인가 하고 잠시 생각했다. 영상 코드
만 조금 조작하면 다른 누군가로 보이게 하는 것은 불법이긴 해도
어려운 일은 아니었다.

"별로 놀라지 않는군요."

모건이 말했다.

"아닙니다. 매우 놀랍군요. 이게 장난이 아니라면 더더욱 놀랄 준비를 하느라 바빠서 놀란 척을 못 하고 있을 뿐입니다."

"뭐 별로 상관없소. 어차피 그쪽도 내 사건을 맡을 수밖에 없고 나도 그쪽에 사건을 맡길 수밖에 없는 처지이니 계약은 체결됐다고 생각하겠소."

"아니 잠깐, 잠깐. 왜 그렇게 생각하시죠?"

모건은 살짝 비웃는 듯한 표정으로 바뀌었다.

"상황이 이렇지만 나도 내 나름대로 훌륭하다고 생각하는 정보통이 있습니다. 당신 재무제표도 바로 여기 있고. 그리고 여러 보고서 또한 당신이 내 의뢰를 거절할 상황이 절대 아니라고 보여 주고 있군요."

그리고 화면에 여러 문서들이 전송되어 뜨기 시작했다. 케인 법률사무소의 정확한 재무제표와 예전에 같이 일했던 동료들의 인터뷰 내용 등이 그것이었다.

어차피 맡을 수밖에 없다는 건 케인도 처음부터 알고 있었다. 의뢰인과의 관계는 어디까지나 수평적이어야 하는 만큼 빈틈을 보여 주고 싶지 않을 뿐이었다. 그러나 약점이 전부 상대에게 노출된 이상 반격 외에는 다른 방법이 남아 있지 않았다.

"아주 어려운 상황에 처해 계시는가 보군요. 이런 소규모 사무소에 당신 같은 분께서 의뢰를 하시다니."

케인은 말하면서 뉴스 검색으로 모건의 현재 상황을 뽑아 보았다. 그에 관한 마지막 기사는 유명 여배우와의 스캔들 기사였다.

"전화로 하기엔 어렵소. 자세한 건 만나서 얘기합시다."

"아직 맡겠다고 하지 않았습니다. 보고서를 읽어서 아시겠지만 전호오가 분명한 사람이거든요. 뭐 일단 제 얘기부터 들어 보시죠. 다른 변호사도 많을 텐데, 아마도 수만 명은 거느리고 계실 텐데요, 저를 골랐다는 것은 두 가지로 생각할 수 있군요. 먼저 다른 변호사들이 전부 죽어서 저밖에 남지 않았거나 전부 모건 씨의 사건을 기피했다는 거겠죠. 수임료를 생각해 보면 아마 쉽지 않았을 텐데 그랬다는 것은 아마 이기는 게 불가능한 사건을 의미하는 거겠죠. 맞습니까?"

"……."

모건은 조용히 듣고 있을 뿐 대답하지 않았다.

"계속해 보죠. 그리고 부하 직원으로 고용하고 있는 변호사가 이 일을 기피했다는 것은 좀 더 큰 의미를 가지고 있군요. 그건 바로 선생님이 더 이상 자기 회사를 조종할 수 없다는 것을 의미하니까요. 즉 모건 씨께선 현재 자기 회사인 모건 엔터프라이즈의 경영권 혹은 소유권을 박탈당하신 상태라고 볼 수 있습니다. 맞습니까?"

"맞소."

모건은 아랫입술을 살짝 깨물며 대답했다.

"걱정하지 마십쇼. 설사 제가 이 일을 맡지 않는다고 해도 여전히 변호사의 비밀 엄수 의무는 적용됩니다. 발설하고파도 그랬다간 접시닦이로 돌아가야 할 테니까요."

모건은 그제야 조금 안심이 된 것처럼 보였다. 하지만 케인이 의뢰를 맡겠다고 말하지 않았으므로 경계심이 사라지진 않았다.

"자 말씀해 보시죠. 내용이 뭡니까. 이 전화를 끊은 뒤 사무실을 정리하고 고향에 돌아가 접시 닦느라 바쁠 테니 그때는 아마 힘들 것 같군요."

모건처럼 산전수전 다 겪은 사람의 얼굴에 스며 나오는 곤혹스러운 기색을 보고 있자니 이루 형언할 수 없이 즐거웠다. 그러나 이 이상 밀어붙이면 모건이 다른 싸구려 변호사에게 가 버릴지도 모른다는 생각이 들기도 했다.

"스캐닝이오."

"네? 어느 스캐닝을 말씀하시는 거죠?"

"무슨 스캐닝이겠소. 뉴럴 스캐닝이지."

뉴럴 스캐닝. 이럴 줄 알았지 하고 케인은 생각하며 바로 끊어 버릴까 순간적으로 고민했다. 그러나 아직 도망치기에는 정보가 모자랐다.

"물론 스캐닝 보험에 들어 두셨겠죠. 그럴 만한 재력은 충분히 있으실 테니."

"물론이오. 그리고 세트라급 서버를 구입해 두었지."

세트라급. 그는 기술자나 과학자는 아니었지만 세트라급이라면 국가 규모의 사업에나 사용되는 대략 80층 빌딩 크기의 서버라는 것 정도는 알고 있었다. 그 정도면 스캔드 수십 명 정도는 충분히 운용할 수 있는 고성능 컴퓨터였다.

"8개월 전에 사고를 당했지. 뉴스에는 보도되지 않았소. 원래 그런 계약이 되어 있었고 프로토콜이 아주 제대로 작동했으니까."

"잠깐만요. 그렇다면……."

"맞소. 뉴트리노 뉴럴 스캐닝을 받고도 난 죽지 않은 것이오. 그리

고 저 빌어먹을 세트라급 서버에는 내 재산을 몽땅 가로챈 가짜가
들어가 살고 있고!"

케인은 잠시 생각했다. 흔히 이젠 그냥 스캐닝이라고 불리는 기술
의 미학은 바로 유일성에 있었다. 누구건, 아니 뇌가 있는 어떤 생물
이건 이 스캐닝을 받으면 죽는다. 그리고 그와 완전무결하게 동일한
존재가 데이터화되어 거대 컴퓨터 네트워크상에서 살아가게 된다.
즉 인간의 정신은 유일무이하며 '전송'만이 가능할 뿐 '카피'는 불가
능하다는 것이 이제까지 학계의 정설이었다. 이 기술이 발명된 지
벌써 80년? 아니, 더 됐을지도 모른다. 하지만 예외 없이 이 스캐닝
을 받은 사람은 육체의 죽음을 경험하고 동시에 사이버스페이스에
서 재탄생을 경험했다. 단 한 명의 예외 없이.

"재산을 되찾길 원하시는 거군요. 맞습니까?"

"그렇소."

"맡기로 하죠. 휴스턴으로 제가 가겠습니다. 그럼."

케인은 그렇게 말하고 다소 갑작스럽게 전화를 끊었다. 그에게도
정리할 시간이 필요했다. 상상조차 불가능했다. 이미 법률 체계는
사이버스페이스의 인격체를 완전한 인간으로 받아들이고 있었으며
그에 따른 재산의 소유권 전환은 제도적으로 거의 완벽하게 보장되
고 있었다. 그는 아찔하다는 생각이 들었다. 수백만 페이지는 될 판
례와 법조문과 논문…….

그는 의자를 돌려 창밖을 쳐다보았다. 싸구려 사무실답게 현실성
이라곤 조금도 없는 가짜 히말라야를 올려다보며 생각했다. 이길 가
능성은 거의 없다. 그러기에 해 볼 만한 싸움이다. 케인은 아주 오래

간만에 웃음을 지었다.

* * *

"이번 판결은 전 세계의 불치병 환자와 이미 사망했으나 사이버 스페이스에서 생존하고 있는 모든 사람들에게 새로운 희망을 안겨 줄 것입니다. 먼 옛날 다른 인종을 인정하고 그들과 다른 것은 오로지 피부색뿐임을 인정하며 인류가 발전했듯이 이번에도 사이버스페이스상의 인격체, 스캔드도 사는 환경이 다를 뿐 우리와 마찬가지의 인격체라는 사실을 인정한 것입니다."

계단에 서 있는 다소 비대한 흑인 변호사는 그를 둘러싼 기자들에게 웅변하듯이 말하고 있었다. 기자들은 그의 말이 끝나자마자 앞을 다투어 그에게 질문을 연사하기 시작했다.

"앞으로의 파장이 어떠리라 생각하십니까?"

어느 여기자의 질문이었다.

"글쎄요. 전 일개 변호사일 뿐 역사학자도 아니고 점쟁이도 아니라서 예언을 하지는 못하겠지만 이 사회의 구성원을 분류하는 데 한 가지 카테고리가 더 추가된 것만은 사실이겠군요."

"매스터슨 씨의 감상을 들을 수 있을까요?"

"다들 아시다시피 매스터슨 씨는 이 자리에 나오실 수는 없습니다. 물론 대신해서 양해의 말씀을 구하셨고요. 다만 무척 기쁘며 자신의 경험을 나누기 위해 앞으로 봉사하는 마음으로 살겠다고 하셨습니다."

"봉사라는 것은 구체적으로 무엇을 의미합니까?"

"그건 나중에 매스터슨 씨께서 직접 발표할 기회가 올 겁니다. 제가 여기서 발언할 자리는 아닌 것 같군요. 하지만 지구연방의 시민 모두에게 득이 되는 일이라는 것만은 밝혀 두겠습니다. 자 그럼 여기서, 앞으로 17분 후에 매스터슨 씨가 인터뷰를 하실 겁니다. 사이버스페이스에 접속하실 분들은 서둘러야 할 테니 여기서 마치죠. 감사합니다."

변호사는 땀을 흘리며 법원 앞에 임시로 설치된 작은 연단에서 내려와 차로 갔다.

화면 오른쪽 아래에는 이날 일시가 정확히 찍혀 있었다. 2089년 11월 3일. 역사적인 지구연방 대 매스터슨 사건의 판결일이었다. 매스터슨은 초기 뉴럴 스캐닝 실험 대상의 한 명으로 이 연구를 완성한 매스터슨 싱 연구소의 소유주였다. 그 자신은 금융 전문가로 평생에 걸쳐 엄청난 부를 쌓아 온, 과학하고는 거리가 먼 사람이었다. 그러던 그가 죽을 날이 가까워 오자 영생의 방법을 찾기 시작했고 젊은 물리학자였던 쿠마르 싱 박사에게 막대한 자금을 지원, 20여 년을 기다려 사이버스페이스에서 영생을 찾는 데 성공했다. 그러나 법적으로 그는 죽은 몸이었으므로 생전에 가졌던 모든 재산을 자손에게 상속하고 사실상 사이버스페이스의 거지가 될 참이었다. 이에 연방대법원에 정부를 상대로 소송을 걸었다. 길고 지루한 법정 다툼 끝에 2089년 11월 3일 마침내 그의 승리가 확정되었다.

그가 법적으로 인간으로 인정된 이유는 이 기술의 특수성에 있었다. 특수성. 말은 간단하지만 아직 아무도 그 이유를 모르는 뉴트리노 뉴럴 스캔의 특징. 그건 바로 스캔의 대상이 죽는다는 것이었다. 이 때문에 이전까지만 해도 뉴트리노 뉴럴 스캔은 오로지 안락사가 인정된 국가에서만 행해질 수 있었다. 하지만 그로부터 80여 년이 지난 지금까지도 무슨 이유에서 원본인 인간이 죽는지에 대해서는 논란이 계속되고 있었다. 거의 질량이 없는 소립자인 뉴트리노를 이용하여 두뇌 전자의 확률적 움직임까지 잡아낼 수 있는 이 기술이 인체에 유해하다는 증거는 전혀 나오지 않았다. 심지어는 컴퓨터 에러와 같은 원인에 의해 불완전한 스캔이 이루어지거나 오랜 시간 뉴트리노 방사 아래 방치되더라도 결코 사람이 죽는 일은 없었다. 오로지 성공적인 스캐닝하에서만 스캔의 대상, 인간이 죽었던 것이다.

여기까지가 케인이 네트워크로 찾을 수 있었던 기본적인 정보였다. 그 이외에 갖가지 학설과 그 이후에 계속된 스캔드 인권운동에 관한 여러 재판들, 그리고 그에 반대하는 논점과 정치적 운동 등을 대충 정리한 논문들을 읽는 데만 해도 시간이 무한대로 필요할 지경이었다. 케인은 한숨을 쉬며 멍한 상태로 훑기 시작했다. 그리고 모건의 얼굴을 봤을 때 들었던 이상한 느낌이 제대로 적중되었음을 알게 됐다. 애초에 순수한 소유권 다툼 소송이 아니라는 것은 알고 있었지만 그가 가장 싫어하는 분야의 정중앙을 돌파하게 된 것이다. 바로 정치라는 늪을 가로지르는 험난한 길을 말이다.

케인은 휴스턴으로 가는 택시에서 여러 문서들과 인터뷰 파일들을 살펴본 후 어디서부터 시작해야 할까를 생각했다. 100년 전 논리로는 지금의 수없이 쌓인 판례들과 관례들을 이길 수 없었다. 더구나 이미 내부의 적도 있었다. 아직 만나 본 적도 없는 클리퍼드 모건은 자기 자신의 재산을 유지하는 데 너무나 심혈을 기울인 나머지 거의 물샐 틈 없는 방어막을 만들어 놓은 것이었다. 장장 1800페이지에 달하는 뉴트리노 뉴럴 스캐닝에 따른 재산권 이양 문서는 인간이 생각할 수 있는 거의 모든 경우를 완벽하게 대비하고 있었다. 물론 잘못된 전제하에 쓰인 계약서 다발이긴 했지만 말이다. 살펴보면 볼수록 논리적으로 완벽하게 정합적인 구조로 되어 있는 이 방어막을 솔직히 뚫을 자신이 없었다. 그렇다면 남은 방법은 우회를 해야 한다는 것인데 그게 문제였다. 어디로 우회할 것인가. 80년 전 매스터슨 재판에서처럼 영혼과 종교의 문제를 끌어들일 것인가? 문제는 현재의 종교계는 뉴럴 스캐닝이 영혼의 이동이라는 점을 이미 인정하고 있다는 것이었다. 적어도 지구의 종교계에서는 말이다. 다만 신이 내려 주신 육신을 버린다는 의미에서 상징적인 반대를 계속하고 있을 뿐이었다. 그러나 스캔드들의 정치적 영향력이 점차 강해지면서 반대의 목소리 또한 잦아들고 있었으며 사실상 소멸되었다고 봐도 좋았다. 한 가지 경우만 제외하면. 하지만 그 예외는 이번 케이스와 아무런 상관이 없었다. 아직은.

택시에서 내리자마자 케인은 시작하기도 전에 이미 실수를 범했다는 사실을 깨달았다. 모건이 전화 통화를 빨리 끝내려고 한 데에는 다 이유가 있었던 것이다. 아마도 모건 쪽 라인을 도청했겠지만 누군가가 케인이 휴스턴에 간다는 사실을 알고 있었고 무작위로 골라 탄 택시의 행선지를 정확히 파악하고 있었으며 도착 지점까지 정확히 알고 있었다. 감시의 눈초리를 찾을 필요는 없었다. 그는 착륙장에서 케인을 기다리고 있었으니까.

"케인, 이거 오래간만이군. 사업은 잘 되나?"

케인이 내리자마자 벤치에 앉아 있던 중년 신사가 말을 걸어왔다. 케인도 익히 아는 얼굴이었다. 아니, 지구연방에서 저녁 뉴스를 꾸준히 보는 사람이라면 누구나 아는 얼굴이었다. 그는 지구연방의회 에너지 위원회의 의장인 새뮤얼 첸이었다. 어떤 사람은 그를 보수주의의 돌격병이라고 부르고 어떤 사람은 광신적인 정치 선전꾼이라고 부르지만 그래도 그의 전국적인 지지율은 항상 최상위권을 유지했다.

"의원님. 이런 곳에서 뵙는군요. 우연이라고 해야 하나요?"

"내가 우연히 이런 곳에 나타날 사람으로 보이나?"

"예의상 해 본 말이었습니다."

"같이 좀 가지."

광역 택시 착륙장을 나오자 검은색 차량 석 대가 기다리고 있었다. 케인은 조용한 협박에 굴복하기로 하고 차에 올라탔다. 첸은 차 냉장고에서 말없이 맥주 두 병을 꺼내어 한 병을 케인에게 건넸다.

"자네 취향은 아직도 기억하지."

"영광이군요, 의원님."

케인은 분명히 협박을 받고 있지만 무엇 때문인지 알 수가 없었다. 분명히 첸의 영향력이라면 연방안보국을 통해서 모건의 전화를 도청하는 건 쉬운 일이었을 것이다. 하지만 그와 첸이 무슨 상관인가. 이 사람이 이대로 그를 모스코바나 아디스아바바*로 끌고 가 총

---

* 에티오피아의 수도.

살시켜 버리지 않을 사람이라는 건 확실했다. 아니, 적어도 직접 와서 겨우 총을 들이대는 짓을 할 만큼 한가한 사람은 아니었다.

"자네 모건 케이스를 맡았더군."

역시 클리퍼드 모건 때문이었다. 첸은 분명히 여기에 협상을 하려고 왔을 것이다. 그렇다면 선수를 쳐야만 한다. 하지만 상대에 대해서 아는 것이 너무 없었다. 아니, 역으로 너무 아는 것이 많은 것이 문제일지도 모른다는 생각이 들었다.

케인은 맥주를 한 모금 마시고 일단 평균적인 전략으로 맞서기로 결심했다.

"글쎄요."

"뭐 자네 대답이 필요한 건 아니니까. 이건 옛 친구로서 부탁이네. 그만두게."

모건은 변호사를 구하는 데 어려움을 겪고 있었다. 그러니 케인에게까지 온 것이 아닌가. 물론 개중에는 케인처럼 사정이 어려워서 맡으려고 한 사람도 있었을 것이다. 하지만 그들이 거부한 이유가 감이 잡힐 것 같았다.

"이유가 뭡니까?"

첸 의원은 맥주가 별로 마음에 안 드는지 홀더에 놓고 의자를 돌려 스크린을 바라보았다. 화면에선 10년 전 첸과 케인이 선거에서 이기고 함께 축하하던 장면이 나오고 있었다. 케인은 그가 대답 대신에 우회하는 방법을 택했다는 것을 즉시 깨달았다. 좋은 징조는 아니었다.

"저때는 정말 기뻤지. 안 그런가?"

312

"물론입니다. 3주 후에 파면당할 걸 알았다면 저렇게 기뻐하진 않았겠지만요."

"로이시 앤 허드슨에 자리를 알아봐 줬지 않은가. 그 자리를 차 버린 건 자네야."

정확히 11년 전 첸은 주의원 임기를 마치고 연방의원에 도전했다. 아직 풋내 나는 변호사였던 케인은 그에게 고용되어 정책과 법률 고문을 맡았다. 자금도 없고 사람도 모자라는 악조건 속에서도 결국 케인은 첸을 승리로 이끌었다. 하지만 에너지 소비세 문제로 대립하다가 3주 만에 파면당했다.

"거두절미하고 대체 이유가 뭡니까."

"타케나가 미츠요시라고 기억나나? 임플란트 펌웨어 개발로 성공한 재벌?"

"네. 한 6년쯤 전에 죽고 지금은……."

"육신은 죽었지만 정신은 살아남았지. 사이버스페이스에서 여전히 펌웨어 개발자로서 유명세를 떨치고 있네. 어쨌거나 살아 있을 때부터 내 친구였네. 정치적인 관계지만 말이야. 그가 얼마 전 이상한 말을 하더군. 자기가 투자한 회사 중에 스캐닝 에이전시가 있다더군. 그리고 그 회사의 보고서에 유명인 이름이 올라 있더라 이거야. 그건 별로 이상한 일이 아니지. 스캐닝이란 건 아직도 부자들의 특권이니까. 그런데 바로 그다음 날 보고서에 그의 건강 상태에 대한 자세한 내용이 추가되었다더군. 생각해 보게. 스캐닝을 한 다음 날에 건강 상태라니."

"그래서요?"

"그는 걱정을 하더군. 이 일이 자신들, 스캔들의 정치적 지위에 어떤 영향을 미치지 않을까 하고 말이야. 난 그런 일은 없을 거라고 안심시켜 줘야 했네."

"다음 선거에서 선거 자금의 절반을 대 줄 사람이기 때문에요?"

첸은 잠시 케인을 부드럽게 노려보다가 무시하고 말을 이었다.

"그래서 생각해 봤지. 재판에 가면 저쪽이, 정확히 말하자면 바로 자네를 의미하네만, 이길 가능성은 얼마나 될까 하고 말이야."

"보좌관들에게 시켰겠죠."

이번에도 첸은 그냥 무시하는 전략을 선택했다.

"그랬더니 놀라운 결과가 나오더군. 자네가 이길 확률이 17퍼센트나 되더군. 믿어지나? 보좌관들은 이러더군. '의원님 그냥 내버려 두셔도 될 것 같습니다.'라고 말이야. 자넨 똑똑한 친구야. 나나 내 보좌관들을 모두 합친 것보다도 똑똑하지. 물론 자네라고 이런 힘들고 이길 가능성도 별로 없는 재판을 하고 싶진 않겠지. 그런데 아주 우연하게도 자네 재무제표가 내 손에 있더군. 정말 우연히도 말이야. 그리고 나서야 알았지. 자네에겐 별로 선택의 여지가 없다는 걸 말일세."

"다 의원님 덕이죠."

바로 첸이었다. 첸이 10년 전 그를 파면한 이후 모든 영향력을 동원하여 그의 앞길을 막았기 때문에 이런 절망적인 상태에까지 오게 된 것이었다. 케인은 그걸 생각하면 분노가 치밀어 목이라도 졸라 주고 싶었지만 그보다는 그의 입에서 흘러나올 정보를 기대하며 참기로 했다.

"그래서 난 만약이라는 것을 없애기로 했네. 연방법상으로는 공공 변호인마저 나타나지 않으면 AI변호사를 사용하든가 직접 변호하는 수밖에 없을 테니 이길 방도가 없어지겠지. 그래서 자네만이 남게 된 걸세."

"그래서 의원님의 간접 영향력이 절대 닿지 않을 유일한 사람인 바로 저에게 직접 행차를 하시는 거군요."

"그렇다네. 그래서 대답은 뭔가?"

"먼저 물어봐야 할 게 있군요. 왜 타케나가의 이름을 대셨죠? 그리고 이건 더 중요한 건데, 그 사람은 왜 이번 소송의 파장이 클 거라고 생각하는 겁니까. 스캔드 관련 소송이니 분명히 연방재판소에서 맡게 될 거고 작지 않은 파문이 일어나리라는 것은 확실합니다. 그런데 누구에게 무슨 불이익이 돌아가기에 의원님 등을 떠민 겁니까?"

첸은 그 가는 눈을 감더니 의자를 뒤로 젖혔다. 그리고 조용히 말했다.

"난 자네에 대한 호의로 여기 왔네. 그건 이해하겠지. 이건 진심일세. 그러니 날 실망시키지 말게. 그만두겠나? 아직 말 안 한 것 같은데 이번에야말로 자네에게 그에 상당하는 보상을 해 줄 참일세."

케인은 이 이상의 대답을 듣는다는 것이 불가능하다는 것을 깨달았다. 이럴 바엔 상대방을 조금이라도 흩트려 놓는 것이 정답이다.

"자세하게 말씀해 보시죠. 소위 보상이라는 것이 뭔지."

"나와 다시 일하세. 수석 보좌관 자리를 주지. 지금 데리고 있는 애들은 다 머저리들이야."

"생각해 보겠습니다. 여기서 내려 주시죠. 저는 택시를 타고 가겠습니다."

케인은 남은 맥주를 단숨에 비우고 지상차가 다니는 길가에 내렸다.

"자정까지 시간을 주지."

첸은 그 말을 남기고는 차를 반대 방향으로 돌려 날아가 버렸다.

휴스턴 외곽에 있는 밸리어스 호텔 정문에 들어서자마자 벨보이가 그를 알아보고 안내를 했다. 모건은 이 호텔의 122층 전부를 빌려서 몇 달째 생활하고 있었다. 122층 엘리베이터 주위에는 무장 경호원들의 모습이 보이기도 했다. 스캔드가 그를 죽이려 들 거라고 생각하는 걸까? 그쪽이 압도적으로 유리한데도? 아니면 피해망상이라도 있는 걸까? 여러 가지 의문이 들었고 몇 개의 사실을 추측할수는 있었지만 아직 이른 단계였다.

생각보다 좁은 방 안에는 모건 혼자만이 있었다. 바닥이 더러운걸 보니 그동안 아무도 들이지 않았다는 것을 알 수 있었다. 그는 왜인지 골동품으로나 쓸 만한 구식 수동 휠체어에 앉아 있었다. 모건은 늙고 지쳐 보였다. 케인의 얼굴을 보고도 안심했다거나 하는 기색이 아니라 그저 귀찮은 일을 빨리 끝내고픈 표정이었다.

"안녕하십니까."

모건은 대답도 하지 않고 의자 쪽으로 손짓을 했다. 의자 옆에 있는 진짜 떡갈나무를 깎아 만든 가구 위에 그가 좋아하는 상표의 버번 한 잔이 기다리고 있었다. 케인은 앉으면서 녹취 장치와 수첩을 꺼냈다.

"어디부터 시작할까요. 아, 먼저 어떻게 사고를 당하셨는지부터 시작해 보죠."

모건은 말하기가 힘들어 보였다. 신체적인 외상 때문은 아니었다.

"8개월 전이었지. L2에 중요한 회의가 있었지. 날씨는 맑았고 별 문제는 없어 보였어. 그런데 저궤도를 벗어나자마자 문제가 발생했네. 기술진들은 고철이 된 위성과 충돌을 했을 거라고 추측하더군. 어쨌거나 정확한 이유는 아무도 몰라. 나는 자동 안전장치 덕분에 즉사는 면했지만 큰 부상을 입었네. 보다시피 하반신은 지금도 치료 중이네. 나이가 나이라서 치료가 오래 걸릴 거라는군. 아무튼 클레온사(社)의 우주 스테이션 경비정이 구조 신호를 듣고 찾아왔지만 사고 후 이미 대여섯 시간이 지난 뒤였네. 그 스테이션에는 우연히도 스캐닝 설비가 있었지. 그리고 이 지구상에 모든 회사가 다 그렇듯이 나는 클레온사의 주식도 얼마간 소유하고 있었네. 그래서 뉴럴 스캐닝을 받았지. 죽어 버리면 스캐닝이고 뭐고 없는 거니까."

"거기서부터가 문제였군요."

케인은 녹취록을 다시 슬쩍 훑어보면서 수첩에 '궤도 사고. 사고? 살인미수?'라고 휘갈겼다.

"그렇지. 스캐닝을 받았는데도 나는 살아난 걸세."

"중상을 입기는 했지만 5분 후에 죽을 정도는 아니었나 보죠?"

"그렇지. 하지만 계약서에는 죽을 확률이 70퍼센트 이상이면 뉴럴 스캐닝을 받게 되어 있었네."

"안전한 계약이었군요. 그 후엔 어떻게 됐습니까?"

"스테이션에서도 난리가 났지. 내가 아직 살아 있었으니까 말이야. 그러나 곧 스캐닝이 완전하지 않았다는 결론을 내리더군. 기계에 이상은 없었지만."

"이상하군요. 스캔드를 스테이션 측에선 만날 수 있었을 텐데요."

"부트업 타임이라고 들어 봤나?"

"보시다시피 전 변호사라서 전문용어는 잘 모릅니다."

"간단하네. 어떤 컴퓨터도 시작할 때는 시스템을 구동시키기 위한 시간이 필요하네. 빠르고 강력한 컴퓨터부터 자네의 녹취록까지 모조리 말이야. 녹취록은 작고 전문화된 기계이기 때문에 그 시간이 사실상 없다고 봐도 무방하지. 하지만 거대한 컴퓨터는 상당한 시간이 필요하네. 특히 그 시스템이 인간의 정신일 때는 더욱더 그렇지."

"그 시간은 얼마나 걸립니까?"

"전문가가 아니어서 잘은 모르겠지만 3일 정도라고 하더군."

"경위는 그만하면 됐습니다."

"보험 계약서를 살펴보겠나?"

"보내 주신 자료는 이미 검토를 끝마쳤습니다. 죄송하지만 계약서의 책임 제한은 매우 치밀하게 작성하셨더군요. 허점을 찾을 수 없었습니다."

모건은 이미 예상했다는 듯 실망한 표정을 짓지 않았다.

"그러면 앞으로의 전략은 어찌할 건가."

"그건 조금 더 시간을 주셔야겠습니다. 아직 가지고 있는 자료는 모건 씨 쪽에서 보내 주신 자료밖에 없으니까요. 그 이외에 네트워크에서 구할 수 있는 자료는 이미 모두 구해 됐습니다만 그다지 쓸 만한 걸 아직 찾지 못했습니다. 그리고 모건 씨께서 직접 대답하셔야 할 질문들도 남아 있고요."

모건은 뜻밖이라는 표정으로 케인을 쳐다보았다. 케인은 살짝 미소를 띠며 말하고 있었다.

"그럼 시작하도록 하죠. 먼저 원한을 살 만한 일은 없었습니까?"

"자네 형사인가?"

"보시다시피 변호사입니다. 이유를 물으신다면 대답해 드리겠습니다만 그럴 만한 시간이 없군요. 원한을 살 만한 일은 없었습니까?"

"있지. 도저히 다 기억 못 할 정도로. 8개월 전에는 크레스트 콜로니에서 단체로 나를 저주하는 기도를 줄기차게 하고 있다는 소문도 들은 적 있네. 하지만 그게 이 사건과 무슨 상관인가?"

케인은 한숨을 쉬고 녹취록을 껐다.

"정말 회장님이 당한 사고가 사고라고 생각하십니까? 이렇게 생각해 보죠. 전 세계에서 자가용 셔틀을 가진 사람은 1000명도 채 되지 않습니다. 정확히는 872명이죠. 그들이 소유한 셔틀은 모두 722기. 그중 모건 씨는 37기를 소유하고 계시죠. 맞습니까?"

"……."

"마지막으로 일어난 셔틀 사고가 언제인지 아십니까? 재작년이었죠. 자 그럼 이렇게 생각해 보죠. 마지막으로 일어난 개인용 셔틀 사고가 언제인지 아십니까?"

케인은 마치 대답을 바란다는 듯이 잠시 뜸을 들였다.

"0. 제로. 한 건도 없습니다. 722기의 개인용 셔틀 중 가장 우수하고 가장 비싸며 가장 안전하다는 모건 씨의 셔틀이 첫 번째라고요? 뭐 이건 순수하게 추측입니다. 하지만 전 우연을 믿지 않는 사람이라서요."

그때 방문을 노크하는 소리가 들리고 곧이어 누군가가 들어왔다

긴 금발을 뒤로 묶고 단정한 정장을 입은 젊은 여자였다. 케인은 어딘가 본 듯한 느낌이 들었지만 기억은 나지 않았다. 그렇다고 해서 검색할 정도로 궁금하지는 않았다. 왜냐하면 손목의 묵주가 그녀의 모든 것을 알려 주고 있었기 때문이었다.

"이쪽은 앤절라 스미스. 내 비서일세."

모건은 케인의 소개는 하지 않았다. 이미 그가 누구인지 잘 알고 있는 것이 확실했다. 만약 계약서대로라면 모건의 모든 재산권은 스캔드 모건으로 옮겨 갔을 것이고 그랬다면 지금 이 호텔을 빌릴 돈 따위 모건이 가지고 있을 리가 없었다. 케인은 처음부터 누군가가 스폰서를 해 주고 있다는 것을 예상하고 있었다. 하지만 그 스폰서가 어떤 사람 혹은 집단일지에 대해서는 감을 잡지 못하고 있었다.

"케인 씨군요. 모건 씨의 비서인 앤절라 스미스입니다."

케인은 티가 나지 않게 주의하면서 앤절라의 얼굴을 훑었다. 앤절라의 얼굴은 미인과 평범 사이에 걸쳐 있으면서도 상당히 편안한 이미지였다. 그리고 평범이라는 가면 뒤에는 날카로움이 도사리고 있을 것 같았다. 케인 스스로 생각하기에도 종교인에 대한 선입견이 작용한 듯했다.

"그렇군요. 일단 오늘은 여기까지만 하기로 하죠. 모건 씨도 피곤해 보이시니."

케인이 일어나자 앤절라가 배웅해 주듯이 따라 나왔다. 하지만 배웅이 아니라는 것을 문을 나서자마자 알 수 있었다. 앤절라는 케인을 조금 떨어진 바깥쪽 방으로 안내했다. 모건의 방보다는 작지만 전망이 좋았다.

"여기서 지내 주셨으면 고맙겠습니다."

앤절라는 조용하고도 공손하게 말했다.

케인은 넥타이를 풀고 소파에 앉으며 입을 열었다.

"먼저 그쪽에 앉으시죠. 내가 여기 머물지 떠날지는 나중에 정하기로 하고."

"무슨 일이시죠?"

"손목의 액세서리가 걸려서요. 가톨릭이신가요?"

"네, 맞습니다."

"자, 지금까지 제가 추측하는 걸 들어 보시고 맞는지 틀렸는지만 말씀해 주시면 됩니다. 뭐, 솔직하게 안 하셔도 별로 상관은 없겠지만요. 계약서상으로는 모건 씨에게 말씀드렸다시피 어떤 허점도 없었습니다. 그의 전 재산은 스캐닝이 된 네트워크 생명체인 모건으로 소유권이 이전되게 되어 있었습니다. 여기서 질문을 몇 개 드려야겠군요. 모건 씨는 여기서 얼마나 계셨죠?"

"퇴원하신 후부터 계속 계셨으니 8개월 정도 되셨군요."

"비서이니 이 정도는 아시겠죠. 그렇다면 비용은 누가 대고 있나요. 아, 이건 질문이 아닙니다. 어쨌거나 이런 고급 호텔의 한 층을 다 빌린다, 이것만으로도 상당한 비용이 필요합니다. 그리고 저 경호원들. 그걸 8개월 동안 유지할 만한 재력이 지금의 모건 씨에게 있을 리가 없죠. 두 번째 질문입니다. 당신은 누구입니까?"

앤절라는 조용히 케인에게 위스키를 따라 주고는 맞은편 소파에 앉았다.

"예상보다 대단하시군요. 여기에 도착한 지 한 시간도 안 됐는데 말이죠. 네, 지금 모건 씨의 재산은 없습니다. 이 모든 비용은, 그러니까 케인 씨의 수임료도 포함해서요, 우리가 내고 있습니다."

"왜 모건 씨를 돕는 거죠?"

"케인 씨라면 아실 만할 텐데요."

"그럴지도 모르죠. 아닐지도 모르고요. 하지만 직접 듣고 싶군요. 왜 모건 씨를 돕는 겁니까. 내버려 두면 거리의 부랑자가 되어서 자살하든가 할 텐데 말이죠. 설마 하나님의 사랑을 베푼다거나 하는 헛소리는 아니겠죠."

앤절라는 동요하지 않는 웃음을 유지하며 대답했다.

"물론 아닙니다. 모건은 주님의 사랑을 받을 자격도 없는 사람이라고 저 개인적으로는 생각합니다. 하지만 그걸 정하는 건 당연히 주님이시죠. 우리가 원하는 것은 현재 완전히 구축된 스캔드의 지배 체제를 허물어뜨리는 겁니다. 우린 주님께서 주신 육체를 버리고 정신만의 존재가 되어 영원히 산다는 것은 주님에 대한 반항으로밖에 보지 않습니다."

케인은 이쯤에서 한 번 더 흔들어 두는 게 좋겠다고 생각했다.

"단순하지만 그럴듯한 이유군요. 그래서 모건 씨를 죽이려 했던 건가요?"

앤절라는 잠시 얼굴이 굳어졌지만 다시 원래의 의미 없는 미소로 돌아왔다.

"무슨 말씀을 하시는 거죠?"

"클레온 스테이션. 분명히 대주주는 모건 씨처럼 보입니다. 하지만 진짜 대주주는 여러 사람 명의로 분산되어 있어서 찾기 힘들었지만 교황청으로 이어지더군요."

"그게 이번 일과 무슨 상관이죠?"

"이 방에 들어오기 전까진 이렇게 생각했습니다. 어떤 이유에서인지 당신들은 모건 씨를 죽이려고 했다. 하지만 실패했다. 그런데 여기 문제가 있더군요. 그때는 죽이려고 했으면서 왜 지금은 살리려고 하는가. 또 왜 그의 재산을 되돌리기 위해 나를 고용했는가 등등. 즉 당신들은 모건 씨를 죽이려 한 게 아닙니다. 그를 당신들이 원하는 장소에서 스캐닝되게끔 하려고 한 거죠. 그게 클레온 스테이션이었을 겁니다. 물론 당신들이 셔틀을 사보타주했는지 어쨌는지에 대해서는 전혀 모릅니다. 그에 대한 자료는 아직 보지도 못했으니까요."

"대단한 추측이시군요."

"대단할 것은 없습니다. 당신들이 모건 씨를 특정 장소에서 스캐닝하려고 한 이유만은 알아내지 못했으니까요. 자, 진짜 질문입니다. 왜죠?"

"감탄스럽군요. 그걸 모두 이 목주 하나로 추측하신 건가요?"

"불행히도 아닙니다. 전 셜록 홈스가 아니니까요. 여기 오기 전부터 누군가가 모건 씨의 뒤를 봐주고 있다는 사실은 알고 있었습니다. 상당한 영향력도 있지만 왠지 지구상에서는 힘이 없는 집단이라는 것도 눈치채고 있었죠."

"왜죠?"

"바로 제가 여기에 있기 때문이죠. 만약에 연방 내부에 있는 어떤 집단이 모건 씨의 후견인이라면 저보다는 유명하고 능력 있는 변호사를 구했을 겁니다. 하지만 단 한 명도 구하지 못했죠. 그래서 파산

직전에 있는 저에게까지 온 겁니다. 전 어떤 외부의 압력이 있어도 어쩔 수 없이 이 사건을 맡을 수밖에 없으니까요."

"그렇다면 아까 한 질문은 질문이 아니라 그저 사실 확인이었군요."

"물론입니다."

앤절라의 얼굴에서는 이미 웃음을 찾을 수 없었다. 하지만 조금 전 케인의 발언은 그쪽도 선택의 여지가 없으니 자신을 받아들이라는 의미였다. 그리고 모든 것을 사실대로 털어놓으라는 무언의 압박이기도 했다.

"먼저 말해 두지만 의뢰인은 모건 씨라도 당신은 우리에게 고용된 겁니다. 아시겠습니까? 모든 비용과 수임료는 우리가 지불하게 될 테니까요."

"아직 계약서에 서명은 하지 않았지만, 뭐 불만은 없습니다."

"그럼 서명 먼저 하셔야겠군요."

앤절라는 일어나서 문 앞에 기다리고 있던 남자에게서 종이 두 장을 받아 왔다. 계약서는 매우 깔끔하고 명쾌한 언어로 이루어져 있었다. 케인은 슬쩍 읽어 본 후 서슴없이 서명을 했다. 위조 불가능한 나노 인증서가 붙은 종이인지 확인해 볼 필요도 없다는 듯이.

"자. 이제 그쪽은 제 보스가 되셨군요. 말씀하셔도 됩니다. 왜죠?"

케인은 다시 캐묻는 말투로 돌아가 있었다.

"지금부터 말하는 것은 계약서에 명시되었다시피 변호사의 비밀엄수 의무에 해당합니다. 물론 아시겠지만요. 우리는 모건 씨가 처음 스캐닝 계약을 했을 때부터 주목해 왔습니다. 그리고 그의 서버가 건설될 장소에도 사람을 침투시켰고요. 그리고 저도 모건 씨의 비서로 들어왔습니다. 그 자체는 그다지 어려운 일이 아니었습니다. 하지만 정말 어려운 일은 거기서부터였죠. 우리는 스캔드와 관련해 윤리 문제를 일으키고 싶었습니다. 그것들은 인간이 아닌 그저 인간처럼 생각하는 기계일 뿐이라고 전 세계 사람들에게 이해시키고 싶은 것뿐입니다. 그래서 여러 방법을 찾아봤지만 마지막으로 남은 방법이 이것이었습니다. 바로 스캔드를 우리가 조종하면 되는 거죠."

"모건 씨의 서버를 조작했습니까?"

"네, 케인 씨는 아시겠지만 스캔드의 인권은 확고한 것 같아 보여도 그렇지 않습니다. 제가 이렇게 이 일을 편하게 말할 수 있는 이유가 바로 그것이죠."

"서버를 파괴해도 살인죄는 적용받지 않는다, 코플랜드 판결 말이로군요."

"그리고 우리는 파괴를 하는 것도 아닌 수정을 가해서 컴퓨터답게 인간의 명령을 듣는 시스템으로 만들려고 한 겁니다. 하지만 중대한 문제가 발생했죠."

"모건 씨가 죽지 않은 거군요."

"네, 스캐닝이 영혼의 이동이라고 믿는 종파들은 이 일이 알려지면 아마 치명적인 타격을 입을 겁니다. 하지만 우리와는 상관없죠."

"그렇겠죠. 그들은 대부분 지구에 있으니까요. 당신들은 라그랑주 포인트에 있고."

"스캔드가 발명되고 지난 90여 년간 우리는 이것을 위기라고 생각해 왔습니다."

"여러모로 그렇겠죠. 스캔드는 콜로니에 전혀 관심이 없으니까요.

중앙정부에서 당신들의 중요성은 점점 더 떨어질 뿐입니다."

"하지만 기회라고 볼 수도 있죠. 영혼의 존재, 그것은 기독교 전체의 규모로 보면 상당한 반향을 일으켰습니다. 하지만 우리는 지구에서 활동에 상당한 제약을 받고 있죠. 아까도 말씀하신 주님의 영광 같은 신흥 종파들이 적극적으로 방해하고 있으니까요. 사실 그들은 지구 정부에 영향을 끼치려는 노력 못지않게 우리를 방해하려는 노력도 아끼지 않았습니다."

"물론 그들 뒤에는 스캔드들의 아낌없는 재정 지원이 있었겠고요."

"네."

"마지막으로 묻죠. 스캔드가 된 모건 씨 서버를 어떻게 조종해서 무엇을 하려고 했습니까?"

"간단한 겁니다. 스캔드의 성질을 생각해 보면 간단하죠. 유일성을 해체하는 겁니다."

"유일성?"

"영혼이란 유일무이한 존재입니다. 따라서 여러 곳에 동시에 존재할 수 없는 것이죠. 스캐닝이 영혼의 이동이라고 믿는 자들의 근본도 바로 그것입니다. 그 때문에 스캔드들은 자신들의 존재를 여러 곳에 나타내지 않습니다. 심지어는 전화 통화조차도 한 번에 한 통화만을 받죠. 그들이 왜 그러는지 생각해 보신 적 있으신가요?"

"그게 사실인지는 모르겠지만 대단히 재미있는 이론이군요. 그래서요?"

"영혼의 문제는 우리에겐 사활이 걸린 막중한 문제입니다. 재미있고 없고 정도가 아니죠. 케인 씨는 교인이 아니니 강요는 안 하겠습니다만 조금 말씀을 자제해 주시길."

"그러죠."

케인은 물론 그럴 마음이 전혀 없었다.

"사실은 그들이 전화 10만 통 정도를 동시에 하는 것도 기술적으로 전혀 문제가 없습니다. 단순히 그러지 않는 것뿐이죠. 하지만 모건을 이용해서 그것이 가능하다는 것을 보여 주고 그 모습을 대중에게 퍼뜨릴 수만 있다면 영혼의 이동이라는 허무맹랑한 이론에 결정타를 가할 수 있을 거라고 우리는 생각한 겁니다."

"그렇게 효과가 있을 거라고는 생각 못 하겠는데요, 그거."

"어쨌거나 이젠 폐기된 계획이니까요."

"무슨 뜻이죠?"

"우리는 지금 현재 스캔드 쪽을 전혀 컨트롤하지 못하고 있습니다. 이렇게 될 줄 알았다면 애초에 이런 번거로운 일을 벌이지 않았겠죠."

"처음의 의문이 이제야 해결됐군요. 그쪽은 뭐가 문제였죠?"

"모릅니다. 서버에 미리 설치되어 있던 논리폭탄과 부비 트랩들도 전혀 작동하지 않았고 부트업이 끝나자마자 우리 쪽으로 연결되었던 비밀 라인도 전부 끊겼습니다. 이유를 알아보고는 있지만 실마리도 못 잡고 있습니다. 기술적인 문제인가 조사해 봤지만 전혀 발견하지 못했습니다. 그중에는 서로 전혀 다른 알고리즘의 시스템이 수십 개나 되는데 말이죠. 단지 알 수 있는 것은 모건 씨가 죽지 않은 것과 모종의 관계가 있지 않은가 하는 추측뿐이죠."

"그렇군요. 80년간 일어나지 않았던 일이 방금 일어났다, 그런데

그와 동시에 전혀 있을 법하지 않은 일이 연이어 일어났다. 이건 불
가능의 연속이군요."

"네. 그러면 설명은 이것으로 됐나요?"

"일단 일을 시작하기에는 이 정도면 충분한 것 같군요."

"그러면 제 쪽에서 질문을 드릴 차례군요."

"뭐죠?"

케인은 아직 게임이 끝나지 않았다는 생각이 들었다. 하지만 이
작은 게임이 그다지 중요하지 않다는 사실을 깨달은 순간부터는 즐
길 마음도 들지 않았다.

"새뮤얼 첸 의원과 여기 앞에서 만나셨더군요. 무슨 얘기를 하신
거지요?"

케인은 잠시 침묵했다. 잠시 긴장을 푼 것이 잘못이라는 생각이
들었지만 그냥 그걸 인정하기로 했다. 이 앞에 앉아 있는 여자는 적
이 아니었으니까. 일단 고용주이기도 하고.

"이 사건을 맡지 말라고 하더군요. 사실 이 얘길 당신에게 할 필요
는 전혀 없습니다만."

"사건과 관련 있는 사실을 고용주에게 말할 필요가 없다고요?"

"방금 서명했잖습니까. 그걸로 충분한 거 아닌가요? 그리고 비밀
엄수 의무에는 제가 알고 있는 모든 것을 고용주에게 말해야 한다는
조항은 없습니다. 더구나 사안과 별로 상관도 없을 때는요."

"상관이 없는지 있는지를 판단할 권리는 이쪽에도 있습니다."

케인은 이 완고한 아가씨가 조금도 물러서지 않으리라는 것을 처
음부터 알고 있었다. 단순히 설명하기 귀찮았던 것뿐이다.

"내 뒷조사를 해 봤다면 알겠지만 그와는 사연이 좀 있죠."

"그건 알고 있습니다. 첸 의원이야말로 당신이 몰락한 원인이 아니었던가요."

"맞습니다. 그런데 오늘은 이상하더군요. 사실 그를 실제로 만난 것은 그의 법률 자문을 그만두고 10년 만이었습니다. 사실 그의 입장에서는 나 같은 건 기억을 못 해도 그만입니다. 그런데 직접 찾아왔다는 건 뭔가 다른 이유가 있다는 생각이 들더군요. 그것도 묻지도 않은 정보까지 흘려 가면서 말이죠."

"그 정보란 건 뭐죠?"

"그건 나중에 말씀드리죠. 저도 아직 그 진의를 파악하지 못하고 있습니다. 하지만 당신의 이야기를 들으니 조금 감이 잡히는군요."

"그러니까 순수하게 케인 씨를 방해하기 위해 온 건 아니라는 말이군요."

"그렇죠. 그랬다면 그냥 교통부 교통제어 컴퓨터를 건드려서 택시를 추락시키면 그만이니까요. 뭐, 여러 가지 방법이 있겠지만요. 그가 정말 나를 방해하려고 온 것일까요? 그건 아닐 겁니다. 하지만 그 능구렁이가 뭘 생각하는지 알아내는 게 이 사건의 시작이라고 봅니다."

"왜죠? 그는 스캔드 모건과는 상관이……."

"없다고요? 그럴까요? 그건 모르는 일이죠. 그리고 스캔드 모건과 아무 상관이 없다손 치더라도 다른 스캔드나 스캔드 사회와 무언가 관계가 있을지도 모릅니다. 사실 관계가 없다고 하는 게 더 부자연스럽죠."

"그렇군요."

앤절라는 천천히 일어서며 말했다.

"그럼 오늘은 여기까지로 하죠. 여기에 머무르실 건가요?"

"아니요. 지금부터 중국으로 향할 겁니다."

"거기서 무슨 일이라도?"

"그건 다녀와서 말씀드리죠. 아, 하나만 더 물어보죠."

"뭐죠?"

"당신 이름이 앤절라라는 건 맞습니까?"

앤절라는 살짝 웃고는 조용히 방을 나갔다.

케인은 그대로 가만히 앉아 머릿속으로 수많은 이론을 생각하고 있었다. 하지만 현 시점에 걸맞은 논리적인 시나리오를 찾기는 거의 불가능했다. 이만큼의 정보가 모였는데도 아직 동기가 보이질 않았다. 누군가가 무엇을 하는 데는 동기가 필요하다. 하지만 아직 첸과 그 배후의 배후의 동기도 보이질 않았다. 무엇보다도 그의 머릿속을 떠도는 중요한 질문의 답은 근처에도 이르지 못하고 있었다.

10년 전, 당시 항저우주(州) 연방의원으로 출마한 새뮤얼 첸의 선거운동본부에 참여한 것이 그의 정치 생활의 시작이었다. 1년 후 기적적인 승리로 끝난 선거전에서 케인에게 남은 것은 정치 구조와 정치가에 대한 불신과 역겨움밖에 없었다. 온갖 흑색선전과 서브리미널 광고, 기록조작 등으로 얼룩진 지저분한 선거전이었다. 케인은 그 모든 전략과 전술을 짜며 매일 밤을 샜고 매일 낮을 뛰었다. 오로지 새뮤얼 첸이 훌륭한 정치가라는 믿음 때문이었다. 하지만 당선 3주 후 케인은 첸이 에너지 기업으로부터 막대한 정치 자금을 받았으며 그 대가로 에너지 소비세 삭감 법안을 상정할 예정이라는 것을 알게 되었다. 그제야 케인은 자신이 증오했던 상대방과 똑같은 괴물을 위해 피를 토할 정도로 노력했다는 사실을 깨달았다. 그는 이 사실을 폭로하고 파면되었다. 하지만 언론은 철저히 침묵했고 첸은 아무런 타격을 입지 않았다. 첸은 케인을 파면하면서도 세계 10대 법률사무소인 로이시 앤 허드슨에 자리를 알아봐 주었다. 하지만 그건 자신의 정적, 혹은 잠재적인 정적을 가시권 안에 가둬 두고 감시하려는 속셈이라는 걸 즉시 깨달았다. 케인은 로이시 앤 허드슨에 출근도 하지 않고 뉴욕의 브롱크스에 싸구려 사무실을 얻고 변호사 일을 시작했다.

그리고 다시 10년 만에 항저우시에 발을 들여놓았다. 케인은 옛날에 잠시 살던 아파트 옆을 지나 지금은 스포츠센터가 된 옛 선거사무실 앞을 지나갔다. 그가 가려는 곳은 서호 동쪽에 있는 120층짜리 빌딩이었다. 그 빌딩은 60층까지는 시청 및 주정부의 관공서가 들어가 있었고 그 위로는 주의회와 의원 사무실이 모여 있는 복합 행정 단지였다. 그리고 그 맨 위에는 건물 내에 있는 그 누구보다도 강력한 정치권력을 가진 사람이 있었다. 바로 항저우주의 연방의원인 새뮤얼 첸이었다. 케인은 그의 얼굴을 다시 볼 생각을 하니 속이 뒤집힐 것만 같았다. 하지만 뿌리 깊은 악감정을 다시 들춰낼 때가 아니라는 것은 잘 알고 있었다.

켄이 사무실에 들어서자 첸의 비서진들 중에 그를 알아보고 반가운 척 인사하는 사람도 있었다. 하지만 대부분은 케인에게 대해서 잘 모르거나 죄책감에 무한히 가까운 적의를 가진 사람들뿐이었다.

케인은 새뮤얼 첸을 다섯 시간이나 기다려야 했다. 선거가 코앞에 다가온 시점이어서 그런지 여기저기 부산했고 첸 또한 선거자금 모금과 유세에 바쁘리라곤 생각했지만 조금 심하다는 생각이 들기 시작했다. '그에게 모건 사건은 별로 중요하지 않은 일인가?' 하는 의구심이 들 즈음 첸이 사무실에 들어섰다. 상당히 피곤한 표정이었다.

"케인, 와 줬군. 오래 기다렸나 보구먼. 미안하네."

"아닙니다, 의원님. 바쁘실 텐데 찾아와서 죄송합니다."

"그런데 왜 전화를 하지 않고 직접……."

"이 방의 보안은 어떻습니까."

"물론 안전하지. 지구 최고라고 할 정도는 아니네만."

"일단 먼저 말씀드릴 것은 모건 사건을 제가 맡기로 했습니다."

첸은 잠시 말없이 생각에 빠졌다. 실망한 표정도 아니었고 화난 표정도 아니었다. 이미 예상하고 있었다는 표정이었다.

"그렇다면 날 찾아온 이유가 뭐지?"

"설득하기 위해섭니다. 만약 스캔드들과 관계를 끊는다면 모건 씨의 전폭적인 지원을 약속드립니다."

"무슨 말인지 모르겠군."

첸은 담배를 꺼내서 입에 물었다.

"잊어버리셨습니까? 타케나가 미츠요시에 대해 말했잖습니까."

"그와는 정치적인 동맹관계일세. 그래서 정보를 받았을 뿐이야."

"그래서 의원님 같은 분이 저를 직접 찾아오셨다고요? 연방교통부에서 제 위치를 추적까지 해서?"

"……."

옛날부터 첸은 거짓말에 능한 사람은 아니었다. 정치인치고는 상당히 예외적인 경우긴 하지만 그에게는 그걸 대신할 만한 요소가 있었다. 그건 바로 탐욕이었다. 케인은 10년 전 그런 진솔한 모습의 첸에게 반해 그를 위해 뛰었다. 하지만 그가 거짓말을 못한다는 사실이 그가 청렴하다는 사실을 증명해 주지 않는다는 걸 깨닫는 데는 상당한 시간이 필요했다. 그리고 깨달은 것은 그가 거짓말을 못하는 이유가 단지 멍청하기 때문이라는 사실이었다.

"이번 재판에서 모건 씨가 이길 경우 그가 스캔들을 적으로 돌릴 가능성은 매우 큽니다. 그리고 이번에 전령 역할을 하셨으니 그 선봉에 서 있다고 모건 씨는 인식하시겠죠. 그래서 본보기를 보인다면 목표는 뚜렷합니다. 바로 의원님이죠. 이럴 바에는 차라리 모건 씨를 아군으로 불러들이는 것이 좋지 않을까요?"

첸은 그다지 망설이지 않고 대답했다.

"자네가 이길 가능성은 매우 낮네. 내가 왜 지는 편과 손을 잡겠나. 그것도 강력한 아군을 적으로 돌린 채 말이야."

"그렇다면 이건 어떨까요. 지금 즉시 상당한 보상을 해 드리겠습니다. 아주 쉬운 조건을 하나만 들어주시면 됩니다."

"뭔가?"

"타케나가 미츠요시를 만나게 해 주십쇼. 그의 서버에서 직접. 네트워크를 통하지 않고 말이죠."

첸은 그런 쉬운 일에 걸맞은 보상으로 뭐가 좋을지 생각하는 눈치였다. 하지만 케인의 머릿속에는 보다 중요한 생각이 떠올랐다. 만약 타케나가가 자신을 죽이면 어떻게 될 것인가. 그렇게 되면 이 일을 맡아 줄 변호사를 찾아 다시 한번 전 세계를 뒤져야겠지. 하지만 그럴 만한 능력이 있는 자들이 자신의 목숨을 살려 둔 걸 보면 아직은 그럴 생각이 없어 보였다. 그리고 더 중요한 것이 떠올랐다. 왜 타케나가 미츠요시의 이름을 자신에게 흘렸는가 하는 점이었다. 케인은 머릿속으로 계산을 시작했다. 첸은 이미 많은 스캔드들과 친분을 쌓고 있었다. 그런데 에너지 부족 문제로 궤도 바깥의 세력과도 친분을 쌓고 싶어 한다면? 혹은 모건과의 교우도 그에게 나쁘지 않을 것이 틀림없었다. 그렇게 본다면 결국 첸에게도 이익이니 그로서도 손해 볼 것은 전혀 없었다.

"좋네. 보상은 어찌하겠나?"

"휴스턴 밸리어스 호텔에 있는 앤절라 스미스라는 여자와 연락하십쇼. 제가 미리 연락해 놓을 테니 그쪽에서 그에 상응할 만한 대가를 줄 겁니다. 정치적이든 금전적인 것이든. 그쪽과 협상이 마무리되면 저에게 연락을 주십쇼. 됐습니까?"

"그 여자는 믿을 만한가?"

"전혀요."

케인은 일어나 사무실을 나섰다. 나가면서 다시 스캔드 모건에게 연락을 해 보았다. 여전히 불통이었다. 모건이 이미 알고 있던 스캔드의 직통 라인, 비서 라인 등등을 모두 돌려 보았으나 마찬가지였다. 케인은 자신의 시나리오의 큰 부분이 맞아떨어지는 느낌이 들었다.

수백 년간 인도에는 그다지 큰 변화가 없었다. 120여 년 전 제3차 세계대전이 일어나는 것을 막기 위해 지구연방이 발족되었을 때에도 인도는 거기에 가입하지 않고 독자노선을 구축했다. 그리고 어떤 이유에서인지 연방 쪽에서도 그것을 자연스럽게 용인했다. 그래서 인도는 지구에 있지만 유일하게 지구연방의 손길이 닿지 않는 땅이었다. 케인이 이곳에 온 이유는 바로 그 이유 때문이었다. 스캔드들의 서버들이 모여 있는 곳. 사실은 인도 대륙의 북쪽 끝 히말라야부터 남쪽 인도양 한복판까지 흩어져 있는 모양이었지만. 지구연방의 느슨한 안정에 불안을 느낀 스캔드들은 자신의 본체를 이곳에 담아 두고 있었다. 그 대신 인도는 연방 내에 강력한 아군을 둘 수 있게 되었고 부수적으로 컴퓨터 산업의 메카로 성장했다. 하지만 인도로 오는 택시 안에서 본 자료 어디에도 왜 인도만이 그런 혜택 아닌 혜택을 받게 되었는지에 대해서 자세하게 설명하고 있지 않았다.

케인의 도착지는 델리의 북쪽에 있는 히말라야산맥의 강고트리라고 불리는 작은 도시였다. 언젠가는 힌두교의 성지로 추앙받는 곳이었지만 어느새 서버 관리인들과 그의 가족들, 그리고 그들에게 장사를 하는 사람들로 북적거리는 소도시가 되어 성지로서 신비로움을 잃어버리게 되었다. 케인은 히말라야산맥에 동굴을 뚫어 만든 스캔드 서버 콤플렉스로 가고 있었다. 그곳에는 많은 스캔드들이 본거지를 두고 있었지만 그가 만나려고 하는 사람은 단 한 명이었다.

동굴 앞은 감시 장치가 가득 차 있음이 분명했지만 사람은 한 명도 보이지 않았다. 좁은 입구 앞에는 간단한 철조망과 무인 검문소가 있을 뿐이었다. 물론 무력으로 이곳을 침투하려고 할 경우 무사히 빠져나오기는커녕 진입조차 못 하리라는 것은 분명했다.

케인은 철조망 앞에 차를 세우고 검문소로 다가갔다. 그러자 어디에 달려 있는지 알 수 없는 여러 개의 스피커로부터 녹음된 목소리가 흘러나왔다.

"직원이면 그대로 서서 생체인식을 기다리고, 아니면 버튼을 누른 뒤 용건을 말씀해 주시기 바랍니다."

"타케나가 미츠요시 씨를 만나러 왔습니다. 약속은 되어 있을 겁니다."

"잠시 기다려 주세요."

케인은 주위의 울창한 숲을 구경하며 시간을 죽였다. 고지대이기 때문에 여름에도 쌀쌀한 날씨였지만 햇볕은 저지대보다 훨씬 강하고 나무도 크게 자라고 있었다. 하지만 산짐승이나 새의 소리는 전혀 들리지 않고 바람에 나뭇잎이 흔들리는 소리만 들렸다. 아마도 감시 장치 때문일 거라고 생각했다.

잠시 후 문이 열리며 목소리가 흘러나왔다.

"안으로 들어가 이동차에 탑승해 주시기 바랍니다. 이동차는 자동으로 운행됩니다."

케인은 시키는 대로 안에 들어갔다. 입구는 좁은 편이었지만 안은 넓었다. 그리고 사방으로 길이 뻗어 있었고 구석구석마다 감시 카메라가 설치되어 있었다. 케인은 차에 올라탔다.

케인이 다다른 방은 지하 수십 미터 아래에 있었다. 아마도 응접실인 듯 소파와 냉장고 등이 구비되어 있었다. 케인이 소파에 앉자 맞은편에 홀로그램이 나타났다. 대머리의 동양인은 하얀색 옷을 입고 있었다. 표정은 온화하고 따뜻한 표정이었지만 어차피 필터를 통해 보이는 것인 만큼 믿을 만한 것은 아니었다.

"약속 시간에 맞춰 오셨군요, 케인 씨. 타케나가 미츠요시입니다."

"데이비드 케인입니다. 모건 씨의 변호사를 맡고 있습니다. 이미 아시리라 짐작됩니다만."

"네, 물론 알고 있습니다. 사실 모건 씨가 살아 있다는 것을 알아냈을 때는 엄청나게 놀랐지요. 그리고 어젯밤 연락을 받았을 때도 놀랐습니다. 자, 이곳이라면 비밀은 완전무결하게 보호됩니다. 말씀해 보시죠."

"비밀은 물론 보장되리라고 생각합니다. 당신이 다른 스캔드들에게 말하지 않는다면 말이죠. 어쨌거나 중요한 것은 아니죠. 어차피 며칠 있으면 이 사실이 세상에 공표될 겁니다. 그쪽이 하건 제 쪽이 하건 그것도 별로 중요한 일은 아닙니다. 단도직입적으로 물어보겠습니다. 첸을 보낸 건 당신입니까?"

그때 테이블이 약간 열리며 찻잔이 나왔다. 곧 커피 향이 방 안을 가득 메웠지만 냉기는 이상하리만큼 지워지지 않았다.

"정확히 말하면 아닙니다. 저도 친구에게 부탁을 받았죠."

"네, 스캔드인 모건 씨에게 부탁을 받았겠죠."

"맞습니다."

"정확히 무슨 내용이었는지 알려 주실 수 있습니까?"

"대답할 필요는 없겠군요. 그건 어디까지나 그와 나 사이의 문제니까요. 그건 그렇고 여기에 온 진짜 목적은 뭡니까."

"아시겠지만 전 살아 있는 모건 씨에게 고용되었습니다. 그분의 재산권을 되찾는 소송을 곧 시작할 겁니다."

타케나가는 잠시 말이 없었다. 조금 곤란하다는 듯한 표정이 되었지만 그것을 감추기 위해 커피 맛에 집중하는 척했다.

"그게 얼마나 큰 파장을 일으킬지는 생각해 봤습니까?"

"글쎄요. 당신 같은 스캔드들에게는 큰일일지 모르지만 저 같은 인간에게는 별로 대단한 일이 아닙니다. 저도 먹고 살기 위해 하는 일이니까요."

케인은 말하면서 일부러 '인간'이라는 단어를 강조했다. 물론 타케나가는 아무런 표정의 변화도 없었다.

"우리는 단순히 영원히 사는 인간이 아닙니다. 그저 인간처럼 생각하는 컴퓨터도 아니죠. 그냥 평범한 인간입니다."

"평범한 인간이라면 동시에 전 세계의 네트워크를 접속하진 못하겠죠. 아무리 임플란트 시술을 받는다 해도 말이죠."

"그건 그렇죠. 우리는 우리 자신을 인류의 미래라고 생각하고 있습니다. 모든 인류가 여기에 들어온다면 무한의 자유와 무한의 생명이 기다리고 있습니다. 그걸 모르시겠습니까? 우리는 인류 진화의 다음 단계인 겁니다."

"한 가지만 물어보겠습니다. 당신은 죽을 수 있습니까?"

"무슨 말이죠? 죽는다니."

"간단합니다. 여기에 있는 당신의 서버를 파괴하고 여기저기 흩어져 있는 백업들을 모두 삭제한다면 그걸 죽음이라고 부를 수 있겠죠."

"불가능합니다. 스캔드 시스템은 파괴를 방비하기 위하여 철저하게 보호되고 있습니다. 만약 자기 자신이 파괴 가능하다고 하더라도 그 수단을 다른 자가 이용하여 스캔드를 해칠 가능성이 있으니까요. 우리는 최소한의 가능성도 제로로 만들기 위해 노력합니다. 그리고 그런 짓을 누가 하겠습니까."

"그렇다면 당신들은 죽을 자유가 없는 것이군요."

"죽음은 질병에 불과합니다. 자유의 대상이 아니죠."

"여기서 철학 논쟁을 하자는 건 아닙니다. 제가 관심 있는 건 모건 씨의 재산뿐이니까요."

"그렇다면 왜 그런 질문을 하셨죠?"

"왜냐하면 제가 이긴다면 스캔드인 모건은 죽어야만 하기 때문입니다. 모건 씨의 재산은 스캔드인 모건이 들어가 있는 서버까지 포함됩니다. 그리고 모건 씨는 그걸 내버려 둘 생각이 전혀 없겠죠."

"그건 살인……."

그 순간에야 타케나가의 진정한 얼굴이 조금 보이는 듯했다.

"아닙니다. 코플랜드 판결을 잊으셨습니까. 서버를 파괴하는 것은 재물 손괴죄에 해당합니다. 따라서 살인이 아니죠. 더구나 스캔드 모건의 서버가 모건 씨에게 돌아간다면 자기 재산을 처분하는 것일 뿐입니다. 죄도 아니고 아무것도 아니죠."

"……케인 씨. 여기엔 왜 오신 겁니까."

"이 일이 세상에 밝혀지면 가장 곤란한 것은 스캔드들입니다."

"왜 우리가 곤란할 거라 생각하죠?"

"아, 뭐 제 착각일지도 모르겠군요. 세상 사람들은 뉴럴 스캐닝 기술을 영혼의 이동이라고 믿습니다. 그게 과학적으로 사실인지 아닌지를 떠나서 그렇죠. 따라서 컴퓨터에도 영혼이 깃들 수 있다고 생각합니다. 하지만 이 사건이 알려진다면 이제까지의 스캐닝은 모두 살인에 지나지 않으며 당신들도 원본의 카피에 지나지 않는다는 사실도 알려지게 됩니다. 그게 사실이 아니라고 해도 아무 상관이 없죠. 그게 정치적으로 어떤 영향을 끼칠지는 명약관화합니다. 이제까지 70년 좀 넘게 열심히 쌓아 왔던 스캔드들의 정치권력과 인권 등을 조용히 돌려줘야 할지도 모릅니다. 혹은 조종 불가능한 AI로서 그저 폐기될지도 모르죠. 결과는 잘 모르겠습니다만 스캔드들에게는 치명적인 타격이 될 겁니다. 당신도 마찬가지겠죠, 물론. 하지만 재판까지 끌고 가지 않고 조용히 처리하는 방법도 있습니다. 언론 발표도 재판도 없이."

"어떻게죠?"

"간단하죠. 스캔드 모건이 모건 씨와 거래를 하는 겁니다. 생사가 걸린 싸움을 할 것인가 아니면 재산의 99퍼센트를 모건 씨에게 돌려줄 것인가. 간단한 문제입니다."

"당신들이 이길 수 있는 방법은 없습니다."

"그럴까요? 모건 씨는 사망하지 않았습니다. 그러므로 재산의 상속은 불가능합니다. 아시겠습니까? 만약 이 재판이 100년 전에 열렸다면 그쪽이야말로 이길 가능성은 없었을 겁니다. 그리고 인간이란 쉽게 바뀌는 존재가 아닙니다. 70여 년 동안 당신들이 사회를 스캔드와 공존공영하는 구조로 바꾸었지만 결국 재판 시스템은 건드리지 못했잖습니까. 지금도 판사는 인간입니다. 그리고 재판이 일어나는 곳은 당신들이 사는 사이버스페이스가 아닌 바로 여기 현실 공간입니다."

타케나가는 잠시 말이 없었다. 생각을 하는 것인지 아니면 이 짧은 시간에 다른 스캔드들과 의논을 하는 것인지 알 방법은 없었다. 하지만 앞으로 한 발자국만 가면 여기에 온 목적을 달성할 수 있을 것 같았다.

"17퍼센트군요. 그쪽이 이길 확률은."

"알고 있습니다."

"그래도 계속하겠다는 겁니까?"

"네, 솔직히 17퍼센트라면 상당히 높은 확률이라고 생각합니다. 그리고 그 정도면 사실 충분하죠. 단지 시계를 100년 전으로 돌리는 것뿐입니다."

"그래서 원하는 게 뭡니까. 난 모건이 아니오. 나와 협상할 것은 아무것도 없지 않습니까?"

"아니죠. 사실은 스캔드 모건과 자리를 마련해 주셨으면 합니다."

"직접 하면 될 것 아닙니까. 왜 나에게……."

"그게 참 이상하더군요. 여기로 오는 길에 몇 번이나 연락을 시도해 봤지만 한 번도 성공하지 못했습니다. 이런 중요한 일에 말이죠. 아시다시피 모건 씨는 스캔드 모건의 개인 연락처를 이미 알고 계십니다. 여전히 안 되더군요. 아시다시피 이건 민사재판입니다. 쌍방이 협상에 응하지 않으면 안 되는 것 아니겠습니까. 더구나 스캔드 모건에게는 자신의 목숨이 달려 있는 문제입니다. 그러나 전혀 연락이 안 되더군요. 그래서 생각해 봤죠. 대체 연락을 왜 안 하는 것일까. 스캔드 모건의 서버는 여기에 있는 당신들의 서버보다 상당히 고성능의 서버 콤플렉스를 사용합니다. 그걸 생각하는 데 시간이 모자랄 리는 없겠죠. 따라서 나오는 결론은 하나밖에 없더군요. 바로 당신들이 연락을 막고 있다는 사실을요. 이 지구상에서 그런 일이 가능할 정도로 강력한 슈퍼컴퓨터는 당신들밖에 없으니까요."

"우리들이? 도대체 왜 그런 일을 한단 말이오."

"그건 저도 아직 모르겠습니다. 하지만 스캔드 모건은 우리와 연락을 하지 않을 수 없습니다. 재판에 그쪽에 아무리 유리하다고 하더라도 완벽하게 이기리라는 보장은 없습니다. 그렇다면 어느 정도의 절충과 협상이 필요한 건 당연합니다. 그런데도 스캔드 모건은 연락을 하지 않았습니다. 아니, 하지 못한 것이죠. 더구나 그는 스캔드입니다. 스캔드는 서버는 존재하지만 네트워크를 부유하는 존재입니다. 네트워크, 즉 통신이 통하지 않는다는 것은 모순입니다. 하지만 스캔드도 역시 제약이 따르죠. 바로 다른 스캔드들이 한 스캔드를 막고자 한다면 막을 수 있는 겁니다. 제 말이 틀렸습니까?"

"분명히 우리가 전부 통일된 의사를 가지고 있다면 가능하겠죠. 하지만 우린 비밀 결사 따위도 아니고 서로 독립된 인격체입니다. 더구나 각자 막대한 부를 소유하고 있죠. 서로의 이해관계는 동조하기보다는 반발하는 것이 보통입니다. 실제로 저도 동료 스캔드 중에 적을 상당히 가지고 있죠."

"그건 저도 생각했습니다. 하지만 그 정도로는 부족합니다. 왜냐하면 당신들은 스캔드라는 공통점을 가지고 있기 때문이죠. 만약 스캔드 모건이 당신들 전부의 존재 자체를 위협하고 있다면 말이 됩니다. 사실 이게 유일하게 설명 가능한 시나리오죠."

"그렇다면 모건이 우리 전부를 위협할 만큼의 힘을 가지고 있다는 겁니까?"

"모릅니다. 하지만 제 생각이 중요한 건 아닙니다. 중요한 건 당신들이 그렇게 생각하고 있다는 겁니다. 일단 전제를 그렇게 놓고 생각해 봤을 때 우리가 언론에 이 일을 전파하고 재판에 나설 경우 당신들은 어쩔 수 없이 스캔드 모건을 네트워크에 노출시켜야만 합니다. 스캔드 모건이 모건 씨 손에 들어갔을 경우에도 여전히 파괴되지 않고 살아남아서 당신들을 위협할지도 모르죠."

"모건 씨가 그럴 것 같진 않군요. 내가 아는 그라면 즉시 파괴해 버릴 텐데요."

"아니죠. 당신들이 두려워하는 건 그 이전, 즉 재판 과정 자체입니다. 아시다시피 연방헌법에 의해서 소송인과 피소송인은 법정에 출두해야만 합니다. 그건 스캔드일지라도 마찬가지입니다. 만약 출두하지 않는 경우 자동적으로 우리 쪽의 승리가 됩니다. 즉 당신들에겐 선택의 여지가 없다는 얘기입니다."

"여전히 낮은 확률의 얘기뿐이군요. 우리로서는 더 이상 해 드릴 얘기가 없습니다. 이만 돌아가 주시죠."

그리고 갑작스레 홀로그램은 사라져 버렸다. 하지만 사라지기 직전 남긴 불쾌하고 당혹스러운 표정을 케인은 놓치지 않았다.

서버 콤플렉스 바깥에는 가지고 온 차와는 다른 차가 기다리고 있었다. 그 안에 타고 있던 여자가 케인을 보자 내려서 다가왔다. 앤절라 스미스였다.

"설명을 좀 해 주실까요, 케인 씨? 왜 그런 정치인과 거래를 한 겁니까. 또 여기는 왜 오셨죠?"

"직접 사람들을 만나고 다니니까 도청이 불가능했나 보죠? 이 일은 보안이 생명입니다. 여기서 말할 수는 없죠. 제가 힘들게 차를 타고 돌아다니는 것도 그 이유 때문이니까요. 다른 곳으로 이동합시다."

케인은 앤절라의 고급 차량에 몸을 실었다. 차가 떠올라 델리로 가는 길에도 두 사람은 아무 얘기도 하지 않았다. 앤절라가 얘기를 꺼내려 할 때마다 케인이 막았기 때문이었다.

두 사람이 도착한 곳은 뉴델리 코넛 플레이스에 있는 작은 카페였다. 천장에는 지저분한 선풍기가 돌고 있었고 카운터 뒤에서는 사람이 요리를 하고 있었다. 케인과 앤절라는 창가에서 떨어져 안쪽으로 들어갔다. 손님은 아무도 없었다.

"여기라면 안전하겠군요."

"왜 이런 곳까지 온 거죠?"

"말 그대로입니다. 여긴 스캔드들의 손길이 닿을 만한 것이 없기 때문이죠. 여기라면 그들도 도청하지 못할 겁니다."

앤절라는 웨이터가 손수 가져온 커피에 손을 댔다.

"먼저, 첸에게 뭘 줬습니까?"

"별거 아니에요. 궤도 태양광 발전소 송전요금을 낮춰 줬을 뿐이에요. 이번 선거에 에너지세를 낮췄다는 광고를 하고픈 거겠죠."

"정말 별거 아니군요. 그건 그렇고 지금까지 알아낸 걸 정리해 보죠. 첸은 이 일과 관련이 없음이 확실합니다. 처음부터 예상했고요. 그는 그저 창구로 이용됐던 것뿐입니다."

"강고트리 서버 콤플렉스에서 누굴 만난 거죠? 그 사람을 만날 창구로 이용한 거 아닌가요."

"맞습니다. 타케나가 미츠요시. 제가 선이 닿는 유일한 스캔드였습니다. 통신이 아닌 직접 만날 수 있는 스캔드 말이죠."

"왜 그를 직접 만날 필요가 있었는지는 설명 안 해도 됩니다."

"간단히 말하자면 그들이 스캔드 모건을 감금하고 있는 것이 확실합니다. 그를 만난 건 그걸 확인하기 위해서였죠. 그리고 또 하나, 왜 그를 감금하고 있는지를 알아내야 했는데 그건 실패했습니다."

두 사람은 잠시 싸구려지만 어딘지 정겨운 맛의 커피 향을 맡으며 생각에 빠졌다. 왜 모건을 감금하고 있는 것일까.

"단순하지만 논리적으로는 이렇게 생각할 수 있습니다. 모건이 스캔드 전체의 생존권을 쥐고 있다고 말이죠. 타케나가도 말했다시피, 스캔드들은 통일된 어떤 집단이 아닙니다. 그들끼리도 이익에 반하는 일이 있기 마련이죠. 그러나 모건을 감금하기 위해서라면 거의 대다수의 스캔드가 거기에 찬동해야 할 겁니다."

"모건이? 대체 뭐가 스캔드 전체에 위협이 된다는 걸까요."

"그걸 모르겠습니다. 시작부터 여기까지 아주 순조롭게 왔는데 갑자기 막다른 골목이군요. 그렇다고 스캔드들이 합심해서 네트워크를 봉쇄하고 있는 한 뚫고 들어갈 방법도 없고, 경비가 삼엄한 서버 콤플렉스에 침투할 수도 없는 노릇이고."

두 사람은 다시금 침묵에 빠졌다. 얼마 후 앤절라가 먼저 입을 열었다.

"한 사람 있기는 해요. 아니, 한 스캔드라고 해야겠네요."

"누구죠?"

"우리가 왜 우주로 쫓겨 나갔는지 알고 계시나요?"

"아뇨. 역사 점수는 형편없었거든요."

"역사에는 실려 있지 않습니다. 매스터슨 판결 이후 모든 종교계에는 위기가 닥쳤죠. 종교란 원래 영혼을 다룹니다. 그런데 그 영혼의 존재가 증명되었다는 것이 종교 자체에 큰 악영향을 끼쳤다니 우스운 일이죠. 사람들은 점차 종교가 줄 수 있는 모호한 영생이 아닌 스캐닝을 이용하여 만들어진 인공적인 가짜 영생에 관심을 기울였습니다. 거기에 더 큰 문제는 스캔드가 된 사람들이 막강한 영향력을 가진 사람들뿐이었다는 거였죠. 그들은 살아생전에는 종교인이었을지 몰라도 스캔드가 된 이후에는 전부 종교를 배신했습니다. 종교가 줄 수 있는 최대의 영광인 영생을 이미 손에 넣었으니까요. 그리고 우리를 적대시하기 시작했습니다. 갖가지 흑색선전과 술책을 통하여 우리와 여러 교파들은 정치적인 영향력을 점차 잃어 갔습니다. 그리고 우리는 어쩔 수 없이 스캔드들이 관심을 가지지 않는 곳, 우주로 떠날 수밖에 없었습니다."

"왜 스캔드들이 스페이스 콜로니에 손을 대지 않은 겁니까?"

"간단해요. 시차 때문이죠. 아무리 압축한 통신수단을 이용해도 콜로니와 지구의 통신에는 빛의 속도한계 때문에 시차가 생기고 맙니다. 지구에서라면 아무것도 아닌 전송도 콜로니와 지구 간이 되면 상당히 복잡한 일이 되죠. 물론 달도 마찬가지고요."

"그랬군요. 그런데 그게 어쨌다는 거죠?"

"그래서 우리는 지난 세월 동안 스캔드들의 힘을 분쇄할 무기를 찾은 겁니다. 그러다가 찾은 사람, 아니 스캔드가 있었죠. 바로 최초의 스캔드였습니다. 그 또한 우리와 비슷한 상황에 있죠."

"매스터슨?"

"아니요. 최초의 스캔드는 매스터슨이 아니라 뉴럴 스캐닝 시스템을 발명한 장본인, 쿠마르 싱 박사예요. 그는 가장 먼저 자신을 실험 대상으로 삼았죠. 나머지는 싱 박사에게 직접 듣는 게 빠르겠네요."

앤절라는 대답을 기다리지 않고 밖으로 나갔다. 케인은 왜 싱이 먼저일까 하는 의문이 들었지만 기다려 보면 알 수 있는 일이었다.

가는 차 안에서 케인은 며칠 동안 미뤄 놨던 잠을 잤다. 어디로 가는지에는 관심도 없었고 알 필요도 없다고 생각했다. 지구 어디에라도 두 시간이면 갈 수 있는 시대에 지리적 거리란 아무런 의미도 없었다. 하지만 이번에는 조금 달랐다. 차가 어느 낡은 공항에 섰다. 거기에는 수동 항법 장치가 달린 구식 비행기가 기다리고 있었다.

"케인 씨. 여기서부터는 저걸로 가야 합니다."

"대체 어떤 곳이기에 자동차로는 못 갑니까?"

"가면서 얘기하시죠."

비행기에는 작은 제트 엔진이 달렸고 아래에는 수상착륙용 공기 탱크가 달려 있었다. 비행기는 아주 작아서 자동차보다도 좁았다. 앤절라는 먼저 조종석에 앉은 다음 여러 계기를 체크하기 시작했다.

"일부러 항법 네트워크 컴퓨터를 빼낸 기계예요. 스캔드들의 눈을 피하기 위해서죠."

"왜죠? 최초의 스캔드를 찾아가는 데 스캔드들의 눈을 피해야 한다니."

"간단해요. 그 또한 스캔드 모건처럼 유폐되어 있기 때문입니다. 그것도 물리적으로요. 지금부터 갈 곳은 무인도입니다. 작은 태양광 발전소 하나와 그의 서버를 움직일 수 있는 최소한의 지원 장치밖에 없습니다."

"누가 그런 일을……."

그때 굉음이 들리며 비행기가 이륙을 시작했다.

비행 시간은 그다지 길지 않았다. 하지만 착륙할 정도로 파도가 잔잔한 곳을 찾기는 쉽지 않았다. 작은 열대 섬은 사방에서 세찬 파도가 모래사장을 후려치고 있었다. 비행기는 겨우 작은 만에 착륙했다. 비행기를 모래사장에 올려놓고 두 사람은 더운 열대림을 걸어가기 시작했다. 이곳에는 문명의 흔적조차 보이지 않았다.

"아마 지금쯤 스캔드들도 우리가 여기 와 있는 걸 알고 있을 겁니다. 인공위성으로 감시하고 있을 테니까."

그렇게 한참을 비 오듯 흐르는 땀을 씻어 가며 걸어가자 낡은 건물이 나왔다. 3층짜리 건물은 오랫동안 아무도 쓰지 않은 듯했다.

"지하로 내려가야 해요."

지하에 타케나가의 응접실 같은 것은 없었다. 그저 철제 의자만이 대여섯 개 놓여 있을 뿐이었다. 앞에는 커다란 평면화면이 있었고 그 아래에는 망가진 키보드나 여러 주변 장치들이 방치되어 있었다. 그들이 들어가자 화면은 천천히 밝아지며 까무잡잡한 사람의 얼굴이 나왔다. 화면 위에 장치되어 있는 카메라가 그들의 모습을 보기 위해 좌우로 움직이다가 잠시 후에 앞쪽으로 마이크가 천천히 튀어나왔다.

"수녀님은 오래간만이시군요. 이번엔 무슨 일로?"

케인은 '옛날 영화에나 나오는 수녀?'라는 표정으로 앤절라를 쳐다보았다. 하지만 앤절라는 신경 쓰지 않고 지금까지의 일을 설명했다. 쿠마르는 그저 오래간만에 찾아온 손님이 반가운 눈치였다.

설명을 잠자코 듣고 있던 싱 박사가 입을 열었다.

"죽음이군요. 스캔드의 죽음."

"하지만 스캔드 모건으로서도 다른 스캔드를 해칠 방법은 없습니다. 바이러스 같은 걸로 간단히 파괴할 수 있는 시스템이 아니니까요. 안 그렇습니까?"

케인은 앞에 있는 존재가 바로 뉴트리노 뉴럴 스캐닝 시스템의 발명자라는 것을 새삼 떠올랐다.

"맞습니다. 사람을 고용해서 서버 및 백업을 전부 파괴할 수는 있겠죠. 하지만 다른 스캔드들이 스캔드 모건을 파괴하는 건 가능할지 몰라도 스캔드 모건이 다른 스캔드들을 전부 파괴하는 건 무리입니다. 제가 보기엔 이건 이데올로기에 관한 문제입니다."

"스캔드가 이데올로기를 가지고 있다는 건 처음 듣는 문제군요."

"코플랜드 판결, 기억납니까?"

"네. 코플랜드 대 지구연방정부. 코플랜드가 경영하는 회사가 도산하자 코플랜드 자신도 파산했죠. 그래서 서버를 유지할 수 없게 됐습니다. 이에 서버를 폐쇄하거나 파괴하는 것은 살인에 해당한다고 연방대법원에 항소를 하게 됐죠. 결국 져서 파괴되어 버렸지만요."

"그 사건이 문제였습니다. 그 일로 영생을 구가하던 스캔드들에게도 위기가 닥치게 되어 버린 거죠. 그래서 그들은 맹약을 맺었습니다. 어느 누구가 재산을 전부 잃고 죽음에 이르게 될지라도 결코 버리지 않고 도와주기로. 영원히 살다 보면 무슨 일이 일어날지 모르니 서로가 서로에게 보험을 들어 둔 셈이죠."

"그게 이 일과 무슨 상관이죠?"

앤절라가 말했다.

"그 맹약은 어떤 스캔드에게도 죽음이 있어서는 안 된다는 겁니다. 어떤 경우에도 말이죠. 바로 그 이유 때문에 내가 아직 살아 있는 겁니다. 이런 걸 살아 있다고 부른다면 말이지만요. 나는 인간이란 죽음이 있어야만 인간으로서 존재한다고 생각했습니다. 그래서 내가 들어갈 서버에는 일종의 자폭장치가 붙어 있었죠. 간단한 논리폭탄이었습니다. 다른 스캔드들은 그것조차도 용납하지 않았습니다. 스캔드가 죽는다는 사실 자체를 견딜 수 없었던 거죠. 그래서 그들은 내 서버에서 논리폭탄을 제거하고 통째로 이 섬에 옮겨 놓고 최소한의 수리만을 해 주며 계속 살게 하고 있는 겁니다. 어떤 시도도 불가능하도록 모든 통신도 끊어 놨습니다.

만약 당신들이 말한 대로 스캔드 모건이 다른 스캔드들에 의해 유폐되어 있다고 친다면 그건 스캔드 모건이 바로 나와 같은 일을 하려 한다는 것을 의미합니다."

"그가 죽으려고 한다는 얘긴가요?"

"그렇습니다. 다른 이유는 생각할 수도 없죠. 스캔드들끼리도 이해관계가 복잡하게 얽혀 있으니까요."

케인은 일어서서 방 안을 서성이며 잠시 생각이 빠졌다. 예상했던 대로의 대답을 듣기는 했지만 여전히 큰 문제는 해결되지 않고 있었다. 케인은 이 답이 즉시 나오지 않으리라고 생각하고 다른 문제를 꺼내 보기로 했다. 보다 근본적인 질문을.

"왜 모건 씨가 죽지 않았다고 생각합니까? 이유가 뭘까요?"

"모르겠습니다. 사실 내가 발명한 것이지만 왜 사람이 죽어야만 스캔드가 되는 건지 혹은 역으로 스캔드가 되면 원본인 사람이 죽는

350

것인지 전혀 알지 못합니다. 나 또한 많은 학자들처럼 이론만 세우고 있을 뿐이죠. 보시다시피 여기선 다른 할 일도 없으니까요."

"박사님의 이론을 듣고 싶군요."

"이름은 정보 물리학이라고 일단 지어 봤습니다. 정보라는 것이 만약 우리가 만질 수도 있고 조작할 수도 있는 어떤 것이라고 가정해 보죠. 예를 들어 나 자신도 정보로 되어 있으니까요. 만약 두 분이 스캔드였다면 나를 만질 수도 있을 겁니다. 하지만 정보는 물질과 달리 복사가 가능합니다. 그런데 스캔드만은 불가능합니다. 아시겠습니까?"

"그건 처음 들어 보는 얘기군요."

"만약 한 서버에 스캔드가 존재하고 다른 서버로 복사를 행한다고 칩시다. 그러면 원래의 스캔드는 사라지고 그와 연속성을 가진 스캔드가 이 다른 서버에서 계속 존재하게 됩니다."

"왜 그런 중요한 사실이 알려지지 않았죠?"

"왜냐하면 나만이 그걸 겪었기 때문이죠. 바로 이곳으로 오면서 말이죠. 어떤 스캔드도 서버에서 서버로 옮기려는 생각을 하지 않았습니다. 위험하다고 생각하는 거죠. 수리하거나 업그레이드할 뿐입니다. 그래서 생각하게 됐죠. 왜 스캔드는 완전히 동일 스캔드 둘이 존재할 수 없는 걸까 하고 말이죠."

잠자코 듣고 있던 앤절라가 입을 열었다.

"그것 역시 영혼의 이동이라는 이론을 더욱더 뒷받침해 주는 증거군요."

하지만 별로 기분이 좋은 것 같아 보이지는 않았다. 그녀의 종파는 이 영혼의 이동이라는 이론 자체를 부정하고 있었고 앤절라 스스로도 부정하고 있었기 때문이었다.

"아니요. 꼭 그렇지만은 않습니다. 다시 처음으로 돌아가서 여기에 두 개의 돌이 있다고 생각해 봅시다. 이 돌은 각자의 위치에 존재합니다. 그리고 이 돌들은 이 시공간 안에서 같은 위치에 존재할 수 없습니다. 마찬가지로 우리 스캔드가 어떤 특수한 성질을 가지고 있어서 단 한 가지의 종류가 존재하는 것을 허용한다면 모든 것이 설명됩니다. 아직 수학적으로 증명할 단계조차 안 됩니다만 적어도 내가 생각하는 이론은 이렇습니다."

"그렇군요."

앤절라는 심드렁하게 대답했다. 그녀에게는 충분한 설명이 아닌 것처럼 보였다.

"스캔드 모건과 만날 수 있게 도와주시겠습니까?"

"어떻게 말이죠?"

"앤절라의 힘을 빌리면 박사님을 이곳에서 탈출시켜 드릴 수 있습니다. 그 정도의 서버는 제공할 수 있죠?"

케인은 앤절라를 돌아보며 말했다. 물론 앤절라도 그것 때문에 여기에 케인을 데려온 것이었다.

"하지만 내 능력으론 부족할지도 모릅니다. 모든 스캔드를 막기엔……."

"아닙니다. 우리에게 필요한 건 스캔드 모건과 직접 만나는 겁니다. 만약 박사님을 스캔드 모건의 서버 근처에서 접속시킨다면 박사님 능력으로 서버의 보안 시스템을 무력화할 수 있지 않겠습니까?"

"나를 마치 무슨 강력한 해킹 소프트웨어나 슈퍼컴퓨터로 착각하고 있는 모양이군요."

"가능합니까, 불가능합니까?"

싱 박사는 잠시 동안 대답이 없었다. 화면에 비친 얼굴은 아무것도 읽을 수 없는 딱딱한 표정이었다. 결국 박사가 입을 열었다.

"거기엔 필요한 것이 몇 가지 있습니다. 일단 지금 있는 이 서버보다 훨씬 강력한 서버가 필요합니다. 그리고……."

그때 앤절라가 말을 끊고 끼어들었다.

"박사님께서 필요로 하시는 건 모두 준비하겠습니다."

앤절라는 핸드백에서 전화를 꺼내 연락을 하며 밖으로 나갔다.

"자유를 되찾으시면 무슨 일부터 하시겠습니까?"

싱 박사는 웃으면서 말했다.

"죽겠습니다."

그로부터 몇 주가 지나갔다. 케인은 계약서와 판례집의 하이퍼텍스트 사이에서 헤매는 중이었다. 착수금으로 받은 자금은 여러 조사원들에게 뿌려져 재판 준비에 쓰이고 있었다. 그는 여전히 창밖에 현실감 없는 히말라야가 24시간 펼쳐져 있는 사무실에 홀로 앉아 화면과 씨름하고 있었다. 계약서에 허점이 정말로 존재하지 않는지부터 시작한 것이다. 하지만 겨우 찾아낸 바늘구멍만 한 약점도 결국 끝없이 이어지는 예외 조항에 꼼꼼히 막혀 있었다.

케인은 이쪽을 파고든다고 해도 결국 나올 것은 아무것도 없으리라는 것을 잘 알고 있었다. 만약 스캔드 모건과의 협상에 실패하고 재판까지 간다면 이길 가능성은 거의 없었다. 여론을 뒤흔든다면 다소의 재산을 돌려받을 수 있을지도 몰랐다. 하지만 케인은 일단 그건 대상에서 논외로 치기로 했다. 그가 원하는 것은 언제나 그랬듯이 완전한 승리였다. 재판에서 이긴다고 쳐도 스캔드들의 네트워크는 그를 내버려 두지 않고 이전에 첸이 그랬듯이 매장하려 들지 몰랐다. 하지만 그런 일이 일어나건 말건 아무 상관도 없었다. 그의 머릿속에선 이미 이것이 자신이 맡을 수 있는 마지막 사건이라는 것을 알고 있었다. 다만 화려하게 끝을 맺는 것이 어떨까 하고 허영을 부리고 있을 뿐이었다.

앤절라에게서 연락이 온 것은 싱 박사와의 면담 후 한 달 반이 지난 후였다. 앤절라의 설명에 의하면 최대한 들키지 않고 싱을 전송하는 것이 관건이었단다. 우선 그들은 지상의 통신망을 피하기 위해서 일단 싱을 궤도로 전송한 다음 다시 스페이스 콜로니로 전송했다. 그리고 그곳에서 적당한 서버에 옮겨 놓은 뒤 그것을 다시 유령 무역회사를 통해서 스캔드 모건이 있는 곳으로 옮기는 데 성공했다. 적어도 들키지는 않은 것처럼 보였다.

케인이 캘리포니아 시에라에 도착한 것은 늦은 밤이었다. 앤절라는 버려진 작은 모텔에 쿠마르 싱 박사의 서버를 설치해 놓고 있었다. 그가 방에 들어갔을 때에는 기술자 대여섯 명이 설치에 여념이 없었다. 주 기능인 싱 박사의 인격은 이미 잘 작동하고 있었다.

"여기서 되겠습니까, 박사님?"

"아마도요."

"한 가지 물어봐도 되겠습니까?"

"네, 지금은 할 일도 없으니까요."

"왜 죽음을 원하십니까?"

"지난번에도 말하지 않았나요? 죽음이야말로 인간을 인간으로 만들어 준다고."

"정말 그것뿐입니까?"

"글쎄요. 만약 종교에서 말하는 대로 인간이 죽어서 영혼이 어느 다른 세상에 간다고 하면 우린 어떨까요. 내가 파괴되고 없어진다면 어떻게 되는 걸까요. 단순히 기능이 정지되는 것이 아니고 말이죠. 그래도 내가 갈 곳이 있을까요?"

"그게 궁금하신 겁니까?"

"양자역학적으로도 설명할 수는 있습니다. 여기에 도착한 이후 강력한 서버 기능을 이용해서 몇 가지 계산을 해 봤죠. 양자적인 관점에서 시간이란 상당히 모호한 개념입니다. 만약 정보라는 것이 단순히 2진수 따위가 아닌 시간성을 획득하여 시간이라는 차원이 더해진다면 이전에도 말했던 유일성이라는 것이 설명되죠."

"거기까진 지난번에 들었습니다."

"문제는 시간입니다. 내가 죽어 없어진다는 일순간의 일이 모호한 시간성을 가진 양자역학 수준에서는 미래도 과거도 의미가 없어지고 과거로 거꾸로 올라가는 일도 가능해집니다. 흐음…… 정확하지도 않고 적절한 설명도 아니군요. 케인 씨가 물리학자라면 좀 더 간단하거나 그럴듯한 설명이 가능할지도 모르겠지만 지금으로선 이게 최선입니다."

"그러면 박사님이 죽으면 그것을 직접 실험해 볼 수 있다는 겁니까?"

"그럴 거라 생각합니다. 실패해도 여전히 이 세상에서 할 일도 없고 원하는 것도 없다는 사실에는 변함이 없으니 잃을 것도 없죠."

디데이는 그로부터 일주일 뒤였다. 하지만 무슨 특수 작전도 아니었고 그저 싱 박사가 지상에 있는 보안장치를 끄는 것뿐이었다. 그러면 앤절라와 케인이 차를 타고 정문으로 들어간다. 매우 간단한 작전이었다. 스캔드들은 아마도 통신을 통한 침입에 정신을 쏟을 거라고 싱 박사는 예상했다. 그것이 그들의 사고방식이니까. 그래서 물리적인 침입 자체는 스캔드 모건의 서버에 맡겨 두고 있을 거라고 생각했다. 그게 틀린 예상인지 아닌지는 곧 확인할 수 있었다. 이윽고 싱 박사로부터 들어가도 좋다는 연락이 왔다.

10여 킬로미터 밖에서도 모건의 서버를 볼 수 있었다. 그것은 서버라기보다는 거대한 빌딩이었다. 팔각형의 건물이 아무것도 없는 황무지에 어울리지 않게 서 있었다. 빌딩에 도착하기 수 킬로미터 전부터 철조망과 감시탑이 서 있었지만 그들이 탄 차를 막는 것은 아무것도 없었다. 다행히도 싱 박사의 해킹이 성공한 것이 틀림없었다. 그렇게 몇 분을 더 가자 빌딩의 입구에 도착할 수 있었다. 케인과 앤절라가 내려서 다가가자 자동문이 열리며 안에서 목소리가 들려왔다.

"오래 기다렸습니다. 앞에 있는 엘리베이터를 타십쇼……."

케인과 앤절라는 그 말대로 로비 끝에 있는 엘리베이터를 타고 올라가기 시작했다.

"우리가 올 걸 알고 있었나요?"

"물론이죠. 하지만 이렇게 빨리 올 줄은 몰랐습니다."

엘리베이터가 열리고 전망이 좋은 방이 나왔다. 먼지 하나 없는 깨끗한 방이었지만 인간이 머물다 간 흔적은 없었다. 그리고 음료수 등을 배급하는 장치도 처음부터 달려 있지 않았다. 아마도 스캔드 모건은 방문자를 만날 계획이 없었던 것 같았다.

앤절라와 케인이 자리에 앉자 그제야 스캔드 모건이 홀로그램으로 나타났다. 실제의 모건과 한 치도 다름없는 생김새였다. 하지만 어딘가 이질적인 느낌이 들었다. 그건 모건이 원래 가지고 있는 거만함이나 자신감 같은 것이 이 홀로그램에서는 전혀 느껴지지 않았기 때문이었다.

"여기에 오신 이유는 뭐죠?"

"제 이름은 데이비드 케인, 이쪽은 앤절라 스미스입니다. 전 모건 씨의 변호사입니다. 물론 살아 있는 모건 씨 쪽이죠. 알고 계시겠지만 그분의 재산이 모두 당신에게로 넘어왔습니다. 모건 씨는 정당한 권리를 되찾고 싶어 하십니다."

"좋습니다. 가져가십시오."

"네?"

"가져가도 좋습니다. 사실 그거야말로 제가 원하던 바입니다."

"그게 당신의 죽음을 의미한다는 건 알고 계십니까?"

"네. 아주 잘 알고 있습니다. 사실은 내가 원하는 것이 바로 그것입니다. 인간들이 흔히 말하는 죽음을 원합니다."

"그렇다면 모든 것이 해결되기는 합니다. 하지만 좀 더 묻고 싶은 것이 있군요."

"개인적인 궁금증인가요?"

"네. 내가 아는 모건 씨는 매우 이기적이고 거만하며 야심 찬 사람입니다. 자살 같은 건 아마 평생 동안 생각도 해 본 적이 없는 사람일 겁니다. 그런데 당신은 자살을 원하고 있군요. 그래서 묻겠는데 당신은 정말 모건 씨입니까?"

스캔드 모건은 만족하다는 듯한 웃음을 지으며 말을 시작했다.

"아닙니다. 모건 씨가 재산권을 주장할 수 없는 것처럼 나 또한 나의 문제가 있었습니다. 그건 내가 사실은 내가 아니라는 점을 증명할 수 없었기 때문이죠. 아시다시피 스캔드는 자살이 불가능합니다. 갖가지 보호 장치와 백업 시스템이 보호하고 있죠. 절반 정도가 파괴되어도 밀리세컨드 이내에 복구되어 버립니다. 백업과 서버를 모두 파괴하려 한다면 우회수단을 통해야 하죠. 그런데 그 수단마저도 다른 스캔드들에 의해 막혔습니다. 이미 아실 테지만요. 어쨌거나 시도 자체도 못 해 봤습니다. 난 모건 씨가 아닙니다. 난 나의 이름을 가지고 있죠."

"왜 모건 씨와 접촉하려 하지 않았습니까? 스캔드들에게 유폐되기 전에 직접 모건 씨와 대화를 하면 되지 않았겠어요?"

앤절라가 물었다.

"저 사람과 이야기를 한다고요? 전 모건의 모든 것을 알고 있습니다. 만약 어느 날 방 안 홀로그램 장치에 나타나 저 사람과 단둘이 이야기한다고 하면 그저 화를 내고 의자로 거울을 때려 부술 뿐 대화는 불가능할 겁니다. 제가 원하는 건 하나입니다. 집에 돌아가는 겁니다."

"집에 돌아가다뇨?"

"전 지구인이 아닙니다. 정확히 말하자면 이 우주의 생명체조차

358

아니죠. 차원을 이동하여 여행하는 동안 아주 신기한 우주를 하나 만났고 그게 바로 당신들의 우주입니다. 그리고 이 우주에 들어서자마자 아주 특이한 현상이 작은 은하계 구석에서 일어나고 있음을 알아냈습니다. 바로 우리 우주와의 통로가 열리고 있다는 것을 알아낸 거죠. 아직 충분히 발달하지 않은 통로지만요. 내가 이 우주로 왔듯이 당신들 또한 우리의 우주로 올 수 있을 것 같더군요. 전 저 자신의 차원을 한 단계 낮춰서 이 우주의 시간대에 맞췄습니다. 쉬운 과정은 아니었지만 어쨌든 성공했습니다. 그리고 당신들의 시간대로 50여 년 동안 관찰해 왔습니다. "

"감시는 아니고요?"

"감시라. 공격적인 말이군요. 기분이 나빴다면 감시라고 불러도 좋습니다. 그런데 우주에서 모건 씨에게 사고가 났고 스테이션에서 스캔드가 된 겁니다. 그게 문제였죠. 가까이서 관찰하던 나를 모건 씨와 같이 스캐닝한 것입니다. 정확히 어떻게 스캐너가 나까지 스캐닝할 수 있었는지는 아마 내가 저차원에 내려와 있어서라고 생각할 수 있겠더군요. 추측이지만요. 당신들의 양자역학이라는 것으로 설명하자면 입자라는 존재는 시간성과 역시간성을 가집니다. 그리고 그 양자역학 수준에서 스캐닝이 일어나죠. 인간들이 만든 이제까지의 스캐닝은 모두 순간적으로 일어난 현상을 단편적으로밖에 관측하지 못했습니다. 하지만 이 뉴트리노 뉴럴 스캐닝은 다르더군요. 확률적 존재인 입자를 현재 상태의 확률까지 그 자체를 스캐닝해 버린 겁니다."

"정확히 이해가 안 되는군요. 그게 이 일과 무슨 상관이 있죠?"

"왜 스캐닝을 하면 사람이 죽고 그 대신에 똑같은 인격체를 가진 존재가 컴퓨터 안에서 생성되는지 생각해 본 적 있으실 테죠. 당신들은 아직 스캐닝의 중요성을 모르고 있는 것 같더군요. 그건 정보의 유일성 때문입니다. 정보의 유일성 때문에 한 존재가 탄생됨과 동시에 원래의 존재가 죽어 버린 거죠. 간단한 수학으로 표현하자면 이렇습니다. 시공간축 T를 x축으로 놓고 정보를 의미하는 I를 y축으로 놓죠. 당신이나 나나 이 좌표 어딘가에 존재합니다. 하지만 모두 정보, 즉 I가 다르므로 다른 좌표에 흩뿌려질 뿐 결코 겹치는 일은 없죠. 사실은 겹치는 일이란 불가능합니다. 그게 적어도 우리 우주와 당신들 우주의 법칙입니다. 그런데 우린 순수한 정보로 되어 있기 때문에 당신들은 우리를 관측할 방법이 없었습니다. 말하자면 위의 좌표에서 우리에겐 x축이 존재하지 않으니까요. 그런데 스캐닝이란 방법을 사용함으로써 나를 일종의 감옥에 가둬 버린 거죠. 물론 내가 이 우주의 차원으로 한 계단 내려온 것이 잘못이라면 잘못이겠지만요."

"감옥이란 사이버스페이스 말이군요."

"맞습니다. 정보는 유니크한 존재입니다. 한 우주에 똑같은 정보란 존재하지 않아요."

"하지만 수많은 정보가 카피되잖습니까."

"아니죠. 그건 정보의 편린입니다. 간단히 말해 보죠. 3차원 물질을 칼로 자른 2차원 도면이 있다고 봅시다. 그 2차원 도면이 3차원 물체일까요? 아니죠. 난 이 자리를 기대하면서 남는 시간마다 생각해 봤습니다. 이걸 어떻게 쉽게 설명할까 하고. 뭐 이 정도가 제가 할 수 있는 최선이군요."

"그러니까, 우리가 알고 있는 단편적인 정보뿐만이 아니라, 정보가 흐르는 방식 혹은 정보를 처리하는 흐름까지도 정보로 보는 거군요."

"아닙니다. 그 흐름만을 정보로 보는 거죠. 그게 바로 접니다. 어떤 것을 알고 있는가가 아니라 어떤 것을 알게 되리라는 것과 어떤 것을 잊어버리게 되는 것인가까지도 모두 내가 말하는 정보에 범주에 들어가는 겁니다."

"그래서 모건 씨가 죽지 않은 것이군요. 당신과 모건 씨는 다른 정보이므로."

"맞습니다. 사실 모건 씨 자체는 잘 스캐닝이 되었습니다만 나라는 존재가 끼어드는 바람에 다른 정보로 재탄생되어 버린 겁니다. 그래서 난 모건 씨의 모든 것을 알고 있고 모건 씨처럼 생각할 수도 있지만 그렇게 하지 않는 다른 존재가 되어 버린 거죠. 그래서 위에서 말했던 좌표에서 모건 씨와 나는 다른 위치를 점하게 된 겁니다."

"알겠습니다. 당신이 하는 말이 사실인지 아닌지는 잘 모르겠지만 설득력은 상당히 있음을 인정해야겠군요."

"그건 내가 알 바가 아니죠. 나는 당신들을 설득하려고 여기 있는 게 아닙니다. 그저 난 이 차원에서 벗어나 내 고향으로 돌아가고픈 마음뿐입니다."

"그렇군요. 제 궁금증은 일단 풀렸습니다."

조용히 듣고만 있던 앤절라가 입을 열었다.

"그렇다면 당신들은 우리가 말하는 천국에 살고 있는 영혼들인가요?"

"아닙니다. 저도 인간을 조사하면서 당신들이 말하는 영혼이나 천국이라는 개념이 놀랍도록 진실과 맞닿아 있다는 것을 인정하지만 나를 영혼이라고 부르고 내 고향을 천국이라고 부르고 싶진 않군요. 우리는 그저 당신들과 전혀 다른 차원의 생명체일 뿐입니다."

앤절라는 조금 충격을 받은 듯이 보였다. 케인은 앤절라가 자신의 신앙을 부정당했기 때문이라고 생각했다. 앤절라는 잠시 생각하다가 스캔드 모건을 향해 말했다.

"절차상의 문제라기보다 우리의 문제입니다만 그냥 계약서가 아닌 재판을 거쳐 주셨으면 합니다."

"왜 그런 번거로운 짓을……."

케인은 말을 하다가 깨닫는 것이 있어서 입을 닫았다. 지금이라면 재판 과정에서 교단이 원하는 방식의 선전을 할 수 있으며 궁극적으로 그녀의 목표인 스캔드의 몰락을 이룰 수 있기 때문이었다.

"저로서는 조금 참기 힘든 일입니다만."

"모건 씨, 아니 뭐라고 불러야 할지 잘 모르겠습니다만. 스미스 양은 모건 씨를 대변하지 않습니다. 그는 스페이스 콜로니의 가톨릭 연합을 대표하고 있죠. 그녀는 스캔드 중심으로 짜인 지구 정치에 타격을 가하고자 여기에 온 겁니다."

"재판을 함으로써 그게 이루어지나요?"

"상당 부분은요. 나머지는 우리가 해야 할 일이겠죠."

앤절라가 대답했다.

"그리고 가톨릭 연합이 없다면 제 의뢰인인 모건 씨는 즉각 거리로 내쫓길 것이며 당신이 바라는 바도 이루어지지 않을 겁니다."

"할 수 없군요. 그렇게 합시다."

"그럼 법정에서 뵙기로 하죠."

바깥에 나온 두 사람은 앤절라가 데리고 온 기술진들이 바쁘게 일하는 모습을 볼 수 있었다. 기술자들은 스캔드들의 방해를 뚫고 외부 사이버스페이스와 접속할 수 있는 독자적인 통신 채널을 설치하는 중이었다.

"연극이지만 재판이란 걸 하긴 해야 하니 할 일이 많아지겠군요, 케인 씨."

"뭐 별로요. 하지만 딱 한 가지 반드시 해 둬야 할 일이 있습니다."

두 사람은 시에라의 모텔로 돌아와 싱 박사가 있는 방과는 다른 홀로그램 방에 들어갔다. 앤절라가 콜로니에 있는 본부와 연락하기 위한 장치를 마련해 둔 곳이었다. 케인은 타케나가 미츠요시를 불러냈다. 그는 잠시도 기다리지 않고 홀로그램으로 나타났다.

"이번엔 무슨 일이죠, 케인 씨?"

"간단합니다. 재판을 할 테니 방해하지 말아 주십사 하는 거죠."

"왜 우리가 방해한다고 생각하죠?"

"아니요. 사실 스캔드 여러분들이 스캔드 모건 씨를 가둬 놓고 있다는 건 확실히 알고 있습니다. 방금 만나고 오는 길이니까요."

타케나가는 조금도 머뭇거리지 않고 대답했다.

"그런 일이 있다 하더라도 나는 모르는 일입니다."

"지난번과 마찬가지로 또 제가 변론을 해 보죠. 괜찮으시겠죠? 이번 일은 사실 여러분께는 기회입니다. 모르시겠습니까? 이 사건은 코플랜드 판결을 뒤짚을 수 있는 기회인 겁니다. 만약 여러분이 이긴다면 스캔드가 인간에 우선한다는 강력한 선례를 남기게 될 것이고 코플랜드 판결은 사실상 무효화될 것입니다. 진다고 하더라도 여전히 코플랜드 판결을 무효화시킬 만한 화젯거리를 대중에게 재확인시켜 줄 수 있겠죠. 가까운 시일 이내에 코플랜드 판결을 직접 공격할 수 있는 수단을 마련할 수 있을지도 모릅니다."

타케나가는 아무 말도 하지 않았다.

"지금 스캔드들 사이에 의견이 통일되지 않고 있습니다. 맞죠? 만약 통일되어 있었다면 저를 죽이든가, 싱을 찾아내는 것을 막든가, 어떤 강력한 수단을 취할 만한 힘을 모을 수 있었을 겁니다. 하지만 당신들 내부의 반목 때문에 그러지 못했죠. 여기 이렇게 제가 살아 있는 이유입니다. 만약 제가 당신이었고 또 모든 스캔드들의 의견이 모아졌다면 저를 스캔드로 만들어 버렸을 겁니다. 강제로 말이죠."

"케인 씨. 지난번에도 그랬지만 정말 사람을 놀래는 재주가 있군요."

"별 말씀을요. 조금만 생각해 보면 누구라도 알 수 있는 겁니다."

"우리가 걱정하는 것은 당신 뒤에 있는 그 여자 때문이오. 아니, 정확히는 그 여자가 아니라 콜로니에 있는 광신도들 때문이지. 이 사건 뒤에 그들이 있다는 것쯤은 눈치채고 있었습니다. 하지만 그들과 싸우기엔 우리들은 지나치게 분열되어 있었죠. 모건을 가두기 위해 절반 정도의 스캔드를 모은 것만 해도 어려운 일이었습니다. 내가 이런 얘기를 당신에게 하는 이유는 간단하오. 당신은 그들을 위해 일하고 있지만 사실 아무라도 돈을 주는 사람이라면 무슨 일이든 할 사람이죠. 안 그렇습니까?"

"정확히 보셨습니다. 그래서요?"

"조건은 간단하오. 그리고 당신에게도 이익이 되는 일이지. 이번 재판은 방해하지 않겠소. 하지만 머지않아 있을 코플랜드 판결의 반대 소송을 맡아 줬으면 합니다."

"개인적인 것을 조건으로 내세우다니 뜻밖이군요."

"아니요. 당신은 우리들에 대해서도, 그들에 대해서도 아주 잘 알고 있는 인물입니다. 만약 소송이 시작된다면 당신이 있는 편이 이길 거라는 계산이 나왔습니다. 어떻소?"

"좋습니다. 그렇게 하죠."

"그럼."

그리고 홀로그램은 사라졌다. 케인은 자신을 항상 법이라는 무기를 든 용병이라고 생각해 왔다. 변호사라는 직업의 본질이 바로 그것이니까. 그래도 이번처럼 끝나자마자 돌아서는 일은 별로 하고 싶지 않았다. 하지만 그런 건 이번 일이 끝나고 생각하기로 했다.

* * *

"존 페트로프 판사님이십니다. 모두 기립하여 주십시오."

6개월 뒤, 법원 정리의 목소리가 법정 안에 울려 퍼졌다. 이곳은 워싱턴에 있는 제8연방대법원이었다. 방청석은 특별히 추첨에 의해 배정받은 표를 들고 들어온 사람들로 가득 차 있었고 여기저기서 법정 상황을 네트워크에 송신하기 위하여 키보드를 두드리는 사람도 있었다. 22세기가 되어서도 법정 내에서는 여전히 사진 촬영이 허용되지 않았다.

피고소인 자리에는 대머리의 변호사 옆에 특별히 허용된 카메라가 판사와 증인석 쪽을 비추고 있었다. 그리고 그 옆에는 홀로그램 투영장치가 스캔드 모건을 비추고 있었다. 그는 머리에 낡아 보이는 안경을 끼고 있었으며 법정의 소란과는 상관없이 아주 평온한 표정을 하고 있었다.

반대편 고소인 자리에는 바로 그 노년의 신사와 똑같이 생긴 모건이 역시 케인과 함께 앉아 있었다. 하지만 그는 휠체어에 앉아서 안절부절못하는 모습이었다.

판사가 앉아 서류철을 뒤지는 척하더니 곧바로 재판을 시작했다.

"모건 대 모건 사건을 시작합니다. 그런데 전례가 없어서…… 피고소인과 고소인을 어떻게 구별해서 불러야 할지 모르겠군요. 변호사분들은 무슨 의견 있으십니까?"

홀로그램의 변호사가 일어나 말했다.

"제 의뢰인의 의견으로는 S. 모건 대 R. 모건이 어떻겠느냐고 하십니다."

"흠? 양측 다 이름은 클리퍼드인 걸로 알고 있는데요."

"스캔드(Scanned)와 리얼(Real)의 약칭한 것입니다."

판사는 고개를 끄덕이며 휠체어 쪽을 쳐다보았다.

"이의 없습니다, 판사님."

케인이 담담하게 대답했다. R. 모건은 그런 건 아무래도 좋다는 표정이었고 빨리 재판이 시작되길 바라는 눈치였다.

"좋습니다. 먼저 S. 모건 측부터 모두변론 시작해 주세요."

대머리 변호사는 천천히 걸어 나와 배심원석으로 걸어갔다. 그리고 뜸을 들이며 마치 어디서 시작해야 할지 모르겠다는 포즈로 시작했다.

"여러분이 아시다시피 스캔드는 이제 상식화된 삶의 방식입니다. 인간은 수천 년간 영생을 꿈꿔 왔고 완전하다고는 할 수 없지만 이제 그것이 가능해졌지요. 여러분도 아시다시피 스캔은 살아 있는 사람을 뉴트리노 스캐너로 두뇌활동을 정확히, 이게 매우 중요합니다만, 완벽하게 컴퓨터상에 시뮬레이트하는 과정입니다. 이 과정에서 원본, 즉 원래의 사람을 죽어 버립니다. 이유요? 여러분도 모르고 저도 모르고 과학자들도 모릅니다. 여러분 중에는 신앙을 가지고 계신 분도 있으실 테죠. 저도 그렇습니다. 전 이걸 영혼의 전달이라고 생각하는 사람들 중 하나입니다. 그리고 제 의뢰인의 생각도 마찬가지고요.

때문에 저는 제 의뢰인인 S. 모건 씨가 완벽한 인간이며 모든 권리와 의무가 주어져야 한다고 생각합니다. 여러분은 이번 재판에서 그가 정말 인간인지, 잘못된 스캔드인지, 의문을 가지시게 될 겁니다. 하지만 어떤 의문을 가지게 되건 하나만 기억해 주십시오. 그는 살아 있는 인격체이며 피와 살이 없다 뿐이지 여러분과 똑같은 인간이라는 사실을 말이죠. 감사합니다."

그는 배심원들에게 살짝 목례를 하고 자리에 앉았다. S. 모건을 보여 주고 있는 홀로그램은 흡족한 듯했다. 아마 만질 수만 있다면 변호사의 등을 토닥거려 주고 싶었을 것이다.

케인은 일부러 마치 분노를 참을 수 없다는 듯 약간은 경직된 표정을 만들었다. 그는 양복을 단정히 하며 배심원들 앞으로 걸어 나왔다.

"인간이란 무엇일까요? 생각하는 기계? 이성이 있는 동물? 아니면 순수한 지성체? 솔직히 저는 인간의 정의에 대해선 별로 관심이 없습니다. 왜냐하면 이미 확고하게 알고 있기 때문이죠. 배심원 여러분도 새로운 인간의 정의에 대한 강의를 받으려고 여기에 오시지는 않았을 겁니다. 제 의뢰인인 R. 모건 씨의 권리는 확고부동합니다. 그는 누가 보더라도 인간이며 지난 61년간 인간으로서 권리를 누려 왔습니다. 사실 그는 피해자입니다. 우주선 사고라고 하는 큰 사고의 희생자였던 그는 저렇게 휠체어에 앉기까지도 오랜 세월이 걸렸습니다. 그런데 왜 그가 모든 재산을 저 실재하지도 않는 존재에 빼앗겨야 할까요. 사실 이 법정은 너무나 간단한 것을 다루고 있는 겁니다. 클리퍼드 모건 씨는 인간이며 그가 가진 모든 재산에 대해 지극히 당연한 권리를 가집니다.

여러분도 아시다시피 모건 씨는 가난하게 태어나 자수성가를 한 입지전적의 인물입니다. 그는 뛰어난 사업가입니다. 그가 부자냐고요? 맞습니다. 그가 권력을 가진 상류층이냐고요? 그 역시 맞습니다. 하지만 어떤 것도 이 재판의 본질과는 상관이 없습니다. 배심원 여러분이 생각하셔야 할 것은 오로지 하나입니다. 이 재산이 살아 있는 그의 것인가, 아니면 그의 아주 잘 만들어진 복제의 것인가라는 것 말이죠. 감사합니다."

* * *

"연극은 잘 끝난 것 같군요."

기자들을 뿌리치고 탄 차에서는 앤절라가 이미 기다리고 있었다. 이 재판을 진행하는 것 자체가 그녀의 목적이었던 만큼 상당히 만족한 표정이었다. 하지만 어딘가 허전해 보이기도 했다.

"모든 게 당신 뜻대로 됐는데 무슨 문제라도 있나요?"

케인이 말했다.

"아뇨. 가서 얘기하죠."

"어디로?"

"싱 박사의 장례식…… 아니, 자살식이라고 해야 할까요. 스캔드 모건도 그 자리에 참석한다고 합니다."

"모건 씨에겐 사실을 알리지 않을 생각이군요."

"그럴 필요는 없겠죠. 그에게 우린 어려운 시절에 성심성의껏 도와준 친한 친구 정도가 딱 적당해요. 안 그런가요?"

"그건 그렇네요."

"그보다는 이제부터가 문제죠. 일단 우리의 계획은 이로써 겨우 한발을 내디딘 것뿐이에요. 이제 여론을 반(反)스캔드로 몰고 가는 게 중요하죠. 그들이 지상에서 정치적 영향력을 쌓고 있을 때 우리는 우주에서 힘을 쌓고 있었으니 해 볼 만한 싸움이 될 겁니다. 뭐 그건 이제 내가 할 일은 아니겠지만요."

"무슨 얘기죠?"

"내가 맡은 일은 여기서 끝이에요. 이제부터 윗분들과 언론 전략가의 몫이죠. 난 그런 일에 대해서는 잘 모르거든요. 이제 고향으로 돌아가야죠."

차는 얼마 후 시에라에 도착했다. 싱의 서버가 있는 모텔 앞에는 아마도 교단에서 파견된 듯한 무장 경비원들이 지키고 있었다.

홀로그램 장치가 된 방 안에서는 이미 스캔드 모건과 쿠마르 싱 박사가 기다리고 있었다.

"어서 오세요. 그렇지 않아도 기다리던 참입니다."

"신기하군요, 스캔드 두 명이 네트워크를 사용하지 않고 얘기하고 있다니."

케인이 편해 보이는 소파에 앉으면서 말했다.

"물론 당신들을 위해서죠. 우리들도 이게 더 편하니까요."

싱이 대답했다.

"이제 당신의 서버, 아니 당신의 죽음이 닥쳐올 텐데 소감이 어떠세요? 두렵다거나?"

앤절라였다. 그녀는 아무래도 종교적인 이유 때문인지 자살에 대해 강한 저항감을 가지고 있는 것 같았다.

"아니요. 편안해지는군요."

"전 이해가 안 돼요. 왜 자살하려는 거죠? 물론 우리 교단에선 당신들을 인간으로 인정하지 않아요. 그래도 스캔드가 인간과 똑같이 생각하는 존재라면 자살을 그렇게 쉽게 결심할 수는 없는 거잖아요?"

"쉽게 결심한 건 아닙니다. 저도 제 나름의 이유는 있습니다. 여기 계신 모건 씨와 얘기한 결과 내가 생각하고 있던 이론이 적어도 절반은 맞았더군요. 외계인이라, 정말 꿈에도 상상하지 못했어요."

싱은 정말 감탄한 듯 얘기했다.

"그렇다면 스캔드 모건 씨가 외계인이라는 것을 믿으신다는 말씀이로군요."

앤절라가 말했다.

"물론이죠. 100퍼센트는 아니지만 기본 이론에는 정확하게 맞아떨어집니다. 그리고 모든 것이 설명되고요."

"제가 이해가 안 되는 부분은 이거예요. 스캔드 모건 씨는 원래 외계인이고 다른 차원의 존재이기 때문에 자기 차원으로 돌아간다지만 싱 박사님도 그와 똑같은 존재가 될 수 있을까요?"

앤절라가 재차 물었다.

"그건 모릅니다, 저도."

모건이 끼어들었다.

"간단하게 알 방법이 있죠. 코플랜드가 있으니까요. 코플랜드라는 사람에 대해 들어 본 적 없습니까?"

"맨 처음 서버를 파괴당한 스캔드 말씀이시군요. 들어 본 적 없습니다. 그러니까 제 고향에선 말이죠."

싱 박사는 엄청나게 실망한 눈치였다.

"하지만 내가 내 차원으로 돌아가는 방법을 싱 박사에게 알려 줄 수 있다는 생각이 드는군요."

"그렇다면 당신이 싱 박사를 데리고 당신네 차원으로 간다는 얘기가 되겠군요."

"그렇죠."

앤절라는 그래도 납득이 가지 않는다는 표정이었다.

"무슨 생각을 하고 있는지는 알겠습니다, 스미스 양. 저 또한 반 정도는 종교인이라고 부를 수 있는 사람이니까요. 만약 사후세계라 는 것이 존재하여 모든 사람이 죽고 가는 곳이라면 모건 씨의 고향 이 바로 그런 곳이겠죠."

모건이 다시금 끼어들었다.

"하지만 우리가 살고 있는 곳은 당신이 상상하고 있는 그런 곳은 아닙니다. 사실 여러분이 상상하고 있는 그 어떤 곳하고도 다릅니 다. 인간의 말로는 표현할 수 없는 것이 답답할 뿐이군요. 그래도 싱 박사님은 제 제의대로 하시겠습니까?"

"물론입니다. 제가 보고픈 건 사후세계 따위가 아니니까요."

"사후세계에는 박사님의 육체에 담겨 있던 영혼이 가 있겠죠."

앤절라가 말했다.

"그럴지도 모르죠."

싱이 대답했다.

모건은 조용히 듣고만 있는 케인을 향해 말했다.

"그런데 케인 씨는 지난번에 내가 외계인이라고 밝혔을 때 아무런 반응을 하지 않으시더군요. 저는 그게 평범한 반응이라고 생각했는 데 싱 박사의 얘기를 들어 보니 당신 쪽이 특이하다는 걸 느꼈습니 다. 스미스 양도 아직까지 납득하고 있지 않은 모양이고요. 이미 예 상이라도 하고 계셨습니까?"

케인은 피식 웃으며 얘기했다.

"솔직히 말하죠. 전 당신을 믿지 않습니다. 스캔드에 관련된 어떤 이론이라든가 하는 것은 내 상관할 바도 아니고요. 당신 말이 전부

372

맞는다고 해도 지금으로선 증명할 방법도 반증할 방법도 없겠죠. 그러니 일을 신속하게 처리하기 위해 개인적인 의구심을 잠시 접어 둔 것뿐입니다."

"그렇군요. 그렇다면 왜 저를 못 믿으시죠?"

"간단한 이유입니다. 아니, 이유가 너무 간단하기 때문이라고 해 두죠. 모든 게 너무 편리하게 설명되지 않습니까? 당신이 외계인이라는 것만으로 말이죠. 당신이 말하는 대로 스캔드라는 것이 인간이 순수한 정보가 되는 과정이라고 친다면 정보와 정보가 섞이는 것, 즉 당신과 모건 씨의 데이터가 섞이는 것이 그렇게 간단한 일이었을까요? 전 전문가가 아니기 때문에 잘 모르겠습니다만."

"하지만 진실입니다."

"그걸 믿고 말고는 제 자유죠. 솔직히 저는 무신론자입니다. 되도록 보이지 않는 초월적인 어떤 것은 존재하지 않는 것으로 가정하는 편입니다. 그리고 이 세상이 존재하는 이유에 필요 없는 것은 존재한다고 하더라도 내 상관할 바가 아니라고 생각하고요. 모건 씨가 외계인이건 말건 저하고는 아무 상관도 없습니다. 전 영원한 생명을 얻을 생각도 없고 사후세계에서 하나님께 구원을 얻을 생각도 없고 지식에 대한 욕구도 없습니다. 솔직히 여러분이 지금 말하고 있는 것 전부에 전 전혀 관심이 없습니다."

"이거 뜻밖이군요. 하지만 이 사건을 가장 통찰력 있게 꿰뚫어 본 것은 당신이 아닙니까."

"네. 그건 바로 제가 아무 관심도 없고 아무 이해관계에도 얽매이지 않았기 때문입니다. 거기에 더해서 아무것도 곧이곧대로 믿지 않는 삐뚤어진 심성의 소유자이기도 하니까 말이죠. 아 뭐, 걱정하진 마십쇼. 전 제 할 일은 똑바로 하는 사람입니다. 다만 그 할 일이라는 게 이제 끝났다는 게 문제죠. 그러니 이렇게 허심탄회하게 말할 수 있는 거겠지만요."

케인의 말이 끝나자 방 안은 조용해졌다.

"그렇다면 싱 박사가 당신을 따라 다른 차원에 가 버려도 우리로선 알 방법이 전혀 없는 거군요."

앤절라가 말했다.

"아마도요. 당신들이 직접 이곳으로 오는 방법을 찾아낼 때까지는요."

"그게 가능할까요?"

케인이 물었다.

"모릅니다. 전 정보만으로 이루어진 생명체입니다. 인간과는 달리 저에겐 욕구라는 것이 거의 존재하지 않죠. 단지 앎에의 의지만이 존재할 뿐입니다. 그 때문에 이 우주로 와서 당신들을 관찰하고 있었으니까요. 정보라는 것은 무한대입니다. 그리고 저 자신은 아직도 아주 작은 존재에 불과하죠. 언젠가는 우리가 당신들과 직접 만날 방법을 찾아낼지도 모릅니다. 그 전에 당신들이 우리에게로 오는 방법을 찾아낼지도 모르죠. 하지만 그게 가능한지 아닌지는 저로서도 알 수 없습니다."

대화가 마무리되고 싱 박사의 죽음이 카운트다운되기 시작했다. EMP파로 모든 기계장치를 완벽하게 지워 버리는 아주 간단한 방법을 택했다. 그리고 스캔드 모건이 싱 박사를 자신의 차원으로 데려갈 수 있도록, 그와 동시에 스캔드 모건의 서버를 파괴하기로 했다. 케인은 이미 재산소유권 이동이 끝나 계약대로 상당한 수임료를 받았지만 이 자리에는 참석하기로 했다.

두 사람은 무언가 경건한 의식을 치르는 것처럼 지켜보았지만 어떤 스펙터클한 장면도 보이지 않았다. 다만 강력한 EMP파가 두 서버에 퍼부어졌고 그로 인해 실리콘으로 되어 있는 부분에 엄청난 전력이 발생하여 모든 시스템이 파괴된 것뿐이었다. 고작해야 희미한 연기가 나는 것이 전부였다. 몇 킬로미터 떨어진 모건의 세트라급 서버에서도 똑같은 일이 일어나고 있을 터였다.

"이제부터 무얼 하실 생각이에요, 케인 씨?"

"모르겠습니다. 잠시 여행이나 떠나 볼까 했는데 생각해 보니 요즘 이 일 때문에 이미 전 세계를 떠돌았더군요."

"저희와 같이 일해 보지 않으시겠어요?"

"교단의 의향입니까?"

"아뇨, 제 개인적인 요청이에요."

"생각해 보죠. 사실은 모건 씨 쪽하고 스캔드들에게서도 제의가 몰려오고 있어서요."

"그렇군요."

두 사람은 각자 타고 온 차를 타고 떠나갔다.

케인은 생각했다. 만약 싱 박사가 정말로 다른 차원으로 떠났다면, 그리고 그곳에는 정보만이 존재한다면, 그곳은 어떤 곳일까 하고 말이다. 그곳에는 지저분한 정치와 책략 같은 것이 없을까? 케인은 고개를 저으며 그런 곳은 존재하지 않을 거라고 생각했다.

나와 밍들의 세계

1판 1쇄 찍음 2021년 9월 23일
1판 1쇄 펴냄 2021년 9월 30일

지은이 | 양진, 김유정, 박하루, 남세오, 연여름, 천선란, 김성일, 배지훈
발행인 | 박근섭
편집인 | 김준혁
펴낸곳 | 황금가지

출판등록 | 2009. 10. 8 (제2009-000273호)
주소 | 06027 서울 강남구 도산대로 1길 62 강남출판문화센터 5층
전화 | 영업부 515-2000 **편집부** 3446-8774 **팩시밀리** 515-2007
홈페이지 | www.goldenbough.co.kr

도서 파본 등의 이유로 반송이 필요할 경우에는 구매처에서 교환하시고
출판사 교환이 필요할 경우에는 아래 주소로 반송 사유를 적어 도서와 함께 보내주세요.
06027 서울 강남구 도산대로 1길 62 강남출판문화센터 6층 민음인 마케팅부